夜雨

YE · YU

僧桓 著

漓江出版社

图书在版编目（CIP）数据

夜·雨/桓僧著. —桂林：漓江出版社，2019.1
ISBN 978-7-5407-8573-4

Ⅰ.①夜… Ⅱ.①桓… Ⅲ.①长篇小说—中国—当代
Ⅳ.①I247.5

中国版本图书馆 CIP 数据核字（2018）第 281280 号

YE YU
夜·雨

出版人 刘迪才
作　者 桓　僧
责任编辑 杨海涛
装帧设计 璞　间
出版发行 漓江出版社
社　址 广西桂林市南环路 22 号
邮　编 541002
发行电话 0773—2583322　0771—5825315
传　真 0773—2582200　0771—5824817
印　刷 香河县闻泰印刷包装有限公司
开　本 787 mm×1092 mm　1/16
印　张 22.25
字　数 350 千
版　次 2019 年 1 月第 1 版
印　次 2019 年 1 月第 1 次印刷
书　号 ISBN 978-7-5407-8573-4
定　价 48.00 元

每天过着千篇一律的生活，
看着别人在我们的生活中进进出出，
可其实我们自己也在别人的生活里来来往往。

目录

contents

夜之章：

冬夜

“先生，不好意思，我们要打烊了。”

抬起头，那个每天都会见到的小哥脸上略有不耐烦。他一脸嫌弃地看着我，或许在怀疑这个人是否能够听见他说话。于是他把手机摆在我面前，指着上面的时间，做了个请的姿势，如果我没听错的话，他好像还骂了句什么。

在这里并没有顾客就是上帝的道理，一个醉汉除了转身离开也没有其他的选项。

又走在回家的路上，那间流连许久的酒吧已经远在身后，它并没什么特色，普通得连叫什么名字都无法让人记住，而我成为常客的原因很简单——那辆新车已经被卖掉换成了酒钱，如果去太远的地方买醉，恐怕会睡倒在路边。

大家都说这是个没有冬天的城市，也有人说，人如果心中没有温暖，任何时候都是冬天。不知道是谁说的这句话，我只知道我很讨厌说这句话的人，就当是因为我信了他，每当走在空无一人的街道上时，那无孔不入的寒意总叫人瑟瑟发抖。

抱怨并不是个好习惯，但在醉生梦死间徘徊得多了，心里也就喜欢上那种事事都是别人责任的感觉。

快乐和罪恶究竟是什么关系?

不知道。

我只知道堕落在不想回头的黑暗里时，谁也不知道下一秒钟会发生什么。

穿过被黑夜覆盖的小巷，脚步声足够孤独，却也足够打破寂静。或许是平时醉酒归家的我意识太模糊，又或许是它今天才出现，总之当目光不经意间扫过临街那条没有路灯的小巷时，我发现那里竟然有一点亮光。

我驻足而望，脑海中闪过许多画面，最后莫名其妙地想到了一个词：飞蛾扑火。

花了几十年的时间上学，读的书也不少，这些所谓的成语早已烂熟于心，可真正能够明白深意的人又有几个？

或许只有生命走到某个时刻才能完全体会——人和飞蛾都是动物，严格来说，两者所追求的东西并没有太大区别。

所以今天我就要扇动那对不惧火焰的翅膀，没有意外的话，任何东西都无法阻止这只飞蛾。

除了忽然从喉咙中涌出的呕吐物。

我扶着墙吐了一地，那股熟悉的臭味冲入鼻腔刺激着神经，加上血液迅速流动，这让我清醒了许多。望着那摊乱七八糟的东西，我忽然感觉自己像一只淋着雨的猪，饱受欺骗与冷漠也只能继续吃着催肥的食物等死，不敢奢望屠刀映出怜悯，只盼看到的不再是自己依旧天真的面容。

那奇怪的想法令人发笑，这难道就是酒精的力量？带着这份复杂的心情，我扑进了火堆之中。

亮光来自一间小店。我站在门口，眼前残旧的蝴蝶弹簧门摇摇欲坠，门边满是划痕，伤痕累累的样子和这栋大板楼一样，陈旧而破败。门上边挂着一块比脸盆大不到哪儿去的招牌，借着里面射出来的亮光，依稀能分辨其上写着四个字，前面两个字已经看不清楚，而最后那两个字我却看得很真切——酒吧。

那一瞬间，我不禁在问自己：飞蛾扑火究竟为了什么？

眼前的一切是否意味着它在投身火焰后并没有迎来涅槃？

可怜的飞虫在燃烧殆尽后，等待着它的，只不过是无尽轮回。

但这又有何不可呢？

我冷笑着推开门。

这里比想象中还要小，预料之内的破旧。不过这里却也有令人在意的地方——这里充斥着的味道。这里没有酒吧里该有的那股味道，相反的，空气中飘荡着的香味让我有种似曾相识的感觉。

装修毫无风格，非得要形容的话，恐怕只有简陋二字才最恰当。一致冷色调摆设的店里不到十张小圆桌，灯光昏暗，不是为了气氛而设，那是类似被灰尘覆盖的感觉，仿佛黄沙漫天的沙漠，让人总怀疑自己眼里是否进了沙子。

我不确定那躺在角落里的是否能被称得上是驻唱台，凳子的四个脚和麦克风支架都已经生锈，而旁边那块不知从哪个学校捡回来的投影布，恐怕年纪比这间酒吧还大。

“你好，欢迎光临！”吧台的中年人正冲着我微笑，四下看看，这里竟然还有其他客人。

坐在吧台上，眼前的中年人长得普普通通，他笑起来的样子看着很羞涩，我想，他肯定是个内向的人。

“你好，我是这里的老板，你可以叫我……”

“啤酒。”

他虽然满脸笑容，我却无动于衷。

“那就好，因为我们这里只有啤酒。”老板并没有计较我的态度，很快我面前多了一大杯啤酒，由始至终，他都带着友好的微笑。

“先生是第一次来我们酒吧？能看见新面孔，真让我意外。”说话间他又端了一杯酒到我面前，继续道，“这杯就当是我对新朋友的敬意，免费的。”

如此热情的招呼让人猝不及防，我有些尴尬地道谢，回头望了一眼，这家店里还有三个客人：一对缠绵在一起的情侣和一个戴墨镜独自喝酒的女人。那对情侣离我最远，看那亲密无间的模样，肯定还在热恋期；至于那女人则面无表情地独自喝酒，微卷的头发，紫色风衣，尽管墨镜挡住了双眼，却遮不住她举手投足间透出的孤独。

我拿起酒杯喝了一大口，说：“这么说来，他们都是常客吗？”

“差不多吧，能够来我这小地方坐坐的，也不会是什么外人。”

如果这间酒吧能有什么吸引人的东西，那只能是眼前这个总是带着微笑的老板。

我不自觉地开始跟老板聊了起来。大多是些废话，因为真话伤人，假话更伤人，能够有个跟自己聊聊废话的人，其实也挺不错。

又喝了不少酒，才稍微清醒一点的意识再次开始抽象，而这时店里却来了第五个客人，他风尘仆仆地进来，坐在我旁边。

又是一个中年男人，还算健壮，个子不高，身上的黑色夹克写满沧桑，满是胡碴的脸上略有倦意。

他坐下后和老板热络地聊了几句，看起来像是熟人。接过老板递来的啤酒，他狠狠地喝了一口后发现了我这个从没见过的新人。

“嘿，兄弟，第一次见你来这儿啊。”他笑起来的样子很憨厚，我看了看他那双满是老茧的手，勉强挤出一个微笑。

这时屋外传来一声雷鸣，像是安排好似的，暴雨毫无征兆地下了起来。

“这鬼天气，还好我是在室内，不然得够呛的。”我们三人都下意识地望向外边，那胡碴汉子咒骂一声，一口气喝完杯里的啤酒后发出一声大笑。

“不正是因为能够遇上这种说来就来的事情人生才有趣吗？”老板也收回目光，笑着又给他一杯啤酒，我则望了老板一眼，若有所思。

“也是，喂，我说老板，你不给我介绍一下新朋友吗？我看咱们的新朋友心里头的事情可不少呢。”

询问别人的私事本就是件不礼貌的事情，更何况还是陌生人。

“去去去，大家能来这里就是缘分，有缘就足够了。”还好老板帮忙打了圆场，我暗暗松了口气。

“不，不，话不能这么说，你看，现在外面狂风暴雨的，想走也走不了，大家都是一个人来喝酒，干坐着不无聊吗？”他说着把脸凑过来，这让我呼吸有些困难，“对不对小兄弟？”

谁曾想到今天会遇到这么样一个人，我无奈地点点头继续喝我的酒，而他则不管我愿意与否，开始天南地北地侃起来。

他究竟说了些什么？

我不知道，总之在他需要的时候随口应一两句话他也觉得我在认真听。

我想，这就是所谓的寂寞吧。

不知不觉间几杯酒下肚，随着酒精慢慢开始发挥作用，那汉子的行为开始更狂放起来。

“哎，小兄弟，我感觉我跟你是真的一见如故，不知道为什么，一看见你我就有种亲切的感觉。”说着他把手搭在我的肩膀上，我恨不得抓着他的手把他摔在地上，可最终却只能看着他苦笑。

“你也觉得是这样吧？哈哈，小兄弟，我跟你说，人呐，一旦有了心事，就得找人倾诉，不然总是憋在心里的话，肯定要出问题的。”他声色并茂，可能认为这样的方式比较容易让人相信这种骗小孩的谎话，“所以呢，今天大哥就来当一个倾听者，怎么样？来说说你的故事？”

我避开他那热切的眼神，求助地看了老板一眼。

可惜他似乎没读懂我眼神里的意思，只是依旧微笑着看着我俩，我无奈只能转头去看那满眼期待的汉子，干咳了两声，欲言又止。

他看出了我的为难，没有继续逼我，而是换了种方式问道：“这么说吧，男人一般会被什么事情困扰？我觉得，不是感情问题，就是事业问题，所以，小兄弟，你是哪种？”

胡碴汉子说了一晚上的话，或许只有这一句我听清楚了，不仅如此，这个问题还让我陷入沉思。

为了某个理由而放纵至今，我竟然无法回答。

我无法回答这最基础的问题，这是否意味着，我连堕落的资格都没有呢？

“我不知道。”丢下这句话，我心里那仅存的羞耻心让我低下了头，我没有勇气去看别人，更没勇气看倒映在啤酒里的自己。

胡碴汉子明显感觉到了我情感上的变化，他和老板互相看了一眼，脸上的表情也变得严肃起来。

“兄弟，我知道有些事情比较难以启齿，所以呢，今天大哥我就先跟你分享一个故事，或许你听了我的故事后有所启发也说不定。”说话间他喝了一大口啤酒，露出些许惆怅的表情。

是吗？

我这样反问自己，在这个年纪过着如此这般的日子，我不知道还有什么样的启发对我有用。

“喂，你该不会是要……”老板少有的面露难色，可在看见中年人坚持的神色后却也没再坚持。

今天是我第一次和眼前这两个男人见面，萍水相逢却让人感到意外的温暖，我决定听听他要说的故事。

“既然如此，那我就来听听你的故事，不过话先说在这儿，可别是什么胡编乱造的东西。”

胡碴汉子看见我认真的眼神后轻松地笑了，他长叹一口气，接着有些惆怅地看了老板一眼，他们两人会心一笑，似是有什么只有他俩自己才知道的秘密。

接着胡碴汉子便开始自顾自地开始说起故事来，我不确定他后来到底说了什么，因为随着酒精发作，我的意识开始模糊起来，眼前最后一个画面是我无意间偷瞄到的，那是老板迷离的双眼，仿佛他随着胡碴汉子低沉的声音，渐渐进入了另外一个世界。

第一章

烟雨（1）

1997年，香港回归，全国上下都沉浸在喜悦之中。随着改革开放带来的迅速发展，物质生活渐渐丰富起来的人们生活水平得到了极大的提升。

这一点在城市中体现得尤其明显。

娱乐产业飞速发展，海外文化的流入让活在这个时代并还想改变自己的人获得了前所未有的机会，人们的思想在进步，城市的喧闹已经是在所难免的事情。

但阳光之下必有阴影，特别是在阳光不是那么灿烂的地方。

还是地处偏远的南方省份，只不过这一次，故事发生在一个三线城市，一个普普通通，不贫穷也不很富裕的城市。

相比省城那般繁华的景象，这里的变化就要小很多了。那些渴望新事物的年轻人纷纷离开了这里去更远的地方追寻自己的梦想，而愿意留下来的人，不是因为走不出去，就是因为不想走出去。

这座城市不缺真心喜欢它的人。他们在这里出生并深爱着这片不容易变迁的土地，他们虽然没有做好必定在这里死去的准备，但至少时代的脚步没有驱使他们离开。

这样的人不在少数，每天默默过着自己喜欢的生活，无论是在炎热的夏日，还是像今天这样让人有些感伤的秋天。

"曦……童？"说话的男人穿着西裤衬衫，人模狗样之上却顶着一颗猥琐的脑袋，"啧啧啧，傅西杰，你这笔名起得可以嘛，你都这把年纪了还牧童呢，难道是想骗别人家的小闺女不成？"

下班时分，每个人都急匆匆地要离开公司，负责文案工作的傅西杰则依旧在位置上写着什么，这恰好引起了有"八公"外号的同事谢龙珂的注意。

"偷看别人的隐私可不是好的习惯。"傅西杰没有动气，连眼都没抬把已经完成落款的信件放进信封中。

"是吗？上班时间偷偷地在给小姑娘写信更不是好习惯吧？"谢龙珂为人刻薄，汇集了当时电视剧里所有坏同事的特点。

傅西杰听后什么也没说，自顾自地收拾桌上的东西，他知道和谢龙珂这样的人狡辩不会有什么好下场，来这里上班这么久，他早已经明白这个坏同事的脾性了。

果然，这种沉默的应对最能让那些主动挑衅的人感到无趣，特别是傅西杰从头到尾都没有表露出一点的气恼，所以谢龙珂也只能在故意把傅西杰的桌面弄乱后悻悻离开。

这小小的办公室每天都会发生类似这样的事情，不是傅西杰遭殃就是别人倒霉，而无奈的是他们这样的小文员根本无力还击——谢龙珂的后台还是挺硬的。

望着八公离开的背影，傅西杰一声不吭地把桌面重新收拾整齐，站起来后再确认了一次之后他才最后一个离开公司。

他跨上那辆不算崭新的自行车在即将完全来临的夜色中穿梭，摇摇晃晃地把信丢进回家路上的邮筒里，在薄暮之下，这尊老旧的邮筒显得比平时更挺拔了。许多曾经使用过它的人渐渐将它淡忘，发展迅猛的通信技术宛如一股洪流冲入人们的日常生活，新奇和便利所带来的优势让传统通讯败得体无完肤。

初秋的凉意令人舒爽，不算拥堵的街道是小城的特色，哪怕是在上下班时期也不会对路上的人们造成大的困扰，道路两旁陈旧的小店每天无论是否有客人都照常开着。

店龄最短的小店要数小区门口那家傅西杰每天都会路过的小卖部，他还记得小卖部是一对夫妻开的，刚开业时妻子还怀有身孕，现如今两夫妻已经有了一个超级可爱的女儿。

这是一个年代有些久远的小区，房子本来属于傅西杰的父母，但他哥哥生意有成后就把父母接到省城去了，本来也要求傅西杰一起去，无奈这个倔强的弟弟却不愿离开这里。

那么这间房子自然就归他所有了。住在这样的地方其实挺好，邻居们大多都是头发花白的老头老太太，他们对小区里为数不多的年轻人非常友好，虽然也有些地方打算出租，但外来客们大多都会选择更新的地方来租住。

晚饭时间，陈旧的大板楼里飘出诱人的香味，傅西杰把他的自行车停好，习惯性地打开位于楼梯口的信箱，今天里面多了一封信，他疑惑了一下，没太在意。

他家住在二楼，对门本来是一个姓乔的孤独老人，年岁很大了，具体多少岁连老头子自己都记不清楚。他很喜欢傅西杰这个寡言少语的邻居，只可惜两个月前他安详地死在了自己的床上。

老人家有两个儿子，平时关系比较疏远，而在他老伴离世后平日里唯一能偶尔跟他说上一两句话的就是傅西杰了。还记得老头子两个儿子来收拾那间屋子时脸上并没有什么特别伤心的表情，他们没有停留太久，只快速清点完老人家为数不多的遗物后便冷漠离开，傅西杰全程都在楼梯间里看着，直到他俩离开傅西杰都感觉乔老头似乎还在屋子里。

在那之后屋子就空了出来，听一楼的王大妈说那两个不孝子决定把这间屋子租出去，只是两个月下来，或许因为死过人的缘故，至今也无人问津。

关上门，这里是一个简单的两房一厅，有着简单的家具，搭配傅西杰今晚简单的晚餐。

很多人都有这样的烦恼，一个人吃饭的苦恼。当有很多想吃的东西时，却只能选择其中一样，但与此同时也有一个好处，那就是能够永远对明天充满希望。

傅西杰喜欢边吃饭边拆读今天收到的信，今天也不例外。

第一封信内容不长，傅西杰只喝了半碗粥就完成了阅读；第二封信则有三张信纸这么多，他在读信时偶尔还会露出会心的微笑。

当他细细地品完第二封信时，桌上本就不多的饭菜早已被消灭得七七八八，他简单收拾了一下，回到房间。

打开那张实木书桌上的台灯，傅西杰没有想太多就拆开了第三封信：

吾友若陌：

能够收到你的回信我非常开心，虽然我们未曾见过面，但我深信一见钟情。短短两封信，区区千字，你的轮廓我已用铅笔绘出，就如你的名字那般圣洁。还记得你曾说你最喜欢看别人放风筝，我想告诉你，我很乐意当那个为你将风筝放入天际的人……

读到这里，傅西杰没有再读下去，很明显这封信并不是写给他的。他发现信封里还有一张纸，就如信里所写的那样，这个人画了笔友的样子，附在信里。

那是一副女子的素描，精致的五官凸显了对方扎实的绘画功底，画上的女人微笑着，只有一个酒窝，而酒窝里好像长出了一朵莲花，不染尘埃，纯洁无瑕。

傅西杰看得有点入迷，但当他再次意识到自己不应该侵犯别人的隐私时，他立刻就把信和画原封不动地放进了信封里，然后又花了二十分钟用胶水把信恢复原样，又检查了一遍，他相信很少人能够看出这封信曾经被人打开过。

做完这一切，傅西杰长出了几口气，可回过神来的他想到了一个问题——这封信究竟是怎么来的？

“老乔头家……？”于是，他再次看了一眼收信人地址那一栏，这一看，可不得了。

对面老乔头家至今没人住进去，为何……

“估计是栋数写错了……”安慰着自己，奇怪的地址给那封信平添了诡异的气息，他把它丢在桌上用一本《新华字典》压着，用力摇了摇头，控制自己不再去想这件事。

夜晚的时光对于这个时代的大多数人来说是非常丰富多彩的。

可对于傅西杰呢？

无非就是随意地看看电视，然后上床睡觉。时针指向“10”点的时候，他已经躺在了床上，可翻来覆去却怎么也无法安然入睡，半个小时过去，他喘着粗气从床上爬起来，瞪着开始泛起血丝的眼珠，打开了那封刚封好不久的信。

很快，他就把信里的剩余内容看完，其实无非就是些爱慕之词和之前通信时聊过的话题，可即便是这样，也让傅西杰完全放松下来，他再次封好信口，舒舒服服地进入了梦乡。

这天晚上他做了一个奇怪的梦，那是在一片迷雾里，周围什么都看不见，只能看到前方有一个影子，他努力去追，却怎么也追不到。

翌日，不知是否因为追逐了一晚，傅西杰感觉自己很疲惫。打开窗看还没完全被点亮的天空，眼角余光不自觉瞟过桌上那封信，冷不丁地打了个寒战。

诡异的气氛让傅西杰吃的早餐都不如平时美味，而当他离开家推着自行车准备去上班的时候，一楼的王大妈突然叫住了他。

“西杰，西杰……”

傅西杰转身，一脸疑惑地看着王大妈。

“唉，问你点事。”王大妈走了过来，拉着他向外走了两步，而后转身看了一眼楼梯确定没人下来后才继续开口：“西杰，你家对门那女孩，是不是干什么奇怪的勾当？天天晚上都这么晚了才回来，每次都把你王大爷吵醒。”

“我家对门？女孩？等等，您的意思该不会是……”

“喔，对对对，我忘记告诉你了，人老了呀，就是容易忘事，老乔头的屋子租出去了，大约是半个月前吧，是一个女孩自己租下来的。”

“单身女孩？多大年纪？什么样子的？”傅西杰听后不假思索地问了出来。

“我也不知道，我只是听别人说有这么回事，据说还挺好看的，哎，这些不重要，今天找你来就是让你帮忙注意下她，每天都这么晚回来，要是真干些见不得人的勾当，那咱们可不能让她继续住在这里。”

若陌？这是傅西杰脑海中浮现出的第一个想法。

“行，您也别太担心了，可能只是因为工作原因所以回来晚罢了，不说了，我还得去上班呢。”说完这句话，傅西杰骑上自行车离开了小区。

王大妈就是这样，或许是人老了没事情干，总喜欢杞人忧天。

但王大妈提供的这条信息却是十分有价值的，至少现在一切事情都有些明朗起来——邮差看见那封信时的反应估计跟傅西杰差不了多少，但他凭借着自己的职业嗅觉本能地认为是寄信人写错了一个字，于是这封信就落到了傅西杰的信箱里。

来到单位，他像往常那样干着枯燥乏味的工作，也像往常那样应付着谢龙珂不厌其烦的骚扰。单位里面的人都说傅西杰的脾气是最好的，也只有他能面不改色地接受谢龙珂的“凌虐”长达数年之久，其实真的不是傅西杰脾气好，而是无可奈何。

他知道谢龙珂凭借着关系只会在单位里越混越好，而除非是不在这里继续干下去了，否则未来的日子随着谢龙珂权力的增大只会更难过，特别是在顶撞过他之后，他这样的人，最是记仇。

枯燥的时光很快就过去，午饭时间，公司的食堂里挤满了人。

每次到了吃饭的时候这里都是人声鼎沸，傅西杰却总喜欢一个人坐。他在单位里没有敌人，同样也没有朋友，从小时候开始他就是个孤独的孩子，他喜欢自己一个人静静地活着，不愿意被喧嚣打扰，也不愿意打扰别人。

“本来在这个时代会建立笔友关系的人，就已经算是知己了吧。”望着盘子里不算可口的饭菜，他不禁这样想，这也是他身处在时代变革道路上的感慨——喧哗的年代里，写信已经被视为一种迂腐的行为，也只有不把其他人的眼光当一回事的人才会继续进行那些令自己快乐的古朴行为。

傅西杰的一天过得很快，午饭后下午的时光本就过得比上午还要快，又是骑着自行车在暮色中回到家的楼下，停放好自己的座驾后他没有立刻回家，而是在楼梯间里来回踱步。

十分钟过去了，这个点楼梯间里没有任何人，他来到隔壁家门口前，抬起手，却又放下。如此反复再三，他终于还是敲了下去。

咚咚咚，沉闷的声音，可里面却没有任何声响，等了好一会儿，傅西杰才确定屋子里没有人。

看来这极有可能是若陌的女子真不是个下了班就会回家的人。傅西杰思前想后，立刻回家里把那封属于若陌的信拿出来。他小心翼翼地把信从门缝中塞进去，做完这一切后，傅西杰如释重负。他长出一口气然后回到家里随意地给自己弄了点晚饭，这天晚上他没有开电视，静静地坐在客厅那张木制长凳上，听着挂钟秒针走动的声音直到睡意袭来。

深夜的小区很安静，安静到十点之后能听见自己的心跳声，这就是傅西杰每晚的安眠曲。

接下来的日子里没有什么特别的事情发生，王大妈说的话傅西杰没有办法去印证，本想坚持着看看若陌本人是否真的是在午夜回家，但每次不到十二点傅西杰就无法抵挡强烈的睡意。

傅西杰是个睡眠质量极好的人，晚上除非是电闪雷鸣，否则想要吵醒他还是有极大难度的。于是若陌这抹模糊的影子又增添了几许神秘色彩，就好像最近傅西杰经常做的一个梦，那梦里只有某个女子的背影，在某个雾气朦胧的地方，她左顾右盼似乎在等待谁，可直到梦醒时女子都是孤单一人。

不知不觉，一周过去了。

周五晚上，这座城市的夜生活又将迎来高潮。可是对傅西杰来说今天的特殊性除了明天不用上班就只剩下回信——这几天应该是回信寄到的时候了。

果然在回到楼下时他看见了派送这一片区域信件的邮差阿发，他正疑惑地看着手上的信，时不时奇怪地望一眼楼道。

“哎，西杰，你来了就好了。”看见骑车回来的傅西杰，他赶忙叫住，“这已经是第二次了，你们这栋楼是不是有不干净的东西？”

傅西杰听后假装露出一个惊讶的表情，形式地问了下究竟发生了什么。

“你看！这地址是寄到老乔头家里的，可是我记得他几个月前不是走了吗？你说是不是他不愿离开，所以……”阿发的声音有些颤抖，“等等，也有一种可能是他在下面的朋友给他写信，但是鬼邮差派错了地区，从阴间邮寄到阳间来了……”

阿发是个迷信的人，或许跟他在一个迷信的家庭长大有关，傅西杰看着他，迅速想到一个借口：“其实是这样的，你也知道我写信交笔友了，但是这笔友交多了难免会遇上些难缠的，所以嘛，我就故意把地址写成老乔头家的，反正他家的信箱也用不着，我就借用借用。”

阿发听后瞪大了眼睛，看了看手里的信再看看傅西杰：“你小子竟然骗我……”阿发说着抬起手，“你上次还跟我说你交笔友是纯粹为了聊天，绝对不谈情说爱的，而且你，哈哈，我明白我明白，才子嘛，哪有不风流的，那我以后就直接把这信丢你信箱里了，你也真是的，不早点告诉我，害我吓得半死。”阿发把手搭在傅西杰的肩膀上，一脸的坏笑。

他俩认识已久了，若要追溯起来的话，应当是发小。只是傅西杰从小就孤僻的性格让他很难与大多数人深交，当然，阿发这种没心没肺没心机的人谁都不会讨厌的。于是阿发长大后成了邮差，替别人传递快乐或悲伤，而傅西杰成了个普普通通的文员，享受安静恬适的生活。

暮色中，阿发的身影消失在远处，他还哼着歌曲，这不禁让傅西杰有些内疚——就这样对他说了谎话，如果他知道了的话，不知道以后还会不会再这样勾着自己的肩膀说话。

但有些事情就是这样，回过头来懊悔并不能改变什么，就算无数次追问自己究竟为何当时会那样做也得不出一个答案。

人心最难琢磨，傅西杰从自己的信箱中把信全都拿出来，而后又望了一眼那属于老乔头的邮箱，他握紧手中的信，回家。

回信的日子总能让傅西杰感到愉悦，看着桌面上躺着的四封信，他能感觉到自己急剧加快的心跳。

忽然间，他意识到一个问题——今天就算加上若陌的信也应该只有三封信才对。

他忽然有种不好的预感，赶忙拆开，果不其然，当他读完信里内容时整个人顿时呆住，他脑海里不断有不好的画面闪过，其中掺夹着的，是童年时快乐的回忆。

那封信是他哥哥傅东路写来的，内容很短，却很要命：父亲病重，若不来探，恐难见最后一面。

生老病死是人间至理，无可逆反。

老傅头去年刚过完七十大寿，身体到了这个年纪本就已经很容易出问题，加上他去到省城后思乡心切，这一天天下来，他的状态也就越来越差。

尽管傅东路经常来探望两位老人，物质上的东西也从来不缺。但人的心情对健康的影响极大，一些早就埋下的疾病爆发出来时，速度实在太快，猝不及防。

傅西杰没有迟疑地就狂奔到小区门口的小卖部，他借用了电话并拨通了傅东路的手机：“喂？哥，到底发生了什么事？”

“都是我不好……”电话那头的声音充满了懊悔，“我想让他开心一下，于是把他的老朋友从老家接了过来，可是，可是他一下太高兴，一不注意喝了很多酒，当天晚上就中风了……”

接下来的对话具体是什么内容傅西杰已经不记得了，他也不知道自己是怎么熬过这夜晚的，总之第二天一大早他就离开家往省城赶，长途汽车当天就可以到达。

一路上傅西杰望着窗外飘逝而过的风景，大同小异却每个画面都能带出点儿时和父亲在一起的记忆。他有一个很平凡却很美好的童年，在得到了满满家庭关爱的同时也没有什么特别让他记忆深刻的事情，如果要比喻的话，那段童年回忆就像一碗暖暖的芝麻糊，无论是春夏秋冬都能让人感觉到记忆背后的温存。

午后，长途汽车抵达了省城，穿过吵嚷的汽车站，傅西杰拦了一辆摩的直奔医院而去。

老傅头在的区公立医院，在整个省城里来说绝对算得上是顶尖的医院。那是一间双人病房，另外一张床空着，这种待遇的病房并不便宜。

傅西杰一进来就看见陪坐在床边的哥哥傅东路，一个满面愁容的男人。而当傅东路看见自己弟弟后，脸上又多裹了一层愧疚，他低下头，握紧了老父亲的手。

傅西杰来到病床前，他的父亲还在昏迷中，那原本慈祥的脸因为中风已经扭曲了许多。他拍了拍自己哥哥的肩膀，他和傅东路从小一起长大，以一个弟弟的角度来看，傅东路绝对是个好哥哥。

傅东路比傅西杰大八岁，两人的性格截然相反，幼时害羞怕事的他经常被欺负，而这位好哥哥不管对方是谁都绝对会站在傅西杰这一边。

傅西杰相信自己亲哥哥的孝心，无论是物质还是精神上，傅东路肯定都会尽可能满足父母的要求，事实上傅东路只会感觉自己对二老还不够好，并不会因为父母的索要而心生厌倦。

他们两兄弟并排坐着，坐在自己病重的父亲前，默默地陪着他，没有人说话。

他们都握着父亲的手，感受那微弱的脉搏和体温，就是这双如今虚弱无力的手将他们带大，给他们幸福的生活，教他们做一个好人。

这样的沉默直到傅西杰的大嫂带着他母亲来到医院才终于停止，老母亲仍有泪痕的脸上挤出一抹微笑，她想用这心酸的笑容来安慰自己刚到省城的小儿子。

原来时间已经走到了晚上八点，看到自己的母亲，傅西杰站了起来，可忽然间一阵眩晕让他差点跌倒——今天他还没吃过任何东西。

好在一旁的傅东路一把扶住了他，两兄弟对望一眼，傅东路脸上闪过一丝担忧。

从小身子就不好的傅西杰平日里就吃得不多，在二老离开小城后，他的生活就更是随意。长年累月如此导致他今时今日除了血糖低外还有点贫血，深知自己儿子底细的母亲马上明白是怎么回事，她走上前来责备了傅西杰两句，而后立刻吩咐傅东路带自己的弟弟去吃饭。

不想让母亲再多一分担心，他跟着傅东路离开医院，一路驱车，去到那家每次他上省城来傅东路都会跟他一起来吃的粉店。破旧的木桌木凳，两碗粉，两个人，不计较嘈杂的环境和每天都爆满的食客，让人有些分不清时间，因为每次相见，都是一样的情景。

可惜这次的气氛太过沉重，就连那酸辣可口的省城名小吃也食之无味。

“其实……”傅东路放下筷子，先开了口，“其实爸这次的情况并不乐观，医生说他本来血压就很高，再遇到这种事情……”

这是傅西杰第一次看见如此无助悲伤的傅东路，忽然间他想通了一些事情：那个从小替自己挡风挡雨的大哥，那个责任感超乎常人，什么事情都要往自己身上扛的大哥，那个什么事情都要做到最好的大哥老了，他累了。

这些年来傅东路不断拼搏，从一无所有到现在拥有自己的公司，他从来没有在任何人面前示弱，也不去诉说遭遇过什么样的苦难，可一想到即将要失去最亲的人，就连他也无法再淡然面对。

试问这世上谁又能够呢？

傅西杰心里的担忧不比傅东路少，他知道自己的哥哥会说出这番话，那么自己父亲的情况就真的很差了。

“你还记得不记得，老头子曾经跟我们说过，他说总有一天这个家里就只剩下我们两个人，到了那个时候，我们一定要互相扶持，不要放弃彼此。”对，就像老傅头曾经说过的，现在傅家两兄弟都长大了，弟弟不能总要哥哥来安慰自己，他也想在某些时候当哥哥的避风港。

“当然记得，那是在我们这辈子第一次打架，也是最后一次打架后教育我们时说的，我还记得你小子咬我肩膀一直不松口，现在都还有牙印呢。”想起往事，傅东路也笑了，也直到这个时候傅西杰才发现，自己的哥哥看起来不像只比他大八岁，而是十八岁。

傅西杰因为愧疚低下了头，傅东路没有想太多，以为只是往事不堪回首，所以害羞的弟弟不好意思罢了。

的确，自从那次之后东路和西杰两兄弟的感情就非常好，尽管当时听来父亲那句话的意思不能完全理解。

“所以。”傅西杰拿起手边的瓶装矿泉水，喝了一口，“你还有我。”说完他把水放到傅东路面前。

看着还在摇晃的水，傅东路欣慰地笑了，他拿起那大半瓶水一饮而尽：“你也有我。”说完，他把空瓶放回到傅西杰的面前。

瞬间，两人的心情都好了不少，秋意渐浓的老街，地上布满落叶，直到此时此刻傅西杰才终于明白为什么傅东路每次都会带他来这家粉店，不仅仅是因为它的味道一绝，更多的是因为它的寓意是他们两兄弟感情最好的证明——要像老朋友一样，不离不弃。

重拾了情怀，傅西杰在医院附近找了间过得去的宾馆住下，简单洗漱过后，他躺在陌生的床上，奔波担心了一整天，望着不熟悉的天花板，没过多久他就进入了梦乡。

一觉到天亮，恢复了精神的傅西杰离开宾馆。住在这里的好处就是只需要步行十五分钟就能够走到医院大门，虽然不知道还要在这样的清晨来几次医院，不过内心深处他却希望自己能一直有理由在这个点来到医院的病房。

早晨的医院安静而空旷，就像是被禁锢的原野，压抑着不可言明的情绪，在内心里爆发，无处可去。

当傅西杰来到老傅头的病房时他大嫂已经不在这里，许是出去买早餐去了，总之他坐在睡着的母亲身旁，轻轻地抚摸她花白的头发。

母亲就这样守在老伴身边，也不知道多少个日夜。

望着老母亲苍老憔悴的脸，傅西杰心中的疼痛更甚，仔细想想，自己为二老做的事情实在是太少太少了。

“西杰哎……”感觉到身边的动静，她苏醒过来，看见是自己的小儿子，脸上终于有了点笑容，“最近过得还好吧？”昨天由于太过匆忙，他俩甚至都没能聊聊家常。

“嗯，好，一切都挺好的，你也知道的，在那边一般不会有什么变动的。”傅西杰轻轻握住母亲的手，那双数十年给他洗衣做饭的手。

“既然一切都这么稳定，你的人生大事也该解决了，你总说我和你爸催你，从你二十岁我们就说这个问题，现在你都三十了……”老人家观念比较保守，对于结婚这件事看得非常重要，越是早成家越好，不过像傅西杰这样的年纪也的确不应该还单着了。

“嗯，我知道，您放心吧妈，我一定会抓紧的。”傅西杰不敢去看母亲的双眼，在此情此景下，他愧对自己的父母——傅东路早早便顺着家里面的意思成了家，傅西杰的大嫂是老家亲戚介绍的，比傅东路大三岁。她不漂亮，却绝对是位贤惠的妻子，很快他们就有了孩子，在学习成绩上一直都挺争气，考上了外省一个不错的大学。

一向善解人意的母亲没有继续说下去，只是笑着凝望自己的孩子，直到儿媳妇从外面回来她才把视线移开。

傅西杰的大嫂买来了热腾腾的早餐，虽然所有人都没有胃口，但为了不在紧要关头掉链子却也都将就着把肚子填饱。

大约在早上十点的时候，嫂子和母亲离开病房回家休息，由于傅西杰的到来，已经很多天没去公司的傅东路在母亲的命令下只得重新去工作，瞬间这病房里就只剩下傅西杰自己和病重的老父亲。

医院的过道里走动的人渐渐多起来，时间像煮沸的水，慢慢蒸发，傅西杰看着熟睡中的老傅头，眼前蒙上一层水蒸气，记忆像幻灯片，一幕幕如梦似幻。

中间有医生来过，例行检查，单是看脸色傅西杰也能够知道，自己父亲的情况并没有好转。

傅西杰原本就已经很简单的日子在来到省城后变得更单调，每日除了睡觉就是到医院守着父亲，倒是有一次晚上和傅东路一起吃饭，但公司这么久没有管理，积压下来的事情让本来已经疲惫的傅东路压力极大，在那之后傅西杰就巧妙地拒绝了所有傅东路的邀请，让他有更多的时间休息。

这样的日子持续了大半月，最终他的老父亲还是没能撑下去，某天夜里，在傅西杰睡着的时候，他走了。

目送父亲离开这个世界的是母亲，那天夜里大嫂生病没去，也许这是上天安排的，让二老在最好的年纪里相识，在最安静的环境里告别。

父亲走后第三天，殡仪馆，父亲因为中风而扭曲的脸仿佛更僵了。傅家两兄弟在这个时刻情绪异常的淡定，傅东路说要好好地送父亲最后一程，傅西杰从他的话中听出了后悔和愧疚——自始至终他一直觉得自己对父亲还不够好，是他的疏忽让父亲走得这么早。

但傅西杰明白傅东路已经做了几乎所有在他的立场能够做的事情，之所以埋怨自己，更多是因为在成年后习惯把家里所有事情往自己肩膀上担的个性所致。

是夜，守灵夜，望着傅东路家中新添的灵位，傅西杰感慨万千，还记得小时候母亲经常拜祭爷爷的灵位，没想到情景置换得那么快。

守灵的不眠夜，傅东路一言不发，傅西杰脑海中挥之不去的是他今天在殡仪馆时那悲痛的神情，他忍不住在想，也忍不住问自己：如果自己的哥哥都不能算是一个孝子，那他傅西杰究竟要有多糟糕？

这是傅西杰有生以来第一次审视自己和哥哥间的差距，在此之前哪怕是他的父母也不会拿两个儿子来比较，无论是在任何方面。而这初次审视竟让傅西杰羞愧难当，仔细想想，自己原来一直都是不让父母省心的那一个。

不知不觉天边已渐见晨曦，傅西杰内心里对自己的审判大会也随之结束，还未散去的，只有那似愧疚似悔恨的情绪。在傅东路家里简单用了早饭，回到宾馆的他倒头就睡过去，火化仪式定在头七那天，接下来的这几天，他觉得自己都会在这破旧的宾馆里度过了。

傅东路从小就不迷信，所以也没找什么人算过火化的日子，但他履行了自己当初的承诺，在火化仪式这天，许多连傅西杰都已然不记得是哪位的亲戚都被请到了殡仪馆。

他看着这些远房亲戚，本来很悲伤的事情却因为傅东路愿意承担来回的车费和住宿费用变得更像是一场免费的进城旅游，他们堆着笑脸跟傅东路打招呼，可傅西杰那悲伤的哥哥却自始至终都没有对谁笑过。

在这个地方，没人能要求谁掉下眼泪，却也没人想看见谁的笑脸。傅西杰静静地站在傅东路的身边，旁边是他的母亲，几个素未谋面的亲戚和她闲聊时竟然一直以为傅家只有一个孩子。

心里那复杂的情绪变得愈发汹涌，也不知是汗颜还是气恼，接下来发生的事情他已经记不太清楚。只记得在默哀时除了他们两兄弟和母亲没人流泪，不仅如此，瞻仰遗容时还有几个十七八岁的毛头小子在闲聊他们自己的事情。

在傅西杰看来，这是一场多么荒唐的葬礼，待这些荒唐的人都离开后，他看着殡仪馆工人把父亲的遗体推走，那一刻他忽然感到一丝可悲。

但至少在世俗人眼里这已然是一场了不起的葬礼，本来傅西杰以为傅东路应该会满意今天的成果，直到回头看见哥哥那双空洞的眼神他才真正明白：今天无论邀请到了多少人，弄出多大的阵仗，对于他这位一直在拼搏的哥哥来说今天注定都是一场连差强人意都算不上的葬礼。

尘埃落定，傅西杰并没有马上离开省城，他知道自己那表面上没有表露出什么的老母亲需要人陪，而一辈子都在替别人操心的她肯定不会让傅东路丢下公司留在家里陪自己。至于大嫂，她的确很贤惠，但毕竟不是血亲，自从离开小城来到省城后便聚少离多的小儿子才是她真正需要的人。

没有任何推卸的理由，傅西杰开始了两点一线的生活。

最后傅西杰还是没有住进傅东路家里，而是选择距离较近的一家宾馆。他每天都会按时去陪伴自己的老母亲，无论她想做什么，他都会陪在她身边。

起初母亲也埋怨傅西杰不顾工作，她总喜欢说自己没事没事，直到他俩出去散步时她第五次用老傅头的昵称呼唤傅西杰，那忍耐了许久的泪水才终于决堤而出。

她扮演母亲的角色太久太久了，而在每个母亲眼里自己的儿子总是长不大的小宝宝。

她照顾傅西杰和傅东路也很久很久了，哪怕相隔千里，哪怕事业有成，在母亲心里他们都还是从自己身上掉下来的一块肉。

可她也是一个人，是一个女人。

脆弱是不可或缺的一面，而悲伤则是诠释它的方式之一，泪水则是悲伤化成的结晶。

于是他陪着她坐下，在公园的石凳上。他紧紧握着那双布满皱纹的手，母亲什么也没说，傅西杰拿出纸巾替她擦拭脸上的泪水——现在说什么都没用，在这个时刻，一个儿子能做的事情并不多，但相对于一个失去老伴的母亲来说，却也已经足够了。

第二章

烟雨（2）

在儿子面前释放情绪后，傅老太太的精神很快就恢复了过来。除了偶尔会看着傅老头子生前最爱坐的那张椅子发呆，她已经基本变回以前那个絮叨的老太婆，这过程除了儿子陪伴，还需要时间辅助，两个月就这样过去，现在已然是冬天了。

傅西杰仍旧坚持每天陪伴，但随着每日不停地唠叨，他终于决定要离开省城回到属于自己的地方继续生活。

他就是这样的人，不喜欢别人在耳旁重复不停地说一件事，因为如果那件事他认为是自己必须要做的重要事情，哪怕只是只言片语提及过，他也一定会完成。

不管是在哪个时代，成家立业都被奉为人生更重要的两件事。立业暂且不说，这还要谈及际遇，能够早日娶个老婆生个儿子，是两位老人一直希望傅西杰赶快完成的事情，更何况傅西杰早已不再年轻，再过两年如果依旧孑然一身，恐怕就要遭到旁人的指指点点了。

定下了离开的日子，他打算和家人一起吃一顿饭，毕竟父亲过世后每个人心情都不好，也都在忙这忙那，还好时间磨去了一些悲伤，是时候重新让家庭的氛围好起来了。

事情也的确向着好的方向发展，餐桌上逐渐有了往日的气氛，只是在一番谈笑下来之后，众人会不自觉变得沉默，因为若是在往日，此时是傅老头子发表自己看法的时候。

好在傅东路想到了一件事情，打破了沉默。

“对了，西杰，你猜我遇到谁了？”

“谁？”傅东路很少会这么神秘兮兮地说话，这也让傅西杰对自己哥哥遇到的人来了兴趣。

“我今天去谈生意的时候竟然遇到了你大学同学，就是那个长得特别好看的，叫什么来着，对了，黄舒晴，没错，就是她！”

黄舒晴是傅西杰的同班同学，与普普通通的傅西杰不同，黄舒晴是校花级的人物，当时追她的男生不知道有多少，只可惜黄舒晴直到毕业都还没有男朋友。

“喔，每天都有巧遇发生，看来你遇到了。”嘴上这么说着，傅西杰的心跳却忽然加速。

“你别说，这还真的是挺巧的，本来我是去谈合作的事情，但对方却想多一家公司来加入这个项目，本来我还想委婉拒绝，但一看来人竟然是你那老同学，一问之下才知道，别人现在自己开了家公司。哎，你别说，这黄舒晴虽然又漂亮又能干，但却没有忘记你这个不起眼的同学，那天我们聊完正事以后她拉着我问了不少关于你的事情。”

“是吗……那你们都聊了些什么？”傅东路看着自己弟弟一直单身其实也着急，所以傅西杰对他说的这番话持怀疑态度。

“我和她还能聊什么呀，我们又不熟，家里面这些事情我也不好随便乱说，所以她说想要直接找你聊聊。”说这话的时候傅东路转头冲着傅老太太瞟了一眼。

这小动作怎么可能逃过傅西杰的眼睛，他暗暗叹了口气，说：“找我做什么，我可不记得有欠过她钱。”

“哎，我说西杰，你就不能争气点吗？我这个大哥已经替你做了很多事情了，而且这次，我敢打包票，绝对是她问我要你的联系方式我才给的，她说要搞同学聚会，联络不上你，我想想也是，你到现在都还没手机呢，所以我今天去给你搞了台最新款的，诺基亚。”

傅东路边说着边把一个盒子递给傅西杰，对于这种高科技的东西，傅西杰本能地拒绝，但哥哥既然都已经买了，他也不好推辞。

“本机号码和黄舒晴的号码我都写在纸条上放进去了，你要是有什么不懂的就问我。”傅东路使用手机已经有些年头了，傅西杰则连座机都很少使用，望着那印着商标的手机盒，他点了点头。

之后他们又闲聊了一些令人开心的往事，时间过得很快，到了告别的时候，傅老太太又叮嘱了好几遍这几天一直在提及的事情才把傅西杰送出家门。

回到酒店，傅西杰从盒子里拿出手机，长方形的小东西，头上有一根可伸缩的天线，那张写有黄舒晴电话号码的纸条就在盒子里。

他拿起手机，独自望着窗外的月，中秋已过，月亮残缺，就像他的青春，已经不再完美。

傅西杰和黄舒晴其实除了是普通的同学外倒也还有些过往，这件事情连他哥哥都不知道。

大学时的黄舒晴集万千宠爱于一身，本来普普通通的傅西杰是不可能会跟她有任何关系的，直到他第一次参加文学社的活动。文学是傅西杰少有的几个兴趣爱好之一，当他知道大学有社团这种东西时自然是要参加的，这就像是命运安排好的剧本，文学社成了傅西杰和黄舒晴相识的舞台。

“喂，你好。”电话通了，那头传来熟悉的声音。

“你好。”许久未联系，一时间傅西杰竟然不知道要说些什么。

沉默，傅西杰不知道该说些什么，黄舒晴则还在奇怪对方为什么不说话。

过了好久，电话那头的女人似乎想起了什么，恍然大悟道：“傅西杰？”

“嗯，是我。”傅西杰如释重负般地松了口气。

“可算找到你了，我还以为这次同学聚会见不到你这个老对手了呢。”听着黄舒晴爽朗的笑声，傅西杰不禁又开始回想在校园里的时光。

随着文学社不断地发展壮大，加入社团的人越来越多，不过其中很大一部分都是为了接近黄舒晴而来，所以成员的水分越来越大，也导致许多文学社的分享作品活动都成了变相的告白会。

“你还记得以前的事啊，都过去那么久了。”傅西杰由衷地笑了，原来，她也记得以前的事情。

在那段岁月中，只有少数几个成员是真的在写自己喜欢的文字，而傅西杰和黄舒晴则是其中的佼佼者。

“当然记得！我怎么可能忘记呢，你写的那首《花》我还差不多能背出来呢，你最近怎么样？还有继续写诗吗？”

“早没有了。”或许是因为没了与黄舒晴的互相竞争，毕业后参加工作的傅西杰没了再继续追逐文学的念头。

“这样呀，太可惜了，哎，对了，同学聚会你必须得来，大家都好久没见了，是时候聚聚了。”

“……嗯。”

是啊，距离毕业都已经过了好久了。

傅西杰本就是个念旧的人，加上难得黄舒晴还记得自己，他当然会去。得到答复的黄舒晴很开心，她再三把时间地点交代后才不舍地挂掉电话。

同学聚会的时间定在三天之后，或许是命里注定傅西杰要参加，所以才让在他临走前一天的晚上知道这个消息，无论如何他都得在这间宾馆里多待几天了。

傅西杰并没有把自己留下参加同学会的消息告诉傅东路，虽然不抱任何幻想和希望，可傅东路和傅老太太肯定会对这种事情特别关注，傅西杰不想让自己的亲人失望。

所以，傅西杰用等待的时间回了趟大学，曾经待了四年的地方，现在看来，许多东西都没有改变，只是校道上的面孔已不再熟悉。

傅西杰从小到大基本没怎么改变，大学时的他也同样是个不怎么爱说话的内向孩子，或许是因为周围有太多优秀的人，只有在文学社时他才能找到自信，所以对于他来说，整个大学的记忆，不外乎就是三个地方：宿舍，教室，文学社。

这也是为什么当傅东路提起黄舒晴这个名字时他心中会有些许涟漪荡开的原因，文学社里最耀眼的人，正是黄舒晴。

凭着记忆，傅西杰来到校园西门那棵大榕树下，他记得在这里举行过一次文学社的诗歌朗诵，也就是在那天，傅西杰写的《花》第一次击败了黄舒晴的作品，赢得了社内的一等奖。

不过今时今日再望去，那里早已没了当时的身影，能看到的，只有依偎在一起的情侣在卿卿我我。

三天很快过去，同学会当天，傍晚时分。

傅西杰搭了一辆三轮车晃晃悠悠地来到约好的地点——一家在省城颇有名气的饭店。说是颇有名气，其实也并没有多么富丽堂皇，按照黄舒晴所说的，他来到了指定的包厢。推开门，里面摆了三张桌子，此时已经坐了一半人，傅西杰第一眼就看见了人群中的黄舒晴，她似乎比以前更迷人了，这些年的时光没有抹去她素雅的气质，反而在此之上增添了成熟的韵味。

“傅西杰！”

她也看见了他，不知为何一声高喊，瞬间整个包厢变得鸦雀无声，所有人的目光都汇聚过来，傅西杰尴尬地笑笑，赶紧随便找了个地方坐下来——他已经不记得自己上次被这么多人注视是什么时候了，总之这样的感觉让他全身上下都感觉非常不舒服。

幸亏在场的各位同学除了黄舒晴外没有人太在意傅西杰的到来，很快气氛又恢复如初，这也让傅西杰缓过来。他还是喜欢一个人静静听旁边人说话，默默看周遭人的表情，偶尔会感叹为什么自己总是融不进大家的话题里，最后总是很快释然：其实这样挺好，当一个不被别人注意的透明人，在需要的时候出现，有时偷偷溜走，也无人会发觉。

不过很快平静就被打破了，黄舒晴在众人的目光下坐到了傅西杰身旁，眉宇间的喜悦难以掩饰，正常人都能够读出她此时的心情。

“傅西杰！”

“……”

这么富有活力的打招呼方式让他不知所措，当然，大学时的黄舒晴也并非是冷美人，但她活泼的一面只会在自己闺蜜面前展露，记忆中还没有哪个男同学能让她露出这样的表情。

“你愣什么，我叫你呢！”所有包厢里面看着他的目光飞快地转换了三次，从不解到惊讶最后掺入了一丝嫉妒。

忍耐着浑身不适，傅西杰好不容易挤出一句：好久不见。

“你最近怎么样，在哪里高就？”

“我？我回老家发展了，就是个普通的文员。”

本没什么特别的对话，可旁边的同学听见后竟从鼻腔中发出了奇怪的声音。这声音黄舒晴也听见了，她皱眉望了对方一眼。

“挺好的呀，与世无争，倒是像你的性格。”她没有被别人影响，继续笑着和傅西杰说。

“好不好也就那样吧，我听我哥说你自己开公司了，你还是那么能干。”要说傅西杰当年对黄舒晴没有想法那是不可能的，可相比于傅西杰只能在文学社找到自信，黄舒晴却在各个领域都得心应手，无论是专业学习还是后来加入学生会后的表现都得到了老师和学校的肯定。

所以他只能默默地把爱慕之情放在心里，但话又说回来，以傅西杰这样的性格，就算没有这些外在因素他也很难踏出那一步。

“能干什么，还不是过日子嘛，其实人活着开心最重要，开多大的公司都没用。”

说到这里，黄舒晴的神情有些黯淡，傅西杰不知道为什么，也不知道继续说什么，只能沉默。

好在这样的沉默并没有持续太久，过了一会儿，基本上来参加聚会的人都已到齐，服务员也陆陆续续地把美味端上桌来。

在这个物资愈发丰富的年代，人们对美食的品质追求也发生着变化，同学会上西装革履的那些人看起来混得风生水起，一边大快朵颐地吃着眼前的食物一边天南地北地侃着大山，傅西杰感觉自己完全搭不上话，只能低头默默地在听他们聊天的内容：

“这个月，我们公司目标是五个项目。”

“我这半年都在忙，老板太信任我了，什么事情都让我干。”

“唉，还是你们过得好，我那破公司现在才有十几个员工呢。”

看起来傅西杰这个班上的同学们都是各界精英，唯独黄舒晴没有参与进去，只是偶尔有人跟她说话时礼貌性地回答一下。她不停地喝酒，自己一个人时喝，有人过来敬酒时喝，傅西杰不曾记得大学时的黄舒晴有喝过酒，但现在看来她的酒量倒是不输在座的大部分男人了。

他很想劝她不要喝那么多。

他很想随便找个话题跟她聊聊。

可那些不停吹嘘着自己有多厉害的同学每个都像是豺狼猛虎，仿佛只要傅西杰敢开口和黄舒晴说一句话，他们就要生吞活剥了这个混得不怎么样的老同学。

终于，大家都吃喝累了。

没人愿意再站起来敬酒，那些不胜酒力或有其他理由的人早早离开，原本热闹的包厢里少了一半人。顿时冷清下来的气氛让傅西杰知道时候也已经不早，他感觉继续留在这里也没什么意义，于是便想要离开。

可当他刚要站起来的时候，身旁的黄舒晴察觉了他的动作，轻声唤了一声，留下了男人要离开的脚步。

傅西杰用询问的目光看着她，这时他才发现，那个从认识开始就不敢过多正视的女人在那艳丽的外表下竟然也会露出这么寂寞的神情。

“别走，我还有话跟你说呢。”她脸色透红，不知是醒是醉，呼出的鼻息里夹着浓浓的酒精味。

尽管如此，傅西杰还是坐了下来，静静地听她想要说什么。

“这么多年没见了，为什么你感觉好像没什么话要对我说的样子呢？以前我记得你总是喜欢偷偷地看我。”黄舒晴妩媚地笑了。

“我？我也不知道，或许我天生就不擅长说话吧。”傅西杰看着眼前的黄舒晴，心中产生了一股强烈的陌生感。

“是吗？其实不会说话也挺好……”还有同学在陆续离开，很快偌大的包厢里就已经不剩几个人了，“你结婚了吗？你哥哥的孩子都上大学了，你也应该成家了吧。”

“还没呢。”又是这个话题，傅西杰不明白为什么最近这么多人关心他的终身大事。

“还没结婚？”黄舒晴虽然语气很惊讶，但看她的表情却好像是在意料之内的事情，“你都这把年纪了还不结婚怎么行，对了，你有我号码的吧，哪天你有空了打给我，我也有几个适合你的朋友没结婚呢。”

傅西杰听后表面答应，却忍不住去看黄舒晴纤细的手指——那上面并没有结婚戒指。而后，他俩随意地又闲聊了好一会儿，说的都是些当年的事情，文学社，诗歌，梦想，这些东西对于现在的傅西杰来说都已经太遥远了，在小城里与世无争的生活，的确会让人变得健忘，其实只要不忘本，这也不外乎是一件好事。

离开饭店的时候已经是晚上十点多，黄舒晴有车，执意要把傅西杰送回宾馆，两人在车上一言不发，直到下车时女人才丢下一句话。

她说：“记得打电话给我。”

而傅西杰，只是本能地应了一声。

送走了黄舒晴，傅西杰躺在不算柔软的床上，脑子里还在想着那个无论是在大学时还是毕业后都如此迷人的女人，只是倾慕之心早已淡了许多，现如今留下来的，更多是重新见面后她一连串的奇怪举动。

毫无疑问的是，她变了。

不如以前那般单纯，好在也没显得多世故，究竟这些年她经历了什么事情？如果旁敲侧击地当面去问她或许可以猜出个八九不离十，可惜刨根问底不是傅西杰的性格，遇到这种事情他更喜欢自己闷着慢慢琢磨，这是他生活的乐趣之一。

把自己丢进迷雾里，慢慢拨开，就算实在无能为力，那也就由他去了。

迷迷糊糊地睡着，早晨醒来时已经是九点多，可他不赶时间，悠闲地退掉房间，傅西杰慢悠悠地搭上了下午开往小城的班车。

车轮转动，摇晃的车上傅西杰一言不发地看着窗外闪过的风景，完全不被身旁吵闹的人们影响。

只是这一次和来时不同，那时因为父亲病重的缘故，脑海中冒出的都是不好的想法和儿时弥足珍贵的记忆。

在父亲走后，心情得以舒缓过来的傅西杰不再纠结于负面情感，反而在看天边的云朵时总能想起以前黄舒晴在文学社和别人争论用词时认真的脸庞。

看来，是该成家了。想到这里，傅西杰无奈地笑了笑，有的时候人会莫名地感到无奈，其实并非有多么无可奈何，更多的，只不过是单纯地抒发一下内心的真实情感罢了。

当傅西杰回到小区时已经很晚了，老人们早已进入梦乡，他轻手轻脚地在夜里行走，回到楼下时还不忘打开信箱——果然，这些天不在，信箱里塞满了信。

不回信可不是个好习惯，尤其像傅西杰这么看重文字交流的人更是如此，瞬间他心里有些难受，即便有充足的理由，他也很难在这一刻原谅自己。

直到在上楼时闻到楼梯间里的香水气味，傅西杰才把注意力从没有及时回信这件事情上转移过来。

那味道是他在这楼里第一次闻到，在这他极少会出来活动的深夜，那股味道好像来自某个自己曾经做过的美梦里，那个面看不清楚样子的女子身上。

若陌，神秘的女人，十有八九是她身上的香味。

联想到王大妈说过的话，傅西杰脑海中浮现出了这个名字。他朋友少，异性朋友更少，从小也因为害羞没怎么跟女生玩在一起，对于女性思维方式他完全依靠自己的臆想，而在固有思想的作用下，香水味对于他来说无疑是一种贬义性质的东西，这一瞬间，他竟对若陌有些失望。

脑中胡乱地想着，傅西杰开门回到家里，空荡却又熟悉的感觉给了他安全感，顿时睡意涌出，连信都没拆开，世界很快昏天黑地。

这一觉睡到早上九点多，尽管如此，他却仍然感觉很疲惫，清醒后意识迅速恢复，让傅西杰重新意识到自己已经回到了家里，脑中一闪而过的某个念头立刻把他紧张的神经给勾起来——工作。

按理说家里面出了大事，请假是应该得到通融的。只是傅西杰这假请的时间的确是有些长了。

当时因为情况紧急，傅西杰也没有明说要请多长时间的假，老傅头走了以后他只能不停地打电话给领导续假，直到领导发出最后通牒时，正好是傅西杰得知有同学聚会这件事的那天。

怀着沉重的心情他离开家，街上有许多各自奔波的人，傅西杰很快加入了其中的行列。他骑着自行车飞快地掠过老旧的邮筒，不一会儿就赶到了公司。

其实像傅西杰这样的人，就算这么长时间不来也不会引起一般人太大的注意，他没有朋友，也没有敌人，如果偏要说有的话，谢龙珂恐怕要算一个。

就如同预想中的那样，刚一进公司就被无所事事的谢龙珂看见，这坏透了的人带着头起哄，让许多在工作中的同事把目光聚集到傅西杰的身上。

傅西杰低下头不去应对，径直地走进了领导办公室，接下来的事情当然也是避免不了的——那一顿从道德到纪律的谴责。

也不知领导究竟说了多久，傅西杰听见的只有他说的“出去”二字。无论如何，工作是保住了，可惜傅西杰的心里没有丝毫的喜悦。

“哎哟，我们的旷班大英雄出来了？怎么样？领导都赞扬了你什么？”谢龙珂早就等在外面，也不知在傅西杰请假的时间里他是不是都在想着用什么样的方式来捉弄这个刚刚失去父亲的同事。

傅西杰什么话也没说，继续低着头回到自己的座位，离开时收拾得整整齐齐的桌面此时变得乱七八糟，不用想也知道这件事跟谢龙珂脱不了干系。

一言不发地把东西重新摆放整齐，再用纸巾擦去上面的脏东西，傅西杰才终于缓缓地把头抬起来，好好地环视整个办公室。还好，这一望之下得到的结果让他安心许多：除了谢龙珂仍用不怀好意的眼神望着他外，其余的同事已经再次进入了自己的工作中。

长舒一口气，傅西杰调整心情，努力让自己进入丢下了快三个月的工作中。

秋天安逸的清晨缓缓过去，随着时针指向中午，大家都纷纷起身离开去食堂吃饭。傅西杰当然也不例外，他连早餐都没吃，在事情渐渐淡化后，腹中的饥饿感疯狂涌出，这加快了他的步伐。

熟悉的食堂，他已经在这里吃了多年的午饭，每次来时傅西杰都点一样的菜，坐在同样的位置，一个人吃。可今天似乎多了点其他东西——本来无人在意的他，成了茶余饭后的话题。

并没有具体听到别人在说什么，只是自从傅西杰踏入食堂以来就感觉浑身不舒服，总有同事或不经意或刻意地用眼角的余光看过来。

这一刻傅西杰终于知道，这些人并不是不去议论，而是换个地方，换个时间，再换种方式。他早就知道人情的淡漠，现实也最终将他最后的幻想打破，在这样的情况下人只能默默接受，他加快速度吃完饭，努力让自己的内心再孤独一点，希望这样能让每天的时间过得快一点。

接下来的时间怎么过去的，傅西杰已经忘记了，或者，他根本也不想去深究。总之谢龙珂的冷嘲热讽肯定是少不了，同事们那看戏的态度也明显恶劣了一些，世界充满了恶意，就连那辆伴随他许久的自行车也在半路掉了链子。

花了半个小时找人重新修好自行车，摇摇晃晃，傅西杰回到家。小区给他带来的归属感和安全感填充了空虚的内心，楼底下碰巧遇到的王大妈，这一刻，她像个可爱的天使。

“小杰，来来。”看见傅西杰，她很是高兴，她知道傅西杰去了省城，却不知道他去省城做什么。

“王大妈，怎么了？”停好刚修好的自行车，打心底里笑出来。

“这段时间你去省城干吗了？我看你怎么好像瘦了，是不是遇到什么事儿了？”王大妈皱起眉头。

真心实意的关心，这比钞票更让人感动。王大妈以前就和傅西杰的父母关系挺好，现在问起，傅西杰也没有遮掩什么，把发生的事情都告诉了她。

生老病死本是不可抗拒的事情，到了王大妈这样的年纪却难免对生命逝去产生一种微妙的感觉，傍晚的光幕下，她离开时的背影多了几分落寞。

温暖的家，当人遇到挫折或情绪低落时它的意义才会更完美：虚荣心勾起的物质欲消失殆尽，最基本的诉求变得珍贵，情感唯一能够发酵升华的地方，只有那处属于自己的小天地。这些都是傅西杰在踏进家门的那一刻的感触，他轻轻关上门，拿起那一沓还未拆封的信，开始细细品味起来。

离开了几个月时间，对于写信给傅西杰的人来说，他就好像人间蒸发般，从一开始仍然热切期盼得到回应，到后来疑惑询问，好感能催化荷尔蒙，也能彻底摧毁它。在屡次求问得不到结果的时候，大多数人都会选择放弃，这是无可厚非的事情，就连责怪的资格都没有。

当然，事情不是绝对的，离开的人也并不是全部，只不过那不是傅西杰最关心的部分罢了。他望着那五六封字体娟秀的信，在最后道别的字里行间，男人完全感受到了内里散发的伤心和失望。生活充满了太多无奈，这位笔友是他最近在报纸书信交友栏认识的，两人聊得挺投缘，对方本以为会有进一步的发展，但忽然消失的笔友难免在不安的臆想中变成玩弄情感的骗子，到了现在这个时候，再解释也没有用了。

叹了一口气，傅西杰把信收好，再看另一沓，那字体朴茂工稳，明显出自男人之手。

若陌，对门那位神秘女子，当初离开时没有来得及把真相告诉邮差阿发，所以那些写给若陌的信依旧全部塞进了傅西杰的邮箱里，从写来的信看来，她很清高——继上一封信后即便没有收到对方的回信也没再给对方写过一个字。

所以，那个画过若陌的男笔友也走上了之前那位女笔友伤心的足迹，傅西杰又看了一遍绝望的文字，在心里由衷祝福这两个同样因为傅西杰而大获感伤的笔友能够找到自己的幸福。

看完了这些绝望的信，傅西杰感到非常内疚，只有经常与笔友进行交流的人才会知道能够互相通信并且聊得来有多么不容易，他一时好奇，为了能够偷窥别人的私隐用地利人和的优势获得了这个优先看信的权力，可不曾想突如其来的变故让若陌和她的男笔友缘尽于此，而且是无法补救的那种。

敲开若陌的门然后把信全部交给她并承认自己动了手脚让她收不到信？这很坦诚，却并不是傅西杰做事的风格，他并不龌龊，也绝对没有害人之心，认识他的人也没人说傅西杰是个坏人，但也正是因为一直如此而塑造的诚实形象阻止了他成为一个知错就改的好人。

于是他开始想其他办法来弥补，想着想着，脑海中闪过的想法就渐渐与如何补偿若陌毫无关系了。

从来信中得知，那位伤心笔友和若陌也是在报纸交友栏中相识的。想到这里，傅西杰夺门而出，目标是门口的值班室。

傅西杰订有报纸，每天订的报纸都会送到值班室，如果没拿就会一直放在那里。

跟值班室的大爷道了声好，他把过去几个月的报纸都翻了出来，当然，报纸这种时效性的东西不是珍藏的对象，所以这里剩余的并不完整，可傅西杰的运气不错，果然让他看见了若陌登的征友信息，时间在一个月前。

“若你我本就陌生，比繁星点点还茫茫的人海里，我们凭什么相识？”每个登报征友的人都能写一段话，有诗意的，有务实的，而若陌是那么特殊，说不出的迷茫，说不出的无奈。

抽出这张报纸，和大爷说了声再见，傅西杰快步回到家，此时已经晚上八点多，冬夜的月光特别皎洁，照在他步子后面，留下轻快的痕迹。

果然若陌在得不到这位笔友回信后又上了交友栏，可惜那清冷独白塑造的形象太过孤高，如同月光下站在山巅的惆怅女子，一袭白衣随风舞动，不必说话已经拒人千里之外。

每个人都有自己的故事，傅西杰毫无疑问是个孤独的人，他将若陌的话放进自己从小就孤独的故事中，那惆怅女子的影子，竟是似曾相识。

写信，他决定给若陌写信，冥冥中像是天意，或许他本就该这样做。他用整整一晚上的时间来写这封信，这种重视的感觉前所未有，一次次地把信纸扯开揉碎，不知不觉倦意袭来，傅西杰就这样在桌上睡了过去。

当他醒过来时已经是上班时间，意识恢复完全后脑袋的疼痛感提神醒脑，再接下来连续的几个喷嚏很明确地告诉傅西杰——他感冒了。

久病成良医，从小就没离开过小病小痛的傅西杰很快评估了自己的状态：虽然很难受，但坚持上班应该没问题。

简单收拾了自己和饥肠辘辘的肚子他来到公司，迟到已经在所难免，领导那黑得发青的脸，好像是见了几辈子的仇人。

臭骂一顿肯定是少不了，在这过程中傅西杰低着头，脑子里想的依旧是怎么给若陌写最完美的开场白。

就像那句独白带给傅西杰的震撼，迟到的人儿始终相信第一印象的重要性，他也是这么诠释“万事开头难”这句话的。

领导的训斥没持续多久，傅西杰得以回到自己的座位上，同事们的目光如芒刺在背，谢龙珂那阴险的笑容酝酿着阴谋，他知道很多事情没有办法解释和避免，低下头，摊开信纸，今天的工作已经抛在脑后，最重要的是要好好地完成这封信。

认真是时间的催化剂，不知道尝试了多少遍，傅西杰终于画下了那个句号，他伸展疲倦的身躯，这时他才发现，原来现在已经是下班时间。办公室里剩下的人已经不多。没了那些目光，这个地方仿佛恢复到了往日的样子，过去他总是轻轻松松的一个人默默上下班，不被人关注的感觉，实在太好了。

可就在傅西杰刚做完手上的事情要离开公司时，一只饱含罪恶的手从他身后伸来，抓在信封上。

这可是对傅西杰来说很珍贵的东西，下意识的他手上也用上了力道，信纸本就不堪蹂躏，这两方同时施加力量，瞬间信封就被撕成了两半。

“哈哈哈，我看你写了一天了，怎么样，感觉还好吗？”罪犯就像个还没长大的孩子，拿着那半封信，躲得老远，脸上那纯粹是因为犯罪而绽开的笑容夹着无与伦比的粗鄙和恶俗。

谢龙珂，本来傅西杰早已习惯了这个人的所作所为，如果放在平日他肯定会选择息事宁人。

可父亲的过世，一众同事奇怪的目光，多年的积怨再加上对若陌的幻想，多种因素加持之下，傅西杰心中那团几乎不可见的火苗终于被点燃，他瞪大双眼大吼一声——抄起台面上的笔筒就往谢龙珂脸上砸去！

这已不再是小打小闹，傅西杰这一下用尽了全力，笔筒里有钢笔，有铅笔，有水性笔，巨大的力量推动下它们在空中分散开，瞬间整个办公室一声闷响——石制的笔筒重重地砸在了墙上。

无论是听声音和笔筒飞行的过程都足够告诉在场人如果被砸中会是怎样的下场，在场所有人都被吓到了，他们呆呆地望着傅西杰，仿佛从来没有见过这个人。

“喂，傅西杰，我只是……”谢龙珂也感觉到事情不妙，他想开口辩解，但盛怒之下的傅西杰根本不由他多说，肾上腺素疯狂地催化他弱小的身体，尽管从小到大没有打过架，但没见过猪跑还吃过猪肉呢，凭着从电视上得来的记忆，他用生硬的姿势拿起那张他坐了几年的凳子，毫不犹豫，再次丢向谢龙珂。

又是一声闷响，可怜的墙壁再次遭殃。

谢龙珂着实被吓到，他不再辩解，而是飞奔似的离开办公室。看着敌人逃离，傅西杰胸中的怒火终于得到了宣泄，他喘着粗气，眼角的余光正好看见也想要溜走的其他同事。

“喂。”傅西杰叫住其中一个人，“明天帮我跟老板说，我不干了。”说完，他头也不回地离开。

一份稳定的工作，朝九晚五，在这小城来说已经可以让一个人过得非常安逸，若是相亲找对象的话也是很加分的一项，也正是因为如此，这么多饱受谢龙珂欺凌的人才会敢怒不敢言。

毫无疑问明天整个公司都会知道傅西杰的事情，这个平时沉默寡言的同事，为了一封信把谢龙珂给砸了，不仅如此，还炒了老板的鱿鱼！

一封信？在旁人眼里，整件事情的确是这样，可事情的真相到底是怎样，只有当事人自己才知道，只不过傅西杰肯定是不会告诉其他人了。

还是那辆摇摇晃晃的破自行车，一路吹着冬天刺骨的寒风，傅西杰回到家。就算信被撕毁，可里面的内容他又怎么可能忘记？从这个角度看他其实这没什么损失，但这就是理性与感性的区别。

对付了自己饿了一天的肚子，傅西杰只花了半个小时时间就重塑了那封写给若陌的信，不仅如此，或许是发泄情绪后思路特别清晰的缘故，在他看来手上这封信的完成度比在办公室写的那封还要高。

最后，傅西杰又检查了一遍地址，收信人那一栏肯定是没错的，而寄信人地址他就需要再反复确认了。

就用自己家的地址？

其实让若陌知道自己就住在她对门似乎也没什么问题，可就是有个说不上来的原因让傅西杰本能地排斥这个选项。于是他选择了一个老朋友的住址，事实上，应该是他哥哥的老朋友才对。

那人和傅东路是同学，两人同年离开小城去省城发展，而后也相继把自己的父母接了过去，可不是每个人都有个像傅西杰这样愿意留在这里的弟弟，于是他们家那套房子就空了出来，本来出租了一阵子，后来由于租户的种种问题让人烦恼不已，于是那人就把钥匙丢给傅西杰，让他帮忙照看。

说是照看，傅西杰也没去过那边几次，那地方距离傅西杰的家并不近，并且那人自从离开后就再也没回来过，他也知道他们回来的可能性不大，之所以还留着那所房子的原因恐怕只是给老人家一点念想。

所以，有这么好的资源，傅西杰当然不会放过，只是由于太久没去那边，楼号和房门号有些不太记得罢了。

心想着明天寄信前去确认一次，眼角的余光正好看见几封自己已经读完放在一边的信——看来他还得继续写回信。

刚拿起笔，桌上却传来一阵音乐声，来自那台傅东路赠送的手机，拿起来按下接听键，电话那头传来黄舒晴的声音。

“喂，傅西杰？”

“嗯，是我。”

“你已经回到家里了吗？”

“嗯。”

“你怎么回到了也不给我打个电话呢？”

“……”

傅西杰的确没想过要打电话给黄舒晴，匆匆见了一面，他只知道自己这位校花同学改变了许多，但学生时代对她的爱慕之情却已经被岁月和世事无常抹去了。

所以在这样的问题下，傅西杰不知道应该如何回答，好在黄舒晴很快发现了这边的尴尬，她笑着将这个话题一笔带过，气氛瞬间就缓和过来。

而后的时间两人都在闲聊，起初傅西杰对于拿着电话聊天很不习惯，但在孤独的冬夜里，能够从一个机器里与声音悦耳的女性聊天，这本来就是一件非常惬意的事情，他渐入佳境，聊得也越来越投契。

电话挂断的时候时间已经不知不觉来到了十二点，与黄舒晴的这一通电话让他心情愉悦。傅西杰并没有告诉她今天发生的事情，却在没有得到任何安慰的情况下豁然开朗，他不知道为什么。

或许是第一次与其他人在电话里聊得这么久？

或许这聊天的对象是黄舒晴？

又或许是被黄舒晴这样的女人主动联系？

也可能只是因为拨开了遮挡视线的野草，看见了生活的本质。

第三章

烟雨（3）

没了工作的日子就好像母亲小时候每周都会做的拿手好菜，那记忆中无忧无虑的时光重新来到时，总会让人无所适从。

特别是在把信都寄出去后，内心中期待得到回应的感觉就像夏夜里挥之不去的蚊蝇，无时无刻不在骚扰傅西杰的内心。

除了内心里的那些感受，生活中最大的改变就是黄舒晴的来电愈发频繁了。晚上八点，没有应酬的话，她总是会在这个时间打来，从两天一次，变成每天都会通话。

开始时聊天的内容并没有什么特别的，无非就是回忆当年，最近越聊越多的则是所谓近况。其实也就是天南地北地侃大山，可通过这些交流傅西杰隐约感觉到黄舒晴在毕业后经历了很多不好的事情，现实和她倔强的脾气压垮了道路和两旁的鲜花，她本应走的路变得崎岖狰狞，她用平静的语气感叹生活的无奈和不公，极力不表露自己真实的情感，傅西杰知道她是这样的人，也从来不说破，只是认认真真地听着。

用心的人总是能够体会到别人的感受，与傅西杰一样，黄舒晴也感觉到了电话那头这个男人的变化。他说感觉上班累了，想休息一下，看看生活的样子，然后再决定自己未来的路要怎么走。她说她的公司正好缺少傅西杰这样的人，她很欢迎他加入。

其实去黄舒晴公司上班也没什么不好的，离傅东路和老母亲更近了，越大的城市，也代表了越多的机会。

不过最终傅西杰还是选择了拒绝，黄舒晴也没强求，只是说随时欢迎他改变主意。对于这样的承诺傅西杰并没有给出什么回应，现在的他满脑子都是若陌的回信会有怎样的内容。

收件人地址与傅西杰家之间有一段挺长的路要走，骑自行车来回需要将近一个小时，但远也有远的好处——那片地方已经不属于邮差阿发送信的区域。

从阿发那里得知工作在那片地方的邮差并不是个认真的人，这正合傅西杰的意，如此一来他就不会计较为什么会有信寄到这间空置了这么久的房子里了。

说到邮差阿发，上次的谎话内疚还没过，傅西杰又不得不再为了预防他知道自己的事情而做了一件事。他本来很犹豫，可最后还是没用自己常用的笔名，他把“曦童”改成了“陌客”。

之所以这样改，一是为了迎合若陌的笔名，二是不想让阿发知道有关若陌的事情，因为这里面有太多难以启齿的东西，比如偷偷地把信塞进对方的门缝，比如明明在对门却不敢去见面。

也不知是为了让自己良心更好过些还是本能地想和这个好朋友聚聚，辞去工作的日子里他最先想到的就是跟阿发这个老实人一起吃餐饭。他俩对于下馆子的要求都不高，那家经常去的小吃店，十几串牛杂，两瓶啤酒，对于他们来说已经足够用来挥霍一晚上的时光了。

阿发除了工作之外几乎没有其他活动，所以傅西杰要约到他可以说几乎没有难度。有的时候总感觉他们两人很像，一样的默默无闻，一样的不善交际，一样都是活在不算艰难的当下，也一样看不见未来的样子。

但阿发却把这种状态抛在脑后，对于他来说未来的概念很模糊，他只想开开心心过每一天；而傅西杰同样看不清将来会发生什么事，只是那来自于未知的恐惧却深深影响了他的情绪。

世界上总是会有这种人，明知道很多事情就算你怎么做都是无法办到的，可就是不愿意放弃尝试，或许并不是不愿意，而是阻止不了自己。

就像傅西杰这般，他无法让自己不去想若陌的回信，于是在估算大概回信的时间后每天都会去那所房子查看信箱。

一天，两天，三天过去了，按照这个日子来计算，如果对方有意向回信的话肯定早就寄出来了，这时傅西杰不禁在想，是不是若陌对他写的信不感兴趣。

被拒绝的感觉很不好，渐渐地傅西杰想要放弃，但想法决定不了脑海中的执念，他依旧每天都去查看那老旧的信箱，终于在第七天的时候，他得到了回应。

若陌回信了。

他拿到那封信之后反复确认了寄信人的地址和名字，在确认是若陌写给他的信后，傅西杰欣喜若狂，连接下来是怎样飞奔回家的，他自己都不是很记得了。

吾友陌客：

你好，在这里请先原谅我这么久才给你回信，因为这两天刮起的风让我有些抑郁，我不禁回想起了当年。在我的老家，那是喜忧参半的日子，但我现在只想记得几张最灿烂的笑脸。说到这个，你应该是个爱笑的男人吧，我觉得那样的人才是最迷人的，不过无论是我对于你还是在你看来，我俩都只不过是被抛弃的可怜人罢了，但怎样也好，还是谢谢你的来信。

对不起，以上说了很多奇怪的话，希望你不要介意，或许这就是为什么每个笔友跟我通信都不会很长时间的缘故，我总是想到什么说什么，没有考虑具体的意义。

对了，我最近在想一个问题，是不是每个男人心里都有梦中情人呢？

信的内容并不多，这当然会让傅西杰有些失望，不过这也是若陌一贯的写信风格，她说的话没错，一般人肯定是接受不了这种莫名其妙的对话方式的。

人越来越浮躁了，越是发展快的年代里，人们越是迫切地追求结果，一封表面上什么都看不出来的信，真的很少人会去猜。

不过傅西杰倒是乐意，他从若陌的文字里感受到了她当时写信的心情——那应该是个瘦弱的女子，风吹动窗帘，撩动她的秀发，她坐在书桌前嘴角轻扬，悠悠写下生命中某一刻的随笔。

与大多数通信交友栏中的人不同，若陌在这上面征询笔友的目的更单纯，她似乎只是想找个人随便聊聊，一个陌生人，谁都不认识谁，我给你说说今天我是怎样的心情，你也说说某天遇到了哪些事。

本来写信也都会把自己的近况写进去，可若陌却写得更模糊，这种方式显然很对傅西杰的胃口，他拿起笔几乎不需要思考，一页风格与若陌类似的信就完成了。

他再三检查，从一个个字里挑毛病，就好像是大学时写的毕业论文。

完成了这件事，傅西杰马不停蹄地出去把信寄出，待他回过神来，此时已是华灯初上的光景了。穿过开始热闹起来的街道，回到清冷的家门前，他下意识地停住了脚步，回头看对面那扇陈旧的门，忽然间他笑了出来，有点窃喜，有点期待。

不过喜悦的心情很快又被期盼所替代，从信寄出去的那一刻开始，傅西杰的生活又开始围绕回信开展，这期间没断过的当然是黄舒晴的来电。

“傅西杰，你最近好像挺开心的，是不是发生了什么事情？”

“我？没，没什么事。”

正所谓旁观者清，就连黄舒晴都能够清楚地感觉到傅西杰在打电话时情绪发生的变化，他变得更活跃了，讲了更多天马行空的东西，甚至有时候黄舒晴都不知道电话那头的男人在说什么。

不知道是谁说过，每个人的脑海世界都是一片奇妙的星河，所以当你想要展露那些东西的时候别人不一定能够理解。

本来这样的转变黄舒晴应该开心才是，毕竟在此之前每天通话都是黄舒晴在不停地说，傅西杰只是偶尔回应。

但在这样的状态持续了几天后黄舒晴开始变得有些担心，她在想：是否没了工作依托的生活压垮了傅西杰，在黄舒晴看来，内向的人最容易在压力面前崩溃。

于是她旁敲侧击地询问，傅西杰终于也有所察觉，恍然大悟的他同样惊讶自己的变化，当时他愣在电话这边，有些后怕地看向书桌上那封若陌的回信，除了后怕，他还有点不敢相信这是自己认识的那个傅西杰。

“喂？傅西杰？你还好吗？”

“……”

“喂？喂？”

“啊？我没事，可能，可能是有些累了，先挂了。”

匆匆地挂掉电话，傅西杰坐到书桌前又读了一次若陌的信，这一次，他没有再感受到这个陌生女子的心情，他松了一口气，突然感觉非常疲乏，一头倒在床上，睡死过去。

在那之后的日子，傅西杰开始强迫自己不去主动想若陌回信这件事情，所以他开始重新规划自己的生活，既然丢了工作，而黄舒晴也很鼓励他自己创业，加上哥哥也已经有了自己的公司，三种因素影响之下，傅西杰决定也要自己弄点事业出来。

他开始考虑如何创业，静静的在家里坐着想了一上午，最终得出的结论是：像他这样没什么朋友又不善交际的人，最好的办法就是开一间不需要与人有太多交集，只需要好好完成自己工作就能够糊口的小店。

他第一个想到的就是自己从小到大都一直在经营着的小卖铺，位置就在他就读的小学附近，每每到上学放学的时候，那可是人满为患的。

踩着自行车，傅西杰再次来到了这家店前，光线昏暗的店子里，从零食到玩家再到漫画书，应有尽有。

记忆中店里的老板娘是个好看的中年女人，现在再看时，她头发已然白了一半。

老板娘很诧异地看着傅西杰，礼貌性地询问，她以为他是孩子的家长，因为现在距离放学还有一段时间。

傅西杰尴尬地笑笑，掏出钱买了一包小时候经常吃的零食。童年的味道，那时他和傅东路一人一袋这样的小零食，边吃边回家，那逝去的日子，不知多美好。

小卖铺的经营模式很符合傅西杰的性格，正好在小卖铺隔壁就有一家转让的铺面，本来是卖水果的，不知道什么原因要把铺子给盘出去，其实这附近人流不算小，如果认真去做的话，生意应该也不会差。

从母校后门离开，缓缓蹬着自行车，正值工作时间的那时，街上往来人不多，冬日的萧瑟多了一分借口，感性的景色，又勾起了傅西杰对若陌回信的执着。

不知不觉就来到那栋许久都没人住的房子楼下，由于最近经常被人触摸而显得新净起来的邮箱就像坐在树桩上钓鱼的姜太公，而傅西杰是那条没有出息的鱼。

习惯性地打开邮箱，没想到若陌还真的回了信，崭新的信封闪着宝石绿般的光芒，就算傅西杰多么不爱珠宝也不忍就这样把它丢弃在布满灰尘的信箱里。就这样，他怀着复杂的心情带着信回到家，对门依旧紧闭着，在她看来，傅西杰的家门是不是也同样陌生而神秘呢？

一头倒在床上，傅西杰睁大眼睛看天花板，他在想自己究竟在回避什么，思前想后，无论是借口还是冲动，最终他找不到什么合理的理由去否定交笔友这件事，于是他打开了若陌的回信。

吾友陌客：

不知为何，看见你的回信后有种一见如故的感觉，所以我猜想可能你和我有相同的心情，不知你我是否遭遇了相同的际遇，也不知你是否也曾不知所措。

我并不属于这里，而我却在这里，并不是说这个地方不好，在小城生活的每一天我都很轻松，卸掉了身上太多太多包袱，可我却越来越茫然。

你知道我说的那种感觉吗？

有个声音不停在心里跟我说：那看不见的希望就在时间某处，只要静静等待就可以得到你想要的东西。

对于现在的我来说，这是一种安慰也是一种折磨，我承认自己是个执着的人，甚至有些任性，可仔细回想为了这份任性而失去的东西，实在太多了。

若陌信里的文字始终不多，躺在床上的傅西杰却花了整整两个小时来读这封信。

夜来到，傅西杰爬起来，打开台灯。铺上一张信纸，他神色凝重，这种类似抱怨的回信，让傅西杰心中压抑不已，那简直比在办公室让人欺负了一个早上还要难受，这并不是感同身受，相比若陌来说，傅西杰近期虽然也没遇到什么好事，却也不至于到那样的程度。

可是他想迎合若陌，这样的一封信是非常难回的，傅西杰不希望自己那“一见如故”的印象就此消散，他可以在现实生活中没有一个朋友，却不希望任何一个笔友对他失去信心。

两天，前前后后想了两天的时间傅西杰才把回信写好，当他把信丢进邮筒里的时候，整个人如释重负，忽然间他有个想法，掏出装在裤袋里的手机，拨通了黄舒晴的电话。

“喂，西杰？怎么了？”黄舒晴压低了声音。

“没，没什么，你先忙。”傅西杰知道她肯定是在忙，慌忙挂断电话。手中的手机不再发出声音，疾驰而过的汽车在经过他身边时鸣了一声喇叭。

这是件多么奇怪的事情，莫名其妙地就给黄舒晴打了个电话。他用一路的时间来思考这个问题，把自行车稳妥地停在楼下后，傅西杰把全部的原因归咎于若陌，是若陌回信中的无奈与绝望影响到了他，所以才想找个人倾诉，而每晚都会通电话的黄舒晴无疑是最好的选择。

不停地在心里肯定这个暗示，傅西杰很快相信了这个说法，也就是在这个时候，在他注意到空气中飘着的那股香水味时，家门前立着的那个女子也正好回过头来看他。

那是一个有着神秘魅力的女人，那天她的披肩黑发略显凌乱，却掩盖不了圆润下巴托着的精致五官，嘴角那缕略显憔悴的淡淡微笑好像一片飘入他心中的落叶，点在心湖中央，荡出层层涟漪。

她就像许多人的梦中情人，穿着一条白裙子，用笑容化掉男人的心防。

若陌，傅西杰脑中第一个想到的，就是这个名字。

“你……”他想要说若陌，可理智却及时阻止了他。

“不好意思，我住在你对门，是新搬来的，想找你借个螺丝批，敲了好一会儿门了，原来你出去了。”她淡淡地说着，让出一个身位给傅西杰。

“哦，螺丝批，有的，有的。”赶忙打开门，从屋里拿出一个工具盒来。

“谢谢，我用完了马上还给你。”

若陌接过工具盒，转过身，傅西杰望着她关上家门，始终未敢相信见到了真正的若陌。

第一次见面，有些尴尬，又回味不已，楼道里还飘着那若有似无的香气，不知是不是心理作用，竟渐渐与某夜梦里嗅到的味道重叠在一起。

接下来的时间里，男人一直在家中坐立不安，终于等到若陌来还东西时，傅西杰却紧张得没说出几句话。

这次，若陌换上了一身休闲装，看她那样子，好像是要出门，她把工具盒递给傅西杰时脸上带着歉意，那样子，不像是假的。

“不好意思，麻烦你了，我其实搬进来挺久了，一直没过来打招呼，有些失礼了……”

傅西杰见状赶忙把王大妈给推了出来。

“没事，我早就知道了，楼下王大妈跟我提过。”

“是吗……”若陌尴尬地笑笑，“那我就不打扰你了，如果有什么需要帮忙的话尽管来找我。”说完，她就从傅西杰的视线里消失，这次，他没敢多看，快速地关上房门，紧接着他靠着那扇老旧的木门深呼吸了一分钟，才终于把自己的情绪给稳定下来。

夜幕降临，黄舒晴的电话如期而至，也不知是否前段时间傅西杰的主动影响了她，如今黄舒晴每天晚上要说的话比原来更多了。

大部分内容傅西杰已然不记得了，从新闻实事到天马行空的想法，唯一能让傅西杰提起兴趣的，恐怕只有偶尔才会谈起的挫折经历。可惜不是每个人都愿意完全分享自己的过往，就算某天黄舒晴心里感触时她会说的也只是一些非常模糊的东西。

傅西杰觉得对于黄舒晴来说自己就是一个单纯的听众，她可以接受傅西杰没有任何回应，只要在适当的时候说一个“嗯”字，让她知道电话这头是有人的就行。

挂掉电话，时间来到上床休息的点，但今天的傅西杰却没有丝毫睡意，拨开窗帘看远处灯红酒绿的街，他破天荒地穿上衣服，决定要出去走一走。

从寂静的小区走出来，漫无目的，路两旁的店铺已关门。就如那天晚上从省城归来时那般，也就是在那个晚上傅西杰喜欢上了深夜里的街道，在此之前的岁月里他像时钟一样规律，从来未曾在这种时间出来闲逛，但很多事情在尝试过一次后，才知道那其实不是犯罪，如果你能看清头上那由圆变缺的月亮你就会发现，无人街道也能洗涤心灵。

渐渐的，傅西杰走到了小城夜晚最热闹的地方——夜市街。

在一条专门为夜市而设的街道里，哪怕还隔着一段距离都能闻到诱人的烤肉味，可惜一听到人声鼎沸，傅西杰立刻就绕道而行。

可绕来绕去却又走了回来，这次傅西杰看得真切，也忽然间有个奇怪的感觉，他感觉深夜里每个独自走在路人的人都像飞蛾，即便不是每只都想扑火，却也不愿离这团热闹的火焰太远。

三三两两或各自落单的人徘徊在夜市街附近，什么姿态都有。

不胜酒力者扶墙呕吐者，两情相悦者则在夜里相拥，当然少不了和傅西杰一样来意不明的浪人，那个静静立在两盏路灯中间的影子，确切地说，是从路口往左开始第六和第七个路灯之间，一袭白裙，长发及腰，就算路灯照不出她的样子，他也已经确定那是谁。

王大妈曾经说过的话在耳边响起，傅西杰开始怀疑自己下意识中深夜出行的目的究竟是什么，他极力想说服自己：没有人知道若陌会在小城的哪个角落出没，这纯粹是运气。

无奈马上会有一个新的声音来否定自己的狡辩。

那声音在怂恿着傅西杰：不断地告诉他人类本来就是欲望的奴隶，身为一个正常男人会对若陌那样的女人有欲望是多么正常的事情。

可最终，傅西杰没有走上去，而是选择了一个同样的位置站着——在两盏路灯之间。

这个位置能看到若陌，能看到热闹的夜市街，更能体会到他们两者之间的格格不入。清冷如她已和冬夜融为一体，望着那模糊的影子，有和冬天相拥的感觉，能让人打消去任何地方取暖的念想，只想安然待在四下无人的地方，连变得好生刺眼的路灯都要避开。

渐渐傅西杰的视线凝固在寒冷中，周遭的一切开始消失，最终只剩下若陌，只剩下那个影子，直到她悄然离开，他才从这样的梦境中醒来。

失落感从心里喷涌而出，拖着疲惫的身躯，他也回到家中，他连看看现在是几点的力气都没有，倒头就睡。

第二天醒来时，竟然已经到了吃午饭的时间，模糊的大脑跟着老旧的轨迹转动，傅西杰从床上跳起来手忙脚乱地穿衣服，穿到一半时才反应过来——自己已经不需要去上班了。

带着自嘲的笑填饱自己，刚开始思考接下来要去做什么时却听到了敲门声，傅西杰从凳子上蹦起来奔到门前，可惜打开门才发现来人是傅西杰的一个旧同事。

当然，看见是他来找自己也很令人惊讶，如果没记错的话这人应该叫老杨，资历比傅西杰要老，在办公室里似乎没人比他干的时间要长，至于全名？反正自从在那里上班开始，就连领导点名的时候也是叫他老杨。

“你……”他们之间没有说过几次话，在如今这样的处境下，难免会有些尴尬。

“啊，对不起，对不起，有些冒昧了，你的地址我是从人事那边知道的，今天来，是想跟你谈谈。”老杨说话很客气，一脸的憨厚。

“哦，来，请进。”不明来意，却也感受不到什么恶意，过门都是客，把老杨请进家里，傅西杰为他端上一杯热茶。

老杨也是个腼腆的人，接连喝了好几口滚烫的茶水，直到嘴唇都有些红了，才开口说了自己的来意。

如傅西杰所预料的那样，那天发生的事情马上就在公司里传开了。不仅如此，由于对谢龙珂的积怨已深，他与公司沉默小职员发生冲突的事实被夸张化，变成了谢龙珂被暴打，傅西杰的形象得到了神化，同事们渐渐对谢龙珂的所作所为发出抗议的声音。

前因后果之下，就算谢龙珂有关系，但迫于大多数员工都在投诉，所以最终还是对谢龙珂开了刀，从此，那个惹人生厌的八公谢龙珂再也不属于那里了，而再说得简单点，整个办公室都因为傅西杰的怒发冲冠而受益。

“我今天来除了表达大伙对你的感谢外，同时我自己也要向你表示诚挚的道谢。”老杨双手捧着茶杯，脸上满是憨厚。

“你？为什么？”

“其实你也懂的，谢龙珂在办公室里经常干的那些事情，我们每个人都是敢怒不敢言，自从知道你对他做了那样的事情，我忽然感觉人生的意义都不同了，简单来说就是，我比以前更自信了。”老杨笑起来的时候眼睛几乎要眯成一条线。

“其实我只不过是个普通人，那天所做的事情换成其他人应该也不会再隐忍下去吧，每个人都有自己的底线，关键是谢龙珂挑战了谁的极限罢了。”傅西杰觉得现在自己戴的帽子有些太高了，他感觉有些站不稳。

傅西杰不喜欢这种感觉，于是他想否认自己为别人做的一切，而老杨似乎有些曲解了这位办公室英雄的意思，开口说道：“不，没有那么简单的，之前许多同事对你有看法，你别生气，”老杨脸上的表情变得认真起来，“在很多同事心里，西杰你其实是个怪人，平时被欺负也不找我们其他人来抱怨，最重要的是，你也没有跟哪个同事深交，所以在这件事之前我们一直以为你是办公室里最不可能反抗谢龙珂的人。”

前同事们有这样的想法其实在傅西杰预料之内，老杨倒是很顾忌他人的感受，观察一会儿发现这屋子的男主人没有任何情绪波动后才继续说："所以我们每天都在想究竟谢龙珂要嚣张到什么时候，会是谁来终结他，但实话说，没有人想到会是你来做这件事。"老杨喝完了杯里的茶水，"而且话又说回来，每个人的确有自己的底线，但是谁又能这么轻易地为了一口气放弃糊口的工作呢？"

当老杨提出这个问题的时候傅西杰才意识到自己刚丢的那份工作在很多人看来是多么宝贵的东西。

扪心自问，当初这么潇洒是否因为心里最深处知道就算到了最不堪的时候也能去找傅东路帮忙？

又或许仅仅只是因为身为单身汉没有家庭负担而放肆地任意妄为罢了。

问题没有答案，老杨见傅西杰一直没有出声，于是自顾自地继续说："我们一帮同事商量过了，为了感谢你为整个办公室做的事情，我们想联名向领导提出让你回来上班，当初你离开并没有走正规的程序，严格意义上讲你只是旷工，还并没有完全从公司里离开。"

这就是民主的胜利吗？当人们意识到联合起来力量大时，上层那些人物就岌岌可危了。傅西杰相信如果这一帮同事真的一起站出来跟领导谈判有很大概率会成功，可他的志向却已经不在那枯燥的办公室里了。

"很感谢你们的好意，不过，这些天我想得很清楚，我应该趁着还没老去，干一些之前没有做过的事情。"

听到这番话，老杨脸上立刻布满了失望，而后似乎想通了，恍然大悟。他和傅西杰不同，老杨是个不习惯把心情收起来的人。

"我明白了，你肯定要自己干一番事业吧？能冒昧问一下你的计划吗？"

"没，我也说了我只是个普通人，可能因为我比较任性，计划这东西还真没有，只是想着自己开间小店，什么都行，就算从来没做过，也可以边做边学嘛。"

老杨若有所思地点着头，后来他给傅西杰介绍了一个人，据说是他的亲戚，在小城另一边经营一家糖烟店。

“如果有需要的话你可以去找他谈谈，只要说出你的名字，他肯定知无不言，我之前也跟他提过你，他很敬佩你这种不畏强权的精神。”

取取经也是好的，傅西杰没有拒绝，道谢后默默记下了地址，随后送走了老杨。

关上门，回想着和老杨方才的对话，他不禁感觉人生真的很奇妙，原本感觉融不进去的那个圈子，到头来他们却莫名地把那个怪人当成了偶像，是否活在这世上的人都需要做一些超越常规的事情呢？

当然，是在能接受的范围内吧。

除了老杨的到访，今天同样是毫无新意的一天，算着日子若陌的回信应该还没到，想到昨晚的事情，傅西杰又忍不住胡思乱想起来。思绪的激烈碰撞让人昏昏欲睡，很快他就趴在书桌上睡着，若不是每天晚上都会准时打来的那通电话，他恐怕要睡到明天才肯醒来。

“喂？你已经睡了吗？”电话那头的黄舒晴立刻听出了傅西杰声音中的慵懒。

“嗯，今天有些累。”

黄舒晴很抱歉地想要挂电话，傅西杰犹豫一下，选择继续通电话。

反正被吵醒后很快就会变得清醒，看来今晚想要再次入睡是有些难度了。

电话那边的黄舒晴倒是松了口气，那礼貌性的询问并不是出自她的本意。很快傅西杰也知道了原因：今天她遇到了许多不开心的事情。

先是工作上遇到了麻烦，然后她妈又来唠叨她，总而言之就是诸事不顺，说到后来，她的声音越来越小，能听懂的部分也是越来越少。

傅西杰不用想也知道是有关于感情方面的问题，但隐私的话题黄舒晴很少跟他提起，不过像她这么优秀的女人，追求者肯定很多，以她的头脑选错人的概率也不大，一直以来傅西杰都只是把黄舒晴的感情问题当成女人天生敏感所带出来的哀愁罢了。

“别说我了，西杰，你为什么还不好好处个对象呢，你家里肯定也催你结婚了吧。”静静地当了许久听众，话题也终于扯到了傅西杰的身上。

“我？可能我自由散漫惯了吧，也可能是别人女孩子都看不上我。”傅西杰说完这句话后下意识地望了一眼自己的书桌。

“这怎么可能，你这样的男人现在可是很吃香的呢。”

“不可能吧。”

“怎么不可能，你身上有一种别人所不具备的安全感。”

是吗?

傅西杰在心里这样问自己，所谓安全感，到底是从什么地方感受到的呢？以大众的视角来看，他绝对是个没有情趣、乏味枯燥的男人，若相处下来或许会发现不同之处，但还没开始就结束的事情，又怎么去谈往后呢?

是因为已经与黄舒晴相识了这么久她才会有这样的感受吧？毕竟当一个每天能准时接听电话的听众也不是件容易的事。

再次把话题从自己身上引开，随着时间的流逝，黄舒晴很快就在电话那头睡了过去，最近她很喜欢这样的入睡方式。

挂掉电话的傅西杰从床上爬起来，望了一眼墙上的钟——今天黄舒晴睡着的时间比平时要晚。

匆忙地穿上衣服，心里在说：既然睡不着，那就出去走走吧，脑海中却已经勾勒出了那个女人的影子。

一路快走，生怕沉醉的时间太少，可惜来到时却没有若陌的身影，路口开始往左，他又数了一遍，可惜，没有就是没有。

带着深深的失落和仅存的希望，他站在原地等待。昨天从未感觉到的刺骨寒风忽然刮起，一丝丝带走他身上不多的温暖。直到瑟瑟发抖，若陌依旧没有出现，傅西杰知道自己无法再坚持下去，裹紧衣服，悻悻而归。

白色的若陌没有再出现，回信也迟迟没来，转眼间半月过去，傅西杰从开始时每天夜里会去熟悉的地方寻找她的身影，到后来慢慢消沉，如同遭到了什么巨大打击。

由于心情的转变，傅西杰和黄舒晴之间的对话又开始多起来，他开始用一些意义不明的话语来映射自己此时此刻心情的写照，电话那头的女人听出了什么，却猜不透具体的原因。

相比之前，黄舒晴并不很喜欢这一个话多的傅西杰，但每天夜里他们打电话的时间还是从两个小时到三个小时，他们两个人就像暴风之下的蝼蚁，唯一能给彼此带来安全感的，只有电话那头的那个人。

时间在增加，聊天的内容也在增加，那个本来崭新的手机已经有了些陈旧的印记，从中秋节到冬至、平安夜、圣诞节，手机和电话那头的女人，竟已成了傅西杰生活中不可或缺的一部分。

有时，傅西杰甚至有一种错觉，他觉得自己苦苦追求的若陌，其实就在电话另一边，而那个在路灯之间站立的身影，根本就是黄舒晴在远方投射来的倒影。

元旦将至，这天被敲门声吵醒的傅西杰再次迎来了少有的客人——老杨。他还是那么憨厚，进门后抓着那杯热茶，一口接一口地喝着。

这次到来的目的是因为同事们在知道傅西杰决定自己单干后想了很多出路和点子给傅西杰参考，老杨用笔记本记录下来，今天专程亲自送来给这位办公室英雄。

“这些都是大伙给你想的，也不一定有用，希望你不要嫌弃。”

满满的两页纸，涂涂改改，却充满了心意。

“对了，西杰，你去找过我亲戚了吗？我已经给他打过招呼了，他很欢迎你去。”老杨脸上笑意不改，随口问了一声。

说起这个，傅西杰的确是忘记了，他尴尬地找托词，老杨也信以为真，还再三叮嘱让他一定要记得去和他那亲戚聊聊，这一次傅西杰终于把老杨的好意记在了心里。

送走了老杨，心里感觉怪怪的，还记得在刚回到小城第一天去公司上班时同事们在背后对他指指点点，虽然不算什么罪孽，可是而今的变化却也实在叫人猝不及防。

不过怎样也好，老杨脸上憨厚的笑容是不会错的，于是他简单收拾过后便出了门，再次确认了老杨给他的那个地址，傅西杰跨上了那辆破旧的自行车。

第四章

烟雨（4）

穿街走巷，足足花了四十分钟才晃晃悠悠地来到老杨给的那个地址所在，小城不大，这片区域傅西杰却是好久没来过了。

这里属于小城最早的一片城区，比他住的片区年代还要久远，街里街坊间的感情倒也更亲密。

当傅西杰好不容易找到那家店并告知来意后，老杨的亲戚很热情地欢迎了他。

那是个和蔼的胖子，笑起来的时候眼睛会眯成一条缝，让人不会防备的类型。他经营的这家除了招牌以外都略显陈旧的糖烟店跟这里每一间小店没什么差别，平凡，有一股上了年纪的味道，角落里放着好多包装盒略微发黄的儿童玩具。

不过以傅西杰的性格见到陌生人后始终还是会有些尴尬和羞涩，他走进店里拘束地左顾右盼，不知该从何说起。

“我，我是杨远的堂哥，我叫杨进。”还好店主是个自来熟，傅西杰点头笑着，他看见橱窗里有自己儿时经常吃的零食。

接下来气氛慢慢缓和，杨进也开始有一搭没一搭地介绍起自己经营的心得。说是经验之谈，但杨进显然不是个好的讲师，在谈话中总会说很多琐碎的事情，若是常人听来多会不耐烦，傅西杰却是听得津津有味，时间不知不觉就来到了黄昏时分。

夕阳余晖透过店门前的两棵树投射下点点黄光，刚放学的学生呼啸而过，杨进也不再唠叨家常，望着外面，颇有感叹。

他好像在等着谁，终于在那归家的学生潮里，一个小胖子走进了店里，他大喊着“老爸”，傅西杰知道自己不应该继续在这里打扰别人。

杨进不停地嘱咐傅西杰一定要再来，而那个已经跨上自行车的人心里却不由想到了另一件事情。

信，这里距离若陌回信的地址不远，虽然希望不大，但他要不要再去看看她有否回信呢？

看看别人有没有给自己写回信，也是天经地义的事情吧。

这样想着，傅西杰就已经来到了那里，早已不像第一次那样还需要屏气凝神地去打开邮箱，随意地把自行车停靠在墙边，他熟练地打开邮箱。

回信来了。

生活总在不经意间给你意想不到的结果，太过专注在某件事情上，或许是对时间不负责的一种表现。

把信插进外套的内袋里，顶着寒风，傅西杰回到家。

没有迫不及待地拆开信，而是先填饱了自己的肚子，之后把屋子收拾了一遍，确定该做的事情都已经完成后他才坐在书桌前打开若陌的回信：

吾友陌客：

你肯定在疑惑我为什么隔了这么久才给你回信，实在抱歉，只因这段时间我去了外地。

那是个山清水秀的地方，那样的风景最适合快乐的回忆吧？不管别人怎样，这次我倒是把满满的回忆装进了心里。就算现在再想起来也很开心，只是不知道为什么一回到这里就很失落，想到一些事情的时候更是如此。

唉，不说这个了。

今天的夕阳好美，你可能不知道，我以前很讨厌夕阳，因为每次你看见它后不久天就会黑了，黑夜总能把那时的我变得无所适从。

即便过了这么久，若陌的回信也还是很简短，但也足够傅西杰释怀——原来她不回信的原因是因为去了旅游。忽然间原谅了那个不知是否责怪过的人，豁然开朗之下，他的回信在转眼间便完成。

接下来肯定就是与黄舒晴的日常通话，越聊越起劲的两人简直有讲通宵的劲头，可惜工作一天的黄舒晴没能坚持到那么晚就沉沉睡去。放下电话，意犹未尽的傅西杰穿上衣服，他想知道今晚在那个街口往左数第六和第七个路灯之间的位置上是否会有那个人的身影。

冷风吹，深夜的街道依旧那么空旷，头顶上只剩下半轮残月的天空略有乌云。一路兴冲冲地走来，傅西杰满怀期待地在那个位置上寻找若陌的身影。

没人告诉过傅西杰，也没有任何事情证明过若陌每次都会站在那里，他只是单纯地这样觉得，那两盏路灯之间的位置，就是她应该出现的地方。

可惜得到的结果却还是失望，他拿出手机，现在是晚上十一点五十一分，初次在这里遇见她时傅西杰没有闲暇去看时间。

或许再等等她就会出现。

怀着这样的想法，他再次在深夜中独自等待一个缥缈的希望，他望着前方热闹的夜市，依稀能看见那些围坐着喝酒的人在前仰后合，而为他们烹制食物的小哥，一脸不耐。

在这样的冬天夜晚，能够快活地吃个夜宵然后带着醉意睡去，在很多人看来应该是件很舒服的事情。这是忘记烦恼的好方法，随着时代的脚步慢慢侵袭这座小城，生活节奏的变更在所难免，大多数人的单纯也会随之消失。

傅西杰脑海中忽然闪过阿发那憨厚的笑容，当他忍不住去描绘未来阿发那为了生活不得不改变自己样子时，竟感觉到胸口沉重得无法呼吸。

或许傅西杰还能继续跟阿发保持现在这种单纯的友谊，但他脸上却要多戴一张违心的假面。想到这里傅西杰心里猛然一痛，疼痛的感觉让他从思绪中抽离出来，也就在这个时候，他闻到了熟悉的香味。

下意识的他转头看去，映入眼帘的不是其他，正是缓缓走过他身后的若陌。

今天她穿了一件米黄色的外套，低着头，不需要仔细地分辨路线，当她堪堪停下时，恰好就在第六与第七盏路灯之间。

傅西杰拿出手机，此时正好是十二点零一分。

再次的，若陌凝望夜市街，而今天的傅西杰也不像上次那般沉醉，他在想她此时的感受会是什么，想到了什么？会跟自己想的东西一样吗？一个个接连不断的问题在傅西杰脑海中盘旋，无数种臆想的结局变成若干装有故事的气泡，最终破裂成虚无。

接下来的事情跟初见时没有太大区别，只是这次傅西杰记住了若陌离去的时间——一点零一分。

她来时从傅西杰身后经过，证明她之前还去了其他地方，在夜市街对面站了一个小时后，准时回家。毫无疑问，她身上的谜团越来越多了，这让傅西杰的好奇心膨胀得无以复加，所以就算天寒地冻，他也依旧每天晚上去陪若陌看那喧闹的灯火。

他想知道她究竟是什么人，为什么会在深夜的街头里驻足凝望。

他想知道她究竟经历了什么，才能让每封回信都如此感慨。

不知不觉与若陌无言相约在夜市外的夜晚就持续了半个月，时间也走到了1998年，这期间他收到了她的回信，内容无非就是往常那些普通的随笔，元旦附近收到的那封信思维非常跳跃，上下文根本不沾边，如果不是已经习惯了若陌的行文方式，大部分人应该无法写出回信。

但这却让傅西杰能够更深入了解若陌的内心世界，要打比方的话，那里是一个湖，若陌就站在湖中央的漩涡里，以漩涡所在为界，一半风平浪静，一半湖水滔天。

除了和若陌的无声交流，傅西杰还去见了杨进，跟他们一家人吃了一餐快乐的晚餐，对于自己未来的规划，傅西杰似乎有些眉目了。

杨进经营的那家糖烟店除了能够维持日常家庭所需要的花销还能存下些余钱，虽然数目不大，但考虑到自己仅仅只是个单身汉，傅西杰认为如果按照杨进的思路去做的话，未来的日子应该不会很拮据。

投资像那样一家小店所需要的资金也不多，平日节俭的生活习惯让傅西杰工作这么些年的工资都变成了存折里的数字。最后他还问了杨进同一条街其他店铺的生意如何，这里有各种各样应对人们日常需求的店子，杨进在这里做了那么久生意，对别人家的底细自然也知道一些。

"像我们这些人，都是因为各种原因所以才会选择自己去经营一家店，街口那家水果店，是父辈传下来的，比如那店主年轻的时候想当个医生来着，后来抵不住老父亲临终前的嘱托，一干就干到白头。"

"所以西杰啊，你跟我们不同，你有机会选择自己的路，你也迈出了那一步，现在的你，不必考虑做什么能给你带来最大的回报，而应该考虑，什么事是你最喜欢的。"

杨进最后的这两句话一直在傅西杰耳边徘徊，仿佛说到他的心里。越是和杨进一家人熟稔，他越是羡慕平淡的家庭生活，以前他作为一个孩子只是感觉在家里很安心，很温暖，现在他作为一个年近三十却还未成家立业的单身男人，家庭对于他来说的意义已经远远不止这些了。

特别是在失去老父亲后，想起孤零零的母亲，傅西杰竟开始勾勒自己老去后孤独坐在家中的画面。

于是他的信写得更频繁了，除了一直有在联系的人，他开始在报纸交友栏上寻找新的目标——若陌始终是个模糊不清的影子，也或许就是那份模糊，让傅西杰追逐不已。

可就在傅西杰开始决定寻找新目标后不久，若陌的又一封信让两人的距离瞬间拉近。

吾友陌客：

先跟你说一件很奇怪的事情吧，之前我也跟你说过，我喜欢夜晚的街。

在我每天都会去的地方，这半个月我发现有一个人每天也会去那里。

因为隔得很远，我看不清他的样子，但我心里却莫名地感觉这个人很亲切，我跟他的距离有十二盏路灯那么远，我们像两个世界般被街口分离，却又像某种逃脱不开的命运，每天会准时地在那里相遇。

读完这封信，傅西杰心里有数种情感在交织碰撞：有激动，有羞愧，也有不知所措。好不容易平复了自己的情绪，接下来就是是否要在信里表明自己的身份了。

如果揭晓谜底，这无疑是一种可以把缘分一词放大到极致的邂逅方式。以若陌的性格来看，十有八九会对傅西杰产生一种强烈的好感，可当若陌的惊讶慢慢消退，心细如她肯定也会察觉到许多不和谐的地方。

一想到这里，傅西杰立刻就打消了这个的想法，或许更自然的露面方式才是最好——人在许多情况下都只相信自己所看见的，而不是别人说的。

于是傅西杰回了一封表示惊讶的信，在反复检查了数遍以确定信里没有丝毫破绽之后他才安心。若陌的这封信毫无疑问破坏了他看交友栏的心情，那种对家庭和未来的情感寄托，瞬间又回到了若陌的身上。

自从这天起，傅西杰每次在午夜与若陌无言相会的时候都希望对方能认出自己，可尽管每天这位神秘的女子都会从傅西杰的身后走过，可却始终没有深究这个跟她有共同爱好的男人是谁。

带着期盼的等待最是煎熬。傅西杰感觉自己心里好像有无数只蚂蚁在爬，于是便在信中试探性地询问若陌为什么不上去打招呼，可惜她没有正面回答这个问题，而是说了一通感伤的话。

是否对于她来说，两个如同暗夜游魂般的人最好的相处方式就是相隔而望呢？

对于那个奇怪的女人来说，抱有这样的想法才最符合她吧。

这是傅西杰对若陌那番回话的理解，如果真的是这样，或许这两个每天都会擦肩而过的人，不会有相识的一天。

时间总在无情流逝，眨眼间春节就到了，傅东路和黄舒晴都问他会否上省城过年。

可是在知道若陌会在小城过年后，他拒绝了傅东路和黄舒晴。他想知道是否在这样的节日里她依旧还是会出外游走，这是一场好奇心完胜的问答。

春节联欢晚会，是大年三十晚上几乎每家每户都要看的节目，傅西杰一边反复查看墙上的石英钟一边看电视，不知是否因为注意力不集中的缘故，到头来他记得的只有那英和王菲的那首《相约一九九八》。

在傅西杰听来，这首歌有点特殊的意味，如果愿意相信的话，就当是他和她在一九九八年会正式相识的序曲吧。

因为要跟家人过节的缘故，黄舒晴今天没有打电话来，说实话少了她每天必到的电话还真是有点不习惯。最后傅西杰没有把节目看完，却也比平时晚了点出门，他在踌躇——若陌估计也会在家里看春晚吧？

大年三十的深夜，小区里少有的还有几户人家还亮着灯光，街道上则更显清冷。

沿着熟悉的路线来到那已不复往日热闹的夜市街街口，当时的时间大概是十一点五十分，傅西杰从来没有想到会是在这样的情况下与若陌见面。

她迎头走来，似是要离开，他则一脸的惊慌，不知要躲去哪里。

但两人都不约而同地停在了原地，并没有像陌生人那样擦肩而过，前方夜市街里响起的笑声透着喜庆的气氛，和他们对视的场景格格不入。

在这个时候，就算是若陌也露出了惊讶的表情，他们沉浸在因为彼此凝视和有些凝固的时间里，谁都不知该如何从胶着中挣脱出来。

最终还是若陌打破了两人间的安静，她试探性地说了一个“你”字，傅西杰则只会笑着尴尬点头，而后她指了指街口右边的路灯，傅西杰继续笑着点头。

虽然并没有说什么，但若陌好像已经明白了很多事情，她嘴角的微笑更甚，与她今天穿的那件白色外套交相辉映，比夜市街里的灯火还要明亮。

“你也每天来这里？”可傅西杰的立场却不同，特别是在现实生活中。

“基本上吧，今天出来得早，现在有些累了。”她还是那副表情，散发着光芒。

“要不，我送你回去？”

“你不是才刚来吗？”她听见傅西杰这句话后脸上的笑容有些收起来了，转头望了望右数第六和第七盏路灯的位置。

感觉到若陌话语中的怀疑，傅西杰有些慌张，赶忙找了个借口。

“其实我今天出来得也挺早的，去了趟朋友家里，本来也有些累了，只是习惯性地要来这里逛一圈而已。”

若陌眨了眨眼睛，仔细看才会发现她眨眼时是多么纯洁无瑕。这份不易被发现的纯真也让傅西杰更想深入地了解这个谜一样的女人。

究竟为何这样一个女人要每天都徘徊在午夜街头？

“那好吧。”她相信了傅西杰所说的话，说这句前她又转头去看了男人经常站的那个位置——这无疑是对傅西杰这么多天坚持来这里与若陌相会的最大肯定。

但傅西杰表面上却没有表露出任何异样，他压抑着内心的真实情感，内向的人对此一向非常擅长。

一路上两人很少说话，就算开口也都是些无关痛痒的问题，和信中的若陌不同，现实生活中的她没有表露出太多的情绪，她和傅西杰很像，都不乐意在人前展露自己的情感。

走到一半，天忽然下起雨来，一开始两人不以为意，可雨势却悄悄地扩大到不可不避的程度。

感觉到这一点的两人躲进了路边小店的布棚下，若陌望着渐渐被淋湿的街道，一言不发。路灯在雨水的干预下开始散发出雾气，照出两人那并没有紧密联系在一起的影子，虽然如此，可却也不再显得孤单。

傅西杰用余光瞄了若陌一眼，许是因为下雨突然降温的缘故，她竟微微有些发抖。他脱下外套递给她，她抬起头，双眼里有莫名的苦涩。

傅西杰不知道这代表了什么，他只知道最后她还是接受了那件外套，默默地把衣服披在自己身上，她望着夜空的双眼无比落寞。

下着雨的深夜里，小城寂静无声，布棚下避雨的那两人，仿佛靠得更近了。

“许多年前的某天，我也曾经这样，看着雨落下，感受着身边有一个人陪伴的感觉。”始终没有说话的若陌最先开了口。“我还记得那天很冷，非常非常冷，不过后来，大家都变得很暖和了。”

傅西杰不知该在此时说什么，尝试着想了好几种接话的方式，却感觉都对不上若陌的心情。

“从那天起我的人生进入了黑夜，我则变成了灯光下的影子。”若陌露出一抹自嘲的苦笑，这次，她转头望向远方，傅西杰不知道她究竟在看哪里。

“至少，你是你自己的影子，没有变得更糟糕，不是么？”傅西杰想起那些曾经的办公室同事，有感而发。

“可影子要活在光明之下，黑暗里没有影子，所以，我不是我自己的影子，为了能够在阳光下出现，我必须要当任何人的影子。”

若陌在说这句话时脸上的笑容忽然变了，变得不再是苦笑，竟是发自内心的微笑，可微笑的背后，却又好像隐藏着什么。

傅西杰看得莫名其妙，刚想要说什么，却抵不过雷公的吼叫。

电闪雷鸣，雨越下越大，打在布棚上发出沉闷的响声，本来准备迎接新年的装饰被刮到了九霄云外，湿透了的对联，很快也要消失。

而雨开始向里面飘，傅西杰想要往后退，可若陌却任由雨水打湿了自己的衣服。灯光华丽的氲气变得忽闪忽灭，被大雨淹没的街，不知有怎样的感受。

空气中冬日独有的惆怅混杂着雨水清新的味道，徘徊在两人身旁，最终化成一把尖刀，撕碎头顶用来避雨的破布，让雨水席卷他们的身体，飘到不属于任何人的地方。

那是一个梦中曾经见过的地方，是一座小岛，若陌早已不在身旁，可让人无法看清前路的雾气却依然在徘徊。

身后就是那片总是会迷路的树林，仿佛这是所有梦的开端，而将人带来这里的，是大年三十晚上下起的暴雨。

可惜奇怪的声响却打破了傅西杰的幻想世界，随着暴雨而来的狂风把布棚吹得吱吱作响，愈发暴虐的雨已把傅西杰完全打湿，可身旁的若陌一动不动，他也不好后退半分。

就这样，两人默默地陪着布棚挨过了狂风暴雨，天公的愤怒渐渐平息的时候，若陌才轻声说了句："走吧。"

各回各家，刚经历过风暴，他们一路上没有再多说一句话。关上家门才感觉到浑身发抖，已经变硬的衣服下，是终于回到现实里的脆弱肉体。

尽管已经把能想到的一切补救措施都做了，但翌日醒来后傅西杰还是发现自己头昏脑涨——新年第一天就迎来了感冒。

那就躺着吧。

傅西杰在家里颓废地度过了三个无聊的日子。终于痊愈后，他站在窗前，外面到处都是新年的气息，空气里弥漫的那股硝烟，是鞭炮刚肆虐过的证据。

就连他这样的人也被节日氛围打动，穿上衣服下了楼。没有推出破旧的自行车，傅西杰徒步从小区里走出去。一路上看见的小店都换上了新年的衣装，三天前那场暴风雨的痕迹早就消失殆尽，可与若陌相关的记忆却没有消散，他忍不住在想，此时此刻的她会在做什么。

是否也跟自己一样会回忆那晚的事情呢？不得而知，由于当时太过紧张的缘故，傅西杰甚至没有去问她的真名叫什么。

"哎！小杰！"

王大妈的声音打断了他的思路，回头看去，她和王大爷一起，估计也是出来感受节日气氛的。

傅西杰笑着问好，王大妈却一把拉着他神秘兮兮地说起来：“我跟你说，住你对门那姑娘，大年三十那天晚上又出去做生意了，你说这好好的姑娘，怎么就这么不洁身自爱呢？！”

“啊？做生意？”傅西杰当时没能立刻反应过来。

“唉，小杰呀，你这孩子就是太单纯，现在都一九九八年了，谁不想赚钱？有些人用脑子，有些人用手段，两者都没有的，那不就得用身子了吗？”王大妈竟然抛来一个嫌弃的眼神，“你说这女孩子家家的，每天回来像是上班似的，除了做那行还能干吗？”

起初只是让傅西杰去调查若陌究竟是什么来头，可惜她聘请的这位业余侦探并没有能够完成任务，于是闲来无事的王大妈就开始充分发挥她那丰富的想象力，所以说千万别小看老人家，不知道哪天你就会被他们勾勒成另外一个形象。

“这……王大妈，你是怎么知道我对门的那位姑娘每天都很晚回来的，大年三十那天晚上雷声轰鸣，你这也能发现？”王大妈今年已经有七十多了，晚上睡不深这个能理解，可同样也在深夜回家的傅西杰她却只字未提。

“年轻人呐，就是睡得死！老乔头那扇门关上的时候有很大的响声，你忘记了？那年他自己弄的，说是万一半夜有人撬门进来时候有个预警，还说是什么，自制防盗系统。”王大妈胡乱扯了一通后也让傅西杰想了起来，只是每次他都没有注意到那关门声，回过头来想想，沉迷某个东西的确会让人盲目，“总之，你最好离她远点，别怪大妈没提醒你哈，你这样的小年轻啊，最容易被她这样的人给魅惑住了。”

王大妈的这“一片好心”让傅西杰哭笑不得，在这样的日子里他也不好去反驳什么，只能不停点头。但胡说归胡说，关于若陌这个人，他们从完全陌生，到开始通信，直至今天，如果那场暴雨算是灾难的话，那他们已经算是患难之交了。

可傅西杰对于这名神秘女子的认知似乎并没有增加，她身上依旧披着神秘外衣。

别了王大妈和王大爷，一天的时间很快过去，这天晚上傅西杰并没有出门，他早早上床睡觉，刚痊愈的身体还需要一段时间来调养。

次日杨远登门拜访，这次和他一起来的还有早已熟悉的杨进，相比于往年从来没人来串门的日子，没了工作之后人际关系反而更好了。

他们坐在一起喝着喝茶闲聊着，杨远在聊办公室因为谢龙珂的离开而变得更有活力，杨进则在讲他那个胖儿子的故事。

可傅西杰却并没有太认真地听，自从王大妈提起若陌家门开关门时会有异响后他也开始特别关注那声音，很可惜在他清醒的时间里，对门没有发出过任何声音。

晚上和傅西杰和两人吃了一餐简单的晚餐，当送走客人时他眼角的余光正好瞟到自己的手机——从大年三十到今天，黄舒晴没有再打过电话来。

傅西杰曾犹豫过是否要主动联系她，哪怕只是问个好。有几次拿起手机就要拨通她的电话，可心中莫名的就是有一股力量阻止他这么做。

要问根源是什么，傅西杰不得而知，他所知道的事情是：没了那固定晚上会打来的电话，生活似乎少了点什么。

就这样，春节假期里傅西杰没有再见过若陌，也没再跟黄舒晴打过一次电话。

这也让他的生活变得清淡起来，更多的时间他都只能坐在书桌前望着窗外发呆，却也修身养性。偶尔瞄到桌上那一沓还未拆封的信件才想起自己原来一直忘了回复，生活总是如此，有得有失，当你致力于一件事情的时候，难免就会忽略本应同样重要的部分。

于是他用假期的时间写了回信，在初八那天所有人正式上班的时候，傅西杰把信件丢进邮筒，也从另一个地方拿到了来自若陌的回信。

吾友陌客：

有件事情很想跟你分享，可能听起来会很奇怪，在这里先请你不要介意。

还记得我曾经跟你提过的那个人吗？深夜的街，他总是会出现在那个地方，和我一样。

最终我们相遇了，在大年三十的夜晚，而更令我出乎意料的是那人竟然是我的邻居。

那一刻我不得不相信生命中竟然真的有所谓的缘分，你知道这样的概率有多小吗？我甚至开始怀疑之前我所遇到或听到的故事是否真正算得上是缘分，当然，轻易怀疑人生不是好事，你觉得呢？

你是否也觉得这是一次很奇妙的相遇？

看完这封信，傅西杰没有像上次那么激动，一切都跟预料的差不多。他反而有些惆怅起来。

每个人都渴望有这么一次奇妙的邂逅，无论真假，若陌是遇到了。

新的问题也开始在傅西杰的脑海中萌生出来，那就是对于若陌这个女人，他究竟是怎么看待的。

于是本想写回信的手停在半空中，傅西杰在心中不停地问自己。

是爱吗？若陌身上独特的气质和清丽的五官的确深深吸引着傅西杰，但仅仅只是因为这些就能说是爱吗？他不敢肯定，却也没有马上否定。

既然不是爱，那就是喜欢？

对若陌的好感肯定是有的，最开始想要进入若陌的生活是因为好奇，而后开始慢慢喜欢上那种神秘的感觉，可神秘感不可能存在一辈子，所有的秘密都会暴露在阳光下。

或者仅仅只是一个普通朋友？

这个想法立刻就被傅西杰否定，但他始终无法清楚地告诉自己问题的答案，这也直接导致他无法再给若陌写信。心烦意乱之下，他想要出去走走，可刚一开门看见的竟然就是若陌那张秀丽的脸庞。

她站在门口，手举在半空，脸上带着一丝惊慌，白皙的皮肤下透出点点红晕。

“你，要出去吗？”傅西杰能感受到若陌话语中透出的紧张。

“啊，对，出去随便走走。”尽管极力压抑自己的情绪，但若陌也感受到了面前这个男人的不自然。

若陌显得有些担忧，却还是继续说道：“那你今晚有空吗？我没别的意思，只是那天晚上因为我的任性让你也淋湿了，所以想请你吃餐饭，当作是道歉。”

她笑了，好像迎风开着的花儿，那发自内心的笑容沁入傅西杰心里，他感觉自己眼前出现一片碧绿的草地，彩蝶绕着野花飞，在前方最美丽的地方，若陌静静地站在那里，望着他。

他丝毫没有抵抗，立刻就答应了若陌的邀约。

而这个结果让她很开心，她说了一个餐厅的地址，那是小城里比较正规的馆子，也不算很高级，却胜在安静，适合两个人吃饭。

在得到肯定的答复后，女人带着笑颜转身回了家，而傅西杰则忘记了自己想要出去走走这件事，关上门，抬头呆呆地看墙壁上的钟。

秒针一步步地走，每一次响动都跟傅西杰的心跳相呼应，脑海中那片草地的残影还没散去，现在的他终于确定了自己心里的想法。

无论怎样解释也好，傅西杰至少是喜欢若陌的。

抛开她身上的神秘感，傅西杰对这个女人似乎天生就没有抵抗力，她的一切都深深吸引着他，那种感觉就像飞蛾扑火，明知道必死无疑，却也心甘情愿。

顺从了自己内心的追逐，傅西杰写了回信，他在信中暗示这次邂逅就是缘分的体现，本来还想再更进一步地推崇自己，但仔细想想一个笔友可不能做得太过，于是赶紧把信纸装进信封。

等待的时间大多是煎熬的，好不容易终于到了约定的时间。傅西杰少有地穿上西装，纠结了五分钟是否要打领带，最终还是把领带留给了衣柜。

除了这个，傅西杰还在是否把手机带在身上这件事上犹豫了一下，最终，那个新时代科技的产物和领带得到了一样的待遇。

准备完成，离开家时楼道里还没有若陌身上熟悉的那股香味，他也曾犹豫是否要在楼下等她一起去，但转念想到以若陌的性格肯定不喜欢被太多人看到，他就独自离开了小区。

路过邮筒时他把信轻轻地丢进去，又步行了十分钟左右，来到了约定的餐馆前。

小城人本就朴实些，比不得省城的奢华，这家餐厅东西挺好吃，环境也不错，但因为价格偏贵，所以客人并不会很多，加上又是春节刚过，今天店里的人更少了。

傅西杰还是来得太早，环顾一周没有发现若陌，他随便找了个背对门口的位置坐下，低着头幻想着今天究竟会发生什么样的事情，没过多久，若陌便款款坐在了他的对面。

这不是傅西杰第一次这么近距离看若陌，可却是他第一次能把若陌看得那么真切。

今天她明显打扮了自己，与前几次相比更光彩照人。一件棕色的大衣，米色裙子，黑色丝袜，黑色高跟鞋，妆容并不让人感觉妖娆，恰到好处的粉黛把本来就不俗的气质体现得淋漓尽致，王大妈若看见此时此刻的若陌，一定不会再说那样的闲话。

服务员把菜单递上来，若陌水灵灵的大眼睛瞟了傅西杰一眼。他有些慌——本来下馆子的次数就不多，就算是去，大多数时候也是别人点菜。

若陌看出了对面男人的顾虑，微笑着随意点了几个菜，送走了服务员。时间交回给两人，却开始变得尴尬，他们沉默着一言不发，很多次傅西杰想找些话题来聊，但转念一想：那些内容或多或少都和陌客有关。

“呃，对了，我叫傅西杰，我还不知道你叫什么名字呢。”好歹终于是想出了一句话，傅西杰如释重负。

“傅西杰吗……”她一脸的恍然大悟。

“嗯，西边的西，杰出的杰。”

“记住了……”她平淡地说，而后又莫名地笑起来，“你就叫我若陌好了。”

“若陌？这不是你的笔名吗？”这句话傅西杰差点脱口而出，最后还是忍住，傻傻地称赞说是个好名字。

“对了，我看你最近才搬来的，是刚到这边？”

“嗯。”

“公事？”

“不算吧。”

“哦……”

谈到自己的时候，若陌始终放不开，傅西杰识趣地没有再追问下去，而是开始聊一些别的琐事。

转眼间服务员也端上了美味，边吃边聊，虽然没有幻想中相见恨晚的感觉，若陌的态度也始终不愠不火，但不经意间这餐饭还是吃到了店家要打烊的时候。

歉意地付款离开，两人站在已经没有几个人的街上踌躇着，最后若陌提议四处走走，傅西杰当然没有拒绝的理由。

人类的感官之所以神奇，大体就是因为跟不熟悉的人在熟悉的街上漫步，就能走出不一样的味道，傅西杰不知道那究竟是什么感觉，或许这就是恋爱吧？

可关于那层关系，他们谁都没提，于是傅西杰开始试着打听若陌的感情生活。

当然，若陌是不会直接回应的，但却出乎意料地感叹了几句。

“爱情吗？西杰你是怎么看的呢？”

“我，我其实不是很懂。”

“是吗……”她低下头，秀发盖住了她的脸庞，“人总要相信什么才能活下去吧，你在这个世界上最相信的是什么？”

“对于现在的我来说，或许是亲情吧。”傅西杰下意识地回答，脑海中浮现出哥哥和母亲的脸。

“亲情吗……”她笑了，“那很好呀，家庭的确是很多人都向往的东西。”

“嗯。”没有大富大贵，傅西杰的家庭给予他的是每天和睦的美美满满，所以即便在没有什么朋友的时候他也不会感觉孤单，“你呢，你又相信什么？”

恰到问时巧，两人走到夜市街对面那熟悉的路口，与往时相比今天这时间要早，但夜市街的喧闹却丝毫没有减少。两人停住了脚步，若陌没有回答他的问题，而是站在路口中间，静静地望着对面嘈杂的灯火。

只不过这一次，他们两人不再有十二个路灯的距离。

傅西杰见若陌看得入了神，轻声问道：“你每天晚上来这里，为了什么呢？”这个问题，应该也是若陌要问傅西杰的。可如果她知道事情的真相，恐怕会转头就走吧。

“你有没有过这样的经历：你很喜欢某个东西，却抓不住，但你又不想放弃尊严。”她始终看着前方，就连眼角的余光都不曾挪动过，“当你意识到自己能做的事情只有这么多时，其实那个你追逐的东西，只不过是站在远处望着，没有任何动容。”

“我想我明白你说的是什么意思。”的确，傅西杰的人生平淡无奇，唯一能够称得上不寻常的，恐怕就是认识了一个神秘的女人，“就像我为什么每天晚上会来到这里一样，那种捉不到的感觉始终在抓挠着我的内心。现在我们听到的吵闹声，它本身就在吸引着你我，而某些东西却不停地抗拒，让你最终只能走到这里，所以我认命，既然两头都靠不到岸，那就在水中央慢慢享受，总会有一个跟你同样去不到岸上的人同样把船停在那里，就像你之前说过的，人总要相信些什么，不是么？”

她转过头，认真地看傅西杰，似乎在思考什么，又似乎茅塞顿开。最终她什么也没说，淡淡地转过身，往家的方向走。这或许是傅西杰和若陌这些天来首次这么早回家，也是首次，在楼道里，若陌跟他说了一声晚安。

关上房门，傅西杰静静地站在原地仔细回忆了今晚所有的细节，接近半个小时的时间，他自己也不知道想了那么多究竟得出了什么结论。

放下思想包袱，他感觉到非常疲惫，黑暗中他看不清墙上的钟。回到房间想看看手机时间，第一眼看到的却是黄舒晴给他打来的六个未接电话。

今晚发生的首次有点太多了，从黄舒晴打电话给傅西杰开始，这也是首次他没有接她的电话，六个未接，如果没有猜错，电话那头的女人估计要发疯了。

他很想拨回去，他怕是发生了什么事情，可考虑到现在这时间和该如何解释没接电话这件事，最终他还是把手机放回了桌上。

第五章

烟雨（5）

可手机刚躺在桌面上就又响了起来，除了偶尔傅东路会打过来找他，也只有黄舒晴知道这个号码。傅西杰想要接这个电话，如此执着着不停打来，如果有什么急事呢？

稍稍酝酿了一下，最终还是接了电话。

“西杰？你……不，不好意思，这么晚了还打给你，你之前在忙吗？”

果然是黄舒晴，她的声音透着一股疲惫，沉得沙哑，有某种东西压得她喘不过气来。

“嗯，今天跟朋友出去吃饭，没带手机。”

“朋友？女朋友吗？”

“不是，普通朋友。”

随后电话两头都陷入沉默，这样的情况大多发生在黄舒晴心情不好时，傅西杰能够清楚地听见她在电话那头的呼吸声。

“这些天我都没打电话给你，你知道为什么吗？”

“过年嘛，每个人都有自己的事情。”

“话是这么说，但……”黄舒晴想要说什么，却始终没能说出口，“西杰，不如，你来省城吧，我一个人担着这个公司，真的好累。”

“舒晴，这个问题我们讨论过的。”之前傅西杰就曾经回绝过，不知为何今天黄舒晴又再次提起，“是发生了什么事吗？我怎么感觉你怪怪的。”

他感觉到电话那头很明显不对劲，这么一问，仿佛还听见黄舒晴开始轻微的抽泣。

“没，没什么事，只是真的感觉一个人过日子好累。”黄舒晴毫无疑问是个要强的女人，在朋友和家人面前她从来不会展露自己脆弱的那一面，即便是在和傅西杰通电话时也极少会提及自己的情感。

“我以为你已经习惯了呢。”

“习惯？的确吧，或许我应该习惯。”

果然不擅长就是不擅长，本想以打趣的方式来缓解气氛的傅西杰失败了，黄舒晴的情绪被带得更远，他在心里暗骂自己愚蠢。

“好了，很晚了，不打扰你休息了。”傅西杰还在思忖着要如何挽回局面时，黄舒晴挂断了电话，但他能够很清晰地听出她最后一句话里越来越难以压抑的哭腔。

看着手里的手机愣了好一会儿，思前想后，好像目前的状况他也没办法解决，于是他带着深深的疑问躺了下去。望着黑暗中的天花板，就好像平静的浊流，渐渐形成两个漩涡，漩涡正中是黄舒晴和若陌的脸，但在她们中间，却有一座山隔着，而傅西杰就在那座山上。

清晨的鸟叫声传来，迷迷糊糊的男人开始醒转，记忆中漩涡和大山原来只是入睡前意识的模糊，今天要面对的问题，始终还是自己的生活。

到门卫室拿了报纸，吃着随意做的早餐读了好几个板块，心中那股想要自己干一些事情的情绪愈发激烈，可就是无法确定要弄一个什么样的店子出来。

许是最近经历的事情有些多，每每想到关乎自己的事业时傅西杰总是感觉力不从心。他不禁想到黄舒晴昨晚在电话里说过的话，或许在他开始走上那条创业路之后就会感觉到一个人的孤单了吧。

脑子里在想着，手机响了起来，接起电话，那头传来黄舒晴的声音。这是她第一次白天打电话给傅西杰，一般在这样的时候她都在忙着工作。

“西杰，昨晚我……”

由于他俩最后通话的不了了之，开头的尴尬是难免的了。还好傅西杰很识大体地把那件事情带过，把她的注意力吸引到当下。

“昨晚的事？我已经忘掉了。”

“我只是感觉有必要打个电话跟你说一声，过节这几天我遇到一些事，所以……”

“可以理解，你不必专门打电话来，其实也没什么大不了的。”

“有！”本以为事情就要这样过去，可黄舒晴却又激动起来，“昨晚我说的那些话，其实有一部分的确是我心中所想，我不想再继续一个人支撑着公司，你来帮我吧，好不好？”

如果一个人偶尔提起一件事，那可能只是随口说说，但当那个人反复认真地说起同一件事情，傅西杰认为那就必须认真对待了。黄舒晴不管多么坚强多么能干也只是一个普通人，情绪一旦宣泄出来后，大多数人是没有办法再收回去的。

所以这次傅西杰没有立刻回绝黄舒晴，他不知道自己做得对不对。因为就算是情商再低的人也能够听出一些言外之意来，受宠若惊是肯定的，毕竟电话那头的可是傅西杰学生时代大家都在追逐的女神，可往深一步去想，似乎这若隐若现的暧昧来得有些不切实际，甚至说，太过荒谬。

他不是一个自信的人，更多的时候还会有些许自卑，也不是没做过那种白马王子的梦，但那都要追溯到不知道多少年前了。所以傅西杰跟黄舒晴说他会再考虑考虑，给双方都留了后路，这对于她来说不是最好的答案，却已经是他唯一能够给出的答案了。

挂断电话，本就已经混乱不堪的思路变得僵硬。事情仿佛都在向他无法预知的方向发展，这种感觉非常不好，未知就意味着没有办法提前想好应对的方法，对于傅西杰这样的人来说，临场应变实在太强人所难了。

好在一直都很无情的时间总会在适当的时候放放水，接下来的一个月里黄舒晴那边都风平浪静，或许真的是在给傅西杰时间重新考虑，可惜她不知道陌客的存在，也正因为她不再把这件事挂在嘴边，那个回信风格和若陌相似的男人，似乎已经忘记了去省城发展这回事。

若陌的回信又来了，这次的内容很明确地表达了对傅西杰的好感，她提到了很多他们一起经历的事情，字里行间的悲凉几乎消失殆尽，剩下的更多是愉悦和俏皮。

晚上那不需要言明便会完成的约会依旧不变，只是这次傅西杰是一个人出去，两个人回来。他和若陌相处的时间是多了，可聊天的内容却没什么进展，不过她倒是很乐意告诉傅西杰自己未来的计划，刚进入三月没几天时，最后一次晚上在街口结伴回家，她告诉傅西杰他要离开这里一段时间。

当他听见这个消息的时候心里忽然空落落的，这段时间的酝酿已经让本来对若陌的好奇和不很明确的好感渐渐变成了另外一种情感。特别是在之前的疑问烟消云散之后，现在傅西杰知道自己的的确确是喜欢若陌，喜欢她清冷却又有些调皮的性格，喜欢她莫名其妙的小任性，也喜欢她时而惆怅时的蹙眉。

梦中那白裙女子的容貌终于看得真切了，只是却也并非完全像是若陌，有许多地方跟黄舒晴重叠，那是跟若陌完全不同的气质。那种感觉很奇怪，除了那张陌生的面孔，在那白裙女子影子里，似乎还隐藏着什么东西。

他当然也喜欢黄舒晴。那是从学生时代开始变深埋在心里的情愫，若说若陌是梦中情人，那黄舒晴则是类似初恋的追忆，能够同时喜欢两个人，对于现在的人来说并不少见，但喜欢的两个人同时都对自己有好感，毫无疑问傅西杰是个非常幸运的人。

他深深地意识到这一点，也正是因为甜蜜的烦恼，心中患得患失的情绪愈发严重，加上作息改变，最终导致他变得憔悴起来。

偶尔碰到王大妈，她还以为发生了什么事，再三追问为何变得如此，傅西杰却是对她三缄其口——王大妈这人传播事情的速度太快了。

而且经过她传递的信息，有极大可能性会变味。

生活总是起伏不定，刚经历低谷的傅西杰最近迎来了人生的机遇，不单单指爱情，还有事业。

三月中旬，厚重的棉服已经乖乖地躺在衣柜，虽然还不能痛快地穿上短袖，但衣着也已轻便许多。这样的天气适合到处闲逛，也适合游子归家。

这天阿发找到傅西杰，说他的弟弟从外面学成归来，要请他一起吃饭。他弟弟叫阿财，别看这名字比阿发的还土，家里为了不让他走上阿发的老路，咬着牙送他到外省读书，如今学有所成，阿发见人就会炫耀自己有个好弟弟。

还是那家牛杂店，三个人，四瓶啤酒。

傅西杰记得小的时候曾经见过阿财，不过记忆中他的样子已经非常模糊，今天再看，倒是和阿发长得不太像。但两兄弟的性格倒是相似，白白净净的阿财辜负了这五大三粗的名字，一看就是文弱书生，不仅如此，傅西杰还从阿财身上嗅到一股熟悉的感觉，那是属于自己的味道，看来，阿财也是个内向的人。

"我跟你说，西杰，我这弟弟可厉害了，在外头学烹饪，虽然我还不是很明白这是做什么的，不过连我都没听说过的东西，肯定了不得。"两杯黄酒下肚，阿发本就兴奋的情绪被点燃，他一边拍着傅西杰的肩膀，一边欣慰地看着自己的弟弟。

"哥，我都给你解释过了，烹饪就是给人做菜的，就是厨子……"阿财被阿发这样一说，立刻不好意思起来。

"你准备回来开餐厅吗？"傅西杰好像捉住了什么，推开阿发的手说道。

"嗯，是有这个想法，但又怕自己的能力不够，虽然在学校已经得到老师的肯定，可西餐这东西对于这里来说会不会太前卫了，我怕大部分人会接受不了。"阿财还记得小时候有过这么一个西杰哥哥，他说话的声音很轻，像个害羞的女孩子。

“西餐？原来你学的是西餐……”小城里还没有西餐厅，阿财所说的的确是个问题，可转念一想，当第一吃螃蟹的人也不是什么可怕的事情。

接下来的聊天更多是由傅西杰和阿财进行，阿发酒过三巡后发现自己听不懂他俩在说什么，于是只能继续给自己灌酒，直到不省人事，直到小店打烊，阿财和傅西杰扛着熟睡过去的阿发离开小店。

“没想到西杰哥你也想开餐厅呐。”深夜的街道上，阿财比刚见面时开朗了许多，许是因为同样也感觉到傅西杰身上有“同类”的味道。

“我哪有你那样的手艺，只是想要自己做点事情，却苦于无从下手，正好你今天给了我思路，所以想跟你合作。”

“西杰哥你太客气了，我什么都不懂，就只会做菜，如果有你帮我一起分担压力的话，我想我们肯定能把事情做好。”刚从学校出来的阿财抬头看天，今夜乌云密布看不见月亮，可他的眼中却有对未来的憧憬。

开西餐厅，自从得知了这位宝贵的西餐厨师，傅西杰的思路便开始明朗起来，做事情都是有风险的，与其去跟着别人开一家有可能大半年还半死不活的杂货店，倒不如试试看这家西餐厅能不能惊艳全城。

把阿发安全地送到家门口，傅西杰看着不停道谢的阿财关上门，这小伙子给他的感觉很踏实，心中更坚定了要把这件事情作为自己的人生计划。

离开阿发家的时候已经不早了，拿出手机看时间，却看见未接电话——虽然昨天已经跟黄舒晴说过今晚有事，但她还是打了两个电话过来。

想到方才发生的事，再想到现在还不是很晚，傅西杰决定打过去。

没响几声电话就接通了，黄舒晴好像是守在电话旁似的。

“西杰？你忙完了吗？”

“嗯，刚刚看见手机有未接信息。”

虽然有些说不出的味道，但傅西杰还是想把今晚自己所想的事情告诉黄舒晴，这并不代表他拒绝了黄舒晴，只是内向性格里那颗不愿被人说闲话的心让他不想活在其他人的庇护之下。

“你要自己开餐厅？”黄舒晴的反应和傅西杰预料的完全一样，“有做过市场调查吗？大厨是你朋友的弟弟？靠谱吗？这一行水很深的呀……”

“这些我都想到了，不过有时候做事情总要任性一把，人生嘛，不任性就不自由了。”当他说出这句话时傅西杰自己也被吓到了，他向来不是个任性的人，这道理应该更适合若陌才对。

电话那头的黄舒晴也奇怪傅西杰为何会忽然说出这样的话，仔细想想他没了工作也有段时间了，她放心不下，于是用不由拒绝的语气告诉傅西杰：“这样，明天是周六，我处理完一些事情就去你那里，虽然我也没开过餐厅，但也认识做这行的人，交流过后还算懂得一点这方面的东西，等我到了帮你参考参考你再决定，好吗？”

傅西杰当然想拒绝，可还没等他说出口，黄舒晴就又开始苦口婆心地教育，无非是让他做事情一定要三思而后行，不能莽撞云云，而电话这头的男人一直在默默听着，一路走回家，躺在床上，电话那头的女人还没有停止的意思。

“她如此关心，就任由她去吧。”

他是这么想的，这晚的电话同样打到很晚，黄舒晴像那永远挂心儿子的母亲，叮嘱多少次都不够。最后是傅西杰提出自己已经很累了她才意识到时候不早，赶忙收线。

他看了看手机上的时间，由于若陌暂时的离开，他晚上也没有再去夜游的必要，于是便迷迷糊糊睡过去，这天晚上他梦到自己果然开了西餐厅，只不过菜单上写着的却都是牛杂铺里的名目。

翌日清晨还在梦乡中的傅西杰被电话吵醒，接起来一听，另一头传来黄舒晴的声音。

“西杰吗？我现在在出城的路上，中午左右就能到你那儿，跟你说一声，好了，不说了，我专心开车了。”

她挂掉电话，傅西杰晃了晃脑袋，看看手机时间。早上九点多，不知不觉身体已经渐渐习惯了这个点醒来，早睡早起的日子一去不复返了。

起来收拾一下自己，想到黄舒晴要来，傅西杰感受到自己由内而发的激动，他觉得应该买些好东西回来款待黄舒晴，披上衣服走下楼才发现自己的厨艺根本就不值得别人品尝。

对着自己的无能苦笑，眼角却瞄到了信箱——自从要去另外一个地方取若陌的信后，这个信箱的使用频率在渐渐降低，如果没记错的话，距离上一次打开它已经有一个月的时间了。

于是他打开信箱，里面果然有几封信。既然不必去买菜，那就索性回家把这些信给回了吧，坐回到书桌前，傅西杰快速阅读了所有的信件。本来喜悦的心情被抹去，他皱起眉头，似乎因为记起了某些事情而烦恼。

这个时候手机又响了起来，这是一个母亲的来电。

“西杰呀……”失去了老伴，尽管接受了这个事实，但少了一个跟她一起对抗时间的人后，这位曾经不服老的母亲也不再纠结那场从出生就开始的战斗，“吃早饭了吗？最近工作怎么样呀……”

他还没告诉她关于工作的事情，本来就开始加速变老的她不需要再为自己操心任何事情了。

“我挺好的，你不用担心，我都这么大个人了，你别老把我当小孩子。”嘴上这么说，可心里却还是感觉到了温暖。

“废话，你再大也都是我身上掉下来的肉，哎，对了，最近，那个，怎么样呀？”

傅西杰知道自己的母亲又在提醒他要快点结婚了，毕竟在这尴尬的年龄还是一个单身汉，无论从什么角度来看都说不过去。

“这个，你放心，没问题的，没问题的。”希望会是没问题的吧，他心里这样想。可无论是若陌还是黄舒晴抑或者其他人，没有谁注定要跟谁在一起，在感情这条路上傅西杰是个完完全全的新手，能不迷路就已经不错了。

又拉着自己的儿子扯了好一会儿的家常，电话那头的老母亲才舍得挂掉电话。自从有了手机，老母亲经常会在双休日的早晨打电话给傅西杰，虽然见不了面，但科技的确让人与人的距离更近了，不过换个角度去想，这会不会也意味着在把心与心的距离推得更远了呢？

放下手机，读完桌上的信，原本拧紧的眉头好像加了一把锁。他把信纸放好，却没了往时奋笔疾书的能力，时间缓缓流逝，纸上的字一个一个地添，好不容易写满时，黄舒晴的电话正好也打来。

她快到了，却不知道傅西杰家具体在什么位置。赶紧穿好衣服飞奔而出，他们约定在夜市街见，那里距离傅西杰家不远，而且路上就有间比较好的宾馆。

傅西杰路过邮筒时把回信丢了进去，赶到夜市街时，黄舒晴的车老早就已经停在路边等待了。距离上一次见面已经过去挺久，机器这样的东西不会在这么短的时间内有什么变化，黄舒晴的车还是那样新净，只是他坐上坐上她的车时，心中的陌生感始终挥之不去。

黄舒晴却没发现傅西杰的异样，她一脸笑容，打从心底高兴。本来傅西杰打算先让黄舒晴在宾馆先住下来，但考虑到她还没吃午饭，便先去小城比较好的地方吃个午饭。说是比较好，但比起省城可是差了不少，好在黄舒晴也不在意这些，大大方方地坐下，她的注意力更多是在傅西杰的身上。

“来，说说你为什么忽然想开餐厅吧。”随意地点完菜，在省城吃得好住得好，她根本没太在意点的什么。

“其实，我也不知道。”傅西杰说出这个回答时感觉有些尴尬，毫无疑问，这是句实话。

“不知道吗……”黄舒晴喝了一口水，低着头，“其实当初我要自己开公司的时候也不太确定自己在做什么，也许这就是每个人都要经历的阶段吧。”

就像黄舒晴所说的，也许每个人都很迷茫，迷茫地活着，迷茫的工作，人生在随遇而安中度过，想做的事情不是不明朗就是做不到，在这样的情况下，能做什么才是人生的真谛。

“可能是因为我在合适的时候遇到了合适的人吧，昨晚我还在想，很多时候时机才是最重要的。”说完，傅西杰下意识地往夜市街的方向看，那里是小城的中心，无论从哪个地方都能感受到它的存在。

“时机吗？……”黄舒晴听见傅西杰的话后若有所思，不过很快就释然了，“你说得对，那你觉得你我重逢的时机如何呢？”

“什么？”这个问题显然不在傅西杰的预料之内，他看着对面黄舒晴饶有兴趣的眼神，不知该如何回答。

似乎也意识到自己的问题有些不合适，黄舒晴干笑着解释道：“哈哈，我的意思是，我邀请你来我公司一起打拼的时机。”

许是店内太热的缘故，黄舒晴脸颊泛红，她的样子像是在开玩笑，可傅西杰却不确定。

“这个，我也不知道。”他是真的不知道应该怎样回答，因为他拿捏不准她究竟问的是什么。

还好黄舒晴没有坚持，她大方地把话题引到了其他事情上，气氛缓和，美食上桌，这餐饭吃了好久，黄舒晴也笑了好久。

人生究竟有多少时光是在随波逐流呢？

答案就像屋外不知何时下起的雨，你猜不透它来时会有谁在身旁，也想不到会在什么样的时间收场，唯一能做的事情或许就是享受当下，然后任由时间把你带到下一个阶段。

“没想到我才来就下雨了。”吃完饭的两人站在店外，黄舒晴看着这比斜风细雨要恶劣点的天气，微微有些失神。

“贵人出门遇风雨？”瞟了她一眼，傅西杰想到的则是那个夜晚。

“贵不贵不知道，不过，你想不想当落汤鸡？”黄舒晴闪动大眼睛里满满都是兴奋。

傅西杰本来想要拒绝的，但转念一想——反正也没什么可顾虑的东西，偶尔任性一把也不是不行。

于是两人就像疯子一样狂奔在小城雨中的街道上。起初男人还怕自己被认出来，但听着黄舒晴的笑声，他身心渐渐放开，时光仿佛回到那个青涩的学生时代，在春天即将到来的日子，在满是青草和鲜花的广场，在所有人艳羡的目光里，她拉着他，欢快地跳着不知名的舞蹈。

阴沉天气，吹着比昨天更冷的风，小城里却有两颗闪着光的星星在穿梭，黄舒晴脸上那久违的笑容下傅西杰能够感受到由于憋了太久而有些不自然，可这并不影响由于卸下心防而绽放开的笑脸闪耀全城。

直到雨停了好久，他们才停在黄舒晴入住的那个宾馆门前。

“要不，你也上来洗个澡，换件衣服吧？”雨水早把他俩打得湿透，失了型贴在脸边的头发，让她更像一个少女。

傅西杰望了一眼那间宾馆，这里距离他家并不远，他有些明白黄舒晴的意思，犹豫了一下。

“不了，反正回去也不远，再说宾馆里可没有我能穿的衣服，明天你得赶回去吧，那就约好中午我让你跟我朋友见一面，你别误了自己的事儿。”

黄舒晴没有表露出任何失望，她很大方地笑笑，说了一声好，而后转身走进宾馆，消失在他的目光中。

后悔吗？

在走回家的路上，傅西杰也曾这样问过自己。

答案模棱两可，他甚至换了个对象来思考：如果对方换成若陌，他会上去吗？

显然得出的答案也不明朗，于是这件事就压在心底，或许会成为一个将拷问他一生的问题。

回到家后洗了个痛快的热水澡，换上干爽的衣服，他又出门了。来到阿发家，找到了阿发的弟弟，让他明天买些材料准备一餐丰盛的午饭，地点在傅西杰家。

阿发的弟弟很爽快地答应了，傅西杰也没具体说为什么，像他这个年纪的年轻人，学有所成，估计也很想得到别人的肯定。从阿发家离开时天已经完全黑了，黄舒晴的电话打来，她显然也已经休息足够了。

“你饿么？”

她第一句话就这样问，说实话，傅西杰甚至都不记得午饭吃的是什么了。

“还行，你饿了么？想吃什么？”

来到都是客，在傅西杰的地盘上，他当然要提供无微不至的服务。

“正餐嘛，我是不想吃了，你今天说那里有个夜市街？我们去那里逛逛？”

“这个……行，那我现在去你那儿。”

说到这个就有些尴尬了，因为傅西杰在这里长大，却从来没有进过那条街，生性喜静的他天生对吵闹的地方有排斥，目前为止的生命中，唯一与那条街有关的就只有若陌了。

拒绝？这倒是没有必要，随着生活环境的改变，这个内向不喜欢新鲜事物的男人也开始有了改变。

这是好是坏？如果这不算是某种妥协的话，也未尝是件坏事。

接上黄舒晴，两人慢悠悠地走着，还没干透的地面上偶有积水，全城的绿树因为有了雨水的催化而放出清新的气息，配上那条古旧却热闹非凡的街，就连傅西杰也觉得自己应该进去。

被乌云挡住的月亮偷偷看着他们晃进夜市街，刚刚开摊不久，大排档门前的烤炉还都没烧热。像这样的街市在省城也有，而且不止一处，对于黄舒晴来说，应该不是什么新鲜的玩意儿。

可她很兴奋，十足像个还在校园里的少女，双眼闪光，在傅西杰身边左顾右盼。最终他俩坐在一家写着“小城老字号”的大排档摊上，原因无他——这里的烤炉已经能烤东西了。

第一次坐在夜市街里，对面是满脸笑容的黄舒晴，这感觉很奇妙，傅西杰不知道该怎么形容。他回头看一路走进来的路，尽头之外就是他曾经和若陌无数次无言相约的地方，果然就如他想象的那样，街里街外真的是两个世界。

身处其中，傅西杰真切地感受到了夜市街的喧嚣。特别是随着夜宵时间临近，来到夜市街的人越来越多，混杂着各种信息的声音灌进了他的脑海。

夜晚的小城真的没什么消遣，最实际的大概就是约上好友来这里喝酒吹牛。起初傅西杰还打算听听旁边的人究竟在说什么，但随着他俩点的烧烤渐渐摆上台面，越来越嘈杂的声音也让男人无法再听清究竟谁说的是什么。

黄舒晴很专注，一边和傅西杰随意地聊着，一边吃着东西，由始至终她都很兴奋，特别是看到坐在自己对面的那个人因为环境太吵而皱起眉头时，她笑得最开心。

最后他们没把东西吃完就离开了，观察细致的黄舒晴知道再让傅西杰继续待在那里面只会让他更加难受。

“我的天，都是烟，那里简直就是被污染的蓬莱仙境！”终于走出来，傅西杰终于忍不住抱怨起来。

但他很快意识到现在说这些话不合时宜，以往的他可不会这样说。或许是那里面的确太糟糕了，在他看来，似乎每个人都打翻了酒瓶子，空气中除了烧烤的油烟味和香烟刺鼻的味道，还夹着重重的酒精味，曾经几度他甚至害怕空气会不会遇火而燃烧。

黄舒晴一言不发，只是脸上笑容依旧，看见她这副模样，傅西杰也冷静下来。

两人一路无话地走到了宾馆门前，黄舒晴扭头看了一眼宾馆大门，深深地吸了一口气，随后转过头来看傅西杰，踌躇了一会，说道：“好啦，我上去了，明天中午的大餐，记得弄得丰盛点哟！”

“嗯……”回忆起下午时黄舒晴的邀约，傅西杰不知为何感到有些内疚。

“那么，等下就不打电话了吧，我今天很开心，玩得好累，我想等下一躺下我就会直接睡着了。”她却笑得没有半分杂质，傅西杰看在眼里，心中愧疚的感觉更甚。

“嗯，好。”

小宾馆在一个很安静的街道上，偶有路过的车辆和路人，也从来不会去看他们。风轻轻吹过，两人对视着，似乎每个人都有欲言又止的话语，可到了最后，却谁都没有说出来。

“那，晚安！”

“嗯，晚安。”

再次目送黄舒晴，只是这次她走到门口时却转过身来。

“傅西杰，谢谢你。”她笑着说，笑容是那么甜美，照亮了夜晚，照亮了整个小城。

看见这个笑容，傅西杰也跟着笑了起来，只不过到了最后，他还是什么都没说，而黄舒晴则是用力地点了点头，转身离去。

今天一整天发生的事情如梦似幻，和心中曾经可望不可即的人一同逛街嬉闹，有多少人能将这事变成现实？可世事往往就是如此，本以为天天期盼得到的东西，在真正来临后，却又好像不是那么回事。

累了一天，傅西杰回到家倒头就睡。

梦境来袭，他又来到了那个被迷雾笼罩的小岛，延续上一次的故事，那个集黄舒晴和若陌长相于一身的女子就站在他面前，浓雾在渐渐散去，阳光像冬夜里的暖风，把两人包裹起来。他们一言不发，光好像时间的波纹，让两人的影子渐渐拉长。

梦忽然中断，敲门声传来，看看窗外，竟然已经是大白天了。门外的是阿财，他眼圈发黑却又一副亢奋的样子，看来他应该一宿没睡好。

简单地问了声好，他也不纠结傅西杰蓬头垢面的样子，先进来放下两袋东西，随后说了声又跑了出去——准备的东西还挺多，这餐必定是豪华无比了。

简单洗漱过后，傅西杰收拾了一下自己，看看时间，已经十一点多了。阿财回来时黄舒晴也正好打来电话，嘱咐了阿财一声，傅西杰去接黄舒晴，而当他来到宾馆门口时，女人早就在那等着他了。

今天的她比昨天更美了，那成熟知性的着装和妆容和若陌完全不同，他俩说笑着上了车，直接开到傅西杰家楼下。可惜小区浓浓的历史气味和现代化的汽车有些不搭，不过黄舒晴倒是沉醉在这样的氛围之中。

“哎，小杰。”刚下车，远处就传来呼唤声。

傅西杰祈祷千万别是她，可事实却击败了他。

王大妈忽然出现，看见了他，也看见了她。无奈之下只能简单地介绍了一下黄舒晴，当然了，这些话在王大妈听来都无关紧要。

“我们家小杰可是个好孩子，我看着他长大的，你有福气哟。”王大妈满脸笑意地看着黄舒晴，简直就把这当成了自己孩子的相亲现场。

尴尬无比的傅西杰干咳一声，想要阻止这荒谬的对话，可黄舒晴却很大方的和王大妈聊了起来，聊得这位老妇人满脸笑开了花，高高兴兴地回家，最后还不忘回过头来给傅西杰一个肯定的眼神，他只能回之以苦笑。

带黄舒晴上楼，此时阿财还未把午餐准备好。她没在意，透彻地参观了一遍傅西杰住的这间大板房，当她来到卧室时，他有些后悔今天没有整理床铺。

不过黄舒晴的注意力倒是没在那上面，她一眼就看见躺在书桌上的“工作日记”——那是傅西杰平时用来记录些随笔和心情的本子。

“这种小本子！我记得我爸爸当年随身带着，那上面总有一股烟草味。”这不是什么稀罕东西，牛皮纸的封面，红色的字，是时代遗留下来的产物，傅西杰用它，也只是因为不想浪费罢了。

“我能看里面吗？”黄舒晴用水灵灵的大眼望着傅西杰，后者不忍拒绝，也就点了点头。

那里面并没有什么见不得人的东西，顶多是一些写得不好的句子，对于曾经一个社团的黄舒晴来说，这东西早已经见怪不怪了。当然，本子里也会有几句偶尔在脑海中蹦出来的诗句，都是些无关紧要的东西。

“原来你还有继续写诗嘛。”她认真地看了许久，抬起头，双眼中隐隐有些火花在闪耀。

“只是偶尔的灵感，这哪算是诗呀，跟以前比起来那差远了。”傅西杰不敢去直视黄舒晴的双眼，低下头。

“是吗？……”而这样的回答也让黄舒晴的情绪受到了一些影响，“可是你还是会把它们写出来吧，有些东西如果你真的完全放弃了，又何必记录下来，对吧？”

傅西杰无言以对，只能用细弱蚊蝇地应了一声，瞬间黄舒晴的心情又回来了，她放下小本子，转身推开窗。

一股凉风瞬间吹了进来，傅西杰抬起头，看她秀发飞舞的背影和外面被岁月重伤的楼融为一体，她淡化了伤痕，伤痕深刻了她的温柔，宛如一曲江南小调，宛如一隅世外桃源。

阿财的声音把他从那片净土里拉回来，丰盛的午餐准备就绪。就算是见过世面的黄舒晴也被眼前的盛宴惊呆，发出惊呼声，在此之前傅西杰对阿财也存在着疑虑，但当他看见这美妙的西餐和阿财因为自己做的食物得到赞赏后露出的笑容时，疑虑消失了，他觉得这就是最好的搭档，因为他在为自己所追寻的东西拼搏，会为之发狂。

进食开始，黄舒晴从第一口吃下去就对阿财的厨艺赞不绝口，这也给了他更多信心，他开始滔滔不绝地讲解自己做菜的心得，这一说傅西杰才知道，阿财并不是那种很学院派的人，对于菜品他有很多自己的理解，并且在亲身尝试过后，他所加入的创意显然是可行的。

席间黄舒晴当然也问了很多生意相关的问题。比如未来的策划，项目具体该如何开展，说到这样的问题，阿财就不能顺利解答了。而每每问到他不懂的地方他就把目光投向傅西杰，无奈这只是在酒桌上忽然想到的点子，就连傅西杰也不知道应该如何回答。

于是这些专业且不可避免会遇到的问题就这样被无声地略过，留下些许遗憾，但并不阻止这次午饭成为一次美好的记忆。

有说有笑，这餐饭吃到中午一点半，目送阿财离开，接下来黄舒晴也要回到她所在的地方。车前，两人相互凝望，这一刻没有风，整个小区也都被午睡大魔王勾走了魂，静得那么安详。

最终这次是傅西杰先开了口：“你快点启程吧，明天还要工作，回去晚了休息不好。”

“嗯……”黄舒晴眼中的不舍太浓，好像这并不是回自己的家，而是踏上地狱的旅途，“关于开店，你还能再好好地考虑下么，我真的很希望能够跟你一起工作。”

她眉宇间那份难过是那么真实，傅西杰不知道自己究竟有什么魅力能让眼前这个如此优秀的女人垂青至此，总之他没办法在当下说出任何残忍的话——或许在他内心深处本就不想伤害任何一个人。

黄舒晴离开了。傅西杰回到还残留着欢声笑语的家，桌上是还未收拾好的碗碟，他长出一口气，捋起袖管就要开工。

这时候电话响起，接听，那边传来老母亲愉快的声音。

“小杰，没打扰你吧？”每次她给傅西杰打电话都很开心。

“妈，没事，你有什么就说。”

“其实也没什么，就是想你了，所以打个电话来听听你的声音。”

想儿子是一部分，他知道这之后肯定还有其他的事情要说。果不其然闲扯了几句后对话开始进入正题。

“小杰，你还记不记得你爸教育你的第一个人生道理是什么？”

“是诚信，他说过，做人一定要讲诚信。”这种教诲傅西杰怎么会忘记。

“嗯，你能记得是最好了，我打电话来就是提醒你这件事，你可别忘记了。”

有些事情不必说得太明显，说破了反而不好，傅西杰明白自己的母亲在说什么，而她也知道把话说到这份上便已经足够。

挂断电话，傅西杰看了看一片狼藉的餐桌，又看了一眼收拾得整整齐齐的书桌，那本曾经被黄舒晴读过的“工作日记”躺在上面，除此之外，他也曾在那里给许多不同的人写过很多信。

第六章

烟雨（6）

日子又回归正途，自从那次午餐之后阿财对西餐厅计划愈发有信心，他三番五次地来傅西杰家里和他讨论各种事宜，两个人越是讨论越是感觉前途光明。

不过唯一有一点隐患，那就是阿财并不知道傅西杰和黄舒晴之间的事情，那省城的邀约依旧萦绕在傅西杰的心头，无法散去。

时间过得很快，短暂的春天已经过去，四月，火辣的烈日和高温无声袭来，就在某天睡醒的时候，人们发现自己浑身大汗，到了中午，窗外忽然间就能听见知了肆无忌惮的鸣叫。

黄舒晴还是会照常每天晚上给傅西杰打电话，这持续了几个月的举动，渐渐成了他们两人生活中必不可少的一部分，若陌的影子在淡化，就连梦中那个女孩也开始更像黄舒晴。

可惜就在这个时候，在新夏初来没多久的时候，若陌敲开了傅西杰的家门。

“嗨！”她穿着一条白色的碎花小裙子，她像个少女似的扎了两条马尾辫，她脸上的阴郁完全散去，笑容把她变成了一个陌生人。

在那一瞬间傅西杰失去了声音，呆呆地说不出半个字。

他想用自己的眼睛好好确认，眼前的这个女人究竟是不是自己认识的那个若陌，那个每天晚上会在路灯之间凝望着别人的若陌。

看见他呆若木鸡，若陌笑得更欢了，她轻轻地拍了拍傅西杰的额头，说道：“你有空吗？我们出去走走？”

不能拒绝。

这是傅西杰当时心中唯一的想法，他关上门和若陌走了出去。

今天万里无云，太阳也不算猛烈，时值上班时间，街上走动的人大多都有各自的目的。自从上次黄舒晴来过之后，这是他第一次闲庭信步地走在大街上，本就很少出门的他，除了偶尔会和阿发两兄弟去吃个饭，基本不在外面停留。

也不知是否悠闲的时光赋予了若陌欢快的步伐，傅西杰感觉要跟上身边这个女人的速度竟有些吃力。她那对任何事物都充满好奇的表情是如此真实，一路上拉着傅西杰买了许多小东西，地摊上，小店里，有用的也好，没用的也罢，总之在今天的她看来，都是好东西。

她说，她喜欢把美好的东西留下来。

他问，美好的东西究竟是什么？

“在记得怀念的时光中遇到过的任何东西，都是美好的。”若陌带着明媚的笑容说。那清澈见底的眼珠里没有丝毫虚假，被风轻轻撩起的长发，在和她跳一支寂静无声的探戈。

傅西杰尽责地帮她拎着东西，若陌则看着身边的人，笑着开口问道：“你不好奇吗？”

“好奇？好奇什么？”

“我离开了一段时间，回来之后立刻拉着你出来，你不想知道原因吗？”

傅西杰当然想知道为什么，可却没有直接说出来。

“你指的这个呀，看你现在这个样子，就算发生了什么事情也肯定会是好事吧，既然如此，我也没什么可担心的了，等你想告诉我原因的时候，你自然会说的。”

“说得好，来，我请你吃雪糕！”她把竖起的大拇指伸到傅西杰眼前，像个孩子般呵呵地笑着。

她没有说到底发生了什么，傅西杰也没有追问，这一天他们过得很开心，到处走走逛逛，直到晚饭过后才感觉到疲累。回到家门口，傅西杰把大包小包的各种东西搬进了若陌家里，她说了声多谢，他笑着，什么也没说。

之后，他们就在门口面对面站着，一个人在门内，一个在门外。

“我觉得以后我们可以多一起出去玩，跟你在一起的时候，我很开心。”气氛有些尴尬，还是若陌最先开了口。

傅西杰早就把自己的一些基本情况告诉了她，她很清楚他目前没有工作，倒是若陌却对自己只字未提。

“好，反正我也没事做，对吧？”

两人相视一笑，有关为什么会忽然改变这件事，傅西杰觉得她或许会在适当的时候提起吧。

“对了，”若陌说着便收起笑容，她的脸色变得有些尴尬，“我以后晚上都不会再去那里了。”

“啊？”傅西杰一开始没反应过来，随后立刻反应过来，“哦！这样挺好的，其实我也很久没去了。”

她听完后满意地点点头：“好，那么……晚安咯？”

“嗯，晚安。”

道了别，若陌关上门，傅西杰自然也回到了自己家里，突如其来的一天，一切发生得太快，以至于他到现在都没有反应过来。抛开是好是坏这个问题，究竟是遇到了什么能够让一个从前寡言少语的女子变得如此活泼开朗呢？

又或者这才是真正的若陌吧。

仔细想想，每个人都很独特，都拥有一段只有自己才最清楚的故事，想要完完全全了解别人，实在是件太难的事情。从知道有若陌这个人到现在，傅西杰对她的好奇从来没减少过，可就在当下，他忽然感觉对若陌的好奇消失无踪，猜测得太多，真的会让人感觉到疲累。

正想着，那边电话又响了起来，这个时间，来电的当然是黄舒晴。他接起电话，那头传来的同样是兴奋愉悦的声音，在这新夏夜，没了工作的傅西杰倒是越来越忙碌了。

南国小城的夏天闷热无比，让人寝食难安。许多人放弃了油腻的食物转而改食一碗白粥，生活也往往就是如此清淡，偶有的惊喜和诧异只不过是不知何时会有何人坐在你对面与你共享这碗白粥的恬淡罢了。

很快，傅西杰收到了一封来自若陌的来信，信中说她要开始新的生活，可能会有段时间不能通信了云云，傅西杰明白，“陌客”这个身份对于他来说，也许已经没有意义了。

在那之后若陌的邀约开始增加，每次她跟傅西杰一起出去都笑得特别开心，她那独特的气质和清丽的容颜，让她身边的男人感受到了许多嫉妒的目光——在许多人眼中，他们就是一对情侣。

小城的每一个角落似乎都留下了他俩的回忆，一开始傅西杰还不适应这样的感觉，渐渐的，他开始习惯了有若陌在身旁的日子，他跟着她一起笑、一起放肆地奔跑、一起和小朋友坐在路边吃零食，还一起去看日出，也曾一起感叹，一起唏嘘。

“你喜欢日出还是日落？”她头枕着傅西杰的肩膀，迷迷糊糊地问他。

“一般人都会更喜欢日出吧，都说一天之计在于晨，不是么？”这是傅西杰这一辈子第一次看日出，虽然只是在小城某处的一块空地上。

“我又没问一般人喜欢什么，我问的是你！”若陌嗔怪地推了傅西杰一把。

“我么？”傅西杰深吸一口气，“我可能会更喜欢日落吧，虽然日出总是象征着希望，但如果没有日落后的黑夜，谁又会期盼日出会带给人怎样的明天呢？”

若陌听完后没有再说什么，她默默地伸出手抱紧傅西杰的手臂，生怕在这一刻之后自己身旁的男人就会消失一般。

有了若陌的加入，傅西杰的生活发生了巨大的改变，重心开始渐渐倾斜：每天不再能保持和黄舒晴通话，那还在襁褓中的西餐厅计划也没有再有任何进展，就连楼下那属于傅西杰的邮箱都已经许久没有被打开过了。

所有的事情仿佛都被融化在了若陌那不可匹敌的热情和笑容里，阿财来找过他几次，也曾见到过若陌，她在他们讨论西餐厅这件事情时一言不发地在旁边听着，像个乖巧的孩子，可当阿财一离开，她就会恢复活力，重新把傅西杰从事业中拉回到温柔乡里。

这如梦似幻的日子维持了一个多月的时间，小城对于他们两个人来说已经没有任何新鲜感，虽然相处的时光都很快乐，但傅西杰却没有归属感——到了今天，他甚至还不知道她叫什么名字。

他不知道应该如何开口去问，因为傅西杰也不清楚自己和若陌究竟算是什么关系。

情侣？或许在旁人眼中看来是，但当事人才真正清楚这里面究竟发生了什么。

朋友？如果真是这样，那对于朋友这个词的定义或许太过宽泛了。

然而这个问题显然不是若陌所担心的，她开始提出旅行计划，她说好想去更远的地方走走，想看更广阔更美丽的世界。

傅西杰答应了，或者说，他不知道应该如何拒绝现在的若陌。

于是她开始把时间花在研究旅行的一切事宜上，两人相处的时间时更多的是在讨论去哪里旅游更好，地点也更多的是在傅西杰或者若陌的家里。

这也终于让黄舒晴的通话得到了恢复，细心如她这般的人，当然察觉到傅西杰前段时间的不同，某天夜里，微醺的黄舒晴终于把憋在心里的话说了出来。

她先是问傅西杰是否有了女朋友，她的声音是颤抖的，他听在耳中，不忍隐瞒。

可事实就是他也不确定若陌是否就是自己的女朋友，于是他只能模棱两可地回答说：最近跟一个人来往比较多。

得到这个答复的黄舒晴沉默了好久，最后她幽幽地说道："是吗？你喜欢那个人吗？"

"应该算喜欢吧，"傅西杰冷静地想了想说，"但我总感觉我们之间有某种无法逾越的障碍，具体是什么我也不懂，也许我本来就不适合结婚。"

"没有谁是天生适合结婚的，"黄舒晴的声音很低沉，完全失去了往日的活力，"你知道为什么我到现在还是单身吗？我想你对这件事情应该很好奇吧。"

"你？可能你也不适合结婚呢？"傅西杰开了个玩笑，他真的不想气氛那么尴尬，"我觉得，每个人都有自己的选择，我的确挺好奇你为什么到现在还是单身的，但这并不重要，重要的是你活得是否快乐。"

那边的黄舒晴发出一声嗤笑，这是傅西杰第一次从她身上感受到如此浓重的悲凉情绪。

"快乐？一个女人为了生活和满足自己的虚荣心不停地去拼搏去应酬，你觉得这会是快乐吗？"

傅西杰无言以对，他不会去评价别人的生活，在这种时候，却也不知道如何安慰。

"人活着有时候真的好累，毕业之初，我曾经也想当个小鸟依人的公主，事实上，我也的确曾经遇到过那个理想的王子，然而事情并不是按照我所想的那样发展，并不是……"她喃喃地说着，更像是呓语。

傅西杰知道眼下黄舒晴的情绪非常不稳定，于是他想要转移对方的注意力。

"不说这个了，都是过去的事情，还提来干吗呢？"

"那好，我问你，你愿意跟我在一起吗？和我一起分担生活、工作上的喜怒哀乐，你愿意吗？"

"我……"突然被表白，傅西杰不知该说些什么，"你喝醉了，早点休息吧。"

黄舒晴的确喝了酒，但还不至于到那种神志不清的地步，可不管她说的是否是酒后真言，一个女人会对一个男人说出这样的话，或多或少都有真情在里面。

然而傅西杰的回答却让她半天说不出话来，好一阵子，她才终于道了声晚安，然后立刻挂掉了电话。他仿佛听到在那声晚安的最后有极力隐藏着的哭腔，他很想回拨过去，可转念一想，现在打过去，又能够说些什么呢？

夜晚终将过去，时光的脚步无法被阻挡。

自从那一晚之后，黄舒晴再也没有来过电话，好多次傅西杰到了那个熟悉的时间后都会紧紧握着手机，可最终除了手心里的手汗，什么都没等到。

或许她的想法改变了吧。

这是傅西杰唯一能够给自己的解释，要说他心里面的感受，遗憾当然是首位的。人大多如此，就算你不很明确是否喜欢某个人或某样东西，但当失去时，无论是谁都难免不快。这是从远祖就遗传下来的天性，谁都不想自己的生命中失去太多东西。

一周过去，黄舒晴消失得无影无踪，而若陌这边也已经把旅行计划完全敲定，两周后启程，预计要去一个月的时间。

不巧的是阿财那边也完成了对西餐厅的规划。自从见过黄舒晴后他就非常努力地去策划，除了找傅西杰研究讨论，阿财还会跟那些已经拥有自己餐厅的同学或者学校导师交流，在得到多方的建议后不停修改方案，终于把雏形给想好了。

“这就是我全部的想法，西杰哥，你觉得怎么样？”阿财充满激情地解说着，能够看得出他很有信心，单独完成这份不算复杂却也不简单的计划书对于他来说有非比寻常的意义，这或许是他人生第一次着手自己的梦想。

那份汇聚了阿财梦想的计划书静静躺在茶几上，而在它旁边的，则是若陌同样充满激情的旅行攻略。

“很好，没想到你能想得那么周全，”还没仔细地看计划书，单凭阿财口头讲述傅西杰就觉得这西餐厅靠谱，“可是这时间……”

“时间？西杰哥，你有什么问题吗？我这边可以等的。”

他很想让阿财等着自己，可这次若陌想去远点的地方旅游，万一下次她想去更远的地方呢？万事开头难，无论是若陌还是餐厅，一旦运行起来就不会有太多时间去照顾另一边。

他不是那种喜欢当甩手掌柜的人，更何况傅西杰和阿发的关系也决定了他不可能把所有事情都甩给自己好友的弟弟。

“嗯，的确是有些问题，也不单单是在时间上，”傅西杰思前想后，最终还是下了这个决定，“其实是这样的，我最近遇到了些棘手的事情，所以西餐厅的计划我可能不能够参与进来……”

阿财听后一脸焦急，他打断傅西杰的话：“是不是我的计划有什么问题？西杰哥，你可以直说的，我还能改进……”

“不，不是，你的计划很好，阿财，你先听我把话说完，”傅西杰拍了拍阿财的肩膀，安抚这位年轻的厨师，“事情我都已经想好了，我本人虽然没有办法跟你合作开西餐厅，但我可以介绍一个很好的合作伙伴给你。”

阿财一愣，吐出了一个“啊”字。

“你放心，他是个很好的人，以前是我的同事，他也厌倦了帮别人打工，也很想自己出来做一些事情。”

话是这么说，可阿财却还是不放心，依旧纠结着询问是否因为计划得不好所以才不愿一起合作。傅西杰能够理解阿财会有这样的想法，这让他内心里的愧疚更甚。

这无疑打击了阿财的积极性，而傅西杰不能说出口的理由却是如此可笑又无可奈何。他不知道这算不算是欺骗了阿财，欺骗了那颗炽热的心，现在唯一能做的，恐怕就是尽量不让阿财失去对梦想的信心。

用了整整一个小时的时间，傅西杰终于初步让阿财相信了计划书真的没有问题，可他离开时却依旧带着疑惑和不安。所以第二天一早傅西杰就来到了曾经的公司，他拨通了办公室的电话，把杨远给叫到了楼下。

“西杰？你怎么突然来了？不进去跟其他同事打声招呼吗？”显然傅西杰的到来让

他很惊讶，十年如一日的工作，杨远在工作时被电话叫下楼去的次数屈指可数。

傅西杰抬头看了一眼那熟悉的办公室窗户，摇了摇头说道："我还是不上去了，我今天来就是有些事情要跟你说。"

杨远也抬头看了看办公室，表示理解地点点头，用眼神示意傅西杰说下去。

"你上次找我的时候曾经说过很羡慕我这么洒脱地说辞职就辞职，是吧？"

"对，其实办公室里很多人都这样，人嘛，谁想一辈子给别人打工呢。"

"很好，"说着，傅西杰双手架在杨远的肩膀上，认真地望着杨远，"我有一个很好的计划，做餐饮的，大厨是我好友的弟弟，本来我自己要参与进去，可由于出了点事情，破坏了我的计划。"

"所以，你想到了我？"杨远有些受宠若惊。

傅西杰点点头，抓着杨远肩膀的手更用力了："我是相信你所以才来找你的，计划书我也带来了，你看过之后如果有兴趣，就来找我。"

把阿财的梦想之作交给杨远的时候，傅西杰有些放不开手，再三盯着杨远看了好久，他才终于把手松开。

之后他转身就走，没有再做任何解释，一路狂奔到家，喘着粗气的傅西杰第一眼就看到了那依旧躺在原来位置上的旅行攻略，忽然间他感觉那并不是什么快乐，反而有些厌恶。

内心里五味杂陈，甚至让傅西杰对一切事情失去了兴趣，他呆呆地坐在书桌前，无意间翻看到曾经和若陌的通信，现在看来，那个每天都带着忧伤的若陌或许才是最美的。

傅西杰丝毫没有察觉到时间的流动，转眼间夕阳透过窗户映红了桌面，也映红了他的脸，这不禁让他想起曾经和若陌说过的话——日落，同样也带给人希望。

这时敲门声传来，由于受到傅西杰慎重的委托，所以立刻把计划书看完后的杨远来到了他家里。

一进来杨远就抑制不住自己激动的内心，显然阿财的西餐厅也打动了他。

“西杰，这个西餐厅的计划真的太好了，你确定你不一起合作吗？你那边的事情你可以先忙，我和这位素未谋面的大厨可以先把前期的工作给做起来。”年轻人的梦想带给了杨远勇气，听他话里的意思，似乎辞职已经是板上钉钉的事情了。

“不了，我这边的事情不知道什么时候才忙完呢，说不定得个好几年。”

“是这样吗……好，明白了，呃，你看什么时候安排我和大厨见个面？我想和他好好地聊聊。”

看见杨远对西餐厅如此感兴趣傅西杰却丝毫高兴不起来，可惜覆水难收，眼下最好的解决方法就是尽快把杨远和阿财联系在一起，如此一来事不关己，也不会再多做念想了吧。

于是他立刻把杨远带到了阿财家里，三个人围坐在一起讨论。起初阿财还有些半信半疑，在感受到杨远真实的热情后他很快抛开疑虑，瞬间那否定自己的想法被抛诸脑后，重拾自信，傅西杰哪怕心里有遗憾却也还是很替阿财高兴。

夜幕降临，既然西餐厅已经离他远去，傅西杰也没必要在阿财家里待太久，悄悄地道别，留下激情愈发浓烈的两人继续在屋里讨论。

穿过热闹的街，回到寂静的小区，准备上楼时他无意间瞄了一眼自己的信箱——在过去，那可是他每天希望汇聚的地方。

“是啊，都已经好久没有给别人回信了。”

打开已经被一层灰尘覆盖的信箱，里面寥寥躺着三封信，拿起回家。打开书桌的灯，信里面的内容是什么其实都不重要，因为他已经想好了要如何回信。

很快把回信写好，装进信封后，他随意地将它丢在一边。不知是否天气回暖的缘故，最近傅西杰最总感觉自己内心莫名的烦躁，特别是当独自一人的时候，那满脑乱麻般的思绪总是忍不住窜上来，捋不清楚。

那就睡去吧。

傅西杰下意识地看了一眼桌上的手机，曾经每天都要充电的它，此时正闪着电量不足的提示。

翌日，傅西杰早早出去把信寄出去，若陌在完成了旅行计划后就开始筹备此次出行所需要的东西，她说很想留住美好的记忆，所以要拍下很多有意义的照片，傅西杰当然要配合她，于是买相机的责任就落到了他的身上。

这其实已经算是个轻松的工作了，毕竟需要傅西杰准备的只有一台相机，这可不是去湖边钓鱼，一个月的行程，需要准备到的东西还不少。

在小城里的百货商店逛了一圈，傅西杰并不了解相机，大体了解之后唯一的感受就是：贵。

所以傅西杰没有立刻出手，这种东西，说不定傅东路懂得多些。

回到家的时已经是中午了，在楼底下遇到了王大妈，不过这次她看傅西杰的眼神则怪怪的。他尝试热情地打招呼，但王大妈只是不冷不热的回应，随后她头也不回地回了自己家。

想想也是，纸终究包不住火，最近这段时间他和若陌走得这么近，经常出双入对的在小区里走动，想要不被人看到实在是太难了。老人家嘛，闲来无事就喜欢找些谈资，一来二去的传到王大妈耳朵里只不过是时间问题。

其实这种事情在别人看来是很正常，可王大妈本来就对若陌有偏见，加上她又见过黄舒晴，诸多因素交织，傅西杰本来乖乖仔的形象恐怕早就破灭得无影无踪了。

无奈地苦笑着，他敲了敲若陌的房门，想要问她有没吃过午饭，不过无人应答——看来她是出去置办东西去了。

心里空落落地回到家，本来就算再破也感觉很舒适的屋子，今天却给傅西杰一种要窒息的感觉。渐渐地他感觉好冷，跑到床上裹上那张毛巾被，这才终于有了些安全感。

接下来的两天若陌都在忙着买东西，其间她来找过傅西杰，但目的也只是问他哪件衣服更好看而已。

不过傅西杰却很想跟她说说心里话，可话到嘴边时却变成了一个虚伪的笑容。

日子开始变得难熬，傅西杰更多的时间都是躺在床上呆呆地望着天花板。

它早已斑驳，其上岁月留下的各种痕迹，见证了傅西杰的成长。今时今日再看去，满眼的记忆里，父亲的谆谆教诲犹在耳旁，他很想跟过世的老父亲说说他现在的情况，这么多年来，没有哪次像现在这么无助。

这时电话响了起来，傅西杰下意识地接起电话，本来想下意识地喊出黄舒晴的名字，好在对方心急火燎的声音阻止了他。

“喂，小杰，你怎么了？我听你哥说，他打你手机关机了？”

老母亲焦急着，那满满的爱透过电话传到了傅西杰身体里，他忽然很有想哭的感觉，想像个孩子般扑进母亲的怀抱里，放肆地大哭。

“啊？这样啊，可能这几天有点忙吧，手机没充电。”这是实话，要不是若陌那边缓下来，傅西杰也没闲情去给手机充电。

“你以前可不会这样，是不是发生了什么事情？”

“没，没事，你放心。”

沉默，持续了好一会，老母亲还有话要说，傅西杰也知道她想要说什么。

“小杰，你是大人了，很多东西我现在讲出来可能不太合适，我老了，也不能太多的干预你的生活，但你一定要记得你爸生前是怎么教育你的，”老母亲语重心长地说，“有些决定或许不是你喜欢的，但更多时候却代表了一个男人的责任感。”

沉默，同样也持续了好一会，傅西杰知道老母亲说的是什么，也知道自己没有办法正面去回答。

“唉，我也不说那么多了，反正该说的我都说了，我在省城这边也见识了不少，我明白每个人的人生都应该由自己来决定，如果你因为别人替你做了难以回绝的决定而感到不开心的话，你爸欠你的那句对不起，妈能替他说给你听。”

知子莫若母，毕竟是血肉相连的关系，哪怕见不到，也能感受得到。

“不，我从来没有怪过您或者爸，我……”羞愧，羞愧得无地自容，年近而立却让自己的老母亲说出这样的话，傅西杰不知还能再说什么，是的，无论如何，这都是不孝的大罪。

所以他再也无法忍住眼泪，哽咽起来。

“好了好了，我挂了，剩下的事情，我也不管了，你好之为之吧。”老母亲说完就挂断了电话，只剩下听筒里的忙音陪着傅西杰，直到黑夜降临。

他离开了家，走在刚入夜的街上，这里是如此热闹，每个人看起来都这么开心。可谁又能体会到别人生活中有什么苦难呢？大多数你所看到的，其实只是别人想让你看到的罢了。

他来到了那条熟悉的街口，右数第六和第七个路灯之间，席地而坐，静静发呆。

他看着对面那条街人来人往，忽然间他有些明白为何若陌会喜欢到这个地方来。

当时的若陌或许跟现在的傅西杰有同样的心情：愧疚，无助，矛盾，等等。几乎所有的负面情绪交织在一起，没办法宣泄，没办法忘却，内心里多么渴望能像那些每天在街市里的人一样无忧无虑，可现实里能做的，只是远远地看着他们，羡慕着他们。

今天只有月亮静静地陪着傅西杰，他和它看着那些人从远处赶来，再看他们散去，直到整条街市空无一人，月亮也渐渐不那么清晰。

最接近黎明时的那段黑夜，是最沉静的夜，在这个时间还没有进入梦乡的，则是最忧郁的人。

傅西杰缓缓走回家，路过黄舒晴曾经住过的宾馆，路过和若陌第一次共进晚餐的地方，他没有抬头去看，有些记忆不必去缅怀也足够深刻，有些人不必去纪念也无法忘记。

后来的事情已经太过模糊，这不是睡一觉就能缓过来的事，他在这种浑浑噩噩的状态中过了三天，谁也不想见。就连若陌来敲门他都没有应答，或许曾经忧郁过的她会明白傅西杰此时的心情，又或者已然褪尽往事的她不会再为这样的事情而烦恼。

怎样都好，每个人都有属于自己的记号，可能是一个姿势，也可能是一阵香味，在很多时候说不上来到底为什么，但当它发生时，心里面却知道这到底是怎么回事。

这样的情况一直持续到那天晚上，傅西杰感觉这次的敲门声与以往不同，若陌总是喜欢轻轻地敲好多下门然后呼唤傅西杰的名字，而门外的人，却像是下了好大的决心似的重重拍了一下。

傅西杰终于打开了门，尽管此时他蓬头垢面。

门外站着的是黄舒晴，看见此时此刻傅西杰的样子，她没有丝毫惊讶，反而如释重负般地出了口气。

“你……”傅西杰却很惊讶，这个时候黄舒晴是绝对不应该出现在这里的，“发生什么事了吗？”突发事件是唯一的可能性。

“没，没什么事。”失去联系好多天，突然出现在眼前，不管是傅西杰还是黄舒晴都有点不知该从何说起。

但站在门前这样僵持也不是办法，黄舒晴犹豫了一下，提议出去走走。傅西杰感觉得到她有话要说，眼下显然不是一个好地方。

于是他俩离开了小区，穿过人群。但却没有往夜市的方向走，而是来到人烟更稀少的地方。

黄舒晴曾经说过她很喜欢小城朴实安静的氛围，比起省城的尔虞我诈，这里让她更舒服。这也是傅西杰毕业后回到老家的原因，不同的是黄舒晴厌倦那样的生活，而傅西杰则是从一开始就懒得去适应。

黄舒晴还说过羡慕傅西杰能够这样生活着，直到现在，而他却根本没有在意过这个问题，他只是让自己活得像自己罢了。

终于他们停下了脚步，在曾经和若陌看过日出的那个地方。

没人知道脚步为何会在此停留，许是走得累了，许是冥冥中自有安排。她从包里掏出一包烟，拿出一根点上，四下无人的空地，仅有月光照明，烟头细微的火焰随着她的气息快速燃烧，黄舒晴转过头来，淡淡地笑了。

“你应该没见过我吸烟吧？”她说着又深深地吸了一口。

傅西杰摇摇头，不知该说什么。

她继续抽着烟，不做停顿，一根烟很快燃尽，她把烟头踩灭，那姿势很是纯熟。随后她还想继续抽，可似乎想到了什么，转过头来说道：“关于我这个人，你不知道的事情还有很多，你想听吗？”

未知，是让傅西杰痴迷若陌的根源，现在想来，那个本来很熟悉的黄舒晴在经过这么多年之后，似乎越来越模糊了。

“如果你想说的话，我愿意听。”

她有很多故事未曾提起过，在这个年代，想要对一个人敞开心扉已经不再是件容易的事，要是真的到了那个份上，不是亲密无间，就是濒临崩溃。

“毕业之后我进了一家公司，曾经跟许多女生一样，想要努力拥有自己的事业，与此同时也在静静地等待那个能携手走完一生的人出现，也许上天真的比较眷顾我，我很快得到了一个很好的机会，我也凭着自己的努力得到了升职的机会……”黄舒晴又点上一根烟，故事随着丝丝冒出来的雾气讲出来。

之后黄舒晴接触到了新的圈子，以她的样貌和能力，自然吸引了许多优秀男性的目光。但大多数都入不了她的法眼，直到她口中的那个他出现。

她说对方也是一个创业者，年纪和他差不多，相比于现在的她来说，他在当时就已经坐拥一家颇具实力的公司了，无论从什么角度来看，那都是个年轻才俊。

很快他们就确定了彼此之间的关系，渐渐地这层关系也不再是秘密，圈子里大部分人都在祝福他们，两人的关系发展得很顺利，这自然加快了他们互相见家长的节奏。

“不知道我这样说你能不能明白，一个女孩子，第一次带男朋友回家，还得到了二老的肯定和祝福，当时我已经感觉自己是世界上最幸福的女人了。”也许是烟抽得太多的缘故，黄舒晴的声音有些沙哑

两情相悦，多方祝福，没有阻力的爱情就像闪电般划过两人的生活——他们结婚了。

都说婚姻是爱情的坟墓，初入此间的她开始时的确担心过这个问题，但随着他浪漫的本性和迷人的个性，黄舒晴的新婚期也过得甜蜜无比。

可任何事情都要归于平淡，爱情自然也不例外。随着工作越来越忙，两人独处的时间越来越少，加上各种琐事的滋扰，平淡的生活中开始频繁出现问题。

“有一天晚上，他喝醉了，很晚才回到家，我泡了一杯茶递给他，结果他扑进我的

怀里哭，他说，他很害怕，因为那个曾经在渐渐消失，我当时以为他是压力太大了，最后才知道，他就是那样的一个人吧，天生浪漫的人，最忍受不了的就是乏味的生活。”黄舒晴笑了起来，那么凄惨，那么痛。

那天晚上之后，他没有再提过这件事，她以为一切都过去了，自己的丈夫只是因为太累了，神经有些衰弱，她甚至牺牲了自己工作的时间多为他准备几顿丰盛的晚餐来慰劳他。

可惜现实就像他说的那样，曾经恩爱的一对，正在渐渐消失。

婚姻危机，这个敏感的词汇想来许多人都不愿提起，更别说遇到。而她终于意识到自己正处在这样的境况中，她开始焦虑，敏感，患得患失，她跟许多女人一样，一旦开始怀疑某件事情，就会死死地钻进去，无法自拔。

最后，她发现了他在外面有女人，她不服，不甘心自己幸福的生活就这样崩塌，她试着去挽回，用尽了一切办法，做了许许多多的改变，可惜，一切到头来都没能让心已走的男人回头。

“还记得他摊牌的时候，我们都很冷静，如果不计算那无数个被内心折磨到癫狂的夜晚，那我们其实也算是和平分手的吧。”黄舒晴抖了抖手中的烟盒，里面已经空空如也，“有的时候我在想，究竟他天生就是一个那样的人，还是我根本没办法令他完全爱上我。”

离婚，她的性格不允许自己的丈夫把感情分给另外的女人，离婚是唯一的结果。他在物质上给了她许多补偿，直到后来她独自创立公司，他也在生意上给予了她许多帮助，她没感觉受之有愧，因为无论从上面角度上来说，这些是她应该享受到的。

黄舒晴说完后长长地出了一口气，她静静地看着傅西杰，好像在看另外一个人。

“我的故事都说完了，相信你在知道了这些事情后肯定对我有很多改观吧，无论怎样都好，我来这里的目的达成了。”她自嘲地笑着，看得傅西杰一阵心痛。

当一个女人露出这样的笑容，最好的应对方法就是将她拥入怀中，可惜，可惜现在的傅西杰无法这么做。

“不，你想多了，你的这些经历，只能说明你的运气差了些，其他的，我什么都没看出来。”

“是吗……”黄舒晴感激地笑了，“其实西杰你很善解人意，跟你在一起的时候很舒服，没有这么多其他的事情需要想，人，还是要越活越简单的好。”

黄舒晴想要简单地活着，她也许是缺乏一个依靠太久了，也可能是在职场上拼得太累，每个人所追求的东西都会因为所处的环境和时间所改变，就像她故事里提到的，毕业之初时眼高于顶，经历过一切后才明白真正的归宿在哪里。

不过这个道理就像双刃剑，傅西杰认为，或许在未来某天的某个时刻，黄舒晴也会厌倦自己，到了那时，结局会是如何，真的好难去想象。

所以，事到如今的他们不再去纠结过往的种种，两个人能好好地把今夜过好，就已经是很好的事情了。

深夜时分，他们的对话没有继续下去，似是说好般，他和她都坐在地上，静静地，黄舒晴把头靠在傅西杰的肩膀上，静静地，等待太阳升起的那一刻。

第七章

烟雨（7）

如果你曾经看过日出，如果你曾经和不同的人看过日出，你就会明白，两个人真正想看的并不是太阳从地平线升起来的那一瞬间，更多的，是希望享受一起期待明天的满足感。

尽管看到都是那颗燃着烈焰的球体，内心里的感觉却总是难以言明，或兴奋，或带着哀伤，因为不是每次都能把身边人拥入怀中，有可能在日出之后，就是陌路。

没有等天完全透亮，两人不约而同地站起身，傅西杰问她住在哪里，黄舒晴笑笑，迈开脚步。

清晨的街道虽然和深夜时同样空无一人，但渐渐照亮世界的光芒开始给它注入生的气息，他们的步履就向缓缓上升的红日，沉默着，前进着。

黄舒晴就来过小城一次，她所懂得的地方不多，上次所住的小宾馆是其中之一。两人来到宾馆门口的时候街上已经开始渐渐有人走动，大多是去晨练的，还有一些已经晨练归来的。

不过这些人却不会在意这对有着厚重黑眼圈的男女，擦肩而过的过客，大多数时候都和生活毫不相干。

又一次站在宾馆门口，这次他们没了上次的心情和笑脸，也没有任何对话，黄舒晴仅仅犹豫了三秒钟就推开了宾馆的门，在她进去之前傅西杰听到的是一句："如果可能，打给我。"

她消失在视线里，他转身离开，这次好像没了什么负担，走起来都感觉轻快了许多，那句临分开前说过的话，他记得，应该会一直记得，记在心里。

回到楼下时还没到大家上班的时间，此时的太阳还没散发出让人难忍的热量，却已经让整个世界变得光明起来。傅西杰忽然感觉这就是一天之中最好的时间，舒服，安宁。

此情此景之下，傅西杰不禁感叹：人应该多多感恩现在，哪怕只是在这样的时光里静静享受十秒钟。

很快，傅西杰的想法就得到了印证，在他回到家门口遇到若陌的时候，那个刚好要去敲傅西杰家门的女人也发现了彻夜归来的男人。

看得出来若陌刚起床，凌乱的头发让她身上的气质发生了少许改变，却更让人惊艳。她惊讶傅西杰的一双黑眼圈，不过她很快就恢复如初，恢复成傅西杰最初认识的那个女人。

"没睡？"他曾经看了许久的笑脸不在那个女人的脸上，他都有些记不起曾经的若陌说话时是怎样的口气了。

"啊……"傅西杰有些不适应这样的气氛，"嗯……"

"发生什么事了吗？"尽管声音冰冷，可男人还是听出了话中的关心。

"可能最近睡多了，晚上睡不着，就出去走走。"对于若陌这样冰雪聪明的女人，解释显得如此可笑。

“怎么不带上我呢？”她说话的声音愈发冰冷，傅西杰有一种感觉，他感觉就连那个回信满是心情随笔的若陌都已经在离他远去。

“你不是在筹备旅行的事吗？我看你也挺累挺忙的，我也就不打扰你了，”他像个偷窃被抓到现行的小贼，仓皇想要逃离这里，“不说了，不说了，我回去睡觉了。”

傅西杰低着头不敢去直视若陌冷若冰霜的双眼，他摸出钥匙想要开门回家，忙乱中钥匙却掉在了地上。

金属与地面碰撞发出的声音在楼道间回荡，像荒野上徘徊的狼嚎，像夜深人静时指甲刮玻璃的声音。

瞬间，傅西杰的动作静止了，他竟不敢俯身去捡地上的钥匙，而若陌显然也没有帮他的意思，她往后退了几步，打开自己的家门。

“你还打算去么？”她从门内看着傅西杰的背影，眉头紧蹙。

男人先是一愣，而后缓缓弯下腰捡起房门钥匙，他没有回头，或者说，他不敢回头，他甚至不敢回答一个“是”，只是很小声地憋出了一个“嗯”。

若陌关上了门，轻轻地，但还是发出了不小的声音，傅西杰也回到了家，连关没关门都没有在意。

夜色在时间中慢慢沉淀，时光亦然。躺在床上，倦意袭来，傅西杰由心底感觉到前所未有的疲累，黄舒晴说过的话还在耳边萦绕，人活着，真的是越简单越好。

他知道，明天黄舒晴就会离开这座小城，如无意外的话，她不会再回来，手机静静躺在桌上，好像在呐喊着什么，却始终听不清楚。那种感觉就如同在未来回忆起有关黄舒晴的记忆，虽然模糊，却总是能够记得究竟发生了什么。

转念想想，黄舒晴其实根本没有做错什么，在婚后选择继续在自己的事业上认真努力，并不是一件错误的事，但结局却并不美好，虽然傅西杰不尽明了，但生活中难免会遇到这样的事情，明明在很努力地做某件事情，明明没有犯错，得到的却是相反的结果。

可人就是这么犯贱——亦或者说，执着。

无论失败几次，当下次遇到相同的情况时，还是会奋不顾身地去尝试，大多数人对于昨天都不曾后悔，因为不经历那段觉得想要回去改变的时光，又如何得到现在这个知道如何改变的自己呢？

接下来的一段日子，若陌没有再来找傅西杰，许是因为他没有对夜不归宿做任何解释，许是因为她也厌倦了。

总之，日子从来不会因为这些琐碎的事情而停止脚步，无论是颓废还是激昂，它一天天地走过，眨眼间距离若陌定下来的出发日已经只剩下三天了。

太阳从窗户照射进来，傅西杰又一次麻木地醒来，此时已是正午，他来到卫生间，无意间看见那面脏脏的镜子里自己已经换了个样子。

他有些认不出现在的自己，满脸的胡子，蓬乱的头发，如果没记错的话，上次洗澡已经是三天前的事情了。

他拧开水龙头，捧起冰凉的水清洗脸庞，再次真切地看镜中的自己，那个人，好像老了许多。

生活一团乱麻的人都应是这副模样。

自嘲地笑笑，又想起了若陌的个性——如果这副样子她可是不会允许他同行去旅游的。

想到这里，傅西杰恍然大悟：旅游，对，还有这档子事。

沉醉在颓废中的傅西杰想起来自己并不是一个在等死的人，而仅仅只是被各种事情烦得想死的人罢了。

该要去敲若陌的门吗？

无论三天后自己到底要不要去，都应该告知一声吧？

对，可能若陌也不想去了呢？

想到这里，他擦干脸上的水珠，两步跨到门前打开门，可惜这扇门一打开就注定了他已经无法再去敲响若陌的那扇门。

门前站着一个女人，怯生生的样子，二十岁左右的年纪，穿着朴素的衣服，扎着一个大羊角辫。她脚边放着一袋大大的行李，看起来像是在门前等待许久了。

见门忽然打开，见到傅西杰，她吓得倒退了一步，他们惊愕地对望，许久，傅西杰才憋出一句话。

"琳琳？"上帝总会在你生活平淡无味的时候给你添加一些乐趣，傅西杰这样想着，继续问道，"你怎么会在这里？你怎么来的？"

"我……"她一脸憋屈的样子，额头上都是汗珠，有些干裂的嘴唇在述说着一路走来的干渴。

傅西杰心里忽然一痛，也不再追问那么多，先让她进屋，给她倒上一杯凉水。在这南方小省，哪怕夏天这位兄弟只是稍微有点出来的意思都会热得不得了，看她咕嘟咕嘟的把一杯水喝完后露出舒服的表情，他不由得笑了。

"这下不渴了吧？"

"不渴了，可是……"她放下杯子，紧张的扭着自己的衣角，"可是你能不能不要问我为什么会在这里呀？"

傅西杰摇了摇头，换上一副严肃的表情。

"好吧好吧，我说就是了，"她扁着嘴巴，满脸的委屈，"我是被妈妈赶出来的，她说我没用，都二十一岁了还嫁不出去，村里面同龄的女孩子都开始要生第二个孩子了……"

这一番话，当然不是说给她听的，显然是在提醒着傅西杰。

一转眼之间，眼前这个姑娘已经二十一岁了，在他印象中，她永远是那个没办法长大的小妹妹，与感情里，他也一直把她当成妹妹……

她叫马琳琳，关于她和傅西杰的关系，很复杂，如果用通俗点的话来说，马琳琳是傅西杰的未婚妻。

但这并非是傅西杰想要的，话还得从傅西杰的爸爸他那辈说起：在还没从村里出来时，老傅在老家有一个穿一条裤子长大的兄弟：老马。他们从小玩到大，感情始终那么好，就算在老傅离开老家后，也经常来往。

随着两人渐渐长大，老傅在小城成家立业，而老马则选择留在老家村里过农耕女织的生活。

老马是个好人，可惜造化弄人，他的第一个孩子在玩耍时不慎溺水身亡，这也导致老马差点崩溃。老傅知道这个消息后义无反顾地辞了工作回老家陪了自己的好友半年，在这股力量的支持和鼓励下老马头终于挺了过来。

农村讲求多子多福，本就觉得一个孩子不够的老马早就想多要几个孩子，可惜他老婆不乐意，现在孩子走了，再要一个孩子自然是顺理成章的事情。

一切都在往好的方向发展，本来这根本与傅西杰没有半毛钱关系，可坏就坏在老马在这次事件后觉得自己能够挺过来老傅出了不少力，死活一定要做点什么来报答老傅，于是就提出了指腹为婚这档子事。

当时的傅西杰已经十岁了，老傅来到小城后观念改变了许多，于是就想婉拒这个请求，可老马脾气倔，说什么也要定一门亲事，老傅拧不过他，而且这人的心理受到创伤后很难痊愈，他怕老马万一又想歪了就不好了，于是在无奈之下只能答应了老马。

本来心想着这生出来的是个儿子也就没事了，但无独有偶，老天就是这么喜欢捉弄世人。

马琳琳出生了，那时的傅东路都快二十岁了，要和他定亲肯定是定不了的，于是傅西杰就光荣地成为了两位长辈友谊的见证。

“琳琳，我……”

“西杰哥，对不起，我知道你忙，你没时间给我写信，我本来真的不想来打扰你的，我也能理解为什么你最后那封信说当时我们的婚约只不过是个误会，琳琳是个乡下人，配不上西杰哥……”

傅西杰听到这里心中的痛楚更甚，他想要开口解释，可马琳琳的话却还没说完：“本来我也不想再来纠缠西杰哥你了，可是妈妈她，她看见了那封信，她不相信西杰哥会不承认这桩婚事，于是就以为是我惹你不高兴了，还说要是我不把这件事给解决了就把小山送给别人……”小山是琳琳养的狗，陪了她好多年，感情很深。

“琳琳，你别乱想，其实事实并不是你想的那样……”傅西杰第一次感觉到自己词穷，却又必须要立刻安抚眼前的马琳琳，“你看看我，我的意思是，也许，也许你可以和真正喜欢的人在一起，而不是因为这件荒谬的事情就和我结婚，你明白吗？”

傅西杰揉了揉太阳穴，觉得自己找的借口实在太烂了。

“不过不管怎么样，还是要跟你说声对不起。”在还未遇到若陌之前，老母亲、琳琳、笔友，这是傅西杰主要的通信来往对象。

琳琳皱着眉头看傅西杰一脸邋遢的样子，忽然灿烂地笑着说：“西杰哥你是在担心这个吗？可是我真正喜欢的人就是你呀。”

傅西杰看她笑了也就跟着笑，这个回答，其实早就在他的预料之中了。

其实老傅也知道在傅西杰已经这么大的情况下做这个决定对自己的儿子不公平，所以只要有空就会带傅西杰回老家跟马琳琳培养感情，老傅深思熟虑，感情倒是培养出来了，可惜那是哥哥和妹妹的感情。

从小傅西杰都只把马琳琳当成自己的妹妹，一开始时女孩也是这么想的。但当她进入青春期，上到高中，渐渐地情窦初开后，她对傅西杰就有了更多的情愫，而老马又选了这个时候把这门亲事告诉马琳琳，这更让马琳琳认定傅西杰就是自己这辈子的另一半。

“你饿吗？要不要我弄点东西给你吃？”傅西杰把马琳琳的行李拿到了自己房间里放着，但他说完这句话就后悔了，这颓废的日子里，家里哪里还有像样的东西吃。

“啊！不用，我自己来就好了，妈妈虽然身体好，但是自从爸爸走了以后一天就只吃一餐，我不想她身体出毛病，就天天做饭给她吃。”她说着走进厨房，四下翻找，就在以为一无所获的时候忽然发现还有一扎未开封的面条，她傻傻地笑了，冲着傅西杰晃了晃手中的面条。

那面条还能吃么？

大概应该是没问题的吧，傅西杰这么安慰自己，却不知道该说什么。

水很快烧开了，马琳琳没有继续搜寻还有什么其他的配菜，找来了油盐，准备下一碗素面来吃。而在一旁看着的傅西杰总是欲言又止，那饱受谴责的内心里自己的影子越来越小。

他没办法再继续下去，于是躲进卫生间里，再看那个不熟悉的自己，傅西杰拿起刮胡刀。

盘踞在他面颊和下巴的胡碴被清理掉，前所未有的感觉袭来，仿佛他刮掉的是自己的过去，那是赎罪的感觉。他仿佛在镜中看见了自己和马琳琳小时候一起玩乐的场景，那时的她总是喜欢黏着他，一口一个西杰哥哥，那份依赖到了如今虽然表面收敛，但在马琳琳的内心却从未改变过。

紧接着老傅的脸庞也浮现在镜中，他的谆谆教诲像疾驰而过的列车般迅速地闪过，最终画面停下，老傅语重心长地教育傅西杰——做人，最重要的就是诚信。

“西杰哥！”马琳琳的呼喊打断了傅西杰的回忆，“有人来找你！”

傅西杰应了一声，刚回过神来的他还没意识到什么，反复查看了一下镜中被收拾干净的自己，心情大好。

可在下一秒钟，看见自己这副模样的傅西杰立刻想到了什么，他疯也似的冲出卫生间，可惜一切都迟了，此时客厅中，是他最不想看到的画面。

若陌不偏不倚在这个时候来了，本来许久没有来找他的若陌，手中捧着一个餐盒。

马琳琳站在若陌的旁边，一脸不知所措的样子，她似乎感觉到气氛有些不对，但纯真如她，却不知道这里究竟发生了什么。

傅西杰与若陌四目相对，哑口无言，厨房里煮沸了的水，正发出咕嘟咕嘟的声音。

“这位是？”若陌最先开了口。

傅西杰一脸为难，不知道该要如何介绍马琳琳。

看着男人支支吾吾的样子，马琳琳似乎明白了什么，她咧开嘴笑着说：“我是西杰哥的妹妹，从老家过来找他的！”

惊讶，他一脸惊讶地看着她，那边的若陌也换上了同样的眼神。

“你是西杰哥的朋友吧，你先坐，有什么事情你们就说吧，当我不存在就好啦！”尽管马琳琳的脸上依旧带着笑容，尽管那笑容依旧天真无邪，可她内心的无奈和痛苦却又在脸上体现得如此明显，“哎呀，我的水烧开了，我要去煮面了！”

她说着奔向厨房，关上门，留下傅西杰和若陌继续四目相对。

“妹妹？”若陌的语气依旧那么冰冷，像一块连这烈日都无法化开的冰石。

“你怎么忽然来了？”傅西杰没有正面回答她的问题。

若陌把手中的饭盒放到身后，继续用冷漠的语气说道：“我自己弄了几个小菜，想着你肯定没吃午饭，所以带过来跟你一起吃，顺便聊聊旅行的事。”

“是吗，难得你下厨……”

“不过现在看来也没必要，毕竟已经煮好面条了。”

傅西杰的家不大，厨房里能听见客厅的对话。

“啊？这面条不是给西杰哥吃的，是我自己做来吃的，你们吃你们吃，我不会打扰你们的。”马琳琳的声音从里面传出来，才刚说完话，她立刻意识到自己好像说了什么不该说的，于是赶紧把厨房门锁起来。

若陌瞟了一眼厨房，眉宇间紧张的情绪似乎收起了一些。她坐下来，用眼神示意傅西杰也坐下。

“好，我不管你这个妹妹是真是假，我想听听你的决定，关于三天之后的事情。”见傅西杰坐到了对面，若陌也开了口，没有拐弯抹角。

“我……”他想回头去看一眼厨房的位置，可他知道若陌肯定会注意到自己的小动作，“我们今天能不能先不讨论这个话题，明天，明天我去跟你说，好不好？”

得到这个答复的若陌露出了一抹微笑，这时不知是否傅西杰出现了幻觉，他好像感觉到若陌叹了口气，她放下餐盒，缓缓站起身，最后看了傅西杰一眼，接着头也不回地出了门。

门关上的那一刻，傅西杰心中既害怕又窃喜，他喘着粗气，好像刚刚经历了一场激烈的足球比赛。好一会儿他才缓过来，想到了什么，他拉开厨房的门。

此时马琳琳坐在小板凳上捧着那碗素面，她之前好像没在吃，见傅西杰进来了一时慌张，赶紧埋头吃起来。

那张板凳是小时候傅西杰坐过的，还很小的时候，他就是坐在那张凳子上听老傅头讲故事：天南地北，人生哲学。而后长大了，小凳子就再也用不上了，可这种具备纪念意义的东西又不舍得丢，于是就常年摆放在厨房里。

午时炽热的阳光从窗户外面照射下来，马琳琳甚至都不知道把凳子挪到个阴凉的地方，就这样顶着烈日，吃着面，满头大汗。

傅西杰心中的某些东西终于在这一刻彻底粉碎，他两步上前夺过马琳琳手中的碗，他把她拉了起来，又是四目相对，这次，他只说了一句话。

“走，跟我去吃好吃的。”

他拉起马琳琳就出了门，穿过那条熟悉得不能再熟悉的街道，走过曾经有过记忆的餐馆，他没有停止脚步，反而越走越快，最后，他跑了起来，拉着那个一脸不知所措的女孩，跑了起来。

吃喝玩乐了一天，马琳琳回到家后很满足地睡了过去，傅西杰帮她盖好毛巾被——他让出了自己的床。来到客厅，午时若陌的样子还历历在目，这个时候，尽管钟的指针已经快要指向十二点，但他知道，自己说什么都是无法入睡的。

于是他轻手轻脚地出了门，轻轻地敲响了若陌的房门，等了好一会儿，房间里的人始终没有给出任何回应。

她不在家?

或许事情又回到了原点，在故事最初开始的地方。

傅西杰下楼，走出去，夜里沉静的小城，夏夜独有的气味，这些东西都催化着他的情绪，记忆中反复变化的若陌接踵而来。他走的每一步、看见的每个场景、想的每一样东西，都有她的影子在里面。

人活着最怕的就是生命被灰色笼罩，因为一旦有彩色降临，那将是堪比上帝的光芒，所以当彩色褪去后留下的疤痕，几乎连时间都无法治愈。

他最终还是来到了他们相遇的地方，傅西杰站在那个路口向右数第六和第七个路灯之间，这次他再次看向那个地方，那个白色的身影，再次出现在了左边第六和第七个路灯之间。

他感觉她也在看这边，甚至在某一分钟，傅西杰感觉到了若陌的呼唤。那是一种夹杂了万千情绪的声音，唯一能体会到的，似乎是不顾一切也要走在一起的决心。

傅西杰挪动了一下身子，他想走过去，但此时对面的路灯忽然黑了，若陌所在的那个地方，变得一片漆黑。

脚步被黑暗拦截，像是万事都有上天安排般，这极有可能是巧合的事情阻止了他，阻止了他的感情。尽管那个曾经一起笑的人就在那里，像一个被拐走的公主等待英雄的救援，像一个无助的小猫，等着他人来爱抚。

隔着一百米，无奈那团黑暗却像是无尽的深渊，傅西杰不是勇者，他只想当一个普通人。人生许多时候若能勇敢一些，往后的结局可能就会大不一样，当然了，这是傅西杰后来才明白的道理。

关于若陌，这是傅西杰第一次退却；关于若陌，以后不会再有更多的故事；关于若陌，她就是每个人生命中都会出现的过客，惊艳了不算太长的时光，欢笑了许多美好的记忆，却仅仅只是过客。

他低下头，离开了那个地方，从另一条路。他知道她肯定在黑暗中看着一切，傅西杰仿佛感觉到头顶上一颗颗星辰在陨落，那是他俩曾经看过无数次的精灵，还有那一刻辉煌无比的日出，在这片寂静的黑暗里，陷入长眠。

当他第二天从客厅的沙发上醒来的时候，他发现自己身上盖着昨晚他给马琳琳准备的毛巾被，他坐起来时，正好看见正在厨房煮面的马琳琳，她好像哼着一首什么歌，笑着，真心地笑着。

她不算万中无一的美人，比起若陌和黄舒晴，她普通得不能再普通，甚至，你可以说她还有点丑。但前两者就如同是美好的梦境，距离傅西杰这样的人实在有些遥远，每个人都有资格去追逐自己的梦想，在那之后，始终要回到现实，想到这里，傅西杰觉得自己在今天以前的想法实在太过愚蠢。

这个时候马琳琳也发现傅西杰醒了，她笑得更开心了，不多时她捧出来一碗面条，仍有些拘谨地坐在他的对面，他听不清马琳琳说了什么，只看见她充满期待和少许紧张的双眼和满是幸福的笑容。

经历过这许多事情，老傅头那些语重心长的教诲才终于刻进了傅西杰的心里，马琳琳是他的责任，未来不管如何，他都应该承担起照顾马琳琳的责任。

时间很快过去，距离与若陌约定好的旅游日期早就过去，这个神秘的女人在那天之后就没有再出现过。事实上在一周后那属于若陌的屋子就迎来了新的租客，是个秃头的中年男人，进屋时，他挑三拣四的嫌弃着老房子。

马琳琳快乐地暂时在傅西杰的家里住了下来，她在老家那边的母亲知道这件事后开心得不得了，巴不得她别再回去了。而马琳琳也凭借自己的淳朴和单纯得到了小区里所有人的认可，特别是王大妈，曾经的若陌和黄舒晴，都被她抛到了脑后。

而那片夜市对于他来说也不再遥远，他经常会带着马琳琳去那里吃夜宵，尽管刚开始依旧不适应那烦人的油烟，但看见她如此开心，好像也没什么大的问题。

某天晚上他们去吃夜宵的时候，忽然看到有人在维修路灯，就是那忽然坏掉的两盏，马琳琳自然不会关注这件事，只是这看在傅西杰的眼里，却别有一番滋味。

如果路灯是为了点亮夜晚回家人的路，那么当上帝觉得需要让某盏路灯坏掉的时候，肯定是觉得这会点亮迷途人接下来生命的道路。

有些东西能够修好，比如路灯，在换过灯泡后，它甚至会比原本还要明亮，可有的东西就只能注定覆水难收，或者，不必去收。

一切都回到了正轨，除了丢掉的那份工作，不过现在看来，那也不是什么太大的事情了。

夏天渐渐过去，秋意渐浓时，小城第一家西餐厅顺利地开张，阿财和杨远把傅西杰请了过来，看着开张当天火爆的场景，他确信这家店肯定能很好地运营下去。而阿财和杨远两人能够拥有属于自己的事业也是一件很值得开心的事情，阿发看着自己的弟弟拉着刚交的女朋友四处忙活，他流下了欣慰的眼泪。

那天晚上傅西杰和一帮好友们喝了很多酒，他只记得最后是马琳琳把他拖回家的，第二天醒来的时候，马琳琳少有地还在睡觉，看看时间，才早晨七点多。

宿醉加上睡眠不足的头疼让他痛苦不已，他站起来去倒了杯水一饮而尽，那冰凉的感觉终于让他感觉好了一些。

还未完全回过魂来，傅西杰无意间眼角余光一瞄，他发现门缝下边塞进来了什么东西，走近过去看时才发现，那是一封信。

那一刻傅西杰心里马上有了一种莫名的感觉，那封信没有寄信人和收件人的信息，甚至都没有封口。

下意识的，傅西杰打开那封信，坐在沙发上，细细地读着那封信：

陌客：

好久不见，其实在开始着手写这封信之前，我曾经犹豫了好久，因为每一句话，每一个字写起来都很艰难，就连是称呼你陌客还是西杰都让我想了好一会儿。

不过最终我还是决定用陌客这个名字来称呼你，毕竟此时此刻，或者说由始至终，我们似乎都没有超越笔友这个身份。

以上说得有些矫情了，不好意思，这次来信，其实是想感谢你，感谢你曾经给过我那么快乐的时光；感谢你让我走出了曾经那一塌糊涂的生活；也感谢你有过想要跟我一起出去旅游的想法，哪怕最后启程的只有我一个人。

我呢，最近都在旅游，用各种各样的方法，去各种各样的地方，见了越来越多的人，心情也豁然开朗。

回想起那时候的我，真是不堪入目，其实我知道你一直对我很好奇，我的来历，我的名字，我的一切对于你来说似乎都是谜，现在想起来，这样对你真的很不公平。

所以我想用这封信告诉你一些事情，一些我从来不曾告诉过任何人的事，我的往事。

但我也不想说得太详细，之所以要把它们说给你听，那其实也是我为什么要感谢你对我这么好的理由。

因为曾经的我是一个第三者，一个破坏别人家庭的第三者。

在我最好的年纪，我遇到了那个我认为最好的人，起初我并不知道他是个有家室的人，我只知道他拥有一家自己的公司，是个青年才俊，在省城挣扎着的我，第一眼就被他给迷住了。

你一定觉得很可笑，现在我回想起来我也觉得很可笑，因为当知道真相的时候我已经无法自拔地爱上了他。

但道德依旧在谴责我，我刚开始时尽量避开他，哪怕心里多么想见他，却总是压抑着自己的情感。

或许是命运的安排吧，我最终没能躲开他，那天晚上，他抓着我的手说他爱我，说他对家里的妻子已经没了曾经的感觉，唯一还没有离婚的理由，仅仅是不想让孩子有太大的压力。

这么一个男人为了自己背叛道德，背叛自己的家庭，而我只是个一无所有的女人，在那一刻，我真的没有办法再去拒绝，也是从那一刻开始，我过上了跟他偷情的生活。

任何事情的开头都是美好的，就像我俩在刚确定这龌龊关系时总是缠绵在一起一样。而后我不知道是否他厌倦了，亦或者有了其他更好的女人代替我，他渐渐开始疏远我。

理由？

他说如果让熟人见到他有婚外情的话会对他的形象有很大影响。

于是我被迫离开了省城，来到这座遇见你的小城里，当时我感觉我就像一个被豢养起来的家禽，当他需要我的时候我们就会去旅游，会在那段时间里尽情地疯狂，但完事之后，我还是要回到这破烂的屋子里，一个人过生活。

他会给我生活费，一笔不小的数目，除了每月的开支外，我还能攒下一笔钱，我时常在想，这些钱，一半用来开展自己的事业，一半用来旅游。

对，是他让我爱上了去不同的地方玩，也是他让我爱上了现在不再与他有任何关系的自己。

说到这里，你是否觉得曾经跟我在一起的时光很糟糕？尽管你我只是普通的笔友，但可能你看见我写的文字也会厌恶不已吧？

无论如何都好，我还是要感谢你，是傅西杰，也是陌客，让我走出了那段羞耻的日子，你变换着身份陪伴着我，在信里，在黑夜里，在路灯下，你的文字和行动给了我勇气，让我想要改变自己，改变自己的生活。

其实我还是有些遗憾的，那天在你房里看见了她，曾经的我就如同她那么纯洁，可惜在那个时光里，我没有遇见你，但转念一想，如果没有先遇到他，我也不会认识你，世事就是这样吧，不然我们这些渺小的人类，又如何有这么多的感慨去抒发呢？

好了，话说到这里也差不多完了，我想以后我们都不会再见面，尽管我们已经不再陌生，尽管你我已经相识，可在往后的时光里，我们还是把对方当成一个记忆好好地留在心里吧。

当然了，如果你不想记得我也没问题，我只是告诉你，我一定会记得曾经有过一个喜欢偷看别人的信件然后封好了再从别人门缝里塞进去的笔友，谢谢你。

几滴泪水从傅西杰的眼角落下，落在那张信纸上。

那被酒精麻木的嗅觉被情绪波动带来的血液流动所打通，他仿佛嗅到纸上还残留着的香气。

他不知道自己为何会流泪，明明没有想哭的感觉的，明明早就已经把若陌放下了呀，明明……

他好好地把信折好，放进信封，把泪水强忍下去。来到房间的书桌前，傅西杰打开抽屉，郑重安放好最后一封来自若陌的信，再缓缓地把抽屉关上。

此时窗外是已经大亮的天，他曾经透过若陌的影子去看那片老旧的楼宇，今日再看，感觉全然不同。

这时马琳琳醒了过来，看见站在窗前发呆的傅西杰，她轻轻地呼唤了一声。

傅西杰回过头，看着脸上还有睡痕的马琳琳，鼻子竟然酸了起来。

可她压根不知道发生了什么事，只是感觉今天的傅西怪怪的，她以为是昨晚喝太多酒了，于是她爬起来说要煮东西给傅西杰吃——在她看来，没有什么是吃饱后不能解决的。

可就是这么简单的一句“我去煮东西给你吃”压垮了傅西杰最后的一丝神经。

他不顾一切地抱住马琳琳，那瘦小的身体却如此温暖；他不顾一切地释放泪水，从省城到小城；他不顾一切地回忆所有曾经的记忆，从儿时到现在。

终于她也哭了起来，她不知道为什么，她只知道当自己听见他哭的时候，她也想哭。

这是小城秋日里很普通的一天，每个人上班下班，没有任何不同；这也是小城秋日里很特别的一天，那个曾经在这里暂住的女人回到了这里，她留下一封信后来到曾经熟悉的街口，她回首望向右边，此时早已看不见她想见到的人。

这一刻她似乎感应到了什么，潸然泪下。可嘴角却还是扬起微笑，秋日的早晨衬着这份又哭又笑的情绪，多少会令路过的人动容。

“姑娘，你没事吧？”骑着单车的中年妇女路过她的身边，那个坐在后座的小女孩也发现了这位大姐姐的悲伤。

“没事。”她擦干眼泪，笑着回答，而后还摸了摸后座小女孩的头发。

“姐姐你别哭了，你是不是想吃糖了？我给你。我每次哭鼻子，妈妈都给我糖吃。”小女孩认真地从兜里掏出两颗糖来。

中年妇女瞪了小女孩一眼，不好意思地冲她笑笑。

而她则捏了捏女孩的脸蛋，说道：“谢谢你，不过姐姐可没有哭喔，妈妈有没有教过你，人长大了以后，就不能哭了哟？”

“可是我刚才明明看见姐姐你哭了！”小女孩不依不饶，一脸的认真。

“等你长大了就会明白了，姐姐其实是因为今天的太阳太刺眼所以眼睛不舒服而已。”

说完后她抬起头指向太阳所在的方向，万里无云的天气，美好的一天，新的一天。

夜之章：

雨夜

当我清醒过来时，时间已经是不知第几天后的某个午后，窗帘的边缘有刺眼的阳光照射进来，那道光就像听到结局后酒吧老板的双眼，充满了能量，时间却早已不是正午。

这好些天以来我每天晚上都会去小酒吧里听胡碴男人说故事，昨晚是最后一天，据他所说，今天他就要去外地办事情了。

“那是不是一段真实的故事呢？”

我不禁好奇地在想，在那之后小县城里发生的故事，也忍不住将自己代入进去。

可惜我并没有生在那个年代，我现在所在的年代喧嚣嘈杂，我现在所在的地方，只是一个乱七八糟的房间。本来应该叹息自己的可悲，感慨却被宿醉带来的头疼带走，我下意识揉了揉太阳穴，脑海中似乎浮现出什么。

“他好像说了他叫什么名字……可惜……记不起来了……”

最终还是懒得去琢磨这些荒唐的事情，按照以往我的作息，现在这时候应该翻身过去来个舒服的回笼觉才对。可刚转过去眼角就在不经意间看见手机屏幕亮着，本能的拿起来，两百多条未读的微信信息，二十条未读短信和八个未接电话。

“不要放弃自己，我们都很关心你！”

“你在哪里？我们很担心你！”

又是类似这样的信息，我冷笑着把手机丢在一旁。

可本以为不会对自己造成任何影响的信息仍让我无法再入睡，经过半小时的尝试，我放弃了继续睡过去的打算。

无意间起身时瞟到桌角的镜子，它反射出的眼神，深深吸引住了我。那是另外一个人的目光，于是我拿起镜子仔细端详，进而想到了一些什么事情，开始自言自语起来。

我们在说着完全不同的话题，却又好像总能够明白对方所想，我们时而争吵，时而大笑，毫无疑问，这是一场促进孤独的对话。

太阳渐渐下山，我的注意力也渐渐从镜子上转移，在完全放下它的那一刻，我们互相道了声再见，这或许是整场对话里我俩唯一说的相同的话，不过我却深深明白自己的内心有多么满足。

简单洗漱，换上一套丢在地板上的休闲套装，我也并不确定它们有多久没洗过。站在卫生间门口望着那道将出租屋和外面世界隔开的门，我忽然明白了一件事。

每个人都不是完美的个体，有些人会用缺陷虚构一个人，但却从来没有想过和他合二为一，我想这是个浅显的道理，因为谁也不知道身为一个完美的人会是怎样艰辛的一件事情。

离开这勉强能被称为家的地方，夕阳的轮廓已经笼罩了整座城市。望着天边的艳阳天，想想去处，这时正巧身旁走过一个捡垃圾的流浪汉，他拖着一个巨大的袋子，里面装着各种各样的瓶瓶罐罐，我第一眼就看见了啤酒瓶，也不知道这算不算是一种暗示。

环顾四周，我自嘲地笑了——是啊，我已经不记得我搬来这里多久了，似乎自从那件事情后我就开始生活在这片位于旧城区的胡同里了。

醉生梦死的生活已经几乎让我忘了这里附近都是破旧的大板楼，它们是历史遗留下来的产物，胡同里的居民大多是上了年纪的人，他们过着慢节奏的生活，无论是街道还是店铺，都保留着过去的样子。

破天荒的，我今天竟然没那么想喝酒，既然没有酒精来麻木身体的器官，那么把肚子填饱就是非常必要的一件事情了。

回忆起我上次吃东西的时间？天知道那是多久之前的事情了。

这个位于城市边缘的小胡同虽然已经跟不上时代，但生活的便利性却一点也不差。十五分钟步行就能够走到一条热闹的街，车水马龙的喧嚣立刻涌进耳膜。

临街有许多食肆和小店，虽然人满为患，却依保持着过去的样貌，油腻腻的店门，有些慵懒的店老板，不耐烦的大厨。

挥之不去的噪音是每个城市的印记，这里则特别明显。无论是人行道还是车道都窄小无比，不需要到高峰期就已经显得拥挤不堪。因为这里虽然属于旧城区，居民却很多，类似我住的那种胡同也是数不胜数。

很快，我去了平时常去的店里点了和往常一样的东西，这个点，吃饭的人已经开始陆续多起来，待我细细品尝完我的晚饭后夕阳早已不见踪影，我下意识地向平时我常去的那家酒吧望去——果然还没开始营业。

这无疑是个麻烦的问题，我站在食肆门口望着路边的树和不停在我面前穿梭的人流，一时间竟然不知应该去哪儿。

既然无处可去，我渐渐地开始观察每个从我面前走过的人。他们脸上有各种各样的表情，从那上面我能感觉到他们每个人的心情：喜悦、平淡、烦躁，当然，还有悲伤。每每同样看见神色黯然的人走过，我都会下意识地将对方当成知己，可惜了，这个时候没有酒。

就在这个时候，拥挤的人群中我竟然看见了一抹熟悉的身影，她穿的是一件紫色的风衣，即便那副墨镜和快要完全黑下来的天色格格不入，最重要的，是她给人的感觉——是那天晚上见过的紫色风衣女子！

如果我没记错的话，这个身穿紫色风衣的女子似乎每天晚上都会在小酒吧里出现，每次她都是一个人坐在同一个地方，她从来不说话，只会默默地喝酒。

在那一刻，我也不知自己究竟想干什么，总之双脚下意识地带着身体挤进人流中，循着前方似有若无的轨迹，有好多次我都不确定她是否是往这个方向走，好在最终随着人群渐渐稀疏，我终于确定了眼前的目标。

莫名的执着不知是否是我用来强调自己仍旧活着的证据，仔细想想，我心里面一直有一件非常执着的事，只是即便我不肯相信也好，那已经不是我能够完成的了。所以今天我就像一头驴，而她就是挂在驴子脑袋前面的胡萝卜，无论目的地在哪，我都要追着一直跑。

天色完全暗了下来，破旧的路灯洒出一圈圈光晕，让黑暗的道路多了些许明亮，也正是这熟悉的灯光让我确定了自己所在的位置——这就是我住的那条胡同。

忽然间我的心中萌生出一股希望和冲动，没人能确切地说清楚这究竟是怎样的一种感觉，我只是很想证明一些东西。

于是我用了一个更直接的办法去确定自己的想法。虽然我自己也不知道自己在想些什么，但我还是做了，我加快步伐走上去，直到最终和那个女人并排，我冒昧地开口问道："那个……"

她听见耳旁传来的声音而驻足，她看着我，那副墨镜让我更确信她就是我曾见过的那个人。

"你是……"她疑惑地说，声音很普通，中年妇女都有的声线。

"呃，我，我是住在这附近的，我想问问，我们是不是在某个地方见过面？比如，酒吧之类的地方？"

即便墨镜挡着半张脸，可我还是能够感觉这个女人虽然应该已经年过半百，可无论是现在还是年轻时应该都是一个长相姣好的人。

"我们？我想我并不认识你吧……"看着眼前这位陌生人，她礼貌性地笑了笑，"我想你是认错人了。"

她略施粉黛的脸显得有些苍白，笑起来时嘴角最高处微微地颤抖着，我确信，她在说谎。

并没有继续追问下去，我知道面对像我这么一个陌生人的提问很多人都会抱有戒心，于是我低着头说了一大通抱歉的话，她微笑着转身离开，我原地站着，看着她穿的那双紫色高跟鞋，也看着她离去。

噔噔的声音渐渐远去，女人很快从我的视野里消失，紫色和夜色本来就很容易混为一体。虽然没有得到她的承认，可我从她的反应不难看出，她就是每天晚上都会去小酒吧的那个女人。

我不明白她为何对我有些惧怕，我也不知为何，这样一个女人要每天晚上去借酒浇愁。

就像我同样不明白我为什么要去找一个萍水相逢的人搭讪一样，生活中充满了太多太多未知，或许我只是因为好久没有和人聊天了，或许只是因为，已经太久没人在我的生活里出现了。

总之在和紫衣女子对话过后，我的内心是极其愉悦的，我非常渴望和别人分享此时此刻我内心的感受，于是我几乎是用跑的速度来到那家小酒吧，也正好，酒吧老板刚刚来开店。看到他时，我努力克制住自己的呼吸，而那个脸上总是挂着笑容的中年人今天则诧异地望着我。

他好奇地问我今天为什么这么早就来了，也好奇我精神上的变化。

我没有直接回答他的问题，而是把手搭在他的肩膀上傻呵呵地笑了好久，直到被他拽进店里在吧台坐下，我才从莫名的喜悦中抽离出来。

窘迫的失态并没有让我感觉难堪，我看着满脸疑问的老板，心里豁然开朗。

“虽然很多余，但是我还是要说，我们这里……”

“只有啤酒！”我仍旧处于亢奋的状态里，于是抢了他的话。老板并没有因为有人抢了他的台词而有丝毫动容，似乎看见我重新有了活力，怎样也无所谓。

我放肆地大笑几声，最终却没有喝酒，我说，今天想试试看你们家的水好不好喝，因为每次来，你都只喝水。

他应了一声，很快把一杯水递到我面前，除此之外还有一块杯垫，这是我以前喝酒从来没有过的。

杯垫的精致程度和破烂的酒吧形成了鲜明的对比，用的是很高级的面料，还缝了一圈很有味道的边，垫子正中写着两个大字：夜雨。

我问老板这是什么意思，他笑着说夜雨是这家酒吧的名字。

这是我第一次知道这间酒吧的名字，虽然总感觉对于酒吧来说这个名字有些奇怪，但更令我好奇的事情是，为什么以前老板没给我杯垫。

中年人看出了我的疑问，他笑着解释说，因为每个来这个酒吧里喝酒的人都不会在意有没有杯垫，其实就连喝酒这件事情本身都并不是每个人来到酒吧的本意，杯垫虽然只是一个小物件，但它其实就像你我一样，普普通通，默默无闻，考虑到这一点，还是别让它被别人无视的好。

我嘴里念念有词地看着杯垫上的夜雨两个字，的确，就如老板所说的，当人不被人需要时，最好还是把自己置身事外，与其在酒杯下与人沉沦，倒不如托着一杯清水，悠然自得。

我拿起杯子一饮而尽，尽管喝的是水，却依旧让我心中生出万丈豪气，连那个总爱擦拭吧台的老板也感受到了我的心情，拍了拍我的肩膀。

静静的夜，两个男人，喝着清水，随意地聊着，这幅画面看起来多少有些孤单，但往往越独孤的人，才越会因为人少而感到冷清。

酒吧老板的性格很好，聊天中得知，他姓傅，自从结婚后就来到这座城市生活，除此之外他说自己就是一个普通人，根本没什么特殊的地方。而对于这个夜雨酒吧，他从来都主张有缘则来，无缘则去。他说，这间酒吧就像迷途人的港湾，而自己则是码头管理员，每天无论有没有人沦陷于此，他都会风雨无阻地来上班。

说到迷途人，我不禁想起那个和我讲故事的胡碴男，话题很快就扯到了这上面。

我问了关于胡碴男的事情，老板告诉我，那个男人姓陈，年轻时跟着别人来到这座城市打拼，运气不错，也很勤奋，很快就有了第一桶金。

可惜后来由于处事不够精明而被骗光了钱财不止，还欠下了一屁股债，走投无路时，曾经想过寻死。

好在老天对他不错，遇到个贵人给了他一份工作，贵人还愿意当担保人让他通过工资来慢慢还债，又过了好几年，终于是还清了欠的钱，不过也不再年轻了。

经历过一次失败，胡碴男变了很多，如今他很满意眼下的生活，有个幸福美满的家庭，儿子很可爱，太太也很贤惠。

听完胡碴男的故事，已经是夜里十一点多了，今天的夜雨吧很是冷清，我环顾四周，继续追问老板。

“那他说的那个故事呢？听起来好像并不是他自己的故事，到底是不是真的？”

酒吧老板闻言后笑了起来，他没有正面回答我，只是说了一句，故事并不在乎真假，也不在乎内容，真正重要的，只有故事与听众之间的共鸣而已。

我似懂非懂地挠了挠头，我发现自己还真的是很喜欢和老板聊天，不仅如此，我觉得眼前这个神秘的人肯定也有一段故事能够与我分享。

于是我说了一个提议，我想和他打个赌。

他自诩为迷途人港湾的管理员，今时今日，我完全有资格驾驶一艘迷途的烂帆船，我想赌一赌，看看这个管理员能不能引导我驶进那个神秘的港口。

当听到我这个要求时，老板没有立刻答复，他若有所思地望了一眼门口，那扇蝴蝶弹簧门被风吹得微微颤抖。随后老板叹了口气，他半认真半开玩笑地问了我一声：“你是需要苦口婆心的开导呢，还是要一份当头棒喝？”

我愣了一下，随即指向他身后的啤酒瓶。

我说，你这个问题就像问我今天要喝酒还是要喝水一样，我已经给出了我的答案，可是我的答案仍未完全，接下来就要看你怎样给我解答了。

酒吧老板瞥了一眼我指向酒瓶的手指，笑着往我杯子里倒满水。之后他又给自己的杯子里倒满水。他看着我，拿起杯子吮了一口后告诉我，这也许会是一个很无聊的故事，但却绝对真实，至于你能不能从中获益，我就不清楚了。

我很明白他所说的道理，于是也学着他，望着对方的眼睛，拿起杯子吮了一口，就这样，一个没有酒只有水的夜晚，开始弥漫起回忆的碎片。

第一章

阴雨（1）

1982年，在南方的春天里，没有尚未化开的白雪，这里一年四季都绿得让人心神宁静。

故事发生在一个普通的小县城，人淳朴友善，日子平淡无趣。

这里没有达到贫困县的标准，但却几乎有其贫困之实。许多本地人曾开玩笑说：堂堂县城可能还不如附近的农场富裕。这听起来让人有些伤感，可却是不争的事实。

所以很多家庭宁愿让孩子去农场里工作，也不愿意他们留在县城，因为除了耗费青春熬出头，比农场更好的生活方式就只有进入和平食品厂上班了。

民以食为天，能在食品厂工作是件值得骄傲的事情。也正因为如此，大家都想往厂里挤，那些手握权力的人便成了县里人人都想讨好的存在。

有人欢喜有人愁，能够进得去自然是件令人开心的事，这其中自然也不乏许多花了九牛二虎之力始终挤不进去的人。当然了，人各有志，也并不是每个人进了食品厂后都很把这份工作当一回事的。

“你怎么又回来了？等等，现在才几点，你又提前跑回来了？是不是又闯祸了？”刚推开门的林勇劈头盖脸地就被训斥了一顿。

对于十八岁的林勇来说，尽管是在一个物资匮乏的年代，但骨子里那点叛逆也还是盛放开出了花儿。好在这还算过得去的家庭拼命把他从学校里拽出来丢进了食品厂。人们在参加工作后都会变得成熟起来，只是每个人表达成熟的方式都不一样。

“妈，你别老是以为我只会惹是生非行吗？今天放工早，所以我就回来看看你，你看我还给你买了饼干……”红色的塑料袋里装着一条圆形的饼干，别看它未经任何修饰，吃起来可是香得很。

“去去去，你要是真担心我，就给我少惹点事吧，你也知道你爸多辛苦……”说话的是他的母亲徐芳，身体缘故，只能在家里接点不耗费太多体力的零工。

唠叨，女人的通病。特别是像徐芳这样平日里又闲来无事的主儿，难得看见可以说话的对象，她可不会放过这个机会，所以尽管她毫不客气地接过那条饼干，嘴却也始终没停下。

他早就已经习惯了这冗长的说教式“闲聊”，叹了口气，钻进厨房里。顺带一提，林勇家住的是单位建的宿舍，砖瓦房，厨房和卫生间都在里屋的天井里。

“哎，阿勇，你要做饭的话多放一个人的米，今晚你爸回来吃饭。”嘴上是唠叨无尽，但徐芳了解自己的儿子。

林勇每次回来都会主动去做饭，她知道他骨子里是孝顺的，孝顺的孩子再坏也有限，而唠叨，只是她人生的一种乐趣罢了。

“爸回来吃饭？你怎么不早说，要不要我去换点肉回来？”林勇的父亲林大根在一家运输公司工作，经常需要出差，根据路途不同每次离开家的时间也不同，短则几天，最久的一次，去了半个月才回来。

“别去了，你爸这次是跟你胡叔去的，回来肯定没胃口，肉票能省就省，饭也别煮多了，浪费粮食是不对的。”

听见胡叔那两个字，林勇不禁打了个哆嗦，并不是因为胡叔他有多可怕，而是每次林大根和他一起出差回来都有一肚子发泄不出去的火，林勇这个不成器的儿子自然就要成为出气筒了。

把饭煮下去后林勇开始洗菜，正值饭点的时刻，家家都是炊烟袅袅，他曾经在远处看过这番景象，虽然说不上为什么，但在林勇看来，这让他感到非常满足。

“哎，阿勇！”没过多久，不请自来的客人破门而入，“阿姨你好，我是来找阿勇的，今天身体没有不舒服吧？哈哈哈，您身体好就行……”他跟徐芳随便聊了几句，就来到了里屋的厨房。

“怎么？又想来蹭饭了？”林勇瞥了那人一眼，手上不停。

“还是你了解我，我觉得吧，吃饭这个东西，就是要热闹，人多了吃着才有味道。”说话的是个干瘦小伙，年纪与林勇相仿，白衬衫，喇叭裤，这可是县城里潮流青年的标准搭配。

“是吗？那正好圆了你的心愿，今晚我爸回来吃饭，又多一个人，又热闹一分。”

听见这番话，那瘦猴脸上的笑容立刻僵住，他干咳两声，拍了拍林勇的肩膀说道：“好倒是好，只是我忽然肚子好痛，你记得别跟林叔说我来过你们家，千万记得。”

说完他头也不回地离开，林勇无奈地摇摇头，这是他意料之内的结果。

此人名叫陈舒平，因为其超厚的脸皮，大家都喜欢叫他的谐音外号——树皮。

陈舒平的父亲和林勇的父亲都在运输公司上班，他们打小认识，在这层关系之下，他们别无选择地成为发小。

不过不得不说两人的境遇倒也是相似，本就是同龄人的他们从上学开始就形影不离，而在林勇放弃学业后不久，不知什么缘故，陈舒平也从学校里脱离出来，之后两人的运气挺好，托关系进了和平食品厂，虽然是两个什么都不懂的愣头青，但却活得快乐。

黄昏降临，夕阳很快西下，当林勇端着热腾腾的饭菜回到屋子里的时候，他看见自己的父亲已经回到家里，此时正坐在床头。徐芳正给他围上她亲手织的围巾，昏黄的阳光深刻了父亲侧脸上的皱纹，久病的母亲脸色则显得更加苍白。

尽管如此，她还是笑着，很慈祥。

而父亲则面无表情，只是满眼的柔情早已泛滥。

不忍去打扰，林勇轻手轻脚地把饭菜放在桌子上，静静等饭菜的香味填满整间屋子，静静等里面那两人说几句贴心的暖话，静静等时间流走。

没等多久，两人相继走出来，男人的脸上重新蒙上一层冰霜，女人则又唠叨了两句。

略显尴尬的一家人坐在了一起，热腾腾的饭菜朴实无华，不过这对于刚从外地归来的人来说，已经足够了。

“老林，这次去出去都有什么有趣的事情，说来让我和儿子听听？”粗茶淡饭最好的伴侣就是奇闻轶事，徐芳喜欢听自己的丈夫说些新奇好玩的事情。

“哼，能有什么有趣的事情，我跟你说，老胡这个人，人品真的有问题。”说着，林大根干脆放下了碗筷，“我林大根棋艺什么的不敢夸口，但棋品绝对没得说，关于这点，你们都没有意见吧？棋品就是人品的体现，而老胡呢？下棋悔棋就不说了，还不认账，你自己说，他哪次不是悔了几十步棋才能赢我，好了，我让他悔棋他还到处去说我棋艺不精，我真是……”

这种抱怨似乎已经见怪不怪，林大根一开口，林勇就开始窃笑。

“好了好了，你看你，吃个饭生什么气，真是的，不就是下个棋吗，输了就输了呗，至于吗？”

反正无法理解的事情在徐芳看来都无所谓，她白了自己丈夫一眼，满脸的不高兴。

每个男人都有属于自己的浪漫，女人很难明白，林大根晓得这个道理，所以也不去和徐芳解释，反而是一旁林勇的举动被察觉到，这下可就不得了了。

“笑笑笑，笑什么笑？我说话有那么好笑吗？最近有没有惹事？”矛头转到了林勇身上。

“我说你们能不能别总把我当成地痞流氓，我不就是犯过几次错误吗？而且我也没有惹事，是别人惹的我。”相比于母亲有意无意地唠叨，父亲严苛的责备让林勇心生抵触。

“废话，错了就是错了，你处理事情的方式就是不对。”父子俩在某些问题上的看法截然不同，为了诸如此类的大小事已经争辩过许多次了。

“我怎么不对了，难道别人都欺负到头上来了，我还不能反抗？如果是这样，咱们国家是不是早就得被日本侵略者给灭了啊？”说着说着，林勇忽然觉得说这些没什么用，“算了算了，铁牛跟班长是什么关系你又不是不知道，反正我怎么说你也不信，别人说什么你都当真。”

“你还不认错，你，你……”林大根气上头来，说话都颤抖起来，徐芳见状赶忙好言相劝，同时也一边向林勇打眼色。

在中间调停的人最辛苦，身为人子他很明白自己母亲的难处，只是那颗叛逆的心无法就此打住，于是他干脆放下碗筷，走回自己房间。

关上房门，厅里母亲软言细语劝解的声音似有若无：“阿勇平时是个什么样的人你又不是不知道，在厂里的时候，他连话都不多说几句的，跟你简直一个模子里印出来的，闷葫芦，内向，但同时也倔得要死，认死理，你还记不记得以前，我们谈恋爱那会儿，要不是我再三示意，你还不敢来追求我呢……”

越是听母亲说起往事，林勇心里越来越难受，他重重地躺在床上，看着空旷的天花板，灰得让人绝望。

一粒粒凹凸不平的颗粒像无垠沙漠里起伏的土丘，延绵不绝。而自己就是一个干渴的旅行者，想要穿过沙漠继续活下去，但无奈脚步越来越重，希望越来越渺茫。

每个人在这个年纪都会有许多烦恼，每到这个时候林勇就会去找一位特殊的朋友——躺在柜子里的录音机。

在当时来说，这是个稀罕物，要不是林大根经常东奔西走，林勇也没机会得到这个铁盒子。而对于林勇来说，录音机就像是另外一个世界。

音乐，在尚未接触过之前，林勇不曾想象会有如此能打动人心的东西。不过它其实更像是一个树洞，像许多人都会做的那样，把烦心的事情寄托在里面，就能得到治愈。

大多数时候烦心事和悲伤都会随着音律荡漾，慢慢淡化。所以林勇迫不及待地把最爱的磁带放入录音机里——那是曾经被批判过的所谓“色情”歌曲，来自我们都熟悉的歌手，邓丽君。

小县城的夜，寂静深远，让人感觉莫名的辽阔，辽阔在这还未熟透的春天里，在黑暗中孕育新芽。可惜这里不像邓丽君那首《小城故事》里唱的那样，如果有可能的话，林勇倒是希望在接下来的生命中，能发生各种各样的故事。

渐渐平静下来的心情唤醒了睡意，隔壁家的那条狗也号叫了几声，这是它要睡觉的征兆，无所事事的夜晚，林勇早早入睡。

翌日，车间里，枯燥的汗水蒸腾了时间。

换了谁忽然从无忧无虑的校园来到这里，心里都难免会烦闷，不强求太多的话，林勇调节心态的能力也不算太差。怨言不是没有，但也不多，到了这个岁数的人或多或少都有了自己的想法，尽管稚气未脱，却也大概知道什么叫大局为重。

虽然关于母亲的病林勇所知甚少，但林勇依旧记得从八岁那年开始徐芳就染上了这病，他当时哭得很厉害，害怕母亲就这样离开自己，还好那个沉默寡言的父亲没有放弃希望。

凭借着能够经常来往外地这一点，每次出差林大根都会寻访当地的医生，无论是江湖郎中还是个中名医他都找过。不仅如此，只要是好的药材抑或是补品林大根都尽量买回来给徐芳服用，这么多年过去，他的努力没有白费。从一开始只能躺在床上等人来照顾自己，到近年来能每天念叨个不停并偶尔找些零工回来补贴家用，这其中林大根付出了多少时间和精力大概只有他自己最清楚。

林勇知道由于徐芳的病，家里需要自己站出来多出一份力，就算这不是当初想要的生活，他也会努力去适应。既然要干这份工作，那就要遵守厂里明文规定的规章制度，而除此之外，许多不在明面上的规则也是不得不去学习的。

能进食品厂工作的人有两种：

第一种是林勇和陈舒平这样的，他们花钱送礼托关系挤进来，其实谁也不是什么大富大贵的人，进了厂里后没有靠山，是最容易被欺负的对象。

第二种则是有亲戚家属在厂里任要职，他们想进厂里工作，可比第一种人要方便得多。

有了后台，就连说起话来都要比别人大声，林勇的组长黄铁民就是这样的人。

林勇所在的一班负责处理肉制品，共有三组人，黄铁民是二组的组长。由于身体壮硕和脾气暴躁的缘故，大家都称他为铁牛，班长是他的舅舅，只要不是太过分的事，班长都是睁一只眼闭一只眼，这自然就让铁牛无所顾忌了。

被欺负那是常有的事，那些怕被欺负的人很快就成了铁牛的忠实拥趸，时间一久人数也多了起来，私底下大家都称呼他们为铁牛帮。

更多人则是选择忍气吞声地活着，因为他们知道，这就是和平食品厂一班的潜规则。

沉默是一门高深的学问，年月是最好的老师，若是气盛，付出的代价可就因度而异了。在林勇被欺负的时候，几乎没有人会为了林勇而站出来，最多是在四下无人的时候偷偷地告诉他：新人刚来都这样，等铁牛腻味了，也就不会时常找你麻烦了。

值得庆幸的是，上工时间还算平静，即便是铁牛也不敢随意破坏厂里定下的规矩。不过风平浪静之下却是暗潮汹涌，铁牛帮经常会把自己的任务量强加到林勇和陈舒平身上，起初两人当然是不答应，结果就是那天晚上他们在回家路上被铁牛帮骑着自行车溅了一身泥。

从那天起，林勇和自己最好的朋友就发誓一定要跟黄铁民斗争到底。徐芳曾说林勇很像林大根，这句话并不是全错，但在这一点上，她绝对是看错了。

在遭到不公正待遇时林勇绝对不会逆来顺受，就像在自己父亲面前据理力争般，林勇总会以自己的方式来奋起抗争，事实上这虽然让那铁牛帮的人非常不爽，但现下的确是林勇获得了胜利：最近一次与铁牛的较量中，两人都被训话了，虽然最终依旧还是林勇受到的惩罚更多些。

铃铃铃……急促的铃声是放工讯号。车间内的众人纷纷离开岗位进入休息时间，在食堂订了饭的赶紧跑去打饭，想要自己做饭的则走向宿舍，别以为吃喝拉撒的时间同样枯燥，在工厂里，只有这个时候才会有新鲜的事情发生。

林勇在厂里面大多时候吃的是食堂饭，他捧着热气腾腾的饭菜走出食堂正要赶去和陈舒平约定的地点一起吃饭，铁牛帮却忽然出现在了他的眼前。

“这不是小林吗？来吃饭啦？”黄铁民一眼就认出了林勇，他笑嘻嘻地走上来，不由分说地一把将林勇手上的饭盒抢了去，“哎呀，今天伙食不错嘛，不过做人不能太贪心，要学会分享，来来来，大家教教他什么是分享。”

瞬间饭盒里香喷喷的菜就被铁牛帮的人瓜分一空，只剩下白米饭上的菜汁证明它们曾经存在过。

黄铁民带着一众跟班扬长而去，林勇盯着他们远去的背影，过了许久，他才拿起自己的东西离开。

食品厂后边有一小片空地，据说准备用来加盖宿舍楼，可不知什么原因，迟迟没有开工。平时大家都不会来这里，一是因为这只不过就是块荒地，二来则是距离厂里有段距离。

正是因为这里足够隐蔽，所以它便成了林勇和陈舒平的秘密基地。

“我说树皮，干嘛神秘兮兮地把我叫到这里来？”听见是林勇来了，早到的树皮回身拉住他，神秘兮兮地往林勇身后看，确保没有人跟来。

“你这是干吗了？你不会是干了什么坏事吧？你是不是偷了厂里的东西回去……”

“呸呸呸，你才是小偷，我这可是为你好！”看了一圈，树皮拉着林勇坐下。

“好？我可一点都不好。”说着林勇打开饭盒，狠狠地吃了一大口白饭。

陈舒平见状很快明白了发生过什么，他拍了拍林勇的肩膀，笑着说：“你这是遇到铁牛他们了吧？没事没事，我保证你看了我即将要给你的东西以后，你绝对会忘记所有的不快。”

说完陈舒平从里兜口袋掏出一封信，递到林勇面前。

平凡无奇的信封，从外表上看根本看不出任何讯息。但不知是否错觉，它上面带着淡淡的香气，林勇眼前有些发紫，或许这味道的颜色就应该是紫色吧。

“怎么了，你要写情书给别人还要赖在我身上？我懂了，你的意思是不是要给我好处让我指导你一下？也是算你小子聪明，我还记得你写过的那篇作文，当时老师全文朗读，我都要笑死了。”想想陈舒平要给某个人写情书，嘴里的白米饭也变得有滋有味起来。

说到学习成绩陈舒平可就不乐意了，因为在这一点上他无可辩驳：“我说你这个人会不会聊天？以前的丑事你总拿来说干吗？”陈舒平一脸不高兴，没好声气地继续说，“我可告诉你了，这的确是一封情书，但不是我写给别人的，是别人写给你的！”

此话一出犹如晴天霹雳，林勇一激动就被白米饭给噎着了。树皮得意地把水壶递过去，抖了抖手里的信继续道：“怎么样，这下知道我为什么把你叫到这里来了吧？这可是天大的事情，如果让铁牛知道的话，啧啧，我都不知道他要用什么法子来对付你，太可怕了。”

好不容易缓过气来的林勇一把将信夺过来，但他却没有立刻打开，盯着信封反复查看。

“啧啧啧，你小子平时闷不吭声的，现在倒是挺急嘛，行了行了，知道你了不起，有人主动给你写情书啦，只可惜了我这个邮差，替你保守秘密不说，连一声谢谢都没得到。”

陈舒平那阴阳怪气的语调让人浑身不舒服，林勇被他这样说后脸上实在挂不住，只能说了几句好话。

“嗯，你现在知道我的好了吧，别总是记得我的糗事，要是你和那个姑娘真成了，你可得好好地感谢我啊。”

林勇笑着打了个哈哈后就抓着信封匆匆离开，但刚站起来，他忽然回头严肃地看着笑眯眯的陈舒平，说道：“你确定不是你的恶作剧？我告诉你，我可是真的会生气的。”

陈舒平听后露出一副夸张的表情：“我的林公子哟，我哪里敢惹你生气？我对天发誓！”虽然陈舒平的誓言在林勇看来并没有多少说服力，并且他也曾经捉弄过林勇，但就凭这么多年的交情，林勇还是暂时相信了自己最好的朋友，最后又道了一声谢，抱着饭盒和情书向着厂里飞奔而去。

没有返回宿舍，而是独自来到早已空无一人的生产车间门口，左右观察，此时这里早已空无一人。

那是怎样的一种感觉，林勇自己也无法描绘清楚，总之现在没有其他任何事情可以吸引他的注意力，无论看不看手中的信，他心里想的全都是它，和写信的那个人。

可惜就像徐芳说过的那样，在面对感情的时候，林大根和林勇这两父子实在太像。所以无论如何用力地看手中那封不费吹灰之力就可以撕开的信，林勇的双手都如同被施了魔咒般，无法下手。

倒春寒，南方天里这样的日子尤其阴冷，体内的热血和室外冰冷的空气形成极大的温差，很快林勇就浑身发抖，手里抓着的饭盒都差点因为颤抖而摔落在地上。

信封依旧完整，如同乱麻一般的脑袋现在所想的事情已经突破天际，他知道再这样下去也不会有任何结果，于是便将信封仔细地折叠好放入大衣口袋，匆匆处理掉冷透的白米饭后奔回了宿舍。此时大家都已经睡下，林勇静静地钻进属于自己的被窝，他看着上铺的床板，却怎么也无法入眠。

下午的工作是怎样完成的他自己也不是很清楚，放工后他没有留在厂宿舍，而是逃也似的回到家里。今天林大根休息，没有发车去外地工作，看见林勇又跑了回来，难免要嘟哝几句，不过这些话在现在的林勇听来连风都不算，他如同行尸走肉般吃完晚饭后把自己关在房间里。

屋外依稀能听见父母在讨论着什么，期间还有父亲的叹息声，林勇希望他们不是在说自己这个不成器的儿子，因为就连一封信，他们没用的儿子都没有勇气打开。

看，还是不看。

这个问题简单却又难以解答，信封上带着的香味尚有残留，对于林勇来说，这股味道仿佛能勾勒出某个脸庞的轮廓，既模糊又真切。

他拿出珍藏的录音机，放入一卷邓丽君的磁带。

《甜蜜蜜》这首歌仿佛唱进了林勇心里，跟着旋律他的心也荡漾，舒缓了神经，某些事情也就放开了，手上不自觉地就打开了信封，内里散发着一股更清香的味道。

林勇同志，你好，我是二班一组的组长卢晓敏，我知道你刚进厂没多久，可能你不记得我，但是我见过你很多次了，我觉得你是一个很好的同志，希望能够认识你！

其实信里的内容不多，林勇在看完之后没有预想中的那种震撼，或许，该有的震撼已经过去了。

震撼过去之后所留下的是一片空白，过了良久，直到捏着那封信的手指变得僵硬他才回过神。

卢晓敏，是那个当铁牛帮欺负林勇时唯一肯站出来帮他说话的女人。

万万没想到，这封信竟然会是她写的，因为在林勇的记忆中，每次与卢晓敏相遇时的自己都很狼狈，按理来说，在卢晓敏眼里自己应该是个软弱无力不值得依靠的男人才对，可为什么……

“等等……”

一个声音在林勇的心中响起。

那是直觉的声音，被铁牛帮的诡计洗礼了许久之后萌生在林勇体内的直觉的声音。

这极有可能是个圈套！

有了这个想法的林勇更确定了自己先前对卢晓敏的评价——她没有理由会喜欢自己。况且树皮这人平时就大大咧咧的，黄铁民如果认真地想捉弄自己的话树皮肯定不会察觉到。

想到这里，林勇又不得不佩服黄铁民这个人，竟然利用自己最好的朋友树皮来给自己下套。

“但如果万一这封信真的是卢晓敏写来的呢？”

虽然脑海中原本美妙的情景中多了一张黄铁民丑陋的嘴脸，但这天真的想法还是冒了出来。

人生充满了无限多个选择题，恰巧林勇最不擅长的就是这种类型的题目。

道行始终尚浅，思考许久的林勇无法下判断，所以他决定按兵不动。他把信完整地放回信封后小心地压在枕头下面，做完这一切，放松的心情让他不由得长长出了口气。

可事情却并没有就此完结，林勇闭上眼睛想要入睡，但满脑子都是自己那天真的想法。莫名的喜悦和兴奋感让他无法入眠，内心里面激荡起的火花和浪潮正与他用理智筑成的堤坝激烈交锋，它们斗得天昏地暗，也让林勇在夜里煎熬着，临近黎明时他才迷迷糊糊地睡去。

最后，好像什么事情都没有发生，一切都还是老样子。

日子平淡地慢慢过去，收到这封信已经三天，虽然树皮仍然时不时地会拿这件事出来调侃林勇，但身为当事人的他，依旧没有任何动作。

和平食品厂只有不到一百名工人，所谓低头不见抬头见，这几天铁牛帮没有新的动作，但放工后偶尔也会看见卢晓敏，她不是那种会让人一眼倾心的人，可秀丽的五官和与众不同的英气让她在人群中异常突出。

这是个能够看一辈子的女人，厂里的男员工私下里都会评选厂里最好看的女员工，在大家投票时，卢晓敏也有一定票数。她跟往时一样，与他们组上的人打成一片，嘻嘻哈哈，见到林勇后并没有露出任何异样的神情，这不禁更让林勇相信自己收到的信只不过是一场恶作剧罢了。

就这件事，林勇也与树皮进行了讨论。当林勇说出自己的想法后陈舒平毫无悬念地露出恍然大悟的表情，他一边咒骂黄铁满肚子坏水，一边怪自己太笨竟然差点着了别人的道。

可事情还有不明朗的地方，就这样把所有问题都推给黄铁民虽然不是不行，但林勇却舍不得。

“树皮，当时这封信是谁给你的？”

“信？哦，是二班的一个男同志，还千叮万嘱让我不能偷看里面的内容呢。”

“你认识他吗？”

陈舒平摇摇头。

“你见过他和铁牛来往吗？”

陈舒平想了想，还是摇摇头。

一问三不知，既然如此，林勇只能把事情往最坏的方向去想了。就这样，情书事件暂时定为黄铁民的恶作剧，得到这个结论的林勇心中稍微安定了一些，可已经扩散开来的涟漪却久久不能平复。

陈舒平对于情书的署名很感兴趣，林勇觉得这件事情多半是假，也就把事实说了出来，当时陈舒平就更确定这全部都是黄铁民设下的圈套——在他看来，卢晓敏会写情书给林勇的概率几乎就是零。

转眼间又是周末，中午放工后吃了饭，林勇像往常那样躺在工厂的职工宿舍里准备午休，外面下着雨，滴滴答答，没关好的窗户漏进了一股风，说不上的寒冷，说不上的亲切。

“林勇？”一声呼唤打断了他的思绪，声音来自门外。

“欸！”从床上爬起来走到宿舍门口，说话的人是工友林广益，林勇笑着向对方点了点头，“怎么了，这个时候来找我？”午休时间大部分工人都在睡觉，没什么重要事情的话一般不会大中午跑来。

林广益听后不好意思地左顾右盼，他压低了声音说道：“其实也没什么，就是想问你一件事情。”他说着把林勇拉出宿舍来到角落里。

“这不是到周末了嘛，二班的女同志说想一起去附近农场的小树林踏踏青，我听说你爸有一辆自行车。”说着林广益一手搭在林勇的肩膀上，“你也知道的，虽说咱们都是在工厂里工作的，但女同志嘛，还是比咱们娇贵些，那林子离得也不近，我的意思是，如果你方便的话，能不能……”

“你要借自行车吗？这恐怕有点难度，我爸不是很喜欢别人动他的东西，我可以试试，不过没有十足的把握。”林勇听出了林广益的意思。

“这样吗……”林广益皱起了眉头，“那……要不这样，你也跟着一起来吧，如果是你自己要用自行车的话，我想你爸应该不会不答应了吧？”说完，他自顾自地笑了起来，“行，其他的事情我来搞定，就这样说定了，明天早上八点，就在咱们厂的门口见，别忘了时间！”说完这句话后林广益潇洒地挥手离开，林勇连拒绝的机会都没有。

踏青这样的事情早前跟树皮倒是去过，不过那是还在上学时的事情了，本来在忙碌了一周后稍微去放松一下林勇是不排斥的，但若是跟林广益这个人去的话，多少又让他有了点烦恼。

据说林广益家里条件不是很好，年岁虽然与林勇相仿，但入厂的时间却比他要早两年。

早早就经历了被人欺压的光景，林广益在熬出头后变得异常圆滑。对于那些有背景的工人，他极力讨好，而对于林勇这种不上不下的普通工人，林广益自始至终都表现得很正常。

在铁牛等人刁难林勇时，林广益绝对不会出手相助，甚至有时候还会跟着起哄；而当事情结束四下无人时，他就会出来充当知心哥哥的角色，不仅仅是安慰林勇，还会恶狠狠地诅咒铁牛帮的人，而他为的就是可以应付今天这样的情况——要想问铁牛帮的人借自行车？理论上当然是可以的，只是他想约女同志一起去踏青这件事，恐怕就会多出好几个不速之客了。

然而圆滑就是圆滑，林广益在面对家庭条件稍差于林勇的陈舒平时就没这么多的温言细语了，也是正因为这个，私底下陈舒平从来没说过他的好话，外号起得也不少，例如汉奸、墙头草之类的，几乎是想到什么就用什么。

很快下午的时光就此过去，雨也停歇了。放工后林勇和陈舒平照常走在回家路上，泥泞的小路有数不清的小水坑，路边刚沐浴过雨水的野草，拼命散发着泥土的芳香。

“什么？！你要跟那个林广益去踏青？林勇，你竟然跟势利鬼走得这么近了？你这是在向资本主义靠齐啊，我告诉你，你现在很危险！”树皮瞪大双眼，脸上写满了不快，“你还记不记得那次，就你刚进厂的时候，铁牛为了给你个下马威，故意让组长挑你的刺，让你多干了多少活，我听别人说，这就是林广益的出的主意！”

看了眼身边激动的树皮，林勇无奈地耸耸肩。

“这件事情嘛，你我都没有确凿的证据，也不能仅仅因为别人这样说，我们就认定了是吧。虽然他这人的确不怎么样，但我相信他还是没坏心眼的，这次就当是帮他个忙好了，而且不就是去踏个青嘛，就农场那小树林，我们都去过多少回了，没问题。”

树皮听完后，一时间说不出什么。只有风更冷，刮过两人，都紧了紧衣服。

“哎，林勇，你说会是谁呢？”陈舒平脸上闪过一丝嫉妒的神色，“就林广益这样的人，会有女同志跟他一起去踏青吗？还是二班的？”果然陈舒平的注意力很快就转移到了这一点上，这个年纪的小伙子对异性的关注度是极高的，别看他大多数时候吊儿郎当，但内心深处却非常渴望能够得到女同志的青睐。

和平食品厂共有三个车间，大小不一，按种类来分就是：肉类、豆类和米面类。一班处理肉类，二班负责豆类，三班则包办米面。这其中男女都有，林勇和树皮就是一班的。

都说豆腐西施，二班的女同志绝对是和平食品厂里一道靓丽的风景线，基本上男同志们私底下评选的“厂花”都来自二班。

“行了吧你，是不是眼红了？要是有能力的话，你也可以去约别人二班的女同志踏青嘛，如果你真能行，我绝对挺身而出，别说是小林子，哪怕你要去到北京踏青，我都奉陪。”瞥了树皮一眼，林勇专心看脚下的路，这坑洼的地方，积水不浅。

听闻此话，陈舒平倒是支吾着说不出什么话来，红着的脸不知是憋得慌还是害羞，放在这阴天，积雨，小道上，倒是格外地可爱。

“切，反正我……我诅咒你们明天下暴雨，谁都去不成，林广益呀林广益，你这墙头草两头摆的家伙，竟然还有脸去踏青？！”陈舒平说完后对着天空大声咆哮起来。

他愤怒的声音掩盖了身后渐行渐近的声音，声音的主人很快与他们并行，超越。

刷的一晃而过，积水飞溅，两人根本来不及反应，大半个身子就都溅满了泥水。

“喂，动作快点回家吃饭吧，下周你还有很多事情要做的！”

“哈哈，在这里鬼叫也没用，你以为你喊得大声你就能当厂长啊？”

“哈哈，两个泥娃娃，再见啦……”

伴随着呼啸而过的几辆自行车和嘲笑声，不用看也知道是铁牛帮的。

林勇盯着他们远去的背影，眉头紧锁，而一旁的陈舒平则早已开始破口大骂。

这样的事情已经屡见不鲜，本来有说有笑的两人完全没了心情，他们沉默着走完剩下的路，各回各家。

好在林大根又发车出差去了，回到家时林勇机智地先把衣服裤子换出来洗干净，免去了徐芳的一顿唠叨。之后他像往日那般洗米煮饭，夜很快降临，林勇不是个话多的人，就算在自己母亲面前也是如此，晚上的时光，两人一般都是在各自的房间里度过。

“路纵崎岖，亦不怕受磨炼，愿一生中苦痛快乐也体验……”邓丽君的《漫步人生路》是林勇最爱的一首歌，衬着昏黄的灯光和雨后独特的气息，瞬间，林勇的心平静下来。

每每这个时候，那封信就会浮现在他的脑海里，此时也不例外，习惯性地从枕头底下拿出它，香味全无，取而代之的是林勇自己的气味，但那存在于他内心的幻想却从来没有完全消除，所以他忍不住再看了一遍信里的内容。

这一遍，看得很快，因为他早就能背下来了。

重新把信收好，最近这段时间发生的事情让他劳累不堪。很快林勇就开始意识模糊，恍惚间他注意到信投射到墙上的影子变得好大，像一张网挂在这面灰暗的墙壁上，而后网渐渐笼罩下来，把他从头到脚都装在里面。

良久，他看得痴了。窗外又下起了雨，这次倒是没弄出多大的动静，或许在屋里的人儿都没注意到，只是感觉莫名的惬意，双眼沉重得无法再支撑——黑暗来临。

第二章

阴雨（2）

一觉到天亮，似是被陈舒平说中般，天气阴沉。

昨晚太过沉醉，林勇并未能按时到达，他骑着林大根那辆破旧的自行车赶去约定的地点时其他人老早就到了。

隔着老远看见厂门口有三个身影，两女一男，从姿态上看，至少有一名女同志已经等得不耐烦了。

“抱歉抱歉，我来晚了……”赔着不是他从自行车上下来，话音未落他才看清这次一同踏青的伙伴——林广益旁边站着两人，一个是同厂女工杨卫红，另一个竟是卢晓敏。

瞬间林勇有些恍惚。

“你是怎么搞的，不是约了你八点吗？平时看你好像还挺不错的，没想到做事情这么没交代！”杨卫红倒是不客气，一股盛气凌人的样子指责起林勇来，不过林勇脸上的不知所措让她没了说更多话的兴致。

相对的，卢晓敏脸上也挂满了诧异。

林广益不明就里，见两人互相看着对方气氛奇怪还以为有什么误会，赶忙出来打圆场。不过大多数的好话其实是说给杨卫红听的，毕竟在场的人里面，她是最生气，也是林广益最关注的那个。

越是有人安抚，有些人就越不可收拾，闹腾好一阵，直到杨卫红自己也发现时间已经不早，她才收起自己那惊人的小姐脾气。

启程，虽然气氛并不是那么好。还好经过昨晚雨水润泽后的乡间充满泥土的芳香，加上一晃一晃的自行车和若隐若现的鸟叫，四人的心情很快舒畅起来。

“林勇，这种时候，我们是不是要唱首歌？”林广益搭着杨卫红，林勇则搭着卢晓敏，近在咫尺，他甚至能闻到卢晓敏身上的香味，如果没有记错的话，和那封信上的味道一模一样。

恰巧今天卢晓敏穿了一件紫色外套，与这撩人香气拥有同样的颜色，一时间什么阴谋论什么黄铁民都变成了笑话。

“喂，林勇！你有在听我说话吗？”林广益见后面没有回应提高了声音。

林勇迷醉在自己的世界里，完全无视了林广益，而后者见林勇始终不吭声，也只能继续找话题和杨卫红聊天去了。

谁都有情窦初开时，虽然林勇自己也不确定自己是否喜欢卢晓敏，可能够确定的是，他对身后这个女人绝对是怀有好感的。

所以他开始考虑要不要找些话题和她聊天，或许，可以探探她的口风，以此来解开情书事件的谜底。

“林勇？”许是感觉到林勇身上的异样，卢晓敏率先开了口，“为什么会是你来呢？按照林广益说的，本来应该是他弟弟一起来和我们去踏青的，不过今天早上他忽然说他弟弟生病了，换了个人同行，是这么回事吗？”

这是林勇第一次和卢晓敏在独处时说话，心脏跳动冲进胸口的感觉是那么真实。

他哪里还想得了那么多，脱口而出的便是昨天林广益来找自己的事实，说完后才感觉不对，虽然林广益风评不好，但若在卢晓敏面前出卖了他，林勇自己不也变得和他一样了么？

“我就知道。”卢晓敏听后秀眉微蹙，“这个林广益关注卫红好久了，我们二班的人几乎都知道，平时他总是想方设法地跟卫红套近乎。”

不仅是林勇和陈舒平，看来厂里还有其他人对林广益有看法，卢晓敏说着说着却叹了口气，继续道：“卫红这个人吧，被奉承多了以后也就心软了，这林广益是打算单独约卫红去踏青的，本来都要答应了，后来她跟我说了这事后我们都表示这样太不矜持了，所以我才决定要一起去的。”

“原来是这样……”在林勇看来卢晓敏的考量也不是完全没有道理，以杨卫红那样的脾气如果放着不管还真的容易被林广益给骗走。

“对了，林勇。”卢晓敏拍了拍林勇的肩膀，“你觉得咱们卫红如何？”

“啊？”突如其来的问题让林勇不知该如何回答，他在想，如果回答很好看的话是不是会让卢晓敏不开心，“还……还不错……吧……”所以他憋出了这样的回答。

“什么叫还不错，卫红可算是咱们厂里数一数二的美女了吧，原来在你看来只是还不错呀？”坐在车后的卢晓敏见林勇的脸都红到耳根了，忍着笑意，“那你的眼光可真是高呢，难不成你将来要娶个仙女当老婆吗？还是说你在我面前不好这么直接称赞她呢？”

“不，不，不是……我只是，随，随口说说……”林勇发现自己手心里全是汗，不仅如此，他还意识到，在这样的情况下好像说什么都是错的，“话又说回来，林广益和杨卫红倒也是挺般配的嘛……”

“般配？一点也不般配！我知道林广益这个人在厂里的口碑不是很好，虽然传言有真有假，空穴来风，身为卫红的好朋友我可不能坐视不理，对了，你和他是不是挺熟的？那些关于他的传言到底是不是真的？”

当然是真的！

林勇心里如是回答卢晓敏，可嘴上却只能随便敷衍了事，善良如他，除非是像黄铁民那样蹬鼻子上脸地欺负他，否则林勇总是会扮演那个人畜无害的老好人。

卢晓敏可不是一般的无知少女，她听出林勇有很多说不出口的话，于是暗暗点头，也不追问，只是在心中有了自己的答案。

此时路途已经过半，天色变得更阴沉了，只是这未能阻止林勇前方那辆自行车上两人的热情。仔细一看竟然还挺美：泥泞小道上，偶有过路车辆，尚还潮湿的草木丛边，回荡着墙头草和卫红花的欢笑声。

小县城里的人际关系并不复杂，杨卫红的母亲和徐芳曾经是工友，两家人很早就认识，林勇还记得第一次见杨卫红时她被宠得像个小公主，可惜杨卫红根本连正眼都没看过林勇这个闷葫芦一眼，不过后来两家之间就没了什么交集，直到进入和平食品厂后，才知道原来这位刁蛮公主也在这里工作。

许多不喜欢她的人都曾想利用这个机会取笑杨卫红，毕竟从曾经的小公主变成食品厂女工，这可不是一个小跨度。

但有些人并不是随便就会被击败的。因为杨卫红的确生得标致，放眼整个和平食品厂也罕有敌手，厂花评选里，她是绝对的热门。

至于她的追求者更是数不胜数，不仅仅是厂里的，其他单位的也经常会带着礼物来厂里送给她，在他们眼里，杨卫红就是一个华丽的公主。

这些因素造就了她刁蛮任性的性格，徐芳曾说过，若不是杨卫红这样的性格，恐怕她早就能嫁个家境不错的男人舒舒服服地在家里待着了，当时林大根还补了一句：“如果你娶个这样的老婆回来，那就等于帮我们两个老的绑好了上吊的绳子。”

话是有些太重了，道理却不容辩驳。

因为杨卫红的刁蛮不仅仅是无理取闹，而且还非常以自我为中心，总之是自己想要做的事情，谁也无法阻止。这自然让许多人敬而远之，整个食品厂里的女工理恐怕只有卢晓敏真正当她是朋友。

“林广益真的能成功也说不定。”

这奇怪的想法莫名地出现在林勇的脑海中，这世界上有种东西叫合适，虽然很懵懂，但他就是感觉此时此刻的林广益和杨卫红很合适。

胡思乱想间，小树林的入口已到。接下来的一段路道路变窄许多，骑车并不是很好走，卢晓敏很自觉地从车上下来，杨卫红则依旧坐在自行车的后座上，任由林广益吃力地推着她走。

两边是剑麻地，若是赶在夏季收获时剑麻工厂开工，空气里就会充满麻水散发出来的恶臭。当然，农场同时也有种植菠萝，摆上两个在家里，整个房子都是菠萝的香气。其实林勇乐意在此工作，主观的，他总感觉在农场里不会有黄铁民那样的人出现，也不用处理复杂的关系。

这座林子不大，坐落于农场的外围，属于无人管理的区域。曾有人在那里种下几棵果树，尽管之后并没什么人来护理，但每年却都能产不少果子。不过想要吃水果可需要些运气——大多数时候果实还未完全成熟就已经被农场里的熊孩子们横扫一空了。

在林子的中央有一口小湖，水很清，里面还有不少鱼。本来这么好资源的早应该被破坏殆尽，好在农场那些有威望的人都说这口湖有神灵居住，下了规定不准破坏湖水的生态，也正因为这莫名的迷信，县城人民才得以长久拥有这短途郊游的去处。

越是接近小树林，两旁的道路就越是狭窄泥泞。不少坑洼处有浑浊的积水，林广益今天穿了一双新皮鞋和喇叭裤，他为了不让自己的行头被弄脏，可以说是举步维艰。

穿着随意的林勇就没有这样的顾忌，所以他率先和卢晓敏抵达了小树林，他把车停在树旁，从这里到林子中央的小湖已经要不了多久了。

林广益和杨卫估计还得一段时间才能到，林勇尴尬地看了卢晓敏一眼，她正伸着懒腰，闭起来的双眼和脸上的满足都说明她很喜欢这个地方。

这里空气很好，也很幽静，特别是在这种阴天，连云层都只是艰难割开的阳光给世界蒙上一层淡淡的灰。而当茂密的树丛蒙上这层灰时，身处树林中的人眼前只留下祥和和静谧，行走其中，会让人感觉心神宁静。

或许这就是为什么那些老人希望尽可能的保护这片林子的原因吧，无法解释的事物有时带给人恐惧，有时却让人充满希望。

空气中的芬芳胜过路上许多，阴天里偶有的几只麻雀也在努力增添喜庆，它们飞着，叫唤着，如果有人能听懂，那大概这就是它们的欢迎致辞。

“哎，林勇。”卢晓敏睁开眼睛，笑着和林勇说，“我们先往里面走吧，待会他们会跟上来的。”

林勇点了点头，和卢晓敏并排往里走。

“这里你应该来过很多次了吧？”她在看头顶的树枝，那里好像还停着几只小鸟。

“嗯，是很多次了……”

“有没有跟，嗯……跟别的女同志来过？”

“啊？没，没有！我就跟陈舒平来过……”林勇说到这里忽然感觉不对，这么说的话好像会显得自己很傻，脸上一红，低下头嘟哝道：“呃，也不是只跟他来过了，总之，我是来过这里好几次了……”

林勇脸上的表情被卢晓敏尽收眼底，她开心地笑了起来，却也没有再说什么。

林勇在心里暗骂自己没用，他低着头不敢去看卢晓敏，这时几滴雨飘落下来，带着冰凉的气息。

他抬起头想要去确认乌云的情况，可第一眼看见的，却是卢晓敏的侧脸。黑色长发经由树林的风轻拂微微荡开，高挺的鼻梁上仿佛载着一颗太阳，让她的面颊沐浴在令人不能直视的阳光中。

在那一刻林勇有些痴了，他也更相信卢晓敏的美并不是日常时能够发掘到的，她身上那令人着迷的气息并不常在，可一旦出现，就实在叫人惊艳。

“对了，林勇……”忽然卢晓敏显得有些生涩起来，“你最近有收到过什么东西吗？例如，礼物，信什么的……”

“啊？我？我……”他心跳急剧加快，脑海中立刻勾勒出枕头底下那封信，“有……的吧……”

“喂！晓敏！你们走那么快干嘛，等等我们呀！”

林勇的话声音很小，他不确定卢晓敏是否听见，身后杨卫红的声音就奔袭而来。

听见杨卫红在叫自己，卢晓敏也就没有继续刚才的话题，她回过头喊道：“你们再不快点，湖里的鱼儿都要跑啦！”

林勇也转过身，此时杨卫红正埋怨着气喘吁吁的林广益，两人快步向着这边走来，而林勇的身后，就是那个传说又神灵庇护的小湖。

“你说你到底都在干嘛？是不是因为我太重了所以让你走得慢呀？那我可真是对不起你咯？”

“不是不是，可能，可能我早上没吃东西……”

“谁让你不吃东西的？这么大个人了连吃个饭都不会吗？！”

杨卫红的声音越来越大，一旁的林广益除了不停地赔笑也没有其他的话可说，看到这里林勇更确定了自己此前的想法。

好在落后得也不多，杨卫红在会合后也就没有再继续说下去，又往前走了一会，他们抵达了目的地。

尽管是个阴天，可这完全不会影响小湖带给人的感觉，空气中潮湿的味道混合着花香，让人渐渐迷失在被风吹起的层层涟漪中。

四人都感觉自己精神一振，就连满腹牢骚的杨卫红，也闭上眼去惬意地享受湖面的微风。

他们静静品味了一阵后林广益感觉是时候要洗刷自己迟到的罪过了，于是从身后的背包里拿出一个木制的盒子，神秘兮兮地说：“来来来，这就是今天咱们的主角，你们猜猜，里面装的是什么？”

两个女同志看着那并不精美的木盒，完全没有头绪，而在林勇看来，这东西好像有些眼熟。

“广益，这里面装的该不会是炸药吧？”

此话一出卢晓敏和杨卫红都被吓了一跳，在得到林广益肯定的回答后卢晓敏皱起了眉头，而杨卫红，则换上一副兴奋的神情。

“林广益，你从哪里弄来的这个东西，好危险，我们还是不要弄了吧……”卢晓敏不管身旁的杨卫红有多期待，在她看来，炸药这东西绝对不是什么玩具。

“晓敏，这你就不懂了吧？这是专门用来炸鱼的，我都已经问过了，包括这步骤啊什么的，你就放心吧，不会有什么危险的，只不过声音会大点，你们女同志记得捂好耳朵。”林广益拍着胸脯保证着，林勇则和卢晓敏持一样的观点。

这可不是油炸，而是用炸药来炸小湖里的鱼。有人钓鱼，自然就有人炸鱼，若说钓鱼更多的是兴趣和消遣的话，那么炸鱼就是纯粹的满足欲望。无论是过后大快朵颐的口腹之欲，还是进行时自身获得的快感都是无与伦比的，林勇知道这事，却从未尝试过。

因为这炸鱼说难不难，说容易也不容易，且还具备不小的危险，如果是经验老到的人林勇是不会担心什么的，但放炸药的如果是林广益的话……

“林广益，炸药你该不会是偷来的吧？如果让别人知道的话……”林勇知道炸药虽然可以搞到的，但普通人想要弄到还是有难度的。

“去去去，什么偷来的，你才是小偷呢，我林广益会做这样的事情吗？”林广益白了林勇一眼，继续说，“其实是这样，我有个亲戚，跟着一个工头干活，最近他们接了个活儿就是用炸药来炸石山，我知道了以后就拜托他给我弄出来这么一点，也不多，就够我们玩一次而已，这炸出来的鱼，指不定还不如别人钓的多呢。”

林广益晃了晃手中装着炸药的盒子，当看见杨卫红眼中充满期待的目光时，他笑得更欢了。林勇知道今天无论如何也无法阻止他，干脆就把袖管和裤管卷起来，准备帮忙。

天色更阴沉了，就如同此时卢晓敏的心情。她不相信林广益，于是拉着身边的杨卫红说道：“你确定他没问题吗？万一出了什么事……”

“哎呀，晓敏啊，你别老是跟我过不去呀，我刚才不是都跟你说了嘛，待会我把炸药放在水面上，等我一点燃，然后用根棍子把它尽量往湖里面推就行了，”说着也不等卢晓敏继续说什么，看向一旁的林勇继续道，“林勇，去帮我找根长点的东西来，最好是树枝什么的。”

林勇看了一旁担忧的卢晓敏一眼，转身走入树林中。

不多时，他拿着一根一米五左右的树枝回到湖边。

“找来找去就这个最合适了，对了，我刚想到一个问题，”林勇把树枝递给他，“你应该是懂水性的吧？”

林广益闻言瞥了两位女同志一眼，把林勇拉到一边，“你说这话是什么意思，成心让我在别人面前丢人是不是？我不会水！那又怎么了，我又不是游到水里去，再说，你不是会水吗？”

“我只是……”林勇话还没说完，林广益就掐了他的胳膊一下，“只只只，只是你个头！待会你跟我一起去，有什么事情，互相照应！”说完，他笑眯眯地回头跟杨卫红吹嘘了几句，林勇看在眼里，无奈地摇摇头。

所需的东西都已经准备就绪，林广益拿着炸药和树枝，率先走进湖边的淤泥里。

由于昨天晚上刚下过雨，淤泥特别湿滑，拿着炸药的林广益片刻也不敢分神，不一会儿他额头上竟然冒出了汗珠，而跟在他身后的林勇则走得很轻松。

“喂，林勇，你稍微推我一把。”林广益越走越慢，林勇只得无奈地帮忙。

“这皮鞋太大了，要是我再用力点我的脚就要掉出来了。”林勇低头去看，果然林广益的脚后跟后边满是淤泥。

“你既然打算来炸鱼，你为什么还穿这么大的皮鞋？”

“切，你懂什么，这可是我从我叔叔那借来的，名牌，难得约到这么漂亮的女同志，如果不好好地打扮自己，那怎么能处上对象？”林广益嗤之以鼻，一副情场老手的口吻。“我这么说，你懂了吧？我这是在教你，你好好学，以后……哎呀，你干嘛，你害我差点跌倒了！”

林勇实在听不下去，于是手上暗暗用力，差点让他摔个狗吃屎。

林广益知道是林勇故意的，于是只能闭上嘴，可惜这时天公也不作美，冷风四起，丝丝细雨开始降下。

“你们小心点，不行的话咱们就回去吧，反正天也下雨了……”卢晓敏充满担忧的声音从身后传来，林勇回头去看她，此时她站立在细雨中，紧蹙的眉头有种另类的美。

不过此时林广益的眼中只有杨卫红，他可不想这么好的表现机会就这样白白浪费，于是他挥了挥手中的树枝，大喊道：“没事没事，很快就完事儿了，你们捂好耳朵，准备好你们的厨艺，今天晚上咱们喝鱼汤，吃鱼肉！”

很快两人走到湖水边，林广益蹲下身子，把木盒子打开。他浑身微微有些颤抖，好不费力才把木盒平稳地放在水面上，“你准备好了没，我马上要点燃引信了，你动作得快点，别像来时那样发愣！这可不是闹着玩的！”林广益从怀中拿出一盒火柴，划拉两下点燃，旋即看向林勇。

林勇点点头，注意力也都集中到了那小木盒上。

林广益深吸一口气，回过头时才发现一个很大的问题：不熟练就是不熟练，早前背得滚瓜烂熟的步骤竟然错了！他应该把引信点燃后再把盒子放到水里！

伴随雨水而来的风吹起了波澜，炸药盒子被风一吹，飘得有点远。说实话，林广益心里是想放弃的，但一想到上面杨卫红正在看着自己，他咬着牙，慢慢地移动双脚，尽量让身体向前倾。

林勇把一切看在眼里，他想出言阻止，可又怕自己说话会干扰到他，也在他犹豫的这段时间里，随着炸药盒子被湖水推得越来越远，林广益下意识地也越来越往里深入。

雨越下越大，最后几声鸟鸣伴随着扑翅飞走的声音彻底清空了小树林，杨卫红抹去脸上的雨水，不耐烦地喊道：“林广益，到底行不行呀？你就这样放着我淋雨等你吗！”

这句话在林广益听来无疑就是激将法，他不管三七二十一，见湖水好像能看见底就直接踩了进去！

湖水没过腰部，冰冷刺骨，在这最冷的时节里，林广益瞬间打了不止十个冷战，林勇皱起眉头，他第一反应当然没有跟进去——他可不想为了林广益让自己浑身湿透。

人有的时候就是盲目的，为了能博得杨卫红的欢心，他眼前只有那个越飘越远的木盒！

时间在那一刻过得很慢，雨水落下，在水面化成圈圈点点的波纹。风也在吹，吹着小树林里的四人，也吹着那盒炸药。

天边雷蛇一闪，它吞吐着火花，夹着云层发泄出来的暴怒，降临在不知何处的地方。

“轰——”春雷炸响，冷不丁的冲击一下子让半个身子正被湖水折磨的林广益惊慌失措，加上风起后有些微笑的浪，瞬间，他竟失去了平衡，向前一倒，整个人掉进了水里，而那根火柴抛向空中，最后竟无巧不巧地落在了炸药盒子里。

这湖虽然不大，但好歹也有几米深，林广益被湖水吞没，而炸药的引信也被点燃。

“救……咕嘟嘟……救命……”当不会水的人脚碰不到地面时，那种慌乱的感觉是会水的人无法体会的，首先是从内心深处立刻扩散到全身的恐惧，对不能掌握自己身体的那种恐惧会使大脑失去判断能力，四肢因此也就只能胡乱拍打。

溺水，无论在哪个时代，都是一个杀人狂魔，况且目前来看，在没溺水而亡之前林广益的死因很可能是另外一种。

“林勇，快跑！”卢晓敏和杨卫红目睹了一切，前者拼命地让林勇离开，而杨卫红则发出不知所措的尖叫。

救，还是不救，在旁人看来，这个十八岁的小伙子陷入了一个两难的境地里。可当时的林勇却没有想那么多，仅仅只是瞄了一眼那浮在水面上的炸药后就毫不犹豫地跳进水中。

林勇和陈舒平在夏天时常常会去游泳，不夸张地说，他对水有天赋，虽然此时冰冷的湖水令他四肢麻木，但水性的本能还是让他很快地来到了林广益身边。

他一边保持自己在水中的平衡，一边双手用力托着林广益的腰让他的头浮出水面，得到了营救，溺水的林广益看见的却是那即将要爆炸的炸药。

瞬间林广益号啕大哭，他嘶吼着，述说今生仍未完成的憾事；同时他也哀求着，希望满天神佛能有谁听见这里的声音，救救这条年轻的生命。

岸上的卢晓敏和杨卫红听见林广益的声音后已经不敢再往下看，她们抱在一起，背过身，等待那无法阻止的爆炸。

可整整过了十秒钟，却什么事情都没有发生。

除了愈发猛烈的雨势和雷声，剩下的，恐怕就是林勇抱怨的声音。

“喂，能不能放开我？你这样我走不动。”

卢晓敏抬起头，她看见林勇已经安全上岸，林广益则死死地抱着林勇，仍在惨叫。

至于那装着炸药的木盒？它已经飘到了小湖中央，其上冒出几缕黑烟。

林广益也发现自己脱离了危险，他手脚并用地往外爬，其间摔了好几次，浑身都是泥。

由于寒冷和情绪起落，林广益面色铁青，头发散乱，好不容易从淤泥中挣扎出来，坐在地上不停喘气，根本不敢看旁边的杨卫红一眼。

那双鞋码过大的名牌皮鞋由于在水中的挣扎早已不见，脚趾从烂了两个洞的袜子里露出来，指甲缝里塞满了淤泥。那条时尚潮流的喇叭裤早已分不清模样，现在的林广益怎么看都像个流浪汉。

“你没事吧？有什么感觉？”很快林勇也走了过来，他走到林广益身边问了一句。

也不知是怎么了，听见林勇的声音后他瞳孔忽然扩大，额头和太阳穴冒起青筋，趴在地上干呕起来。

这副模样吓坏了卢晓敏和杨卫红，她们把求助的目光投向林勇，可惜他也是一头雾水。

“呕……我，我要死了，我要死了……水里的神灵，不要怪我亵渎你们，不要怪我……”林广益满口胡话，他似乎把今天发生的一切都归结在农场老一辈的传说上。

“晓，晓敏，你说他会不会是水鬼上身了？”杨卫红退到卢晓敏身后，看着林广益的双眼中充满恐惧，“我听我爸他们说，这口湖有点不同寻常，据说当时农场里有人在这里自杀，自那以后只要有人靠近这小湖，那水鬼就会把他抓到水里，如果被淹死了，那就是承受了水鬼的愤怒，如果侥幸被救了，水鬼就会诅咒他，最后也是要……”杨卫红越说越害怕，卢晓敏听后半信半疑，不过这等鬼神之说总是对女孩子有极大的杀伤力，“后来打击封建迷信，农场里的老人为了不再让这个传说继续下去才编造的湖水里有神灵这样的话……”

卢晓敏此时也无法分辨，她下意识地看向林勇。

鬼神之说当然是不可信的，林勇感觉林广益只是受到了太大的惊吓，于是他回了一个坚定的眼神给卢晓敏，说：“这样吧，无论如何我们先把林广益送到医院再说。”

没有异议，林勇把林广益背起来向外走，还好林广益不是很重，不然不算壮硕的林勇恐怕也负担不起。卢晓敏和杨卫红当然紧紧地跟在林勇身后，经过杨卫红鬼故事的熏陶，被阴天和雨水包围的小树林已经变得诡异而可怕。

其实事情根本没有那么玄乎，任何阻碍也没有，他们平安离开了林子。

“我来搭着他，你们骑他那辆车吧，他的自行车比较新，更好骑些。”说完林勇把失魂的林广益安放在自己自行车后座上。

卢晓敏和杨卫红听见这话后一愣，对视一眼，最终，卢晓敏笨手笨脚地推起自行车。

“晓敏，你不是不会骑车吗？你……”杨卫红小声说。

“你不会？”林勇回过头，看见的是卢晓敏略显紧张的脸，她生疏地扶着自行车把手，有些不知所措，“那要不这样，我……”

“我可以的，我们走吧！”

“你真的……”

“嗯！”

心里虽然还是担心，但看见她这么坚持，林勇也不好再说什么。

一行人很快进入了可以骑行的小道，卢晓敏嘴上逞强，但真正到了要骑车时她的腿却怎么也迈不开。

林勇把一切看在眼里，笑着对卢晓敏说："没事，我们推着车走吧。"

"嗯……"卢晓敏感激地看了林勇一眼。推着自行车跟在林勇身后，杨卫红则皱着眉头看满天的乌云，她不想在雨中走泥泞的小道，附近农场应该会有地方避雨才对。

推着车走的话，在天黑之前也是肯定能回到县城里的，前提是不再有任何意外发生。

他们没走多久，暴雨骤然而至。

这是一场令人畏惧的雨，它遮挡了视线，站在雨中的人除了浑身刺骨冰冷外，裸露出来的肌肤被雨水打到时甚至已经有些疼痛。

暴雨一落下来，杨卫红的眉头锁得更紧了，她紧紧地抱着卢晓敏，轻声央求道："晓敏，我们去农场里先避避雨吧，这雨也太大了，我们这样走回去是不是太危险了呀……"

卢晓敏毕竟也是女人，就算平日里多么能干，但在这个时候她非常理解杨卫红的要求，可身前的那个男人却没有因为暴雨而丝毫减慢速度，再想想状况不明的林广益，她只得安抚一下杨卫红，继续往前走。

雨水很快把凹凸不平的地面铺平，一深一浅地在泥水中行走，卢晓敏和杨卫红浑身也都沾满了泥水，但这还不是最重要的。

由于害怕而紧紧抓着卢晓敏胳膊的杨卫红忽然脚下踏空，她惨叫一声就往地面跌去，卢晓敏也在这突如其来的力量牵引下，摔倒在地。

听见不对，林勇赶忙回过头来查看，那叫得最大声的杨卫红根本没事，反而是卢晓敏受了伤。

惯性加上杨卫红的推搡，卢晓敏的小腿被路边的树根划开了一道口子，鲜血顺着雨水流淌。

林勇小时候也经常因为玩闹受伤，他看见卢晓敏的伤口后就知道她肯定不能继续往下走了，可眼下究竟可以去哪里呢？

"没，没事，我们继续走吧，雨更大了……"脸色铁青，泥泞满身，卢晓敏看出了林勇的犹豫，她不想成为累赘，所以努力站起来，林勇却制止了她。

“不行，你脚上的伤太严重了，我们得找个最近的地方帮你包扎，这样吧，我们先到农场的卫生所去，虽然那里条件是简陋了点，但好歹能避雨，也能止血。”相比从这里回县城，农场的卫生所可要近多了。

杨卫红自然是求之不得，乐得直点头。卢晓敏看着林勇认真的表情，也不再坚持，于是四人锁好自行车并把它们藏在路边的草丛里，由林勇背着林广益，杨卫红搀扶着卢晓敏，缓缓向农场里边走去。

凤凰农场，就如它的名字那般，鸟中之王。即便放眼整个省也算得上是效益极好的农场。正因为如此，农场占地面积极广，好在小树林所处的位置并不算偏远，他们冒雨才走没多久，四人就看见了一排排的平房，这里就是农场的生活区，宿舍楼、办公楼、卫生所，全都集中在一起。

“哎哟，这是怎么了？”看着狼狈的四人从门口走进来，卫生所的大妈放下手中的茶杯，“快快快，先坐下来。”虽然这只是一间普通的瓦房，里边的医生也只有一个，但毫不虚伪的热情却仍然给落难的四人雪中送炭的感觉。

事情也终于在卫生所里缓了下来，屋外的雨越下越大，昭示着他们本应兴高采烈的郊游踏青彻底毁灭。

如今他们的样子，倒更像是从前线战场跑回来的逃兵：四人浑身全是泥水，仍在发抖的林广益蜷缩在病床上，看着医生给卢晓敏包扎伤口。

农场卫生所常备的药物不多，医生的技术也有限，好在林广益也没什么大碍，据说只是受惊过度和着凉，喝了几杯热水，吃了点药，他情绪稳定了许多。

卢晓敏的情况则要严重一些，虽然已经给伤口消了毒也正在包扎伤口，但卫生所无法替她进行缝针处理，幸好创口不大，只要明天及时去缝针，应该不会留下疤痕。

天色渐晚，卫生所大妈打开灯，灯光昏黄着，却不能照亮整间屋子。房顶的瓦砾被雨水敲击奏成一支小曲，格外悦耳，而从门口吹进来的瑟瑟冷风毫不留情，它吹晃了灯光，让人影飘忽，也吹快了时间。

虽然浑身湿透，但经过一系列的事情后杨卫红早就累坏了。她烤着火，靠在墙边睡了过去，在她旁边有一堆宣传画堆着，好像是知青上山下乡的遗留物。

林广益的精神还没完全恢复过来，他呆呆地看着火炉，眼中偶尔闪过一丝清明。

林勇则静静坐在门槛上，他衬着雷声和屋檐上落下连成一片的雨帘看屋前那棵枝叶繁茂的大树，雾里看花，雨中看树，看着看着，也就痴了。

“我看这雨呀，估计要命，你们还要赶回县城去吗？”卫生所大妈替卢晓敏包扎好后开口说道，“这女娃的伤口最好先别碰水，免得感染了，如果你们有什么亲戚朋友在农场里干活的话，就在这里住一晚吧。”

大妈说完后就开始查看林广益的情况，不过她虽然是个很热心的人，无奈能力有限，摆弄了一阵后就表示自己无能为力。

林勇见状则走到卢晓敏身边，说道：“我觉得还是听医生的建议吧，广益他应该没什么大碍。”

“嗯，大家今天也都很累了，我叔叔正好在农场里工作，如果只是去他家里住一晚的话，应该不会有问题的。”卢晓敏看了墙边的杨卫红一眼，同意了林勇的提议。

“你叔叔是做什么的？叫什么名字？说不定我还认识呢。”卫生所大妈问道。

“卢志刚……”卢晓敏说着，声音渐小。

“哎哟，原来是卢科长的亲戚呀？嘿嘿，我跟卢科长可熟了，他老是提起你，说你叫，叫，小兰？”

“我叫卢晓敏……”

“对对对，晓敏晓敏，你是在县城里的食品厂工作吧？啧啧，不错不错，来，来，我带你们去找卢科长。”

说着便拿出两把雨伞来，一把递给了卢晓敏。卫生所在农场场部，与办公楼在一起，没多远就是财务科的办公室。

刚一进财务科，卫生所大妈就寒暄起来，而那个叫卢志刚的人看见卢晓敏后则露出满脸惊讶的表情。

卢晓敏简单地讲了事情的经过，在听了这段有些荒诞的遭遇后，卢志刚二话没说，等几人打电话通知家里人后便带着四人来到了自己的宿舍。

科长在农场里算是个不小的官，安排的宿舍自然要比别人的好，虽然也是砖瓦房，面积却比别人的大。

卢志刚从屋里拿出一包东西塞给卫生所大妈，后者乐开了花，也不多停留，很快就消失在了雨幕里。

望着卫生所大妈离开后，卢志刚回过头来看着四人："地方不怎么好，将就一下。"说完他转身进屋拿出几套干爽的衣服给四人换上。

房子跟大多数单位宿舍安排给员工的布局差不多，一眼能够看完，睡房和客厅只有一块石板隔着，石板的中间还有点莫名其妙的镂空。面积的确是不大，但农场里不少家庭是五六口人一起住的，所以今天晚上挤一挤，绝对没有问题。

话是这么说没错，但大家毕竟不熟，林勇等人表现得有些尴尬，就算是卢晓敏也并没有和自己的叔叔有什么交流，不仅如此，他们看彼此的眼神也耐人寻味。

沉默了大约半小时的样子，屋外走进来一个女人，普普通通的样子，中短发。她看见满屋子的客人后向卢志刚投去询问的目光。

"哦，这是晓敏，就是我跟你提过的，我哥的女儿。"卢志刚尴尬地笑笑，继续说，"他们是晓敏的朋友，今天遇到点事儿，在咱们这里住一宿。"说完后卢志刚也简略地介绍了一下自己的妻子，林翠。

林翠笑着跟四人打了个招呼，随即把手上的东西放下后就走进屋后的厨房准备烧火煮饭，林勇感觉这屋子里的气氛不好，连忙称要过去帮忙，杨卫红见状也跟了进去。

林翠长得不高，皮肤黝黑，她跟大多数的农场妇女一样，温柔大方。她见两人过来，也不推辞，只是笑着让他们帮着洗菜，还说他们运气好，正好昨天刚从圩市上买了肉回来。

"喂，林勇，你觉不觉得晓敏和她的叔叔关系有点古怪？"卢志刚妻子在生火烧柴，距离也不算远，杨卫红却抑制不住自己的好奇心，"你看他一回到家后就什么话都没说过，晓敏也是，两个人好像很尴尬的样子。”

“有吗？我不觉得，就算是父女也不可能有说不完的话吧，更何况他们一个在县城，一个在农场，隔得不远是没错，但毕竟不能天天见面嘛。”林勇下意识地瞟了林翠一眼，他最烦的就是有人要跟他聊这些事情。

杨卫红白了林勇一眼，继续说：“哎呀，所以说你这个人就是太笨了，那是晓敏爸爸的亲弟弟，就算不在一个地方，平时串门什么的肯定少不了，反正我是没有听晓敏提过她有个叔叔在农场干活的。”说完她抬起头偷瞄了一眼然后凑得更近，“我听说，晓敏的爸爸年轻的时候曾经跟一个知青感情很好，不过后来对方返乡了，为了这个事啊，晓敏的爸爸没少难过，你说会不会跟这件事情有关？”

林勇听后愣了一下，脑海中浮现出几个画面，而后觉得自己真的不适合去思考这种问题，笑着摇头说：“不知道。”

杨卫红不是不知道林勇无趣，但这是她第一次发现林勇是这么无趣，说人八卦时最讨厌的事情莫过于你倾述的那个人根本不懂八卦。

所以她干脆连菜也不洗了，转身离开。小插曲就这样结束，那边的火也生好了，农场家庭的粗茶淡饭不需要准备很久，当林勇帮忙把饭菜端进屋子里时，瞬间弥漫的饭香终于让丢了魂的林广益有了反应。

六人围坐在一起吃饭，除了拼命吃饭的林广益和平静的卢志刚妻子，其他人都有点不在状态。

屋外的雨不曾停过，听声音来分辨，似乎没有之前那么狂猛。很快这一餐就在沉默中结束，林广益表示很满足，桌上基本只剩下空碗碟，林勇想要帮着收拾，却被林翠给拦了下来，她说话时总是面带微笑，也总是默不作声地做着烦琐却又简单的事情。

卢志刚拿出床垫铺在客厅，看了一眼卢晓敏后说：“今天晚上三个女同志就挤一挤睡床上，你们两个小伙子睡地上，我就睡在长椅上。”

“这怎么行呢，卢叔，不如我……”林勇想说自己睡长椅，但却被卢志刚打断了。

“什么叫怎么行呢，你们是客人，要听主人的安排，更何况，呵呵，我要是跟别的人一起睡，我老婆不得教训我吗？是不是？”他笑着，不容分说的把床褥都准备好，卢晓敏看着自己的叔叔，什么也没说。

很快碗碟洗好，夜也渐渐深了，黑暗中星星点灯的亮光，是一户户人家，这里边的某一点里，是一盏暗黄的灯和一屋子没有话的人。

干了一天活，谁不累呢？经历了这一天有些凶险的事情，也该累了。但林勇却格外精神，说不上为什么，或许是少了他的录音机陪伴吧，农场里太过安静的夜让他太过平静，平静到连自己都感觉可怕。

走出屋外，那曾经侵袭四人的暴雨猛兽已经化成了温柔的小雨，它驱赶了鸟儿和虫子，世界静得只剩下雨声。

屋前的杂草布满雨珠，也不知雨珠流到扎根在烂泥里的根部时，是否滋润？

满地坑洼的积水映照出昏黄的光晕，活像死鱼翻白了鱼肚，毫无生气。

好在空气里浓重的青草芳香沁人脾肺。就连旁边屋养的那条赖皮狗也安安静静地趴在地上享受这雨夜的浪漫，它的身体带着节奏起伏，好像梦见了今晚的雨。

此时门又推开，林勇瞟了一眼，原来是卢晓敏。她轻轻地掩好门站在林勇身旁，什么也没说。

时间就这样流淌，如果眼前景色还算优美，沉浸在其中其实也是不错的选择。忽然雨势又变大了一些，飘进来的雨猛烈了些，卢晓敏下意识地往林勇身旁靠，两人的手指不小心碰在一起又很快分开，同一时间，他们都低下了头。

“林勇，今天，谢谢你。”没有月光，林勇看不清她的表情。

“谢我？谢我干嘛，我又没干什么……”夜色太沉，卢晓敏也看不清他的表情。

“呃，总之，总之就是谢谢你……”

林勇不知道该怎么把话接下去，于是乎他抬起头看远方，乌云盖住了星空。四周大大小小的石山把农场牢牢包围，仅有的亮光勉强能够看清它们在黑暗中的轮廓。山的缝隙就好像世界尽头通往未知的入口，潮湿的风是它吐出来的信号：如果你不从来时那条蜿蜒小路返回，你将孤立无援。

“其实，林勇，你有没有收到我写给你的东西……”

林勇的意识从世界尽头被拉了回来，他想说什么，最终却只说了一个“嗯”字。

“那你……”

“我，我其实，我是收到了，只是，只不过，我不是很懂什么意思……”林勇满脑乱麻，他甚至不知道自己在说什么，“不过你放心，那封信我保存得很好，就在我的枕头底下……”

说完这番话林勇就后悔了，果然杨卫红骂他傻是没错的，紧接着他又想要说什么来弥补，但他看见的，却是卢晓敏的笑脸。

她笑得那么开心，没有一丝杂质，她温柔地看着林勇，说：“在你的枕头底下？真的吗？”

林勇木然点头。

旋即她笑得更灿烂了，她把手伸到林勇面前，说：“你好，我叫卢晓敏，以后多多关照！”

林勇诧异地看着卢晓敏，一时间不知该要如何反应。卢晓敏知道林勇是这样的人，但还是忍不住白了他一眼：“怎么，你害得我腿都伤成这样了，难道不能跟我握握手吗？”

“不，当然不是，只是，我，等等，为什么是我害你伤成这样的，这明明是你自己……”

“呸！就是你！你明明知道我不会骑车，难道就不会一开始就提议来这边的卫生所啊？”

“可是，你自己不也说……”

“你还说！”

“我……”

最终，林勇也没有搞懂那封信究竟算不算情书，他唯一明白的，是自己和卢晓敏之间的关系更进了一步，至少已经从工友变成了朋友。

但他不明白的事情却还有很多，他不明白为何在得知真的是卢晓敏写了那封信后自己对卢晓敏的感觉有了改变，他甚至不知道，自己对卢晓敏是什么感觉。

但那些担心与顾虑都是往后的事情了。

因为长夜虽渐冷，这厢却不然。

林勇今晚没了邓丽君的歌声陪伴，却有另一个女声在他耳边萦绕，笑着的，闹着的，正值青春年华的。

第三章

阴雨（3）

那样的夜太朦胧，时间在不经意间掠过。

这份记忆不会随着时间消失，特别是她的笑声，和直到后半夜都没停的雨。

那场雨滋润了这片大地，让他们心里的种子茁壮生长。

或许，唯一能让它缓慢下来甚至死去的，只有避无可避的现实和生活。

工厂的休息日只有一天，林勇一行人不得不提早起床往县城里赶。可这间屋子里有人比他们起得更早，心思细腻的林翠早早做好了早饭，还特意冲了浓茶来给他们提神。

“我想你们昨天应该睡得不好，如果一杯不够的话，里边还有。”林翠笑着对卢晓敏和林勇说。

两人昨晚聊得很晚，被林翠这么一说，他们都不好意思地低下头。杨卫红奇怪地看着二人不明所以，而林广益则已经恢复了神智，对于昨天自己失常的事情他只字未提，油腔滑调如他，今天也变得格外安静。

在草草吃了早餐后别过卢志刚和林翠，迎着刺骨寒风，披着晨雾和零星的小雨来到昨天藏车的地方取回自行车，还是来时那样，林勇搭着卢晓敏，林广益带着杨卫红，可四人间却不再有任何欢声笑语。

“林勇，你昨晚睡着了吗？”卢晓敏轻声说，“我总觉得大家都没什么精神。”瞟了眼旁边同样沉默着的杨卫红和林广益，其实谁都能感觉到。

“是吗？可能是因为太累了吧。”林勇说着也看了林广益一眼，“广益昨天怎么也算是在鬼门关走了一圈回来，难免会消沉些。”

林广益现在的样子可不止消沉那么简单，来时是一头帅气的发型加上喇叭裤和闪亮皮鞋，再骑上那辆自行车，简直就像少女的偶像般。

可现如今在归途上的他头发散乱不说，无神的双眼还透着烦乱和恐惧。早已在水中消失的皮鞋变成了卢志刚穿旧了的解放鞋，那条前卫时尚的喇叭裤，变成一条有补丁的棉裤，就连那辆自行车也变得残破许多。

杨卫红也好不了多少，淋了一天雨让她稍微有些感冒，加上提心吊胆的郊游和睡眠不足，现在的她恐怕已经无法参加厂花选举了。

此时的杨卫红对林广益早已没了兴趣，要不是不好开口，她还真想换乘林勇那辆自行车。

“对了，我们那些湿了的衣服，什么时候过来取呢？昨天真多亏了你叔叔照顾，也不知道应该怎么感谢他。”看见林广益的行头林勇就想起了这件事。

“哪天我有空的时候就来取吧……”卢晓敏说着把话题岔开，“对了，差点忘了准备又到圩日了，你自己去买东西吗？”

“我妈妈身体不好，我爸工作忙，所以圩日的时候我都是和陈舒平去买东西。”说到圩日，那又是一个要忙活的日子，不是卢晓敏提醒，林勇几乎都不记得了。

“这样呀，其实这次圩日我要买的东西有点多，如果你不介意的话，能不能来帮我一下……”所谓圩日便是赶圩的日子，每个地方的具体时间不同，但大多是三天左右会有一次圩日，这个时候有需要的人就可以去到政府指定的地点向来此摆摊的人购买所需要的东西，例如蔬菜、水果，还有些不是每次都能遇到的山珍。

林勇起先不知该如何回答，但一想到陈舒平到时也会一起，也就答应了她，并且还特意说明了到时候还有别人同行。

“行，没问题，那我们就说好了，那天我们在圩市见！”得到林勇肯定的答复，卢晓敏笑了起来。

随后没有任何特别的事情发生，四人如期在开工前回到了和平食品厂。

考虑到卢晓敏的伤，林勇决定当面和班长请假后就和她去县城里看医生。至于林广益，他回到厂里后直接找到黄铁民让他帮忙请假，他怎么也算是半个铁牛帮的人，黄铁民虽然不乐意，却也还是答应了他，随后林广益就离开了食品厂，也不知去了哪里。

林勇的假就不是那么好批的了。他请假的理由本就不够充分，加上黄铁民从中作梗，班长一口便回绝了他的要求，好在陈舒平挺身而出，愿意承担林勇当天的工作，既然如此，班长也不好再坚持，黄铁民只得看着林勇潇洒地离开。

办妥一切后林勇继续搭着卢晓敏上路，县城的医院比农场卫生所要好很多，经过医生认真的处理，卢晓敏的伤总算是没有后患了。

他们从医院里出来时已经是中午时分，早已饥肠辘辘的林勇听见自己肚子的呐喊，他把卢晓敏送回家，随后回到家里，顶着徐芳的唠叨吃完了午饭。

林大根不在家里时林勇要自由许多，下午他干脆窝在家里美美地睡了一觉，直到陈舒平吵吵嚷嚷地进来时林勇才不舍地和周公告别。

又是一天炊烟时，不过陈舒平此时可顾不上吃饭，他一进到林勇房间里便大喊道：“林勇！你该把事情告诉我了！你们昨天到底怎么了，你竟然一宿未归！还有，卢晓敏受伤是怎么回事？还有还有，那个林广益的事情，你快说！”

“你别急，你别急，就冲你今天这么帮我，你要知道什么我都会告诉你。”既然陈舒平已经回来，那就说明现在已经是放工时间，他拉着自己的死党走进厨房里准备晚饭，同时，也把那荒诞娓娓道来，当然，许多与卢晓敏有关的事情，他都没有提及。

徐芳从床上爬起来，走到厨房门口，她偷听着自己儿子的故事，早已是过来人的她，似乎发现了什么，脸上堆满笑意。

不过生活的主基调却依旧是平凡，转眼间，又是一个平凡的夜晚，今夜没了雨声和笑声，可有些东西并不需要每天常伴。

翌日，林勇被徐芳房间里传出咳嗽声吵醒，那种感觉，绝对不是小事情。

林勇有种不好的预感，果然，躺在床上的母亲面无血色，她紧紧裹着被子的身体在发抖，甚至连有人进来她都没有察觉。他皱着眉头探了探徐芳的额头，没有发烫，不是发烧，既然如此那他就很确定徐芳是怎么回事了：徐芳的病又犯了，医治多年，林勇始终都不知道这是什么问题，总之像眼下这样的情况他已经见过许多次。

“妈，你是不是又感觉不舒服了？”见她缓缓睁开眼睛，林勇轻声问道。

而徐芳则想要安慰替自己担心的儿子，可惜话还没说出来，她就又咳了起来。

“妈，你别说话了，我带你去看医生吧！”林勇说着就想要把徐芳搀扶起来，可惜徐芳却并没有这样的打算，她轻轻拍了拍林勇的手背，露出慈祥的微笑。

其实林勇和徐芳都知道去医院看病的效果并不好，但那至少能让林勇心里得到一些安慰。

林勇看着自己的母亲面色苍白，他强忍泪水，一股无力感和愧疚感由心而生——他知道她为什么不愿意去看医生。

在徐芳刚病倒时，林大根就把她送到了医院里，希望白衣天使能够救救自己的妻子。医生肯定的答复带来了希望，可惜接下来他报出的惊人价码却是他们无法承受的。正是因为这样，林大根才开始四处奔走寻访偏方。

可即便如此也花掉了很多钱。特别是在徐芳病得最重的时候，林大根为了给她治病一度变卖了家里好多东西，虽说还不算家徒四壁，事实却也相差无几。

虽说林勇在参加工作后有了收入，并且由于整体经济的发展，各地需要运送的东西稳定增加，这也让林大根所在的运输公司效益越来越好。

可生性善良的徐芳一直为自己给这个家带来的负担和无所作为耿耿于怀，她不想再给现如今转变过来的生活再增加任何苦难。

“那，那我去给你煎药……”可是知道了又能如何呢，有些话是不能够说破的，他只能把无奈和羞愧独自咽下，脸上也还要露出微笑。

“那些药都喝完了，不过你也别担心，你爸会带回来的。”徐芳说完挤出微笑，“我肚子饿了，你熬点粥给我喝吧。”

看着虚弱至此的母亲林勇也没有更多办法。曾几何时从渐渐摆脱懵懂少年，到步入成熟的男孩，他不再像以前那样每次母亲卧床不起就偷偷躲在房间里哭泣，而是用尽自己的力量去帮助母亲，把让她重新站起来的责任从父亲的肩膀上分担一些。

每次看见这种会引发揪心之痛的场景，那累积得越来越多的责备和内疚都填满了林勇的心房。

他曾无数次告诉向自己许诺，未来一定要让母亲痊愈，可现实却让他看着自己的母亲一次次病倒，而无论哪次，在面对那张苍白却又慈祥的面孔时，林勇都无计可施。

突如其来的变故让林勇心情极差，整整一天他没有和任何人说话，陈舒平身为最了解林勇的人，猜出了大概原因，在放工后，陈舒平来到了林勇家里。

陈舒平知道徐芳的情况，他知道自己的好友此时需要有个人在他身边，同时他也知道，林勇这时候不喜欢一个人在他身边太久，于是他并没有久留，和林勇一起用过简单的晚饭后就无声离开。

是夜，林勇坐在母亲的身旁。此时徐芳根本吃不下东西，只随便喝了两口粥便迷迷糊糊地睡去。

炊烟灭却后的运输公司宿舍，除了偶尔的一两声狗吠，再无任何声响。灯光浑浊，却最终被徐芳慈祥的光芒净化得透亮无比，握紧她的手，时间划过她那已然带着皱纹的肌肤，一眨眼就是四个多小时。

兴许是感觉累了，林勇轻轻关掉灯后回到自己房里，他在湿冷黑暗中躺下，当触碰到枕头的那一刹那，因为枕头下面那封卢晓敏写给他的信，他忽然想起了什么。

“是呢，明天还有与她的圩市之约。”

想到这里，林勇本复杂的心情变得更乱。他不确定卢晓敏怎么看自己，也不确定自己怎么看卢晓敏……

于是他拿出心爱的录音机，本欲按照惯例在临睡前听听邓丽君的歌，但无意中按到了收音机的频道，从录音机的喇叭里传来“沙沙”的声音。那是可以自己调频的录音机，有经验的人能根据时段的不同收听到许多新奇古怪的频道。

这个点听收音倒是没有尝试过，于是他随着性子随意地调着频段，大多是已知的频道和杂音，在他快要放弃改听磁带时，一个陌生却又充满魅力的女声忽然出现，瞬间牢牢地抓住了林勇的注意力。

“夜语心事，我是你们的朋友小语……”

这个陌生的节目立刻吸引住了林勇，玩弄这录音机许久，本以为已无新领域探索的他像发现了新大陆般重新燃起了好奇欲。

“那么今天，按照惯例来听收音机前的朋友们寄出的心事，嗯，好，那我们就来听听今天抽取到的朋友有什么话要对我们说……”

一阵拆开信封和纸张摩擦的声音，小语似乎在另一头看信，过了好一会儿，她才继续说：“按照我们的老规矩，我们不会公布写信朋友的名字，我们这里只是一个倾诉和倾听的平台，好，进入我们今天的正题。”小语说完这句话后停顿了一下，继续说，“在失去了许久后回忆起刚拥有时的那份甘甜，仿佛就在昨日。但过往已逝，今日的遇见如同重生，就好像曾经的相遇，有雨，有你，可谁曾想到未来会发生的事，一样的夜晚，等待着我们的，却是分离，我想请你听一首歌，听一首《良夜》，听这首我们的歌。”略微有些低沉却异常悦耳的磁性女声，用恰到好处的抑扬顿挫念出这份饱含了某人深情的信。

读完了信，小语沉默的时间更久了，直等得林勇上下眼皮开始打架，她才又开口说道：“好，那我们就来听听这位朋友点的歌，来自邓丽君的《良夜》。”

这是一首林勇听过的歌。熟悉的旋律，熟悉的歌词，飘荡在夜里，也飘荡在林勇的梦中。

意外甜美的一觉，醒来时乌云已散，晴空万里。

身体不适的母亲仍在睡眠中，林勇观察了好一阵，她呼吸稳定，并没有更坏的情况发生。

他匆匆解决了早饭便离开家，就算今天不是和卢晓敏约定好，圩市也是绝对不能错过的。

之所以会有“赶圩”这个词，那是因为若是去得晚了，说不定就会跟某些东西擦肩而过，更何况今天和平时也是大不一样。

林勇叫醒尚在梦中的陈舒平，不由分说地把他拉出家门，也不去理会他的睡眼惺忪，只一心感受沁人心脾的晨光。

树叶上的露珠滚动着，依旧有些潮湿的地面散发出清新的味道，这是个没有冬天的县城，今天则是个闪耀着草绿色的日子。

林勇心中积压了数日的阴霾渐渐被清扫，转眼间，圩市已经近在眼前。

隔着老远就能看见卢晓敏早就等在那里，今天的她依旧穿了紫色的衣服，特别耀眼。

两人互道了一声早安，林勇关切地询问了一下她的伤情，卢晓敏则很不淑女地在空中踢了踢腿，表示自己已无大碍。

陈舒平听说了郊游时发生的一切，林勇当然没告诉他情书真的是卢晓敏写的，可今日圩市之行多了一个人参加，即便是陈舒平也察觉到了什么。

“喂，你过来，”陈舒平把林勇拉到一旁，眼睛不住地看那边一头雾水的卢晓敏，“你老实告诉我，那封情书是不是真的？”

这是林勇预料到的结果，因为比起瞒着陈舒平和卢晓敏两个人偷偷来，随便编一个借口蒙混过关的成功概率要大很多。

“那件事当然不可能是真的了，当时你不是很确信吗？今天怎么怀疑起来了。”林勇回过头冲卢晓敏露出尴尬的笑容。

“废话！喂，这可是约会呀，而且她是卢晓敏，你不会不知道她在厂里可是挺受欢迎的吧？”陈舒平眼中燃起了嫉妒的火焰。

把一切看在眼里，林勇对此早有准备，他拍了拍陈舒平的肩膀，语重心长地说：“树皮呀，你别多想了，别人受了伤，而今天又要买比平时更多的东西，所以这才请我来帮忙的。”

陈舒平听后不依不饶，林勇懒得再辩解，强行拉着他走到卢晓敏面前。

“那，我们就出发吧？晚了估计就没什么好东西了。”

卢晓敏看了看眼前一脸奇怪表情的陈舒平，最后还是笑着点了点头。

就这样，他们走进了圩市里。虽说是三人行，但某些东西却仍在悄然生长着，平凡的日子转瞬即逝，普普通通的圩市之行，也再无任何波澜。

唯一有些特别的是卢晓敏买的东西真的很多，问过才知道，原来她时常要帮家里的亲戚来买东西，一来二去，越来越多亲戚找上她，每次要买回去的东西也越来越多。

卢晓敏毫无疑问是个好人，对于这些要求她没有一句怨言，林勇看着她流着汗替别人买东西的样子，他忽然有一个想法。

或许这样的生活才是最好的，纯真年代留下的烙印总是简单而深刻，就像每天升起又落下的太阳，那些没有感觉到的人，只是已经习惯罢了。

如果每天都能在这么平凡的时光中度过，对于许多人来说，业已是莫大的幸福了。

三人穿行在圩市中，很快时间就到了中午，温暖的阳光照在每个人身上，驱散寒春带来的凉意。

东西购置完全，陈舒平拿着林勇那一份离开了，而林勇则帮着卢晓敏把东西送回她家。

县城并不大，卢晓敏住在城东，同样的，也是单位的宿舍房。

“今天真的太谢谢你了，如果不是你来帮忙，我估计得来回跑好几次呢。”卢晓敏陆续从林勇手里接过东西，分好几次放进屋里。

“谢什么，小事一桩，在厂里你也帮了我不少，我这应该叫知恩图报才对。”林勇一直站在屋外，没有进去。

事情办完了，站在门前的两人却突然陷入沉默中。

曾经有那么一瞬间，他俩对视着，不过很快林勇率先移开目光，不知为何，当他看着她的双眼时，内心有种愧疚感。

“林勇，那个……我写给你的信……”

“啊啊啊？怎么了？”

说到这个林勇就有些慌乱，卢晓敏见他这副样子，白了他一眼，说道：“我是说，那封信你既然好好地保存着，我们也都成为朋友了，那你觉得……”

“哎呀，不行，我要饿死了，我先回家吃饭了，你也赶紧去吃饭吧，拜拜！”

林勇逃也似的跑开，丢下话还没说完的卢晓敏无奈地站在原地。

很快，寒春过去，这里的夏天来得非常突然：今天尚还外套加身，明日就可穿着短袖满街跑，大概就是这样的感觉。

五月，人们讨论得最多的就是它的激情。可惜由于徐芳的病仍未有太多好转，林勇始终无法被这股激情带动起来。

某个让人提不起精神的午后，由于工作提前完成的缘故，林勇和陈舒平得以提早下班，这热死人的天气里，两人最喜爱的就是去兴隆小店里吃上一根冰棍。

“喂，你知不知道，”一边吸吮着冰凉，陈舒平拉着林勇在小店门口的树下坐着乘凉。吃冰棍的时候也就是陈舒平分享新奇见闻的时候，这已经成了两人间夏天的惯例了，“我们厂里来了个新人，文职的，坐办公室，据说是做板报还有其他杂七杂八的东西。”

林勇随意地“嗯”了一声，厂里来人并没有什么值得奇怪的，他也不是第一次得知有新人加入了。

“我说你怎么就这态度？算了算了，我不说了。”陈舒平像小孩子般赌气，而林勇却根本没有在意他的变化，过不了多久他就顶不住了，“好吧好吧，看在你这么想知道的份上，我就说吧，我告诉你，那个新来的女工据说非常漂亮，那脸蛋，啧啧，还有那大眼睛，哎呀，我听他们说得都心动了。”

“别人说的你也信，你是不是该长大点了。”林勇叹了口气。

“废话，我老友阿军告诉我的，开玩笑，你以为他会骗我？”

“是那个上次借了你二十块然后一直找借口不还你的吴军吗？”陈舒平就像一个收音机，他能从各种途径收听到许多事情，只可惜准确率却非常低。

有一次他听说黄铁民一直暗恋三班的一个女工，于是在被铁牛帮欺负后就偷偷地去那个女工耳边说黄铁民的坏话。

结果？结果那女工是黄铁民的远房亲戚，林勇和陈舒平自然又被铁牛帮给狠狠的报复了一顿。

诸如此类的事情时常都会有，总之陈舒平就是那种只要听到任何自己不知道的事情就会信以为真的人，恐怕明天有人告诉他世界要毁灭了，他也会当真。

“当然是……咳，你也不能因为他不还钱就咬定他会骗我吧，喂，你别走，听我说啊。”

优哉游哉的午后，不痒不痛的新鲜事，陈舒平追着林勇不依不饶地说着，很快，夕阳西下。

各回各家用完晚饭，徐芳依旧躺在床上，林大根则陪在她身旁。相比之前，她现在稍微有了些精神，林大根从外地带了药回来，尽管大家都知道这只是治标不治本的东西，但眼下却也只能把它当成唯一的希望。

每次回家看见徐芳的样子林勇的内心就难以平静，于是他开始捣鼓录音机，希望这能让自己舒服些。

自从收听过那神秘的“夜语心事”节目后林勇就着了迷，令人莫名向往的女声和捉摸不透的节目内容简直让林勇看见了另外一个世界，但无奈的是自那晚之后夜语心事频道就消失了，每每调到那个频段录音机发出的总是杂音。

“又没有……”长长地叹了口气，他又开始回忆起那天晚上听到的内容，正入迷，忽然屋外传来陈舒平的声音。

夏天晚上不像寒冷时节，由于炎热的天气大多数人在饭后都会选择出去乘凉，一边扇着扇子一边聊天，那是夏天必不可少的节目。

“你是不是生病了，老是把自己关在房子里干吗？来来，我有个重大的决定要告诉你。”陈舒平笑得脸都皱了起来。

他把林勇拉到出屋子，找了个没人的地方坐下，“我刚才又去跟阿军讨论了一下，我不开玩笑，那个新来的女工绝对是嫦娥转世，所以我决定明天要去见一见她，我都调查好了，据说她每周只有周三会在厂里吃午饭，明天无论如何你都得陪我去，就算是远远地看一眼也好啊。”

“喂，你……”无奈，本想直接拒绝，可衬着月光看见的却是陈舒平那张认真的脸，这个样子就算是林勇也没见过几次。

“你没事吧？”林勇伸出手探了探陈舒平的额头，好像并没有发烧。

陈舒平不耐烦地拍走林勇的手，说：“我？我有什么事，我告诉你，这次绝对是真的！”

林勇盯着陈舒平看了整整十秒，最终败给自己好友那坚定的眼神。

“好，明天我陪你去，不过我可说好了，我们先从远处观察，要是有什么不对劲的话，立刻就走。”

毕竟是从小玩到大的朋友，玩笑归玩笑，如果真的有所求，林勇和陈舒平都确信自己会为了对方不顾一切。

有的时候不得不相信，所谓朋友并不是你所选择的，而是朋友选择了你，因为你的信任，因为你值得信任。

就这样，一夜过后，又是还未散发热力的夏日早晨。

凉爽并没有持续多久，蝉鸣开始的时候，气温也随之蹿升，高温使人疲惫，可惜坚持到放工的林勇只能饿着肚子在食堂门外等待某人出现。

“树皮，你是不是又被骗了？我们在这里等好久了，几乎整个厂的人都已经来打过饭了吧？你的天仙妹妹呢？我看要不我们先把肚子填饱好了，我饿死了。”按照陈舒平的话说，不看见天仙妹妹就不吃饭，说白了，就是怕林勇吃饱之后犯困。

“别别别，你别急呀，再等等再等等，你就相信我这一次，如果真的等不来，我请你吃冰棍。”陈舒平死死拉着林勇不让他走进去，他自己其实也很饿。

在食品厂里上班干的大多是体力活，放工后几乎每个人都想赶紧填饱肚子然后抓紧时间休息一下，所以在很短的时间内，车间方向就不会再有人往这边走了。

林勇都很明白这个道理，可拗不过自己这个麻烦的好友，只得默默忍受饥饿。

夏日正午的太阳狠毒无比，就连空气都被炙烤得变了形状，林勇绝望地看着车间方向，他感觉自己都要饿晕了。

好在皇天不负有心人，那个方向终于缓缓走来两人。

隔着还很远，依稀只能分辨出两的是两个女人，其中一人扶着另外一人。

陈舒平当然也看见了她们，他非常激动，仿佛那就是传说中厂里新来的嫦娥转世。

很快来人走近，没想到这其中还有林勇的熟人。

卢晓敏，林勇和陈舒平第一眼就认出了她。随后他们看向她扶着的那个女子，由于还未走近，不能看得很清楚，可即便如此，她身上散发出来的气质却已经征服了陈舒平，他乐得直拍林勇的后背，险些都要把林勇给拍晕过去。

“晓敏，你这是怎么了，不对，是这位工友怎么了。”两人迎上去，陈舒平迫不及待地打起了招呼。

卢晓敏略微诧异地看了两人一眼，毕竟这个点了两个人还傻愣愣地站在食堂门口的确是件奇怪的事情。

“这位是新来的工友小白，她身体不舒服，刚才在来的路上我见她差点要晕过去了，就等她好些了再陪她来吃饭。”说完后卢晓敏也挨个给小白介绍了面前的两位男士。

看得出来小白很虚弱，但她还是抬起头来向林勇和树皮露出笑容，前额的秀发是有些凌乱，汗珠不停地从她额头冒来，温柔似水的双眼像下起了雨，淋在那不算高的鼻梁上。

她呼吸频率有些快，轻轻扬起的嘴角像新月，苍白，却又有致命的吸引力。

而就是这强挤出来的笑颜也深深地刻在了陈舒平和林勇的脑海中。在陈舒平看来，她的容颜堪称无双，县城不大，四周围所能见到的人也不多，他在这个地方生活了这么久，从老太婆到年轻女子他几乎都见过。不得不承认陈舒平对于美女的抵抗力几乎为零，平日里大街小巷的林勇也听他说过不少对美女的赞美之词，但毫无疑问的，小白是陈舒平今生见过的最美那一位。

“那，那快去吃点东西吧，或许填饱了肚子就会好些了，我们就不妨碍你了，先回去休息了。”林勇毕竟经历了一些事情，尽管此时心里的确有种说不出的感觉，但表面上可比陈舒平静得多。

卢晓敏看了看身旁的小白，应了一声，之后林勇就强行拉着陈舒平往回走，陈舒平不肯走，却抵不过强拉硬拽，他一直回头在说着细言软语安慰小白，直到完全看不见人，他才停下来。

“怎么样，林勇，我说的没错吧！”陈舒平灿烂的心情在烈日的催化下愈发猛烈。

没错，陈舒平这次的确没有被骗，小白足够让所有的赞美之词黯然失色。只可惜林勇现在完全没心思去想这些事情，相对于树皮仅仅只是对那副容颜的追逐，林勇则感受到了比他多得多的东西。

那双眼睛和微蹙的眉头是柔弱的，但瞳孔里被逼无奈的命运却又有她不舍地坚持，姣好的容颜下，她究竟是个什么样的女子？

这个问题自从见了小白后就一直困扰着林勇，挥之不去的念想嵌入了林勇的脑海并渐渐占据了他的心。

他有这样一种感觉——卑微如自己就像是一粒尘埃，而她所拥有的是整整一片大地。微尘只能远远地看着她在草原上奔跑；在沙滩上漫步；在星河间畅游，却永远不能引起她的注意。

从春天到夏日，卢晓敏与林勇的关系渐渐熟稔，两人在一起的时间自然也多起来。

除了去圩市结伴而行外，平日里偶尔也会一起去吃点零食聊聊天，当然了，大部分的时间里陈舒平都在场，这是林勇故意造成的，卢晓敏并没有说什么，渐渐地也习惯了三个人。

入夏以后县城里的人都喜欢乘凉，晚上闲来无事时林勇也免不了和陈舒平去树底下坐坐，他们经常去的地方就是运输公司宿舍出来后看见的第一棵树。

不过今天这里却多了一个人。

“喂，晓敏，你快老实交代，你是不是跟小白很熟？我就知道晓敏你这性格最容易结交朋友了，嘿嘿，我们交情这么好，要不你跟我说说小白的事呗？”

卢晓敏闻言面无表情地白了陈舒平一眼，转头看向同样面无表情的林勇，说：“我还以为你把我叫来这里是干嘛呢，原来是为了这件事，你们在饭堂那里等了那么久，就是为了见小白吗？”

林勇耸耸肩，无奈地看着陈舒平。

“那又怎么了，正所谓男大当婚女大当嫁，我陈舒平怎么说也是热血男儿吧？到了这个年纪想找个合适的女人结婚生子也是正常的事情，况且这样的事情怎么能没有人见证呢？林勇身为我最好的哥们，自然是要从头到尾看着我怎么和小白走下去的，对吧？林勇。”如果脸皮不够厚，又怎么能被起树皮这样的外号呢。

林勇摊开双手，表示无话可说，陈舒平可不管这些，热切的双眼盯着卢晓敏，满心期待她能说出什么惊人的内幕消息。

“是是是，你说什么就是什么吧……”卢晓敏也拿陈舒平没办法，“不过我劝你呀，还是死了这条心吧，今天你也见过小白了，估计想要追求她的人可不少。”

“晓敏，你说这话我就不爱听了，那些俗人能和我比吗？我，我，我陈舒平这一颗真心，难道不足够打动她？”陈舒平当然知道自己会遇到什么问题，但嘴上却是不服输。

看了看林勇，见他还是面无表情，卢晓敏继续说：“是是是，就你有真心，不过我也无能为力呀，关于小白我知道的真的不多，今天本来就是在来的路上遇上她的，虽然后来一起吃饭，可闲聊时她根本没有提起过自己的事情，不过，我有种感觉，小白这个人肯定跟我们不是一类人，她和我们在两个不同的世界里。”

鉴于小白那独特的气质，就算卢晓敏这么说，林勇和陈舒平也没有任何怀疑。

有些人就是有这么样的一种魔力，不知不觉，那个初次见面的人就已经凌驾在你的世界之上。

“哈哈！我喜欢的女人当然不凡了，喂喂，卢晓敏，你以为我陈舒平是什么人？我告诉你，我也不是一般人，你就看着吧，到时候我和小白的喜酒，你们可都得来。”说着说着，树皮也感觉没底了，不过他就是天生神经大条的。

林勇和卢晓敏相视无语，陈舒平见此也不再说什么，丢下他们两人自己先回家去了。

就算是陈舒平也能看得出林勇和卢晓敏之间那微妙的关系，很多话是说不出却又很容易让身边人知道的。

就这样，夏夜，大树下，知了叫得正欢。

他们有些不自在地并排坐着，不知道该说什么。不过最终还是卢晓敏开了口，像是无意般地问起了林勇对小白的看法。

“怎么忽然问这个问题，我跟她又不熟，只见过她一面而已。”

“可你看树皮，他不也只见过她一面吗，但他……”

卢晓敏话说到一半忽然停住，林勇不知该说什么，过了好久才低下头干咳两声，设法缓解再次来袭的尴尬。

空气中草木花朵沁出的芳香甘甜无比，这是夏天特有的味道。

“你，你觉得她好看吗？”卢晓敏如是问着，也低下头。

林勇沉默良久，他看着空无一物的地面，月光映照下来也看不清他的表情：“好看。”

“是嘛，其实我也觉得小白长得很好看，毕竟这是事实……”卢晓敏语气中透着无奈，她抬起头望着前方黑漆漆的道路，意味深长。

“看人不能这么表面，除了外貌还有很多重要的东西是不能被忽略的。”林勇也不知道自己为什么忽然说出这些话，总之当他被卢晓敏误认为也对小白着了迷时他心里就有一股说不出的难受。

是不想承认堕落的叛逆？

还是不想失去却又没有勇气拥有的纠结。

“你是这么想的吗？”卢晓敏抬起头，她眼中有数不清的希望，黑暗中，它们就好像一堆火苗。

朦胧间，林勇有些难以启齿，他不知道自己给出什么样的答案好，也不知道给出什么样的答案会有怎样的后果。

最终他还是给出了肯定的答复，用一个简单的“嗯”字，给出了自己的答复。

微笑在卢晓敏脸上绽放如花，她站起来深吸一口气，一只手拍在林勇的头上：“好了，林勇同志，我要回去休息了，你也赶紧回家去，明天可还要努力工作呢，别偷懒哟！”

留下这句话，卢晓敏的脚步渐行渐远，直到完全消失在黑暗中。她留下心事重重的林勇在树下独坐，他抬头望那无垠的苍穹，今夜星辰不多，给他的思绪无形中添加了许多压力。

有的时候他真的不知道自己和卢晓敏之间算是什么关系：

如果只是朋友，男女之间的来往是有些太频繁了。

但如果不只是朋友，那为什么林勇却总感觉少了些什么呢？

这个问题自从农场之夜后便一直困扰着他，那莫名就发生的变化，究竟是为什么？林勇分明还记得初次收到情书时自己有多么激动。

黑夜广阔，渐渐清空了他的头脑，仅有的几颗星星好像在说一些听不懂的话，这时候不得不感叹一下这既简单又特别的夜是多么美好，就像每个人在这般年华度过的日子，无论之后过去多少年，经历过多少事，当它再被回忆起时都让人感慨万千。

第四章

阴雨（4）

盛夏悄然来临，就像每天在路上被风吹拂过的感觉，不知不觉，天气已经闷热得让人无法忍受，南方的七月，就连知了有时候都承受不住那烈日不敢出声。

转瞬而过的日子，还是有不少值得细说的事，就和平食品厂来说，陈舒平成了最近大家热议的话题。

这次树皮没有像往时那样只有三分钟热度，他对于小白的执着有别于其他事情。起初没人认为树皮真的会做出这样的事情，因为在当时的县城里，敢这样做的人都不会超过三个。

首先，为了让小白深切地感受到自己的爱意，某天放工后陈舒平站在食品厂办公室外直接扯开嗓子声嘶力竭地吼了一个小时，直到被人拉走。

结果自然是差点丢了工作，但他似乎对此并不在意，反而在事后还和林勇讨论着如何进行下一步。

林勇百般劝阻，无奈只是徒劳。最终陈舒平闹出了一连串的事件，身为当事人的小白却始终没有给过一点反应，而由于林勇和陈舒平的关系，每次碰到小白的时候都不得不低着头走。

“你说，为什么小白她就是不答应我呢？女同志害羞？嗯，肯定是这样的，那看来我还得加把劲才行。”陈舒平每次失败后都会找上林勇，他喜欢一边喝着汽水一边总结。

然而大多数陈舒平的总结都徒劳无功，林勇看在眼里，急在心里。因为陈舒平整副心思都放到了小白的身上，工作也不积极，他的家人也说他总是喜欢没事的时候一个人发呆，还傻傻地笑。

林勇忍不住在想，这就是所谓的爱情吗？

如果爱情会让人变得如此不顾一切，那自己和卢晓敏之间恐怕仅仅只是友谊吧。

可是林勇并不知道，有时候人就是这样，或许并不很迷恋某个东西，可一旦开始追逐就会变得愈发疯狂，那种感觉犹如毒品，深入骨髓，无法自拔。

正所谓有人欢喜有人愁，虽然陈舒平说不上愁，但卢晓敏这段日子过得倒是越来越放松。虽然亲口听林勇说过对于小白的感觉，可女人天生多疑，即便是卢晓敏也不能免俗。

但经过陈舒平的行动后，卢晓敏已经相信林勇似乎对小白没有特别的感觉——毕竟是陈舒平的梦中情人，林勇说什么也不会去抢自己好朋友的东西。

就是因为这样，卢晓敏感觉自己走起路来都轻盈了许多，但是有一件事情她没有察觉：那就是自己对林勇的情感，似乎也随着越来越多的接触而变得无法自拔。

“妈，你今天感觉怎么样？”似乎所有事情都在按照既定的线路在发展，可徐芳的病这次却恢复得很慢。

“我没事，好多了，以前更难受的时候也撑过来了，你就别总担心我了，”徐芳的脸色依旧惨白，她看着自己儿子脸上担忧的神色，慈祥地笑了，“好了好了，别说了，你上工要迟到了吧，快去吧。”

林大根变得更忙了，似乎有什么不好的预感，他加快了寻找偏方的脚步，家里面能照顾到的自然越来越少。

自从徐芳病倒后，林勇有时候就连中午都会回家照顾母亲，这些日子下来，他也消瘦了许多。

厂里和林勇熟悉的人都知道徐芳的事，卢晓敏是最关心徐芳病情的人之一。由于母亲病重的缘故，林勇和卢晓敏一起外出的机会少了许多，而好不容易能够说几句话时林勇也都闷不出声，偶尔她找些话题来聊聊，可话到嘴边，却都变成了安慰。

七月二十四日，普普通通的日子。

盛夏夜，林勇在房间里静静地放飞思绪，忽然传来敲门声，出外时看见来人竟然是卢晓敏。

由于这段日子发生的事情太多，他们两人晚上见面已经要追溯到那天晚上树下赏月之行了。

“怎么了？”林勇难免有些诧异，毕竟女生要矜持，卢晓敏本不会直接到林勇家门前来找他，除非有什么非来不可的理由。

“伯母睡了吗？”卢晓敏瞟了一眼屋内，轻声说。

林勇点了点头，她抿了抿嘴唇，继续说：“我来是想告诉你件事，关于伯母的病，我虽然不知道是什么样的病，可是我也想尽一份力，听说现在有很多人去农场那边的石山上采集猴结，据说那是很贵的药材，我回家后问了问爷爷，他说猴结对女性的身体非常好，说不定吃了以后伯母会有所好转也说不定……”

猴结的来历听起来有些恶心：母猴每次月经来潮时会把流出来的血涂抹在巢穴附近的石壁上，经过时间的催化，某些血块会变成名贵的药材。据说曾有许多有钱人花大价格收购猴结，而有了这个市场就自然不缺会到处搜索采集猴结的人。

林勇此前对猴结只是略有耳闻，没想到在农场附近的石山上就有猴结。

“可是，猴结应该会很贵吧，我不知道……”林勇是有积蓄的，但那是在徐芳再次病倒后才开始存下的。

并且林大根寻访偏方自然是少不了开销，家里面的日常花费也因为徐芳的病增加不少，林勇当然要尽自己最大的力量去支撑这个家，所以这样算下来后，其实他并没有多少积蓄。

“没事，我存有一点钱，我可以……”

“不行，我怎么能要你的钱。”林勇不假思索地打断了卢晓敏的话，随后他想到了什么，又开口道：“我的意思是，上次你也说过，你爸管你管得很严，你的工资大部分不都存在他那儿吗？如果你开口问他要的话，且不说他同意与否，就算肯把钱给你借给我也会对我有别的看法吧？”

其实说白了，林勇不到走投无路是不想借别人的钱的。因为打从小时候开始林大根就这样教育他，这位沉默寡言的父亲宁愿自己辛苦点多往外跑也不想在危急的时候要靠借钱来渡过难关。

“我知道，可这是难得的机会呀，我们就地去买的话或许能够便宜很多的，万一错过了，那伯母……”卢晓敏双眼闪动着急切的目光，林勇渐渐不敢和她对视。

“没事，我自有解决的办法，你先回去吧。”林勇的坚持让卢晓敏垂下了眼帘，她知道他是不会接受的，她只能默默地转身，卢晓敏知道现在林勇肯定已经有了自己的打算，既然没有开口，那他肯定不会需要她的帮助。

“等等。”想到了什么，林勇叫住卢晓敏，她带着满脸的希望转身过来，只是林勇脸上的坚定却没有丝毫更改，“呃，我只是想问问，关于猴结的采集，有结果了吗？这个东西既然珍贵那么产量肯定不多吧，而且又有这么多人去采……”

“还没呢，这消息也是最近才传出来的，很多人都在等待时机，我也不知道具体怎样，要不，我帮你去打听一下吧？”

“不用了，谢谢你晓敏，我会自己解决这件事的。”

最终他还是送别了卢晓敏，连听录音机的心情都没有，林勇忐忑地熬过这个夜晚。

天还没亮林勇就爬起来熬好准备给徐芳喝的粥，太阳升起一半的时候林勇准时离开家。

在林勇还小的时候，除了陈舒平这个伴着他长大的玩伴，还有一个和他很要好的朋友，他叫王珏。

要是说调皮程度的话这个人可是要比林勇和树皮加起来还要厉害两倍不止，也正因为如此，野性难驯的王珏初一时就被学校劝退回家，而在那之后林勇就没了他的消息，上他家去找他，得到的回答竟然是去了外地。

直到前年无意间经过他家门口时才碰巧重遇，也是在那时候才知道，王珏后来过得并不好。

他父亲早早就走了，母亲也在不久后跟着自己的丈夫离开人世。而在辍学后王珏去了外地想要投靠一个远房亲戚，起初倒也顺利，也学了不少本事，无奈性格原因无法和单位里的人相处，最后桀骜不驯的他便自己回了县城，平时打打零工维持生计，如果有人来找他，他也会干些有危险但报酬高的活儿。

所以说起赚钱，恐怕王珏赚的比林勇还要多点。

当然，这次来找这位多年未见的老友可不是为了借钱。拒绝了卢晓敏的好意，那么猴结自然只能自己去采集，当地管事的对于这种野生珍贵药材并没有准确的概念，这次虽然聚集了许多来采药的人，但这猴结却是谁先采到就归谁，本来嘛，天地精华自然是给有缘人的。

王珏家在县城的另外一头，走到这里的时候正巧王珏刚睡醒，林勇在王珏面前还是显得有些尴尬，毕竟多年未见，重逢后也没好好地叙旧，今日厚着脸皮来求人，换了是陈舒平估计也不能嘻嘻哈哈地开玩笑。

不过王珏倒是显得很正常，林勇跟着他进了屋子。首先闻到的是一股霉味，环顾四周，脏乱不堪，按照徐芳的话来说，这里简直就像是个狗窝。

“哈哈，你不要介意，我一个人住习惯了，也懒得收拾这么多。”王珏从小到大都是直性子，甚至连水都没给林勇倒王珏就开门见山地说："今天这么早就跑来找我，肯定有什么需要帮忙的吧，说说看，如果我能帮得上的，凭我们的交情，肯定不推辞。"

既然王珏这么爽快，林勇也就不拐弯抹角了，简单地说明了来意，最后想想似乎觉得还差了什么，又添了一句："我知道采集猴结是件危险的工作，而且猴结的价值你肯定也懂，所以，如果成功的话，我也有点积蓄，你不嫌弃的话……"

可惜话还没说完王珏就一巴掌拍在墙上，那感觉几乎整个屋子都震了震，林勇当时就被吓住了，不敢继续说话，正寻思着到底哪里说错了什么时王珏站了起来，他走到林勇身边俯下身饶有兴致地看着他："我说林勇，你小子是不是赚大钱了？"

"没……没啊……"林勇被王珏的气势给吓住了。

"那你跟我谈什么钱？我说了，凭你我的交情，如果我能帮得上的我绝对不推辞，既然要采猴结，那我们现在就去采，不说那么多废话！"

就这样，还没反应过来的林勇就被王珏拉着出了屋子。爬山采药这样的事情对于王珏来说根本就是家常便饭，虽然之前没有采过猴结，但采集的方法王珏清楚，带上放在里屋的必备工具，王珏骑上自行车，搭着林勇离开了县城。

他们来到那座据传有猴结的石山时这里已经聚集了不少人，观望着的，摩拳擦掌的，这里面不乏已经等待了数日的老手。这片土地属于农场未开发的地方，距离剑麻地有好些路程，杂草几乎要到膝盖那么高。

"想要在猴子的老巢里面偷东西当然得等主人离去，这悬崖峭壁可不是我们的地盘，若是惹急了它们，那可不好过。"王珏一边解释一边带着林勇走到一个视野开阔的地方，"还好我们没迟到，这野猴子的习性我是不知道，不过就我看现场的气氛来看许多人已经按捺不住了，你知道的，事关钱财，如果来的人再多点恐怕不要命的那些家伙冒险也要上去了。"

他说着把带来的绳子丢给林勇并讲解等一下要如何运用它，由于猴子的巢穴在几乎垂直的岩壁上，所以想要采集猴结只能爬到石山顶端再倒吊下去，这种危险的工作林勇自认不能胜任，这也是他为什么去寻找王珏的原因。

“到时候你在上面帮我放绳子，你要注意我给你发出的信号，猴子是很灵敏的，所以不能大声喧哗，我拉一下，就是示意你继续放，拉两下就是停，拉三下，你就把我完完整整地给拉上去，明白了吗？”

王珏书是没读多少，但由于经过许多历练，他说起话来几乎不容反驳，下判断时也是如此，雷厉风行。

时间渐渐流走，不多时就到了上午十点多，就在太阳准备猛烈起来的时候石山上有了动静。

王珏的洞察力很强，人群刚刚一有所动时他就立刻拉起林勇向石山的背面跑去。迅速地穿过杂草丛，林勇四下看了一眼：形势大好！不完全统计，他们是前三名！

不过也没时间高兴，两人手脚并用地开始爬山，这对于王珏来说自然轻松，但也别小看了林勇，平日里他和陈舒平两人也没少进行爬山游泳之类的野外项目，并且说到这些他可是比陈舒平厉害多了，再加上此时王珏自己一个人背着所有的工具，林勇则一身轻装，所以他也没比王珏慢很多。

不过这倒是林勇第一次爬上这么高的山，没有计算，但好歹也能有个三四十米，往上攀时心无杂念只是想着要把猴结采回去给自己的母亲治病，直到他跟着王珏手脚酸痛地爬到山顶时才发觉自己上到了这么高的地方，向下一望，冷不丁地打了一个哆嗦。

看了看气喘吁吁的林勇，只是呼吸稍微有些急促的王珏取下身上的绳子递上去并抛出一个询问的眼神，大概是在说“你还好吗？”

尽管林勇很想休息一下，但此刻时间就是金钱，他一边点头一边接过王珏递来的绳子。按照他的指示把绳子的一头拴在一块大石头上，而王珏则将另一头系在自己的腰上，反复地试验几次以确定牢固程度，最后王珏冲林勇点点头，开始倒吊下去，往猴穴移动。

此刻其他人也已经有了动静，由于林勇的不熟悉，他们竟然还落后了比他们后到山顶的几人，好在王珏的镇定给了林勇信心，他努力配合着这位一身本事的好友，王珏很快就到了猴穴的位置，这时候讲究的，就是采药人的技巧和运气了。

猴穴的入口并不大，其边缘有很多红褐色的痕迹，但这些并不全都是猴结，那些尚未结成块的血迹并不具备药效，而已经转化失败的血迹顶多只是一堆污秽的垃圾。

站在山顶的林勇并不知道下面的情况。焦急如他只能紧紧地抓着绳子，手心和额头的汗就好像在烈日下跑了十公里，好在这样的煎熬并没有持续多久，很快手上的绳子传来讯号——王珏要林勇把他拉上来！

采集已经结束，结果却是未知，他用闲暇的时间瞟了一下周围的人们，似乎好多人都已经开始往上拉同伴，这不禁让林勇有些担心，当然，就算王珏没有采集到猴结，他也不能责怪别人什么，本来这就是一件碰运气的事情，更何况王珏还不收取林勇任何费用。

果然当王珏上来的时候两手空空，林勇看在眼里却什么也不说。王珏瞟了林勇一眼，先是擦了擦满头大汗，随后从口袋里掏出一个小盒子塞到林勇的手里。

"拿好了，这可是值钱的东西。"此前林勇太紧张没注意，其实王珏用来装猴结的工具是个小木盒子，"我知道你在想什么，你要给我钱或者什么的，别啊，这次是我免费帮你的，就当是我送给伯母的一点小心意，我可是记得小时候没少去你们家吃她做的饭菜，这就当回礼了。"

说完也不等林勇反驳，王珏已经开始下山。林勇见状不知如何是好也只好先跟着他下去，两人安全落地时他才感受到那个放在兜里的小盒子有多重，那不仅仅是一块猴结，还有希望，还有友情，这两样东西的重量无法衡量，有时候甚至能把一个人压死。

山上的猴结业已被众人采集完毕，有收获的自然开心，没有采到的，也只能落寞地离去。

林勇运气不错，望着那些垂头丧气的人，他欣喜不已——终于，他也能为自己的家人做点有意义的事情了。

但意想不到的事情不止这些，还没激动多久林勇就看见一个焦急的身影在每个从山上下来的人之间徘徊，等走近看时才发现那竟是陈舒平！

这热天里他早已汗流浃背，但脸上那少有的认真表情却告诉林勇他肯定遇到了什么事情。

于是他走过去拉住自己的好友询问，在这里遇到林勇，陈舒平也很吃惊，但想到了什么事情后，他也就没有心思去惊讶别了。

“小白身体不舒服，我，我听别人说她身体从小就不是很好，最近因为去厂里上班强度太大了所以更虚弱了，本来我也帮不上什么忙，但看见好多人都来这里采集猴结，而且都说这猴结是个好东西，我也就来碰碰运气，没想到来的时候已经被人采完了。”陈舒平满脸的懊恼，他其实根本就不知道猴结如何采集，也不知道采集猴结有多危险，“然后我就想找人现场买呗，可是这些人要么是没采到的，采到的要价也太高了，我根本……”

说着树皮发现了林勇身后的王珏，他们三人从小一起长大，尽管过去这么些年，但王珏并未有太大改变，加上林勇也提过王珏的事情，陈舒平瞬间想到了什么：“哎，这不是王珏吗？等等，林勇，你和王珏这个时候在这里，难道……”

王珏看了林勇一眼然后点了点头。

“怎样，有没有结果？如果有多的，你能不能……”问别人要这么贵重的东西，即使是陈舒平也尴尬地笑了起来。

而王珏没有回答，他看了林勇一眼，不再说话。

陈舒平顺着他的目光很快就想到了答案，他一把将林勇搂在怀里：“不会吧！你有猴结？哈哈，真是天助我也，来来来，给我给我，我们的交情你不可能还管我要钱的，这次我用猴结来代表我的爱，小白肯定会沦陷在我的温柔里！”

林勇有些为难，他欲言又止。

“喂，林勇，你不会这么小气吧？好好，我不要你太多，你就分点给我，不就少赚点钱嘛。”陈舒平把林勇来采集猴结的理由顺理成章理解为要赚钱。

“舒平，他是为了他妈妈才来采集猴结的。”王珏知道林勇的性格，此时在旁插了一句。

瞬间，陈舒平也想起了徐芳现在的状况，他脸上一红，干笑几声后勉强为自己掩饰：“对对，我当然知道了，伯母身体不好，我刚才是开玩笑的，我怎么会要你的猴结呢，不要不要。”

说完陈舒平就要离开，林勇却一把抓住了他的手。他从裤带里拿出那个小盒子，缓缓打开，里面的猴结只有两根拇指大小，树皮和王珏都诧异地看着他：“我也只是听说这猴结好，却也不知道究竟对我妈的身体有没有帮助，要不你跟我去问问？”

陈舒平不知所措地看了看旁边的王珏，后者面无表情地耸耸肩。林勇知道陈舒平的个性，于是干脆踢了他一脚，抬抬头示意他赶紧动起来。

就这样，三个人，两辆自行车返回了县城。这个时候已经到了午休的时间，知了的叫声震耳欲聋，三人身上的汗珠就像瀑布一样，这片土地的夏天里，这是常态。

一路赶去，无礼的中午到访，好在他们即将去的地方的主人宽宏大量，不然在这种时候闯进来可是件很容易让人生气的事情。

“老爷子，来来，你看看这个东西。”他们去的是县城角落里一位老人家的住处。

这个人以前是个教书先生，后来因为各种原因流落乡野，个性清高。不过不知是否因为年纪大了的缘故，他对年轻人特别友好，看每个有活力的后生都像是在看自己的孙子。而又因为他博学多识，所以县城里的小年轻们一旦有什么不明白的事情都会去找他，还给他起了个外号：懂得多先生。

“我再重申一次，如果在三十年前你是我的学生而胆敢如此与我说话，那我铁定要罚你这烈日之下绕城十圈……”

“行行行，我知道了，你厉害你厉害，快干正事。”老先生最喜欢和别人说起他当年的事情，表面上是在责备，其实来得多的人都知道，每每他说这些话也就是想找人唠唠嗑罢了。

他轻哼一声，接过林勇递上来的盒子打开，满是褶皱的脸上难得地起了点波澜，不过对于他来说似乎也不是什么大事。

“这不是猴结吗？怎么了？要送给我？我老头子可不适合吃这东西。”

见他认识此物，林勇三人喜出望外，树皮最是兴奋，抢着话头就接着说：“林勇的母亲，你知道的，徐阿姨，当年也找过你看症，你说这东西能不能治好她？”

当时徐芳发病找遍了这县城所有的医院都没有获得良方，无果之后便想着死马当活马医，于是来找了懂得多。虽然这位老先生没有给出任何方子，但在他的建议下徐芳的痛苦倒是减轻了不少，为了这份恩情，林大根也没少帮懂得多从外地带东西回来。

“猴结又名血灵芝，就我看来，此物并不能痊愈你的母亲，但若只是想要保健强身的话倒是可以一用，就你母亲的病来看，此物倒是有用，但切忌不可服用太多，体虚之人大进补反而会造成反效果，这盒子里的，最多能给你母亲使用一半。”说完，懂得多把盒子递回给林勇。他当然知道采集这东西要费多大力气，林勇这份孝心让懂得多赞赏地点了点头。

而林勇听到这番话的时心里面竟有两种感觉，一种是知道猴结不能治好母亲而感到有些失望，另一种感觉则有些开心……

陈舒平倒是不掩饰自己的情绪，一把将盒子抢过来后就往外走，对于懂得多来说，这种问完了就拍拍屁股走人的事情他已司空见惯。

王珏看了林勇一眼也跟着离去，坐在懂得多对面的林勇因为心里奇妙的感觉有些走神。

“小子，有心事？”见林勇呆若木鸡，懂得多开口问道。

“啊？没，没有。”回过神来的林勇尴尬地笑笑，“那我先走了，谢谢。”

“喂，小子。”喊住站起身来的林勇，懂得多捋着自己的胡子意味深长地说：“你记住，故知足不辱，知止不殆，可以长久。”

林勇似懂非懂，眼前老先生的眼神，让他感觉自己的心事被看穿，想到这里，林勇有些害怕，于是匆匆离开。

懂得多先生有时候总会给人那样的感觉，他说的那句话一直徘徊在林勇耳边，让他反复深思。

不过今天的运气还不错，所有事情都顺顺利利达成，林勇把猴结分一半给陈舒平，接着和王珏告别，回到家里。

此时徐芳还在睡梦之中，林勇不忍去想自己母亲虚弱的样子，于是走进厨房，开始按照懂得多的指示将猴结泡酒。

三个小时过去了，林勇将早就煮好的粥和猴结酒端到徐芳房内，他轻轻地唤醒徐芳，一口一口地把粥喂给她吃。

“妈，这是我今天弄来的猴结泡的酒，我问过老先生了，他说这对你身体好。”吃完了粥，猴结酒可以喝了。

徐芳知道猴结是什么东西，也知道猴结的价值，她看着自己的儿子，眼神中带着复杂的情绪。

“妈，这是我和朋友一起去采的，不是买的。”林勇大概知道徐芳在担心什么，于是出言安慰。

可没想到这么一说后徐芳的眼眶却立刻湿润起来，她抬起手轻轻地抚摸林勇的面颊。

“没事的，妈，我这不是好好地回来了吗？我那个朋友很厉害，其实我是去帮忙而已，主要的事情都是他干的。”林勇明白自己的母亲不想成为累赘，他也努力不让她去这么想。

可无论怎么说也无法完全消除徐芳心中的愧疚，于是她大口大口地喝完了猴结酒，希望早日能够康复，希望能快点为这个家做多点事情。

猴结酒喝下去后徐芳再次沉沉地睡去，林勇收拾好一切后从厨房走回屋里，而这时正好有敲门声传来。

打开门，看见的是卢晓敏。她略显尴尬，看见林勇后舒了一口气，开口说道：“猴结，你，你采到了吗？”

“嗯，我弄到了。”林勇笑着回答。

卢晓敏听见这个回答后瞪大了眼睛，她没想到林勇真的能弄到猴结，卢晓敏一直以为昨天林勇的那番话只是不想接受别人的帮助才那样说。

“你手上的这个是什么？”林勇的视线从卢晓敏惊讶的脸上移到了她手上的小盒子。

“啊，啊，没什么，我，我爸有个朋友也去采猴结了，我就问了他一下，他跟我爸关系挺好的，是看着我长大的叔叔，所以我就……”说着卢晓敏把拿着小盒子的手藏到背后，“不过没事的，他没要我的钱呢，他这次采到了好多，说是送我的，如果你已经有了的话，我就还给他……”

卢晓敏那样子简直就像是做了什么亏心事的孩子，林勇见状不禁笑了起来，这反而使卢晓敏更难堪了。

“晓敏，真的很谢谢你，这次要不是你告诉我这件事情，我也不可能能弄到猴结，下次如果你需要我的帮忙……”卢晓敏的确对林勇的事情很上心，想到眼前这个女人为自己做的一切，林勇才想到自己根本没有好好地感谢过她。

“别，你别这么说，我，我们……我们不是好朋友吗？好朋友互相帮助，这是应该的事情。”她很想说出一些其他的话，可最终也还是朋友。

“是啊……我们是好朋友，所以，所以你如果真的有什么需要帮忙的事情，千万要跟我说！”林勇顺着她的话说下去，他尽量不去看她的眼睛。

沉默，卢晓敏显得有些失落。她没说出想说的话，也没得到想得到的答案，于是她跟林勇告别，看着这个女人远去的背影，他叹了口气，走回屋里。

其实林勇早就明白了卢晓敏的心意，可他的内心却并没有除了朋友更多的意思。

卢晓敏绝对是个有魅力的女人，林勇也绝对是个会被异性吸引的男人。可当某些东西从朦胧变得真实后就不像从前那么美丽了，过去的林勇感谢过卢晓敏，憧憬过卢晓敏，也喜欢过卢晓敏。

可这算是爱吗？

在看过陈舒平追求小白的过程后，他有些明白。

或许自己和卢晓敏之间的，并不能算是爱情。

这时候他不禁又想起懂得多先生说过的那句话，又再仔细地琢磨，可惜依旧无法完全体会。

不过这也在情理之中，因为人总是后知后觉，如果每个人都能在一切发生前明白某些道理，那这世界上就不会有那么多的伤心人和遗憾事了。

第五章

阴雨（5）

闷热的日子里夹杂着不少倾盆大雨，这个偏僻的南方小省，每每有台风过境的时候，就会有至少三天的连续降雨。

夏日里的台风一点也不可怕，反而降低了气温，湿润了空气。林勇很喜欢下雨时空气中的味道，有时在夕阳刚刚落下时也能够闻到，具体到底是怎样一种感觉，他说不上来，也不想去说。

他只享受其中，不去深究。

早早结束了今天的工作，林勇百无聊赖地在小卖店里喝着汽水，他站在店前呆呆地看雨水从树叶间滴落，脑子里胡思乱想着什么。陈舒平和卢晓敏今天都有各自的事情，在难得清静的雨天，就连铁牛帮也没有来找他的麻烦。

乌云遮住了不可一世的太阳，带着胜利喜悦的雨水让人想要释放自己。特别是在想到最近自己和王珏干了一件挺危险的事情，林勇愈发感到后怕。

那是一不小心掉下去就会丧命的高度，或许真的应该再次好好感觉王珏。

“不知道她怎么样了……”

想到猴结引发的一系列事情，林勇眼前不禁浮现出一张脸庞，那弱不禁风的样子，那绝美的脸庞，只要回想起那天的邂逅，林勇的内心都会无比震撼。

在把猴结分给陈舒平后林勇也听说了不少小白的消息。关于她的事情其实根本不必刻意去打听，只要平时多注意其他人闲聊的内容就大概能够掌握到她的动向，更何况还有个“白”不离口的陈舒平在。

如果陈舒平的消息没错，小白已经好了许多，至少已经能来厂里上工了。不过元气这东西岂是那么容易恢复的，懂得多先生也说了这是治标不治本的东西，所以陈舒平隔三岔五就会去找那位博学的老先生询问关于调养身子的事情。

而在这一小半猴结的作用和陈舒平不懈努力下，小白已经不那么抗拒这个对自己穷追不舍的男同志，至少，在陈舒平看来是这样。

早前陈舒平疯狂示爱弄出了许多闹剧，小白几乎是远远见到他就要绕路而行。现如今只要陈舒平不再有什么太过分的举动，小白也不会再像以前那样躲着他，偶尔在厂里碰见，她甚至还会冲着陈舒平点点头。

不过许多人都知道那并不代表什么，而陈舒平自己，则认为他已经打开了小白的心门。

思绪间，雨势未见丝毫停止的样子，倒是远处奔来一个大叔，三四十岁的年纪，普普通通，撑着一把大伞。

“小勇，你有没有看见我家阿旺？”他脸上写满了焦急，上来就问。

“阿旺？”林勇说着把瓶子里最后一口汽水喝完，“没，我在这里待了有段时间了，没看见过它。”

“可恶，那畜生不知道又跑到哪里去了！”大叔气得跺了跺脚，随后他换上一张堆满笑脸的面孔，继续说，“我看你反正也没事，不如你也帮我找找看呗？”

眼前这位大叔是林大根的同事，也住在运输公司宿舍，至于真名叫什么，林勇早就已经忘却了，只记得他的外号：达摩。

三年前，达摩的妻子死于一场意外，直到现在他也没有丝毫再娶的念头。

在这样的年纪发生这种事情是悲哀的，虽然他在人前从来没有表露过自己的悲伤，甚至传闻他曾在墓碑前许诺今生不再结婚。但人类是群居动物，大多数情况下，我们都需要一个伴侣，所以某天达摩不知道从哪里捡回来了一条野狗，这就是刚才他口中的阿旺。

之后的故事就简单许多了，达摩和阿旺相依为命，无奈它野性难改，这已经不知道是它第几次自己逃走了。

林大根曾经说过：达摩这个人看起来总是嬉皮笑脸，可内心深处却并不像外表那么乐观，如果遇到什么能够帮助他的，千万不要推辞。

其实就算林大根不这样说，林勇也不会拒绝达摩的请求——达摩算是看着林勇长大的，从小到大，达摩都很照顾这个同事家的小孩。

于是他撑起雨伞，展开了寻狗之旅。

暴雨不止，能见度不高，林勇撩起裤脚，早就湿透的鞋子已无所谓。当你总是嫌弃你所在的地方小，没办法出人头地的时候，你可以试试在这其中寻找一个人或是一件物品。那时候你就会发现其实你所在的地方无边无际，这就是林勇此时此刻心里真实的写照。

对于找东西，林勇并不擅长，就连放在房间里的东西有时他都会找不到。想到这里，林勇在整条裤子都被打湿后便萌生了就此回家的念头，但想想达摩那焦急的样子，他也只能咬着牙继续坚持下去。

硬着头皮又搜索了五分钟，远方一棵树下有个影子。看那高度和大小像极了阿旺，林勇心里一乐，三步并作两步就走了上去。

大雨滂沱，看不清前物，越是靠近林勇就越感觉不对劲，因为在后面看来，那影子好像在啜泣。

那抽动着的样子，分明就是一个人蹲在树下！

好奇心驱使林勇继续往前走，当他来到树下看清那人时，瞬间他就惊呆了。

那不是别人，正是小白。

此时小白也被忽然出现的林勇吓了一跳，她抬起头，哭红的双眼里满是让人无法抵抗的柔弱，她紧紧抱着自己的双肩，不知所措。

尴尬的林勇过了好久才晓得用苦笑来应对，反而是小白在最初的惊吓后就又再次陷入了自己的世界。

她把头埋进自己的怀里，被雨水打湿的秀发一条条地粘在一起，遮挡了林勇的视线。

林勇不知道究竟发生了什么，他也没有就这样走开，反而走到她身旁默默撑起雨伞。

为她挡雨遮风，这是林勇唯一想到要做的事情。

小白从头到尾没有看林勇一眼，只是默默地蹲坐着，她把头埋得很深，抽泣的频率倒是变缓了。

时间流走，雨终于开始渐渐变小，但那只是相对的。这依然是大多数人不想走在路上的雨势，而在这棵普普通通的榕树下，两人一伞则静静沉浸在湿润的光阴中，一言不发。

林勇站着，双腿渐渐麻木，可身体却越来越觉得自在，就好像自己已经和身旁的小白融为一体，而身后这棵树，则是他们温暖的小窝。

天边传来沉闷的轰鸣，雨势又小了。几乎止住抽泣的小白应该是感觉到了自己僵硬的身体，稍稍地挪动了一下。这立刻引起了林勇的注意，他不自觉的像另一个方向退了两步，不让还未完全停止的雨水打在她湿透的衣服上。

小白感觉得到林勇的动作，她抬起头，看着前方。

“谢谢。”小白开了口，虽然她依旧没有看林勇一眼。

“呃，我，我刚才，其实，我只是……”

“我知道，在这样的天气里怎么会有人不打伞坐在这个地方呢，你一定觉得我很可怜，所以来帮我挡雨吧？”

“不不不，我不是这个意思，是那个，我父亲的同事的狗走丢了，我帮他找来着，等等，我不是说你是狗，只是，哎呀，总之就是误会，误会！”

林勇着急地辩解着，倒是逗得小白破涕为笑，她转过头来看着一脸慌张的林勇，说：“你不用解释啦，我知道你的意思，我相信你。”

“那就好，我，我其实只是觉得大家都是住在县城里的，互相帮助嘛，互相帮助。所以，唉，不说这些了，你介意我问一下你为什么会自己一个人在这里吗？”松了一口气的林勇感觉整个世界都充满了善意。

“你叫林勇，对吗？”

“呃……嗯。”

“谢谢你的猴结。”说到这里，林勇忽然发现她本就白皙的肌肤因为过度的情绪宣泄和雨水冲刷显得苍白无比。

几乎能够看见血管的脸上，她留下一抹微笑，衬着此时正好响起的一声闷雷，美得让人心碎。

“我，你，你怎么会知道……”

“是陈舒平告诉我的，当时我执意要给他钱，但他不肯，最后只能说出是你去采集的猴结。”

林勇露出一个原来如此的表情，随后他笑着说：“其实怎么来的都无所谓，你吃了之后确实有效果的话就好，不过这样子淋雨好像也还是不太好吧？如果你要谢我的话，倒是应该好好地把身体养好才是。”

谈到回家这两个字的时候本来已经破涕为笑的小白脸色又阴沉下来，她又再低下头，过了好久，才幽幽地说：“不了，我想在这里。”

他能够听出她话里的悲哀，可却无法理解，每个人都会有那么某个时刻很想理解另一个人的世界。

林勇劝不了小白，反而还因为小白而衍生出了感同身受的情绪，回想自己成长岁月中大大小小的烦恼，他认为她肯定也有烦心的事。

小白好像蹲得累了，见身边这个男人始终没有离开的意思，她往林勇脚边靠了靠，直接坐在地上，她白色的裙子染上了一大块污渍。

而后兴许也是因为累了，她不自觉的把头靠在林勇的小腿上，瞬间疲惫感袭来，她闭上眼睛，情绪舒缓下来，变得恬静而圣洁。

时间在这个时候过得特别慢，对于林勇来说，尤其如此。

起初林勇心跳得非常快，就像一片被雨水鞭打的树叶，几乎让他喘不过气来。

渐渐的，林勇适应了小腿上的微弱体温，那若有似无的感觉竟好像和他合二为一，这一刻，他仿佛看见了小白内心里的世界。

紧接着他爱上了这样的感觉，那种不必多说却又似乎已经说了千言万语的感觉，那种了然于胸却其实似懂非懂的感觉。

世界安静了，除了雨声没有任何其他杂音，他和小白相依偎着，成为世界的中心。不需要言语的交流，哪怕轻轻地呼吸都可以感觉到对方存在。

那种感觉很奇妙，他不知道对于小白来讲是怎样的一种心情，但林勇看来，那是从小到大只有母亲慈爱的目光能够给予自己的感觉：温馨，温暖，坚定不移。

林勇爱上了这寂静，爱上两个人在树下时的寂静，他不知道自己生命中是否还有机会复制眼前的这一刻，他不想错失，却又不知该如何挽留，他拼命去感受眼下所有的一切，只求把任何细节都刻印在脑海中。

直到这场大雨化成牛毛般大小时寂静才被打破。那是一个从雨中走出来的人影，挺拔的身子，冷峻的面容，那不容反抗的样子令人不敢直视。

来人撑着雨伞走到林勇和小白面前，先是瞟了林勇一眼，旋即望向蹲着的小白开口道：“闹够了，跟我回去。”

他的声音不带丝毫感觉，林勇从他看小白的眼神里，感觉不到任何感情，而在丢下这句话后，那男人就转身离开。

刹那间，林勇脑海中浮现出一个念头，那就是痛揍眼前这个人一顿，因为他不仅破坏了属于林勇和小白的那份寂静，还让人感觉到一股低劣的无礼。

不过很快从小憩中醒来的小白却阻止了林勇，她满脸不甘，却还是站了起来。

小白尴尬地看着林勇，忽然林勇意识到自己似乎和对方离得太近了，赶忙往后退了两步。

看见林勇这样的举动，小白想要拉住他，可最终还是没有伸出手，看着这个为了陪自己而被雨淋湿的男人，她露出愧疚的神色，说道："今天发生的事情……"

"没事没事，你放心，我不会和别人说的。"林勇知道小白在担心什么，她是厂里的名人，如果这样的事情传出去，那接下来不知道多久的时间里估计都会是大家讨论的话题。

林勇如此善解人意，小白露出温暖的笑容，她用前所未见的语气向林勇道谢，可这反而让后者紧张起来。

"不用，本来就不是什么大事，那个，好像没我什么事儿了，那我就我先走啦！"林勇丢下这样一句话就跑进雨中，忘却其他地狂奔，溅起积水打湿了他大半身衣服。

他本是想潇洒离去，可在小白看来，却是仓皇而逃。

林勇跑了好久，确认已经离小白很远之后他才停下来，他蹲在地上大口喘气，脑海中挥之不去的，是方才在树下所发生的一切。

那并不是梦境，而是真实发生的过去，能够与那个谜一般的女人有一段这样的经历，这让林勇毕生难忘。

所以他索性躺在满是积水的地上对着天空放声大笑，把内心中所有的情感向着天空发泄。

不知过了多久，林勇停住了笑声，耳边却传来另一个奇怪的声音。他爬起来四下张望，心里有不祥的预感——要是被铁牛帮的谁看见自己刚才的样子，那明天厂里的话题就非林勇莫属了。

不过林勇的担心是多余的，他很快找到了声音的来源——那伏在草堆里躲雨的黑影。

今天阿旺注定不能逃跑成功，尽管它找了个这么隐蔽的地方躲雨，却还是被林勇误打误撞地找到了，它哀号着看着林勇，他叹了口气，对着阿旺摇了摇头。

最终林勇还是把狗带回了达摩身边，看他喜极而泣的样子再想到阿旺当时的眼神，他竟有些说不出的感觉——是不是每个人都在逃离一个无法理解你的人呢？任何一方的任性坚持，或许都会对另一方造成极大的伤害吧。

可达摩并没有想那么多，他激动地拉着林勇，一定让他今晚在家里吃饭，林勇推脱不了也就只能跟着他回了家。

其实他们就住在一个大院，而今天林大根也在家里照顾徐芳，于是林勇回去交代了一声就来到了达摩家。

丧妻的中年男子，屋里头邋邋遢遢是在所难免的事情，吃的也不是什么山珍海味，倒是达摩拿出珍藏许久的米酒来给林勇吃，就着粗茶淡饭也没人会挑剔什么，很快便酒过三巡。

都说喝了酒容易误事，也说酒后吐真言，但今天当屋里昏黄的灯光照在达摩那由于常年开长途货车奔波劳碌而布满皱纹的脸上时林勇才终于知道这些说的都不全对。

大大咧咧的达摩一扫平日嘻哈的样子，他认真起来的表情其实很可靠，他望着酒杯出了神，仿佛看见了来自另外一个世界的呼唤——林勇曾经听林大根提起过，达摩和他妻子本来是非常恩爱的一对。

虽然林勇已经听人说过达摩的故事，但酒劲上来后达摩仍旧不依不饶地拉着林勇，开始谈起自己的过往。

在这个时候，达摩不在乎自己倾诉的对象是谁，甚至不在乎对方是否在听，一边喝着米酒，他一边断断续续地说起那段往事，那些他曾经拥有过的幸福。

达摩妻子的名字叫茉莉，当病魔夺走她生命的时候达摩一个人在家里的客厅站了整整一天一夜，最后是隔壁邻里好言相劝之下他才终于没有放弃自己。

他说那是一个树叶不会全部变黄的秋天，他们相遇在只穿单衣依旧凉爽的天气里，那段时光简洁而欢乐，以至于他回忆起来时也只是一味地傻笑。

旋即又说了婚后的生活点滴，再然后便是她的死讯。

他哭了，抱着酒瓶当着林勇的面，一个年岁将近半百的汉子，哭了。桌上凉透了的饭菜在替他默哀，为这个要在所有人面前坚强却背负着伤痛的男人默哀。

夜，在逝去。哭声渐止。他像个孩子般睡去，林勇替他盖好毛巾被，简单地收拾了一下屋子，静静离去。

那天之后，和小白在夏日暴雨的邂逅并未给林勇的生活带来任何变化，时间无情的碾过年轮，渐渐疯狂的烈日开始褪去暴热。

秋高气爽的日子愈发临近，这转瞬即逝的时间里，唯一值得一提的事情是徐芳的身体好了许多，家里面本来紧张不安的气氛也逐渐消散，在饭桌上，大家也终于能聊点轻松的话题。

不过这虽然是可喜可贺的事情，但随着徐芳恢复活力，卢晓敏和林勇来往甚密这件事情她自然就知晓了。

她也不是什么刁钻刻薄的人，儿子长大了谈恋爱本来就是正常的事情，本来嘛，男大当婚女大当嫁。于是她私下里也托人去打听卢晓敏的信息，当得知两家的状况差不多能算得上是门当户对时，徐芳把这件事情告诉了林大根。

也就是自那之后开始，每每林勇回家吃饭时他的父母都会有意无意地提起卢晓敏，到了后来更是直接询问他们的关系究竟发展到了哪个地步，这是他这辈子第一次看见自己的父亲露出那种含蓄却又期待的笑容，并且林勇越是否认和卢晓敏的关系，那笑容背后的含义就更深。

“你说啥？你和晓敏是一对？嗯……我觉得也像，我看她对你也有意思，这样吧，直接去告白，然后牵着她在咱们县城附近游玩游玩，完事了就去结婚。”这是陈舒平的原话，本想找他好好谈谈自己的烦恼，可林勇得到的回答竟如此让人语塞。

为什么就没人问过我的真实想法呢？

林勇时常会这么想，他莫名其妙地陷入了舆论之中，每个人都觉得他和卢晓敏在处对象，或许哪天真应该拿个扩音器在人最多的地方告诉全世界自己和卢晓敏并不是你们想的那样。

可是如果真的那么做，那卢晓敏肯定会非常受伤吧？

想到这里，林勇叹了口气，而他身边的陈舒平，同样地也叹了口气。

自从那天暴雨后小白便开始渐渐地疏远陈舒平，其实这么说也不全对，因为小白和陈舒平之间从来也算不得多熟稔。

但在陈舒平看来事情却并不是这样。他常和林勇说：自己已经走进了小白的心里，水到渠成是迟早的事，小白还没有答应大多是因为女孩子生性害羞的缘故。

然而这突然到来的变故让他乱了阵脚，为此他提着两瓶烧酒低声下气地去找他那已经结婚的表哥请教高招，那虽然成了家却游手好闲的表哥在笑嘻嘻地收下烧酒后又厚着脸皮找陈舒平借了点钱，最后把自己总结出来的情感绝招告诉了陈舒平，表哥号称这是无往不利的杀招，归结于三个字：不要脸。

这荒谬的结论却着实地打动了陈舒平，为此他下定决心开始不死不休的纠缠。

开始先是贿赂小白身边的工友让她们多说说自己的好话，再之后不停散布谣言说小白已经和自己坠入爱河，紧接着频繁地出现在小白宿舍附近并引起众多女工人的注意以此来加大谣言的传播速度和真实性。

不得不说树皮很有一套，可惜的是小白却根本没把他当一回事，无论怎么传都好，她听到陈舒平的名字时都只是微笑着丢下一句话：“我跟他不是很熟。”

“先别说你的问题了，林勇，我这次算是真的没招了，为什么我使用从表哥那里学来的招数也摆不平小白呢？要不，你给我想想办法吧？”两个苦闷的人坐在熟悉的小卖店门口喝着汽水，随着天气的变化人们已经渐渐没了喝它的理由，今年还能喝上汽水的时候已经不多了。

“其实树皮，你有没有想过小白是真的不喜欢你……”忽然感觉自己说得似乎太严重，林勇立刻改口，“我的意思是，可能她已经有了喜欢的人也说不定呢？我们对她可以说一无所知，你找人打听了那么久也没有得出个什么结论，她这么神秘，说不定家里很有势力呢，如果真是如此的话，她父母已经给她安排了结婚对象也说不定。”

林勇说着，脑海中浮现出暴雨那天曾经有过一面之缘的男人。

一听林勇前半句话时树皮还一脸的不服气要反驳，但随即他也感觉林勇说得挺有道理：“对呀，的确有这样的可能性，唉，我就说嘛，以我这样的真诚都无法打动她，她若不是心有所属就是身不由己，很显然像小白这么纯洁的人是不可能主动喜欢上另外一个人的，所以我断定，肯定是她那该死的家人替她做了什么荒唐的决定！”陈舒平义愤填膺地挥舞着拳头，他丝毫没有意识到，这仅仅是他们两人无聊时的猜想。

但值得庆幸的是树皮接受了林勇随口编的话，这倒是个不错的结果。

说起小白就不得不提自从暴雨邂逅之后她和林勇之间明显的变化。虽然不曾再有过交流，但每每他们不巧碰到时小白看他的眼神就已经发生了变化，林勇感觉得到却解释不了眼神中的深意，最后他只能认为那是对自己的感谢，感谢他没有把那天的事情宣扬出去。

“所以你要放弃了吗？”

“那你呢？要把你和晓敏的事情戳破吗？”

“……”

说到这里，他们对视一眼，十秒之后，林勇和陈舒平不约而同地又再叹了口气，碰了碰手上的玻璃瓶，把半瓶可乐一股脑全灌了下去。

就在两个大男人又开始沉默地思索自己的事情时，卢晓敏悄然走到了他们身后，见没有人发现自己，她调皮地冲着他们的耳朵猛然吼了一声。

瞬间两人跳了起来，当转过头来发现来人是卢晓敏时，陈舒平忍不住就开口说道：“卢晓敏你有没搞错，你这样可是会把人弄出问题的，哎哟，我的妈呀……”他抚着自己的胸口喘息着，随即看了林勇一眼，露出一抹坏笑，转身溜走。

林勇想要叫住他，可惜时光却不准，空气里只剩下林勇和卢晓敏，他知道有些问题避无可避，于是提议到处走走。

卢晓敏听后自然非常乐意，更是反客为主地说有一个地方要带林勇去看看。

穿过县城的小道，他们来到了附近的小山丘，这里绿树常青，泥土芬芳，由于地势较高并且林木尚算茂密，环境算得上静雅，县城里的孩子百分之九十是在这个地方开始自己的野外游玩生涯，不过今天已经到了吃饭的点，所以这里就被他们这两个成年人给霸占了。

“这不是小时候常来的地方吗？怎么忽然带我到这里来了？”林勇本来忐忑着不知要去什么地方，可来到了熟悉的地方他感到更奇怪。

“对呀，就是这里，你记不记得以前小的时候天上飘来好多气球，然后在这儿的上面炸开了，掉下来很多东西。”卢晓敏抬头看天，眼里飘着白云。

“那个呀，我记得，据说是从哪个岛上飘来的，里面有吃的，饼干糖果呀，还有食用油、面粉什么的，对了，还有宣传册子和肖像画，当时什么也不知道，只是我爸见我拿了那些东西回来立刻就收过去烧掉了。”

林勇被卢晓敏这么一说也开始追忆起当初的情景来，他不自觉地笑了，而今虽然烦恼不危及生活，但相比那无忧无虑的时光还是太过复杂了。

就这样，儿时的回忆冲淡了尴尬的气氛和多余的担心，他们畅聊许久，大都是在聊着小时候的趣事。他们彼此回味着当时的日子，就连笑容都散发着童年的味道，最终两对笑意盈盈的眼睛对在了一起，而话题，终于进入了下一阶段。

“你还没说今天到底为什么要带我来这里呢。”感到有些尴尬，林勇开口把气氛引入自己的问题里。

卢晓敏并没有直接回答他，她背过身往前走，林勇莫名其妙却也只能跟着她走，走了好一会儿，她停在了一棵大树下。

“你记得这棵大树吗？”她的声音不知为何竟微微颤抖。

林勇抬头去看，很普通的树，努力地回忆也想不起什么来，于是他给出了否定的答案，这时他仿佛看见卢晓敏的肩膀抽搐了一下，他下意识地认为这是她在表达自己失望的情绪。

“没事，毕竟过去这么多年了……你记不记得当年大伙都来这里捡东西的时候有个小女孩腿摔破了，是你把她送回县城里的？”

瞬间记忆回溯，林勇立刻就想了起来。

“我记得，后来我还和树皮吹牛我英雄救美来着……等等，那个女孩……”

“没错，就是我。”

这时卢晓敏转过身来林勇才发现她的脸已经红透。瞬间气氛变得黏稠，这个话题在林勇这边竟是无法继续下去。

“可能对你来说那只是你跟你好朋友炫耀的一件英雄事迹，但当时年幼的我看来你就像我的守护神。”她炙热的眼光扫在林勇的脸上，就好像一个小小的太阳，让他无法正视。

“呃……这……我们是朋友嘛，你遇到困难的话，我肯定会帮你的……”他低下头，像个做错事的孩子。

“朋友？你觉得我们只是朋友吗？未来也只能是朋友吗？”她目光中的火焰渐渐黯淡，哀怨的种子正在火苗里窜生。

“我的意思，我的意思是，我们一直以来不都是好朋友吗？未来，未来……”他想转身逃跑，他不敢面对。

“未来，我们也还是好朋友，是么？”卢晓敏哽咽着，她的黑发遮住了脸庞，林勇看不见她此时此刻的表情。

“晓敏，你听我说……”林勇极力控制着自己的情绪，脑海中飞快地思考接下来应该要说的事情，可无奈能力有限，最终他却什么也没能说出来。

时间在折磨着两人，卢晓敏开始抽泣，她始终没有抬起头，只是缓缓转过身去，幽幽地说道：“其实，能够跟你成为好朋友也很不错，和你相处的日子我很开心，真的很开心……”

听到这里，林勇忽然感觉到自己的内心传来一阵剧痛，他想开口解释，可卢晓敏的话却接踵而来。

“不要勉强自己！”这是林勇第一次听见她用这么大的声音说话。

“如果内心的选择并不是我，那就不要勉强自己，继续下去，我们两个人只会比现在更痛苦。”卢晓敏的哭腔已经无法掩盖。

林勇彻底呆住了，他望着眼前的卢晓敏，想要上前安慰她，可一想到她刚才说过的话，他就停住了动作。

“谢谢你……”好像察觉到了林勇的举动，卢晓敏丢下这句话。

而后，她任由泪水倾泻。

心痛，失望，委屈，眼泪沿着她的脸颊滑过嘴唇——好苦，那是被灵魂深处的呐喊煎熬过的味道，绝望的味道。

卢晓敏知道自己没有必要继续留在这个地方，她拼了命地跑下山丘，她没有想好要去哪里，她只想去一个没有人的地方。

而他，却只能看着她消失在夕阳的余晖中，没有挽留，或许这对他们两个人来说，就是最好的事情。

夕阳很短，黑夜再次降临，当林勇察觉到时间不早时已经是好久之后的事情，他脑袋一片空白，凭着本能往家里面走，月光照在这个归家的人身上，映得如此凄凉。

第六章

阴雨（6）

虽然卢晓敏绝望的背影一直在折磨林勇的梦境，可时间却不会停下来安慰谁，日子依旧在逝去，整个小县城的秋意也愈发浓重起来。

这里看不见满目皆黄的秋叶，从林勇记事起到现在，县城的四季全是绿色，不仅如此，在小县城真正意义上的秋天气候也维持不了多久。

可事情已经发生，无论是林勇还是卢晓敏都不可忘记那天夕阳下的小山丘，所以从那天起，他们就再也没有说过话。哪怕是在厂里碰巧遇到也尽量不让彼此的眼神有交汇。

两人间明显的变化让一门心思放在小白身上的陈舒平也感觉不对，可惜无论他怎么追问都没办法从林勇口中得知真相——在林勇看来，这样的事情真的无从说起。

除了林勇和卢晓敏的渐行渐远，陈舒平和小白之间当然还是没有任何进展，而接连的碰壁也让陈舒平站在了绝望的边缘。

消沉是难免的，林勇劝过他不知多少次，如果是在以前的话，陈舒平只需要睡一觉就会把挫折和不开心的事情统统忘掉，可这次他的认真程度是前所未见的，认识陈舒平这么多年，林勇第一次见他为了某个人坚持到这种地步。

消沉的意志让陈舒平的话也变少了，最近更是连林勇都难得见到他一面。

他说想一个人静静，稚嫩的脸上冒出了不少胡碴，整个人憔悴不少。

林勇无话可说，只能任由他自己渡过这个难关。

人生中谁没有经历过失败，爬起来后看看自己受到的伤害其实也不过如此罢了。

“林勇，你把活儿干完了以后就早点回去吧，明天休息，记得临走前把门关好。”也不知道是谁离开，林勇含糊地应了一声继续干着手上的活儿，最近不在状态，做事情总是比别人要慢。

天半黑下来的时候林勇终于把手上的工作完成，他急匆匆地收拾好一切后离开了厂房，此时整个食品厂里剩下的人已经不多，环顾四周，林勇莫名有些感慨。

饥饿感还是战胜了唏嘘，想着家里面的饭菜，他加快了脚步，快要走到厂门口时他却停了下来。

门卫大叔此时正和一名女子交谈着，好奇心驱使林勇凑了上去。

“姑娘，你这脚伤得挺严重的，这回去的路也不是很好走，我劝你还是在厂里休息算了，我这里有跌打药酒可以给你先用着，你如果需要的话明天我可以通知你家人来接你，这天都要黑了，你一个行动不方便的女孩自己回去太危险了。”还没走到他就听见门卫大叔苦口婆心地劝着，待得上前一看才发现那女子竟是小白。

“怎么了？”看了眼门卫大叔再看看小白，林勇发问。

“这姑娘的脚崴了但是执意要回去，你说这宿舍里虽然条件没家里好但是凑合着也能住一晚，不知道为啥这么坚持呢……”许是这份工作让大叔变成了话痨，他不住地唠叨，而小白则是一脸的尴尬和坚持。

“你今晚一定要回去吗？”林勇看向小白，脑海中闪过的，却依旧还是那个面无表情的男人。

“嗯……”知道自己为别人带来了麻烦，她低下头应了一声。

“你这个样子估计是挺难回去了，这样吧，你不介意的话，我背你回去。”他用眼神询问小白的意见，起初她那双大眼睛里闪过的是惊异，随后变成纠结，最后似乎回家的必要性还是占了上风，她点点头，爬上林勇的后背。

门卫大叔看着离开的两人重新坐回自己那张破旧的板凳上，对于他来说，这段小插曲并无什么特别之处，只是帮他消耗了一些必须要耗费掉的时间罢了。

这条回县城的路林勇走过无数次，无论是和陈舒平还是和卢晓敏。但今天这条路走起来却格外新鲜，微微有些芳香的空气里不知是小白秀发的味道还是野花香，那股味道是纯洁的白色，让人怜惜的白色。

他们都没有说话，随着在西边照射来的阳光愈发黯淡，秋天的夜色来得很突然，路程到了一半的时候，快要圆满的月亮已经爬到了他们头顶。

静谧的小道上四下无人，背着小白的林勇一步接着一步，微风穿过道路两旁的树叶，张牙舞爪的影子有种哀伤的味道。

“又麻烦到你了，真不好意思。”此情此景下竟是小白先开了口，以至于林勇反应不及只是“啊”了一声，“上次，在树下面，你陪了我这么久，今天又让你背我回去，实在是……”

意识到自己的回答有些不合适，林勇赶忙解释：“没事，也没什么大不了的，不都是碰巧遇上了吗？我想如果换成其他人肯定也会这么做的。”

“但，无论如何，还是要谢谢你……”这是林勇第一次发现小白其实是个很有坚持的人，单看她弱不禁风的外表还真想不到。

“既然你要谢我，那你不如告诉我你是怎么弄伤自己的，还有，为什么这么坚持要回家？”

既然如此，那林勇就干脆顺着她的话说下去，不过小白的回答依旧模糊不清。

“今天我落了点东西在宿舍里，所以我放工后去取，没想到不小心从上铺摔下来，就……”

“原来是这样，其实这也没什么，好多人都闹过这样的事呢。”

“是吗……”小白的声音细腻而柔和，好像无时无刻都充斥着一股忧伤，“我在宿舍里休息了好久才走出来，医务室的大夫也建议我在宿舍里休息一晚，但是，但是我必须要回家。”

或许小白是真的很恋家吧，林勇觉得这个问题会让她感到不适，于是又换了个话题：“对了，你听歌吗？听过邓丽君的歌吗？”

“邓丽君？你也听她的歌吗？”这似乎说到了小白的兴趣上。

“当然啦，几乎每一首她的歌我都会唱。”他抬头看看今晚的月亮，不自觉间耳旁似有那首歌的音律响起，而鼻腔瞬间共鸣，《月亮代表我的心》的旋律轻轻在这条小道上响起。

这是临近八月十五的日子。月如水，带着微微喘息的哼唱声有种异样的魅力，小白立刻沉浸到了莫名的情绪里，是忧伤的，却因为背着自己的这个人而掺夹了其他愉悦的元素，她的眼眉多愁善感，嘴角却已经开始微微上扬。

一路走来两旁的一切已经变得模糊，整个世界只剩下月光照耀着两人，他背着她走在回家的路上，他哼唱着，她则默默地笑着，即便到了最后男人因为气息的问题不再哼唱，那旋律也依旧萦绕在他们的耳旁。

月光照在那条乡野间的小道，略显泥泞的脚印边上遗落着欢乐的痕迹。两个未经年月摧残的人在这一条路上感受到了彼此之间的温度，在这个还不寒冷的季节里，哪怕没有依偎的理由，也能尽情地拥抱彼此。

不知不觉路程已经结束，林勇不知道小白的家在哪里，只能驻足在暴雨那天相见的大树下。

林勇没有提醒小白，小白也依旧沉浸在自己的世界里，他想有更多的时间来感受小白吹在自己脖子上的鼻息，她则习惯了这个不算厚实却无比牢靠的后背，不忍离开。

良久，直到那个面无表情的男人再次出现时林勇才回过神来，整个世界重新清晰起来，瞬间，他对这个男人的印象再次打了折扣。

“这是……？”他皱起眉头，显然林勇背着小白是件很奇怪的事情。

小白也在那一刻恢复过来，她的反应比林勇还快，根本不顾自己崴伤了的脚，直接挣脱了林勇的手跳到地上。当脚上的剧痛传来的时候小白没能站稳，摔倒在地。

林勇见状第一反应就是去扶她，可马上就被小白那坚决的眼神给阻止住了。

“你这是干什么，这么大年纪了，站都站不稳吗？”那个男人的眉头皱得更深了，不过还是走上前来把小白给拉了起来。

她低着头没有做任何解释，林勇在一旁看着，不知该说什么好，而那个面无表情的男人则上下打量了林勇一番，随后什么也没说，丢下“回家”两个字就转身离开。

小白一瘸一拐地走了两步，最终她回过头来看着林勇，眼神中的愉悦与脸上的恐惧形成了鲜明的对比。

林勇就这样看着小白消失在夜色中，她那复杂的神情深深刻在他脑海中，不停地在眼前闪现。

刚回到家，林勇还在体味小白的神情，林大根却把他叫到了跟前，他一副严肃的样子，开口说道：“勇，你有没有听说过一句话叫男大当婚女大当嫁？”

还没回过神来的林勇下意识地点头。

“这段日子我和你妈说你也说得烦了，关于你和晓敏的事情，我们是这么想的。”他顿了顿，见自己的儿子面无表情，还以为他很认真地在听，“如果你感觉合适的，就赶紧把家给成了，也好让我们少操一份心。”林大根语重心长，说完后还重重地拍了拍自己儿子的肩膀，可跟失了魂一样的林勇却没有任何反应。

林大根皱起眉头来喝了他一声，吓了一跳的林勇一脸不知所措，待得自己父亲又再说了一次刚才的话，林勇才知道事情发生了什么事。

看见自己儿子紧张的样子林大根少有地笑了，“你这死小子，终于知道脸红了？没事，这是正常的事情，我问过那些看着晓敏长大的邻居了，每个人都说她人品很好，这种好女孩你得好好把握，行了，我就说这么多，你自己把晚饭解决了就好好休息吧。”连解释的机会都没给林勇，林大根撂下这番话就起身走开，留下一脸茫然的林勇。

深夜，不知道这是第几个连续的不眠之夜。

林大根和徐芳都是很传统的人，在他们看来男女之间不应该有半点虚情假意，身为一个父亲能对自己的儿子说出那番话肯定是经过深思熟虑的，很显然在林勇父母的心中卢晓敏已经是一个准媳妇了。

但事实却背道而驰，第一次面对这种事情的林勇寝食难安，他在想一个办法解决眼下的难题，无奈无论怎么想都无能为力，也终于在他与自己的头脑斗争的第五天，林勇病倒了。

夜不能寐，昼食无味，铁打的身体也要垮掉。生病毫无疑问是难受的，可当病倒后林勇反而感到轻松——至少现在他们不会再去想林勇和卢晓敏之间的事情了。

可惜的是世上的事情就是这么巧，在林勇生病请假的第二天，那时正好夕阳西下，卢晓敏来到了林勇家里。

对于她来说这个地方早就已经不陌生了，认识林勇的时间说短不短，若是从幼年时的情愫开始算起，甚至可以说是老相识了。徐芳开的门，看见卢晓敏来了，她一脸笑容。今天正好林大根出差，家里就剩下母子俩，徐芳把她领进林勇的房间里后就默默地退了出去。

起初自然是难熬的沉默，卢晓敏静静地坐在床边，而林勇当然也不知道应该怎么主动开口，两人的情绪在时间流逝中默默沉淀，直到最终感觉来到那个奇怪的点时，才有人开口。

“那天在小山丘上的事……你忘掉它吧。”卢晓敏先开的口，林勇不知道该如何回答，“那天我看见你了。”她眉宇间布满了哀伤失望和无可奈何。

“看见我？看见我什么了？”

“你和小，不，你背着小白把她从厂里送回家，当时我正好在外面，所以……”

“不，不是那样的，小白她……”

“别说了！”她有些失控，声音很大，“别说了，其实我都懂，她的确与厂里的其他人不一样，每个人都这么说，如果你对她倾心，也是正常的事情。我只是普通的工厂女工，就算是树皮都会选择小白，更何况是你……”

“你听我说，我和小白……”

“我准备要走了。”

“走？什么？去哪里？”

卢晓敏没有马上回答林勇，而是低着头努力控制自己的情绪，过了有五分钟的样子她才再次开口：“我要去更好的地方让自己变得更好，自从我弟听了我叔的话去追寻自己的目标后我就没考虑过这个问题，爸妈在慢慢变老，他们需要我身边，但这些日子我想了好久，或许我留在这里的原因从一开始就不是因为他们……”

停顿了下，屋子里光线不好，但林勇似乎看见有两行泪痕从卢晓敏的脸上滑过。

“总之无论怎样也好，希望你以后能过得开心幸福。我可能要好久以后才会回来，也有可能，我不会再回到这个地方，但如果我们有缘再见的话，希望你还记得我。”说完卢晓敏起身就走，林勇想要起来拉住她却发现自己浑身无力。

她走了，林勇没能留住她，或许林勇根本不知道应该如何去挽留她——她留下来的理由已经不存在了。

在卢晓敏离开林勇房间一刻钟后徐芳走了进来，她带着满脸的关切和慈爱坐到卢晓敏曾经坐着的那个位置。

“勇，晓敏都跟我说了。”

“啊？说？说了什么？”瞬间他的心又提了起来。

“她要离开县城去别的地方打拼，唉，这孩子是个好姑娘，人各有志，她有她的追求，你也不要太伤心了，你还年轻呢，再处一个对象就是了。”

这话说得林勇一头雾水，他不知该怎么继续说下去，而徐芳以为自己的儿子需要自己的空间，在叮嘱了几句后就走了出去。

母亲离去后林勇似乎猜到了卢晓敏说了什么，内心中的愧疚猛然爆发，他想马上追出去拉着卢晓敏让她不要离开，可已经烧到了三十九度的身体却不允许他这么做。

很快他意识变得模糊，他很想振奋自己的精神，但无奈天不遂人愿，沉重的眼皮渐渐盖下来。

一周后，林勇的身体终于好了起来，他从侧面问过徐芳，他想知道卢晓敏对她说过什么，在印证了自己的想法后，他感觉自己似乎有了把卢晓敏留下来的理由。

可是很可惜，这个时候卢晓敏已经辞职了。就像她平时的作风一样，简单明了，从不拖沓，在她来找林勇说出这一切的时候她已经想好了以后的路应该怎么走。

知道这个消息后的林勇并没有放弃，他从厂里直接奔到卢晓敏家门口，可等待他的并不是卢晓敏的笑脸，而是一个坏脾气的父亲。

就像卢晓敏说的那样，她唯一的弟弟离开家里去别的地方工作后家里就只剩下她来照顾父母，两个老人把卢晓敏当成掌上明珠似的呵护着，孝顺的女儿也答应他们不会离开二老的身边。

可事情的改变就是这么突然，当卢晓敏选择离去的那一刻，她的父亲把责任全推给了自己那个思想激进的弟弟，为此甚至还去农场找他吵了一架，这也是自从卢志刚让卢晓敏弟弟离开县城后他们两兄弟的第一次见面。

“你来找晓敏？我的女儿已经被那个混蛋给骗走了，我这里已经没有卢晓敏了，你给我滚！”

面对怒气冲冲的卢父，林勇只能选择默默离开，他沿着那条归家的路一步步地慢慢走着，步履并不沉重却好像每走一步都能花掉他一生的时间。

“林勇。”

一个女声从身后传来，下意识的林勇很想转头去回一句“晓敏”，但很可惜他看见的是卢晓敏的好友杨卫红。

“是你啊……”林勇的语气中难掩失望，不过还是勉强挤出笑容，继续说，“怎么了？你会主动来找我，不多见呢。”

“其实也没什么，我听说晓敏忽然辞职了，而你又一直请病假找不着人，我只是想知道到底发生了什么事。”尽管杨卫红满脸关切，可林勇了解杨卫红是什么样的人，她所有的关心都建立在那颗永不停止的八卦之心上。

所以林勇只是笑着摇摇头表示自己不知道究竟发生了什么事，接着不顾杨卫红的追问，转身离开。

那天秋日的正午，阳光微微还有点辣人，但晒在林勇身上时反而让他想起了自己和卢晓敏在一起的点点滴滴，或许这就是卢晓敏一直给他的感觉，温暖无瑕，像某个一直看着自己长大并处处照顾自己的大姐姐。

不知是否就是因为这种熟悉的感觉太强烈，才会蒙蔽了其他情愫，所以人往往伤害的都是那个对自己最好的人。

好在世上的事情并不都是令人绝望的，几天后陈舒平神秘兮兮地找到了林勇，并带来了一个重要消息。

“林勇，我不管你们之间到底发生了什么，但晓敏那人我是清楚的，只要你肯去劝她留下，她肯定不会走。”同是天涯沦落人，陈舒平看着自己好友的眼神中透着期冀，他知道自己追求小白无望，他明白那种无力感，所以他不希望这样的事情发生在林勇身上。

“这几天她都住在农场她叔叔的家里，三天后，她一早就会回家里和父母道别，你记得，三天后，你好好把握吧。”树皮这次很少有的没有噼里啪啦地说个不停，把事情交代完后就消失在了林勇的视线中。

三天，说长不长说短不短，但对于林勇来说是既煎熬又分秒飞逝。这是他一生中最恐慌的日子，他希望自己能完完全全凭借自己的心意去做接下来的事情：挽留，抑或者就此别过。

时间不知不觉被蒸发，当鸡鸣传到睁着眼睛度过上一个夜晚的林勇耳中时，他生生从床上弹了起来——时间到了。

穿好衣服轻手轻脚离开，未曾想到却在刚离开家不远的地方撞见了此时他最不想见到的人。

小白。

她怯生生地站在林勇和卢晓敏一起乘凉的那棵树下，很显然她也发现了走出来的林勇，双方都是一脸的惊讶。

“你怎么出来这么早？今天是要去上工了吗？”

“呃，不是，我，我只是睡不着，所以起来走走。”

今天并不是休息日，但这个点对于厂里的任何人来说去上工都太早了。

“那你呢？你为什么这么早会在这里？”

“我？其实我每天早上这个时候就已经离开家里了，但去上工的话也未免太早，所以我就会在城里到处走走，等得时间差不多了就去厂里。”

林勇一副原来如此的表情，但瞬间他又想到自己还有重要的事情要做，于是想要开口道别。

“你看，这棵树无论是什么季节，树枝上的树叶却终究比落下来的要多，我妈妈小时候曾经跟我说过落叶最终也会化为尘土变成肥料，她说这就像生命的循环。”但小白今天却一反常态地话多起来，她看着一旁的树，眼神柔和，笑容绝美，“但我总觉得我不是那片落叶，其实我觉得每个人都有拒绝成为落叶的权力，如果有更好的方向能够追寻，能够在更靠近阳光的地方，我为什么要选择落进泥土里呢？”她说着不禁笑了，像是想起了什么温暖的事情，几缕晨曦映着她的笑靥，就如一朵莲花绽放在天空中，让整个县城都充满了芬芳。

那一刻林勇的呼吸几乎停止下来，不单是因为那副绝美的容颜，也有关她刚才说过的话。

直到过了许久林勇才从缓过神来，他尴尬地笑笑，而小白则满脸疑问。

“我说错什么了吗？”小白小心翼翼地问了一句，林勇闻言把头摇得像个陀螺。

可是他的时间却所剩无几了，于是他匆忙地与小白道别，向出城的方向赶去。

还好这段小插曲没有耽误太多时间，当林勇赶到时正好看见卢晓敏的父母满脸不舍的在和她说着什么，而卢晓敏则一脸去意已决的表情。

林勇没有走上前去，而是躲在一棵树后面，这里能看见那边的动静，还能听见他们说什么。

看着她前方的那条路，那条路他走过很多次，不过现在看来，却是如此不同。那条出城的路就算通往农场的路，同样也是去食品厂的路。可今天对于卢晓敏，亦或者对于林勇来说，那条路就如同一次新生的机会。

当一个人寻求新生时，大多数也意味着她对原本生活的绝望，可卢晓敏的内心深处却并不完全是如此的。

她在期盼着林勇的出现，而林勇也确实来到了她附近，可惜他却躲在远处偷偷地看着她。

“晓敏，你为什么要丢下我们两个人，你别听那个混蛋乱说，你这样走了，我和你妈……我和你妈还怎么过……”卢晓敏的父亲拉着自己的女儿，满目泪痕。

“晓敏，如果你真的要走，千万记得逢年过节了要回来看我们，也记得千万要保重身体……”因为儿子的离去对留下卢晓敏已经不抱太大希望的母亲则早已流干了眼泪。

林勇看着这一幕，心中第一次感觉到如此愧疚。

卢晓敏当然也不想丢下父母自己离去，可明面上，她又必须要坚持。

“好了，我知道了，你们放心好了，等我拼出一片天地的时候，我就会回来看你们的，你们也想我好，对吧？那就让我出去看看外面的世界。”她说着，情绪上涌，鼻子微酸，只能别过头去，不看自己的父母，“我不想在这个地方当一辈子井底之蛙，我想成为一个更好的人，然后过更好的生活，之前我曾幻想要在这县城里跟某个人平平淡淡的度过一生，可到头来反而越是平凡的梦想越无法实现，既然如此，那就让梦想来得远大些吧……”

卢晓敏的父母听着自己女儿的话有些似懂非懂，亲人将要离开的心情占了主导，他们也没有去思考太多，不过躲在树后面的林勇却把这番话听得很清楚，在那一刻，他忽然明白过来。

无论是自己想的或者别人说的都不是事实，对于卢晓敏来说，那个叫林勇的人或许已经不再重要了，如果这个时候想凭借这个名字去挽留她，实在可笑。

“或许她离开这里才是更好的选择吧。”他看着卢晓敏父母那般样子都无法留住女儿，林勇开始逐渐认同了卢晓敏当时在床边和自己说的话。

“对于她来说应该没有什么比远方还要有吸引力的了。”不管是失望还是气愤，当时的林勇，的确是这么想的。

当这个想法出现之后，卢晓敏的父母也终于放弃了挽留，转头回家，目送两位至亲离开，卢晓敏却没有迈开走向未来的步子。

她站在原地，好像在感受什么，虽然这里只是平凡无奇的地方，可却有曾经和林勇肩并肩走过的地方，林勇似是也感觉到了卢晓敏的思绪，回忆浮现，并不像泉水般涌出，却像细水长流那样流入了他身上的每一条血管。

许是也感觉到了什么，卢晓敏猛然回头。

第一眼望去的地方，就是林勇躲藏的方向。

林勇不知道此时卢晓敏正看着这里，他还在想刚才卢晓敏说过的那些话，他还在想，什么地方才是更好的地方。

可惜，无知的人不可能得出最好的答案，于是林勇放弃了思考，他问自己，究竟想不想让卢晓敏留下来，眼前疯狂闪过她的笑脸，每一张都如此纯洁无瑕——她，又怎么会是那个为了追求物质而放弃一切的人呢?

想到这里，林勇从树后面跳了出来，他气喘如牛，心里憋了好多想要说的话，可惜留给他的，只有那条走过无数次的小道和地上黄绿叠交的落叶。

远处天边蓝得那么清澈，空气又是那么芬芳，可惜天气再怎么好也罢，哪怕望穿这条路的尽头，也再无法看见卢晓敏的背影了。

值得庆幸的是，今天天气很好，对于离家上路的卢晓敏来说，这也算是件不错的事情。

卢晓敏走了，这次是真的走了。

她永远不知道自己想要见到的那个人其实就在她不远处，他也不知道她转身离开时的速率有多慢多艰难，他更不知道她脸上失望的表情有多令人绝望，那绝望，足够让一个人的世界完全崩溃。

但其实今天并不是什么特殊的日子，该上工的还是要忙得不可开交，如果要挨个去问，就连知道卢晓敏早上离开这件事情的人也没几个，有的是再也掩盖不了的秋天，有的是秋天带来的萧瑟。

时光匆匆，本就寿命不长的秋天眨眼间消失流走。接踵而来的冬日，也在林勇的无精打采中悄然度过大半。

要说后悔?

在没有卢晓敏的日子刚开始时，他后悔得难以度日。

可在时间的治愈下，林勇慢慢接受了卢晓敏说的话，他也明白了一个道理：如果没办法留住自己想要留住的人，那就别吝啬自己的祝福吧，在这一片天空下，多一个幸福的人，比多两个哀伤的人要好得多。

就这样，林勇渐渐习惯了现在的生活，在这段消沉的时光里唯一值得高兴的事情就是徐芳的状态变得越来越好，就连原本在知道卢晓敏的事情后有些担心林勇的林大根脸上也多了几分微笑。只是这个家里再也没有提过卢晓敏这个名字，催促林勇赶紧成家之类的话题也尽可能避而不谈。

不过有些事情是不可避免的，在这囫囵吞枣般的时光里，林勇每一天都期望在自己放工后能在厂里的某处遇到那个曾经熟悉的身影，曾几何时，林勇还害怕见到她，害怕她一见面就露出的笑容。

人的一生中存在着无数矛盾，越是活得久，越是明白。

卢晓敏的离开对于和平食品厂来说并没有多大的影响，杨卫红很快就又找到了新的“知心朋友”，她们每天形影不离；黄铁民依旧是那只铁牛，无时无刻都在想着怎么捉弄弱者；至于陈舒平，他已经放弃了对小白展开的所有攻势，按照他的话来说，他失恋了。

而陈舒平和林勇之间的谈话也变得谨慎起来，特别是说到任何与卢晓敏和小白有关的事情时，为了不触及一些没必要的回忆，双方都会绕过这些话题。

一时间，在林勇的世界里，卢晓敏变成了某种禁忌。但他能够理解所有人这么做的初衷，他也感谢在自己的生命中能够有这么关心自己的人。

很快，暖冬来临。陈舒平在经历了挫折打击后已经恢复过来，但每每只要和林勇独处时，陈舒平总会莫名的感伤，一时在抱怨上天对自己不公平，过了一会儿又说想要像卢晓敏那样，离开小县城出去闯荡。

“我不仅一次在想，天上的星星这么多，能够看尽人间事，高高在上，多好。”简单的冬夜里，陈舒平和自己的好友在小山丘上看星星，他望着天空有感而发，“如果我能当其中的一颗就已经心满意足了，我想老天爷应该也不介意让我这么做的吧？”

“你要当星星？摔下来的时候可是会很痛的，要我选的话我宁愿当这街边的一棵树，虽然普普通通却也实在。”林勇坐着，陈舒平躺着，他们望着同一片天空，却有完全不同的心情。

“切，你懂个屁，小白是月亮上的嫦娥，我想当星星只是为了一亲芳泽。”虽然知道自己已经毫无机会，但树皮的内心依旧无法放下小白。

“一亲芳泽？”

“对啊，哪怕只是贴着她闻一闻她的秀发我也很满足了。”

林勇看着满脸幸福的树皮，许久未曾出现过的愧疚情绪再次滋生出来，这一次，他不想再忍受内疚的滋味。

“其实……”有些事情一直没有告诉树皮，曾经林勇一直在用各种借口说服自己这些只不过是小事，“其实我和小白倒是有过一些接触……”

“嗯？”

“不是你想的那种，就是……”两个大男人说到这种话题难免还是会尴尬，林勇断断续续地把自己和小白曾经发生过的事情都告诉了树皮，其中减少了很多没必要的东西，也把小白不想让人知道的事情隐瞒起来。

但即便如此，却也是陈舒平做梦也想要的经历。

所以在最开始时，陈舒平越听表情越僵硬，待得听到最后他面色却忽然一转，竟是一脸释然，他大笑着拍着林勇的肩膀，说："其实我早就知道小白不会喜欢我这样的人了，但是我却不想她和其他人在一起，除了你，我的好兄弟，哈哈哈哈哈。"

"啊？"林勇感觉陈舒平的反应很奇怪，皱起眉头，说道，"你说的这是什么话，我怎么完全听不明白？"

"废话，我说的是哲理，你当然不懂了，好了，不说我的事情，我们来讲一下眼下的情况。"说完后树皮的眼神变得锐利起来，"首先，以我对小白的理解，她对你肯定是有好感的，至于她是不是喜欢你我就不得而知了，不过想要知道答案其实很简单。"

"啊？"陈舒平的改变速度太快，林勇有些反应不过来。

"那就是去追求小白。"陈舒平脸上的表情不像说笑，林勇则完全没有想过这件事，可惜拒绝的话还没有说出口，陈舒平就把脸贴了上来，"林勇，我们认识这么多年了，答应我，你要追到小白。"

陈舒平的眼神中有林勇未曾见过的坚定，除此之外，还有一种叫做嘱托的东西，他好像在把小白托付给林勇。

这么认真的陈舒平在林勇的记忆中只见过两次，而那两次遇到的事情都非同小可。

"树皮，我……"

"答应我。"

陈舒平抓着林勇的肩膀，那坚定不移的眼神始终没有离开过林勇的双眼，在这样的目光下没有人可以躲避。

最终，在那双眼睛的注视下林勇最终还是只能妥协。

黑夜渐冷，陈舒平点了点头，松开了抓住林勇肩膀的双手，他继续抬头看夜空中的星不再说话，想找些话题的林勇始终也没有好的切入点，因为陈舒平和林勇心里都非常清楚——某些东西已经发生了变化。

冬日的故事并没有多长，只是每日放工后都会腻在一起的同伴虽然还是会经常来往，但彼此间的感觉都已经相去甚远。本来无所不谈的朋友现如今聊得最多的话题竟是那个才认识不到一年的新人，而每次主导话题的，都是陈舒平。

自从那天夜里之后，陈舒平的脸上就少有笑颜，林勇没有预料到自己说出那些事情后会让陈舒平有这么大的改变，他想要说些安慰的话，可事实上，谁又需要他的安慰呢？

陈舒平变成了一个严肃的人，每天都在向林勇陈述自己的计划并且要求自己的好友赶紧履行诺言。

林勇不想因为这些事情而就去开始追求小白，可每次都抵不住陈舒平那坚持的眼神。

无奈之下林勇成了厂里的焦点——继陈舒平之后再次出现的疯狂追求者。

而在黄铁民的“帮助”下，林勇每次的示爱行动都会引起厂里极大的反响。

从那以后，林勇感觉每天自己的背后都有无数双眼睛在看着他，那种坐立不安的感觉，也让这个本就不算健壮的人更为消瘦。

可陈舒平却完全不在乎这些事情，他对于撮合林勇和小白这件事已经成了执念，他几乎每周都会拿出点什么新玩意让林勇送给小白，手套、围脖、毛衣，有的时候是吃的，总之只要他听说小白有什么不好或是缺少了什么他就会尽快地去置办，林勇看在眼里，急在心里。

如果不考虑陈舒平这一层关系的话林勇对小白的确是有好感的，甚至在某个时刻他已经有些相信自己是爱上这位美丽而又神秘的女子了，但今时不同往日，经历过卢晓敏事件之后的林勇对感情这件事更多的是充满了恐惧而不是期待，再加上有陈舒平夹在中间，他觉得自己更加不能和小白在一起。

“那个，小白……”夜，本该早早回家休息的林勇再次因为陈舒平的准确情报留在厂里等小白加班完了后一起回家。

“嗯？”在最近这两个月里，这样的事情已经发生过许多次了，小白甚至已经开始有些习惯在加班过后有这样一个人等待着自己。

“上周拿给你的东西，还喜欢吗？”林勇甚至都不记得上周送的是什么东西。

“嗯，喜欢，谢谢你一直以来对我这么照顾。”说着小白笑了起来，又是这条林勇曾经背着她走过的归家小路，同样是这么清冷的夜晚。

寂静的冬夜里，两人沉默了片刻，林勇酝酿着什么，开口说道：“其实，这些东西，你有没有想过，嗯……就是，应该是一个很关心你，很在意你的人送给你的，我的意思是，虽然我……”

“我知道，林勇。”小白打断了他，“我知道你对我很好，很关心我，我都体会得到，可是，可是我不知道应该做些什么来报答你……”

小白显得很为难，那个样子绝对不是伪装，这让林勇想起来一件事情——其实小白年纪比他和陈舒平还小，在某些事情上，大家的看法真的不同。

“报答？不，我不是这个意思，我不需要什么回报，我做这些事情完全是因为……”

“林勇，你先听我说……”小白第一次用这么坚定的语气跟林勇说话，“其实，其实我没有打算留在这里，我要离开，春天我就要永远的离开这里，不再回来。”

林勇听到这句话后当时就愣住了，没有任何反应。

“我本来打算临近离开的时候再告诉你的，可是今天你既然说起这个话题，那我也就告诉你这件事，”看着一脸错愕的林勇，小白低下头，可隐约之间，林勇竟感觉到她的眼神里夹着一些期待，“这是我在来厂里上班之前我就已经决定好的事情，我只要存足够的钱，我就要永远离开这里。”

此时的小白无论是脸上的表情还是说出来的话都绝对不像是个弱质女流，她虽然身体不好，但内心其实比林勇还要强大许多倍。

“可是，你说你永远不回来，但你的家人呢？他们怎么办？还有，你的朋友，你在这里肯定还有朋友吧，你难道没有在乎的人吗？你这样离开，难道不考虑他们的感受吗？”此时林勇的心情不知用什么言语来形容比较好，他也忘记了今天本来要说的话。

小白闻言驻足，她欲言又止的样子，最终还是摇摇头没有继续说下去。

林勇知道她有难言之隐，事实上无论是林勇还是陈舒平都不了解小白的生活。

她究竟是个什么样的人？

为什么会来食品厂里上班？

这些都是谜，也没有人能够给他们解答。但放下这些疑问，小白要离开的消息却始终困扰着他，他不敢想象把这件事告诉陈舒平后他会有什么反应。

如果说这些烦心的事情犹如一团乱麻，那接下来小白说的话，就是把林勇丢进了一个满是食人鱼的漩涡之中。

“林勇，我知道这个决定在你看来很自私，可我有非走不可的理由，如果你愿意，我说的只是如果，我希望你可以和我一起走，一起去远方，去更好的地方。”

说完这句话，小白就丢下一脸茫然的林勇自己跑开，而林勇则在原地足足站了半个小时才回过神来。

今夜有乌云遮住了月亮，黑暗之中，林勇拖着忽然间就无比疲惫的身躯走回了县城里，可烦闷的他不想回家，漫无目的地游荡着，不自觉竟然走到了王珏的家门口。

这段陈舒平全心辅助他追小白的日子里林勇来找王珏的次数增加了许多，这或者就是他为什么会在无意之间来到这里的原因之一。

本来他们三人就是打儿时便认识的玩伴，虽然有过一段时间的空白期，但对于小县城里的人来说，恢复感情绝对不是件难事。

一来二去的王珏也就大概了解了林勇和陈舒平的近况，对于这种复杂的关系王珏打心里敬而远之，现如今他依旧是单身汉一个，不是没有姑娘喜欢他，而是自由惯了不想有什么负担和牵挂。

“看来你又有心事了。”打开门，王珏平淡如水的说，“来，今天正好我自己炒了两个小菜。”

把林勇迎了进来，霾黄的灯光下是王珏凌乱的屋子，那一圈朦胧的光明照亮两人坐着的地方，孤独的桌子上摆着两碟菜和两副碗筷。

“说吧，这次是什么个情况？”他坐在林勇对面，继续品尝着碟子里的美味。

林勇抬起眼皮看了他一眼，叹了口气，摇了摇头，那样子让人有种无从说起的感觉。王珏见他这般也不强迫，反而吃得愈发津津有味，林勇见状也是无奈，只能把事情全都说了出来。

“她要离开？原来如此，难怪你这么心烦呢。”

“你别管我怎么样了，你倒是给我想想办法。”

“想办法？想什么办法，你是让我想办法留住她呢？还是想跟着她一起离开这里？恕我无能，挽留一个下定决心要离开的女人，我自认为没这能力也没经验，但如果说是你也想一起走的话，嗯，这倒是好办许多的。”

“我，我怎么可能离开我妈，她不知道什么时候就会犯病，她需要人照顾，我爸肯定也不会同意我这么做的，还有，树皮要是知道了会怎么想，唉，难道就没有什么两全其美的办法吗？”

王珏放下手中的筷子，他那双炯炯有神的眼睛死死地盯着林勇，好像要把他整个人剥开。

“你看着我干吗？问你话呢！”林勇下意识地避开王珏的眼神。

“你喜欢她。”说完这句话，王珏继续拿起碗筷。

“什么？”

“我说，你喜欢她，尽管我问过你两次这个问题你都给了我否定的答案，但现在我看清楚了，你，林勇，绝对是喜欢小白的。”

一时间王珏咄咄逼人的口气让林勇哑口无言，也不知是否心绪太乱，今日的他根本无从辩驳。

“其实我早就知道你心里面的想法了，从你第一次来找我跟我说树皮拜托你要追到小白我就从你眼里看见了些许期待，如果你对小白完全没有感觉，那留在你眼中的只会是愧疚。”

“唉，都到了这个时候了，你还纠结这些东西干吗？我……”

“当然要纠结了，现在你和我终于坦诚相对，那我也可以根据你的心意给出你想要的答案，她要走了，而你喜欢她，树皮也喜欢她，但树皮做出了让步，他把自己最喜欢的女人交给了你，你要我想办法，可这个时候真的没什么办法可想，我只能告诉你如果我是你的话我肯定会跟着她一起离开这里，我想你妈也会明白你的心意的。”

风从窗口的缝隙吹进来，吊在屋顶的灯泡摇晃了一下，昏黄的光圈扫过林勇苍白的脸，王珏的这一番话让他重新开始考虑自己目前面临的这个问题。

人随着年纪的增长总是需要活在伪装当中，尽管这不是有意为之，可有的时候究竟什么是伪装，什么是谎言编织成的防护衣，真的很难分得清楚。

或许在此之前他都可以不承认，也可以继续以这样的借口来欺骗自己，但王珏说得很对，林勇回答问题时完全没考虑过自己不喜欢小白，都是从“如果自己和小白离开”这个既定事实的基础上去思考问题，在潜意识里，他是想和小白离开这里的。

有些时候连当事人都不知道自己心里究竟想的是什么，这样的事情林勇已经经历过一次了，没想到这么短的时间里，他要再次面临这样的抉择。

林勇知道自己剩下来的工作就是自己思考，其他人是无法再继续帮助自己了。王珏也深知今日之后恐怕林勇已经不会再来找自己谈及这段贯穿爱人和好友间的感情。所以他们默默地坐到很晚，等到送林勇离开的时候他们都发现自己的双脚已经太久没有移动过而寸步难行了。

重新躺在床上的时候徐芳和林大根早就已经睡去，静谧的夜让人无法入睡，辗转反侧间他从床底拿出那台许久没用过的录音机。

打开，调拨到那个奇怪的电台，而似乎是在回应他此时此刻复杂的心情，这午夜才有的电台此时竟然有声音。

“接下来又是一位署名是匿名的朋友给我们写来的信，让我们拆开来看看……嗯，这位朋友说，他因为某些原因跟自己深爱的人分开，这些天他甚至无法入眠，但是木已成舟却又无法回头，所以呢，他想点一首邓丽君的《忘记他》给自己。”此时声音顿了一下，“如果早知如此的话又何必现在再去忘记当初那个怎么也无法忘记的人呢？所以在这里希望所有收音机前的观众朋友们珍惜眼前人，接下来请欣赏，邓丽君，《忘记他》。”

歌声响起，尽管林勇已经把声音调得很小很小，但听在耳朵里却依旧异常刺耳；尽管这首歌他的磁带里也收录有，但从这电台里听到时却有种无法自拔想要发泄情绪的感觉；尽管不是很明确自己内心里的感情到底是什么，但这也许就是爱情吧。

第七章

阴雨（7）

毫不知情的陈舒平依旧每天变着法子让林勇去讨小白的欢心，而每日增加的负罪感则让林勇消瘦了不少。就连一心想拉红线的陈舒平也发现了这一点，某天中午休息时，两人相约来到厂里的秘密基地。

“你最近是怎么了？无精打采的，是不是遇到问题了？告诉我，我们一起解决。”冬日已经接近尾声，又准备到一年新春，距离小白离去的日子越来越近。

林勇看了一眼身旁的陈舒平，再看看四周，过去了这么长的时间，也就只有这块空地没有变过。

“其实，有些话我很早就想对你说了，我知道这件事情不应该瞒着你，可是，可是我太没用了，什么事情都做不好，哪怕是跟别人说句话都犹豫了这么久。”林勇几乎是用忏悔的语气在向陈舒平说话。

而陈舒平也嗅到了什么，他什么也没说，只是用冷静的双眼看着林勇，那眼神宛若尖刀般锐利，而他脸上的表情，则像沾了血的刀柄。

林勇不敢直视这个曾经可以无话不说的好友，他偏过头去，用细丝般的声音说：“是关于小白的，她，她要离开县城，永远也不回来了。”

就如同林勇无数次在脑海中想象的那样，陈舒平呆住了。

这几个月来为了让林勇和小白在一起，陈舒平食不安寝不乐，工作上也不知道出了多少问题，但他没有抱怨哪怕一句，他有些把林勇当成了自己的影子，只要能让林勇和小白在一起，他做什么事情都值得。

当听到这个消息时，毫无疑问陈舒平的世界开始崩溃，林勇的一番话击碎了陈舒平仅存的梦想，在那一刹那，陈舒平甚至不知道接下来的生活应该如何继续。

“我想过了，我不能一辈子都这么懦弱，所以今天我约了小白，是时候把所有事情都讲清楚了。”林勇也不知道陈舒平有没有把这句话听进去，但他已经依稀看见从远处走来的小白了。

当她走到两人面前时，对于在场的陈舒平，她并没有表现得有多惊讶，她礼貌性地打了一声招呼，也顺便把陈舒平从错愕中拉了出来。

“小白，我听说你要走了？”陈舒平捂住林勇的嘴，他知道林勇要说什么，“你为什么不考虑考虑呢，我的意思是，林勇一直都对你这么好，还有，你的家人呢，他们……”

“舒平，你不要说了，我已经知道你们之间的事情了。”此刻的小白是那么平静，她就站在林勇和陈舒平的面前，没有丝毫情绪波动。

“什么？你怎么会知道的？”林勇拉开树皮的手，脱口而出。

“原本我只是猜测，原本，我也不想相信，但今天看见你们同时在场，我就确信了自己的想法。”小白笑了，笑得很凄美，“每个人做事情都有自己的习惯，虽然舒平已经很努力地让你以自己的方式表现出来，但从你忽然送东西给我的第二周我就开始渐渐地察觉到不妥，而后我仔细想过这件事情的可能性，鉴于你俩的关系这么亲密，似乎也不是不可能。”

小白绝口不提那天晚上对林勇说过的话，她压根没看过陈舒平一眼，那双满是怨恨的眼睛，直直地盯着林勇。

“等等，你听我解释，其实这件事……”陈舒平想要解释，但今天的小白却完全占据了主导地位，她轻轻地看了陈舒平一眼，后者立刻就闭上了嘴巴。

“无论如何，我还是很感谢你们对我的照顾，但每个人都有自己要走的路，我必须离开这里的理由，非常充分，充分到我可以放下一切，所以，所以从今以后我还会当你们是我的朋友，但送东西什么的就不必了，如果未来在别的地方还能相见的话，我们再好好地叙旧。”今天并不是她离开的日子，但陈舒平和林勇都知道，这句话之后，他们是不可能再去送别小白了。

没有机会，林勇那些酝酿了无数个日夜的挽留话语根本连说出来的机会都没有，面对小白那颗坚定的决心，他知道她不可能为了自己而留下，于是他决定把所有的话都留在心里。

沉默，其实林勇并不知道，小白最讨厌的就是在关键时候沉默的人，她本以为自己说出这番话后林勇会当着陈舒平的面说出一些什么话，事实上林勇也正是这么准备的，可事实终究不是按照某个人既定的剧本来走的，小白并没有强求什么，最后深深地看了林勇一眼，转身离开。

冬日的县城吹着刺骨的风，空气中青草的味道夹杂着腐烂的臭味，就在这样的环境下，林勇和陈舒平目送着小白离开，他们知道，这是最后一次和小白的对话，他们也知道，哪怕再制造什么所谓的机会也没有任何用处。

林勇笑了，陈舒平也笑了，一个是苦笑，另一个则是自嘲。

但这些看在小白的眼里都是一样的，所以她也笑了，不过在她身后的两个男人并没有看见，同样的，他们也没有看见在她微扬的嘴角上方，曾经滑过几滴水珠。

过了许久，陈舒平率先离开，他没有和林勇道别，甚至没有说任何一句话，只是默默地低着头，离开了工厂。

而林勇也再无心思继续工作，可在他轻松地溜出大门后才终于发现，即便不在那间被围墙围起来的工厂里他也无处可去。

最好的朋友陈舒平不知去向，曾经的知己卢晓敏已然远去，心中朦胧的爱人已经不可靠近，而无论他如何问自己，林勇都没有离开这小县城的决心。

他放不下的东西太多，在这个时候或者我们应该相信，某些人天生属于某个地方，而林勇，从出生的那一刻起，他就属于这个贫穷又偏僻的小县城。

相比前些日子脑中总有无数的问题，今天林勇已经彻底放弃了思考，其实想来他已经没有什么需要思考的了。

事情演变成这样，满盘皆输却还剩下接下来的人生，就算再差，也不可能选择结束。

在上工时间里闲逛是一件令人神清气爽的事情，而林勇的双腿不自觉地又走到了王珏家前。

应该是这段时间去惯了的缘故，他下意识地想要敲门，但可手上的动作还没完成，旁边就传来一个声音。

“小勇，你今天不上工吗？”

林勇转过身去，原来是出来散步的懂得多先生。

“啊……是啊……身体不舒服，所以就没去。”

懂得多先生露出一个“哦”的表情，他瞟了一眼王珏的屋子，说：“王珏那小子一大早就出去了，你要找他的话估计得晚上来，不如这样，我也是随便走走，既然遇到了你，你就来我家里，我请你喝茶。”

林勇本就对这位老先生有些好感，反正此时无处可去，他也就随着懂得多先生回了家。

仔细想想林勇倒是觉得自己挺对不起懂得多先生的，平日里有什么不懂的就会跑来询问，但没事的时候也不会来陪这位孤独的老人聊天，他知道老先生最喜欢有人陪伴，孤独的人都喜欢有人在身边。

“有什么心事，说来听听。”

“啊……啊？”

“看你六神无主的样子，肯定是在想着什么解决不了的难题，跟我说说，说不定我能给你出点主意。”

林勇现在的状态别说是阅人无数的懂得多先生，恐怕就算是三岁小孩都能看出他不对劲。

“其实也没什么，对了，老先生，您在县城也有段时间了，不知道你了不了解一家姓白的人家，宅子就在那棵大树的附近。”

“白家？嗯……虽然我不知道你为什么问起他们家，但这家的确是有些故事的。”

懂得多先生端起茶杯一饮而尽，接着开始说起小白家里的故事来：这白家自祖上开始便开始经商，虽然生意不大，但一代代传承下来倒是累积了不少财富，日子是越过越好，在县城里的威望也自然是不低，但可惜到了现任家主的父亲那一代就开始没落，至于原因嘛，就是主人无能，把家里的生意几乎败光了。

生意失败后的前家主脾气变得暴躁异常，加上妻子背叛离去直接导致了现家主在父亲的暴虐中长大，好在前家主在种种原因之下活不长久，没过多久就死了。

但留下的这烂摊子不是一般人能够收拾得了的，现家主在这种环境下长大造成了他孤僻的性格。这性格也注定他没办法让自己的家族重新恢复往日的辉煌。

所以虽说他早早就成家立室，但能力有限加上市场的变化让他如今也唯有吃老本过活，其实早在前家主的时候白家的威望就不复存在了，渐渐泯然众人后大家对白家的关注就越来越少，所以现在已经很少有人会问起他们的事情。

“原来我们县城里还有这种故事，那，老先生，白家现在的家主是个什么样的人呢？你说他性格孤僻，具体情况是怎样？”

懂得多先生又喝了一杯茶，饶有兴致地看着林勇：“你今天怎么对他们家的事情这么感兴趣？”

“我，我只是觉得好奇，随便问问。”被懂得多先生这么问起，林勇有些难堪。

好在懂得多先生虽然察觉到了林勇神色的变化，却也不去深究太多，开口继续说道：“关于这现任家主嘛，我知道的其实也不多，但偶有听闻他虽然在外人面前不敢表露什么，但在家里面却似乎有些继承了他父亲的暴躁性格，你也应该知道的，无能之人只能欺负弱质女流，不然我怎么会这样评价他呢？”

林勇听到这里有些懂了，而后他们两人顺着这个话题又聊了好久，他几乎把老先生所知道的有关白家的所有事情都问了出来，可到了最后，他还是无法确认小白如此想要离开这个县城的理由是什么，而当他意识到时候不早的时候已经是深夜了。

匆匆拜别了懂得多先生，走在小道上时才发现小县城静得像熟睡的孩子。在这冬季本来就不明显的地方，或许夜晚是最有冬日气息的时候，除了寒冷，相比较早春时节空气中那蠢蠢欲动的生机而言，今夜空气中充斥的恐怕是冬天最后的无奈和寂寥。

林勇抬起头，看见缺了另一面的月亮。这似曾相识的景色让他有些感慨，这不到一年时间里发生了太多事情，转眼间便会过去的时光，却让林勇明白了许多道理。

经历过这么多事，林勇开始明白自己想要的爱情究竟是什么样子，在这一刻，他不再去纠结小白究竟为什么要离开县城，因为他觉得自己没必要去理解她离开的理由，就像小白也不必考虑林勇心中的爱情是什么模样一样。

有缘无分的话，就在偶然相遇的时候，互相道一声安好便是了，如果强求得来的东西能叫爱情，那天底下哪还会有开心的人。

岁月无情，两周后小白便不再来厂里上班，对于大多数工厂里的员工来说，这并没有造成多大的影响，顶多只是少了一道美丽的风景线和一些闲暇时的谈资罢了。

与小白有最多牵绊的林勇和陈舒平，也渐渐不再是大家谈论的中心。可自从小白把所有话都说清楚之后，这对从前无话不说的好友就很少再聚在一起，这其中的主要原因是陈舒平。

他有意避开林勇，虽然这让他俩彼此都显得孤单，可无论陈舒平是出于什么原因，林勇都能够理解。

日复一日，林勇没有再去打听有关小白的一切消息，甚至连她是什么时候离开县城的都不知道。当然了，消沉是免不了的，林大根和徐芳把最近这段时间自己儿子的变化完全看在眼里，要说不着急是不可能的，可他们都是过来人，加上林大根寡言少语的性格，这对父母宁愿相信自己的儿子能够自己挺过去也不去进行无谓的干扰。

好在林勇争气，当夏天来临时他已经渐渐有了往日的样子，那些曾经困扰着他的事情都过去了，都尘埃落定了，而如今他的人生又回到了原点——在一开始时，这小县城里除了父母之外他就只有陈舒平，现在，也是如此。

是时候去找陈舒平了。

林勇相信时间会抚慰彼此的心中的伤痕，既然自己已经恢复如初，那比他还要乐观得多的陈舒平此时应该同样精神抖擞才是。

“林勇，你朋友来找你了！”似是心有灵犀，当林勇有这个想法的时候陈舒平竟已经来到了他的家门口。

林勇冲了出去，当见到站在门口的陈舒平时，两人都笑了，只是林勇笑得有些灿烂，而陈舒平的笑容里则有些说不清楚的味道。陈舒平提议说出去走走，林勇自然应允，看起来，所有的一切都已经过去了。

他们离开林勇的家，来到杂货铺要了两瓶汽水，旁边就是那条通向食品厂两人经常走的路，也是通向远方的路。

“林勇，小白走的时候，我去了。”

“怎样，她有说些什么吗？”两人谈及小白时脸上都已经没了太明显的变化，只是眼神中难免会闪过些许唏嘘。

早晨十点，最勤劳的蝉已经开始制造噪音，他们站在这个熟悉的地方，一起望着远方。

“没，她只是看了我一眼，又看了看我的身后，当我跟她说‘保重’的时候她也只是笑了一下。”

“那她有告诉你，她去了哪里吗？”

树皮手中的汽水很快喝完，他把空瓶子放在地上。

“她没说，只是说如果有缘的话，自然会再见。”

“哦……这样吗……”

这样的离别方式和对白，对于小白来说，是再合适不过了。

“其实我想过了，小白的想法是对的，她一个女孩子都会为了未来而踏出这一步，离开县城，我身为男子汉，我也不能就在这里一辈子。”陈舒平深深地吸了一口气，望着那条通向远方的路。

“你，难道，难道也要走？”林勇把无心再喝的半瓶汽水也放在了地上。

“没错，我和家里面都说好了，我要出去闯荡，正好我有个亲戚在省城，他跟我们家里关系挺好，听说我想出去打拼很欢迎，还说给我安排工作什么的，我明天开始就不去厂里上工了，下周的这个时候我就走了。”

这时的林勇不知道该说些什么，王珏曾经说过的话在林勇的耳边回响，他不得不想，如果那个时候他跟着小白一起离开这里，或许也是个不错的选择。

陈舒平看了呆滞的林勇一眼，长舒了一口气，他拍了拍林勇的肩膀说道：“我在县城里真正的好朋友就只有你一个，我离开之后就麻烦你闲暇时候多照顾下我的爸妈，其实他们身体都好，就是缺个人去问候问候而已。”

林勇听见陈舒平的话后回过神来，他抬起头来，此时的阳光好刺眼，让他看不见路的尽头：“你这么放心把这种重任交给我，你怎么就知道我会继续留在县城里呢？”

而陈舒平听后则是笑着摇摇头：“你会吗？”

被陈舒平这么一反问，林勇欲言又止，最终什么也没说，与自己的好友相视莞尔。

蝉鸣愈发大声，而他们都没有再说话，一旁林勇喝剩的汽水早已不再冰凉，从瓶身流下来的水打湿地面，绘成一个圆。他们两个人肩并肩站着，站着看那条通向食品厂和远方的路，站着看那条卢晓敏和小白曾经都走过的路，看了好久，好久。

两周后，陈舒平要离开的时候，林勇请了假，但最后他还是决定不去见陈舒平。他来到他俩众多秘密基地中的其中一个，静静地坐着，仿佛身边都是那两个顽皮小孩的影子。

直到夕阳西下时林勇才离开，因为他确信陈舒平已经离开了这座普普通通的小县城。在回家的路上林勇遇到手里提着一袋猪肉的达摩，两人对视一眼，什么都没说，只是一个眼神林勇就决定了自己吃晚饭的地方。

不过今天晚上达摩家里除了林勇这个客人外还有另外一个人，一个可爱的小女孩。

一进屋林勇就认出了这个女孩，那是城东老马家的宝贝女儿，说起那个老马，他也是个可怜人，老马和达摩感情挺好，特别是老马家的女娃，没事的时候最喜欢来找达摩玩。

县城里很多人都觉得达摩是个怪人，可老马却乐得让自己的女儿来达摩家里，因为她是除了旺财外少有的能陪伴达摩的人。

很快饭菜就端上桌来，拗不过达摩，林勇喝了两杯酒，酒入愁肠，心里面的话再也憋不住。

林勇说了很多，这段时间发生的所有事情，还有自己心里面的感受，两个孤独男人的对话，除了惆怅，罕有其他。

“我真的太讨厌离别的场面了，我希望我这辈子都不用再面对这种时刻。”林勇脸颊通红，叹了口气。

“哈哈，小勇，没有人天生是适合离别的，但生命中少不了离别，你只能去适应而无法改变。”听林勇说了一大堆故事，达摩却并没有太动容，对于经历过生死的他来说，这些只不过是小事罢了。

“对呀对呀，林勇哥哥，达摩叔叔说得对，你要振作起来，以后一定能娶个好媳妇！”一旁一直默不作声的马琳琳忽然开口，这句话一出，两个男人顿时笑了起来。

他们笑着说你这个小妮子懂得什么，而小女孩则不依不饶的说她懂，她还说她已经有了心仪的对象，待得时机成熟，那个人就会成为自己的丈夫。

虽然林勇对马琳琳说的话不以为然，但她认真的表情却还是触动了他的内心。

“是啊……但或许我就是这么样一个人吧，明知道逃避不了，又不想去适应，对于某些事情，我的确缺乏勇气，不过每个人都有自己的生活方式，不是么？”林勇也知道每个人都有选择自己未来的权力，他没有责怪任何人，仅仅只是因为要好的朋友离开而感觉到寂寞罢了。

“没错，你这觉悟是挺高的了，哈哈哈。”达摩大笑着拿起酒杯一饮而尽。

听着达摩爽朗的笑声，林勇也笑了起来，就连经历过这么多事情的达摩都依旧能这样放声大笑，他又凭什么一蹶不振呢？

“不过你和舒平的感情算是非常好的了，说你俩是亲兄弟也不为过，你应该知道咱们县城里有一对姓卢的兄弟吧，你俩和他们很像，弟弟不甘现状，拼命想要改变自己的命运，而哥哥则认为安安乐乐地过完一辈子就是最好的事情，本来嘛，每个人都有自己的选择，谁也影响不了谁，但无奈哥哥的儿子长大后受了弟弟很大的影响，以至于后来兄弟反目，来往都少之又少咯。”

林勇听完后想了一下，笑着摇了摇头，他并不觉得自己像卢氏兄弟，至少，他不会因为这些事情而放弃和陈舒平的感情。

他反而希望自己像达摩，确切地说，是像此时此刻的达摩，像这个看透了许多道理后还能笑着和一个年轻人喝酒的达摩。

夜之章：

深夜

不知过了多少天，我终于把老板的故事听完了，在这期间我一直没有再喝酒，把杯子里的水喝完，眼前的老板脸上的微笑变得有些异样。

这段时间夜雨吧的生意不是太好，除了我之外还有几个所谓的常客来过，而那个紫衣女人则再也没有出现过。

我曾经想要打听在那个故事之后曾经有过交织的那三人到底过得如何，老板似乎知道些什么，却不愿告诉我。

熬过了无数个通宵，看了看墙上油腻腻的石英钟，今天似乎终于可以睡一觉，于是我想要就此别过，冲着老板露出一个微笑，转身就走。

“哎哎哎，等等。”老板喊住了我，我好奇地转过头，还以为关于那故事，他还要补充些什么，“钱，你把账给结了，你虽然这几天都没喝酒，不过你倒是吃了我不少花生呢。”

听他这么一说，好像还真是这么回事。

回到出租屋后洗了个舒服的热水澡，躺在床上时我不禁感叹人的命途多舛，看着空洞的天花板，脑中浮现出一种现实与过去的重叠感，不知是否听故事听得太入迷：曾几何时的林勇和傅西杰，一定也都曾像现在这样盯着天花板发呆吧？

在这房间里，它就是我的天空，没有繁星点点，只有静谧夜里的无声陪伴。

忽然一道光芒投射进来，把我从臆想的漩涡里拉了出来。原来是放在枕边的手机在提示有未接电话和信息，我解锁屏幕，翻看所有的记录。

时间不知不觉来到凌晨五点，看完手机里信息的我心里不是滋味，没有酒精蒙蔽双眼，那个颓废的我，好像渐渐远去。

内疚和羞愧伴随着睡意让我沉沉睡去，直到饥饿唤醒我时，窗外的天色已经又开始暗下来。

我离开出租屋随意去觅食，脑海中想着这段日子自己的所作所为：好像除了把自己推向悬崖外，我还伤害了身边所有关心我的人。

刚入夜的街道，就跟平时没有什么两样，呼啸而过的车辆，是属于别人的生活。仔细想想自己愚蠢的行为，那个不顾一切把别人请进自己生活然后弄得一团糟的人，真的是我吗？

这天晚上，我做了个梦，梦见我的小时候。

在那棵伴我长大的榕树下，小伙伴们在嬉闹，偶尔还会冒着生命危险去逗院子里患有精神疾病的大叔，那时我们会令人生厌地往他的家里丢东西，当他愤怒的冲出来时，我们所有人早已玩命跑得老远。

但是那个大叔却从来不记仇，确切地说，是从来不记得我们干过的事。转身再见时，他脸上还是那副痴呆的模样，如果你跟他问好，他也会傻笑着跟你问好。

小时候觉得这样的人真傻，活着还有什么意义呢？

长大了才知道，至少在他的世界里，他是快乐的。如果非得要有个抉择的话，一个痛苦的明白人亦或者是一个快乐的傻子，现在的我估计会选择后者。

当然了，我其实还没明白太多道理，也没傻到那份上。

宛如蚊蝇般的震动声把我从哲学的问题中叫醒，我开始有些后悔把震动改回来了。

“喂……”

“喂，还在睡？”

“嗯……”

“你上次叫我办的事情，有些眉目了。”

“什么？”

我猛地从床上坐起来，激动得声音都有些沙哑了。

“你在哪？”

“你别急，我现在还有点事，这样吧，下午一点，老地方见。”

说完这句话对方就挂掉了电话。我仍然处于一种亢奋的状态里，嘴中念念有词，好一会儿我才回过神来，简单洗漱过后，也忘记了时间，老早穿好衣服下了楼。

今天看来有是一个晴朗的冬日，清晨的阳光有那么一点刺眼，我都记不起上次这么早起来是什么时候了。

小巷里有不少骑自行车上班的中年人，朴素的装扮，慢悠悠地骑着车，与现在这浮躁的社会格格不入。

不知不觉我急促的脚步放缓下来，随着目光四下张望，在早餐店的人流中，我竟然看见了那个紫色的身影。

没错，就是她，那个我曾经在夜里见过的紫衣女子。她在买早餐，拥挤的人群里，她并没有显得单薄，反而力压群雄，成功挤了进去。

“叔叔……”完全出神的我根本没意识到自己旁边站了个小孩，看起来像是六七岁的样子，红彤彤的小脸蛋，正吸着自己的拇指，“好像没见过你呀，你也是住在这附近的吗？”

你当然没见过我，除非你经常混迹在酒吧里，我一边这样想着一边蹲下来摸摸他的头，笑着答：“对呀，叔叔最近才搬来的，所以你没见过我。”

有多久没这样笑过了呢？

应该只有面对小孩子时才能不需要理由的笑吧。

“啊，对不起，打扰了。”似乎他的母亲发现了这边的情况，还没看清楚对象就连忙道歉。

我抬起头，最先映入眼帘的，是那在阳光下格外刺眼的紫。

她看见是我后愣住了，很显然，尽管那天夜晚灯光不好，可是她却记住了我。

今天的她没戴墨镜，我也终于能够看清楚她的长相。这是个风韵犹存的女人，有些浮肿的眼袋说着她曾经未眠的夜，眉头虽然紧蹙着，却依旧挡不住昔日的英气。

很快她脸上的神色变成戒备，仿佛我是什么心怀不轨的变态狂。

“这是你家孩子吗？他主动过来跟我问好来着，真乖。”我尴尬地笑着，努力避开她那异样的目光。

“是呀是呀，妈妈，这个叔叔是最近才搬来的，我不认识，所以就过来问他！”小男孩很懂事地扯着女人的衣角，听到自己的儿子也这样说，她终于松了口气。

随后她也开始尴尬地笑起来，不知道要说什么好。

“卢阿姨，你的早餐忘记拿啦！”

正在谈话不知该如何继续下去时，早餐店老板的呼喊声结束了这次尴尬的对话。

她抱歉地点点头，拉着自己的儿子转身离开，我看见她拿着包子和打包好的豆浆跨上自行车远去，走时还和早餐店老板有说有笑。

她应该是送孩子去上学吧。

回想自己前些日子冒昧的搭话，我不由得笑起来，原来人在过去总是干着蠢事，蠢到回忆都汗颜的那种。

离开那条路，在世界开始变得喧闹的地方我拦下一辆计程车，颠簸许久，来到了约定地点。

这里是步行街旁的一家星巴克，人流量很大，不过现在的我完全没心情去管这些，只盼着时间快点过去。

在我的不懈努力下，对方提前半个小时出现就在我面前，时间当然不会因为祈祷而走得更快，但人会因为不停打电话催促而提前来到。

“你是不是疯了？你知道在过去的两小时里你打了多少个电话给我吗？我女朋友就在我身边，她还以为我有外遇了！”那个怒气冲冲的人把随身带的包摔在一旁的空座位上。

我对此全然不觉，双眼中期盼的光芒更甚，问道：“怎么样？什么情况？”

他见我如此执着，也不好再抱怨什么，只能唉声叹气地说自己倒霉，怎么从小就认识了我这个人。

“你上次让我查的人，我查到了，其实，我几天前就查到了她的全部信息，之所以没有在那个时候马上告诉你，是因为我先跟她通了电话。”

“什么？你，你有没有搞错？你这样做岂不是打草惊蛇了吗？你就是这样当公安的？”我瞪大双眼朝他怒吼。

“我怎么当的公安你别管，但我知道应该怎么当你的好朋友，”他说着摆出一脸严肃，那认真的样子绝对不是开玩笑，“自从你发生了那件事情之后，你好好想想我替你背负了多少东西，我俩从小到大玩在一起，你觉得你爸妈和你未婚妻找我会找得少吗？我昧着良心说了多少假话，又苦口婆心地花了多少时间去劝他们？”

我无言以对，只能把目光转向别处。

“我先去联系她，也是为了你着想，我知道你的性格，所以当你来找我帮忙的时候，我并没有拒绝。可正是因为我太了解你，如果这件事情完全按照你所想的去办，那么你估计就回不到从前了。”

“废话，说得好像你什么都懂，但现在呢，现在我就能回去了吗？有些东西发生了就是发生了，我从来没有想过要回到从前，大不了从头再来。”

就在我说完这句话之后，我的背脊突然感觉到一阵凉意。

第一次，这是他第一次用那样的眼神看我，那眼神中的轻蔑和失望是那么沉重，压得我有些喘不过气来。身旁所有的人，所有的噪音仿佛都消失了，我是一个被关在密室里的囚徒，两边的墙壁正向我夹来，无处可逃，只能乖乖等死。

好在最后时刻他没有狠心地把我杀死，他收起了那残忍的目光，从随身带来的包里拿出一个公文袋，厚厚的，好像装了很多资料。

“你好好地看看这些吧，两周后的今天我结婚，我希望伴郎是你，如果你愿意来的话，提前三天告诉我。”

他说完起身离开，我像个做错事的孩子，用眼角的余光目送他离开，紧接着把桌上的公文袋迅速抱在怀里，逃也似的离开这片人来人往的地方。

在计程车上我紧握着公文袋，很多次想现在就拆开，可脑海中无数种可怕的可能性却让我每次都无法下手。

终于熬到了目的地，我在那喧闹的路口下了车，眼下正是午后最慵懒的四点，小巷里没有赶路的人，只有坐在太师椅上和自己家小狗晒太阳的老人。

这种悠闲的景象搭配下午攀升的气温，就算是路过看着都会有种昏昏欲睡的感觉。

“妈妈，妈妈，快看，是那个新来的叔叔！”我和那个紫衣女人似乎特别有缘，在一个巷口，她也刚回到家，那个兴奋的小男孩坐在自行车后座上嚷着。

她回过头来看我，好像有了某种感觉，于是就让小男孩自己先上楼。停好了自行车后她走到我面前，苍白的脸颊在阳光的照射下显得没有那么憔悴，有些舒展开的眉头更添了她的风韵。

“今天早上真是不好意思，我们家孩子太不懂事了，如果说了什么冒犯你的话，还请你原谅。”

原来是上来道歉来了，我笑着说没什么，刚想岔开话题时她却抢先开了口。

“关于那天晚上你问我的事，你能替我保密吗？”

“啊？”我有些懵了，随后很快就想到什么，“喔，那个，没问题，我在这里也不认识什么人，不会到处乱说什么的。”

“没错，我的确曾经在深夜买醉。”她说完这句话，整个人的气质都发生了改变，可她脸上那如释重负的表情却重重地压在我身上。

“呃……其实每个人都有自己不为人知的一面……”我随便找了些话来应对，现在的我不适合去安慰别人。

“所以我再次请求你，请你替我保密，我不想让别人知道这件事。”

敌不过她认真的表情，我再答应了她一次。

她得到肯定的答复后笑了起来，那一瞬间，我忽然感觉到了别人的信赖，原来，就算身处逆境，也能够体会到这种感觉。

之后我们简单地聊了下，她说她姓卢，住在这里已经挺久了，老公是开船的，运沙船，工作关系经常彻夜不归，我想这大概就是她为什么会自己跑去酒吧的原因吧。

并没有说太多自己的事，而是以还有事为由抽身离开，虽然只是和她简单地聊了几句，但是我心中的某个结似乎解开了，飞奔回出租屋，喘着粗气，我毫不犹豫地打开了那个公文袋。

屋里和屋外都静得吓人，只有纸张摩擦发出的声音，而我所看到的却并非是我臆想中的任何一种可能，我胡乱地翻看着，甚至不明白这些钉在一起的稿纸到底与我有什么关系。

我抓起手机想要质问我的好友，可提示音却告诉我对方已关机，我生气地把手机摔在床上，看着那一沓写满字的纸，我瘫坐下来。

我能听见墙上秒针在走动的声音，也能听见自己心脏在轻微跳动的旋律，那感觉是如此奇妙，如此令人害怕。于是我跑进卫生间里打开花洒，刺骨的冷水瞬间淋湿了我，我颤抖着，任由呼吸带动全身抽搐。

大约过了十分钟的样子，我关掉了花洒，脱掉身上被淋湿的衣服，重新坐在床上。面前依旧是那份不明就里的稿子，再次看去时，那字迹变得眼熟起来。

我似乎明白了什么，就当是出于对朋友最后的信任，我开始从头仔细去读这些文字，起初的不耐烦在渐渐消失，很快我就被内容深深吸引住了，这一沓的纸张并不是其他东西，而是一个故事，一个某人想要讲给我听的故事。

第一章

暴雨（1）

这个故事发生在距离今天不太远的年代里，2011年，世界经历过了太多事情，更多人忘记了生活本质而去追寻名利和金钱。

而大环境并不允许每个人都成为奢华的国王，在明白这个道理后没有几个人能坚持不懈，更多的，则是早九晚五地混日子，只盼到了午夜时分能够在各种夜店里放纵。

她是一个聪明的女人，从过去到现在一直都是。所以她看准了这个机会，在这座南方行省里的海滨小城里开了一家不算大的夜店——纵情Club（酒吧）。

凭借着那似乎是与生俱来的潮流嗅觉和独特的审美，纵情Club的装修风格吸引来了大批喜欢尝鲜的年轻人，而他们也都沉醉在那疯狂的气氛里，从而转变成了夜店的铁杆粉丝。

这里是一个旅游城市，人口不多不少，大家所处的圈子大不到哪里去，纵情Club的名气很快在玩乐圈里传开，越来越多的人开始来到这里，然后被这里征服。

这是个一旦有成功的案例就会被复制的时代，纵情的成绩很快引起了其他同行或投资者们的注意，在不到半年的时间里，类似纵情那样风格的夜店如同雨后春笋，疯狂冒出来。

但纵情Club却从来不畏惧任何挑战者，无论对方弄出什么名堂，这里的客人依旧不见减少，因为人虽然喜新厌旧，却更喜欢崇拜某些事物。

从深邃的恐惧到高高在上的明星，无论距离自己多远，每个人的心里都渴望着一个类似偶像的存在，比如，纵情Club的老板娘。

人类总是畏惧未知，其实在内心深处也在崇拜仰望着未知，纵情的老板娘就是这样的人物。没有人知道她真正的名字是什么，只知道她称呼自己为如梦。也不知道她年芳几何，只能通过外表判断——她是个年近中年却风韵犹存不输少女的美女。

“威少，今天，又打算来十万？”冬夜里的某天晚上，纵情Club如同往常那般火热，而位置最好的卡座最近天天被一个二十多岁的男人独占。

他叫黄威，他的父亲在当地颇有名望，家境殷实，在优秀的环境里长大，黄威除了养出一副倔强的坏脾气外还有一个聪明的头脑，凭借着家里的势力，正所谓靠山吃山靠水吃水，他自己创办了一家渔业公司——神威渔业。

“切，那肯定，就刘一麟那个矮子，他敢看不起我？说我肯定追不到纵情Club的如梦？咱们走着瞧。”黄威说着从包里掏出一张卡，招了招手，把服务员叫来。

这是纵情Club自创办以来的规矩，如果哪位客人当晚消费了十万块，那么如梦就会亲自过来陪他喝一瓶酒，什么酒随意选，免费。

刚开始的时候大家都对这种莫名其妙的规矩不以为然，可随着某个有钱人不经意间的挥金如土；随着如梦拿着酒款款落座；随着她优雅的喝酒姿势，所有人都开始渴望，渴望有一天能在大家注视的目光中与如梦举杯痛饮。

“可是威少，你女朋友……”

“啧，你废话那么多干嘛！”

黄威瞟了一眼身旁的朋友，一脸的不屑，那是从小学开始就跟着他屁股后边跑的男人，外号吕二五，这是由南方人常说的二五仔演变而来的外号，所谓二五仔，就是出卖朋友的人的统称。

当然了，二五并不承认这个外号，他说自己并不是非十恶不赦的汉奸，只是有时候会为了一些小便宜而展现出自私的一面。黄威当然清楚他的本性，虽然从小到大吕二五没有出卖过黄威一次，但那也只是因为利益的驱动力不够大罢了。

很多人都问过黄威为什么把吕二五一直留在身边，他也曾问过自己这个问题，考虑了无数种可能性，除了吕二五任劳任怨，什么事情都愿意为黄威干之外，最有可能的还是因为感情太深，无法割舍。

“先生，这是您的卡，梦姐托我来问您一声，您打算要喝什么酒呢？”说话间服务员已经完成了这次的消费，他毕恭毕敬地把卡送回来。

“告诉你们老板娘，就说我叫黄威，老规矩，她都懂。”

十万块钱说多不多，要说少，很多人一年还挣不到这么多。这是黄威连续来找如梦喝酒的第五个晚上，他每次都只带吕二五一个人来，花掉的钱大多也都是买酒存在夜店里。

在场的人们听到今天如梦又要出现时不禁沸腾起来，无论是在喝酒的还是在舞池里的，他们一致向黄威所在的卡座致敬。在茹毛饮血的年代里，这种集体表达出的敬意一般只会送给能徒手杀死野兽的人，那是人与动物，与大自然的搏斗，而今天，只不过是人与金钱的较量罢了。

不过金钱虽然万恶，离了这贯穿人类生活的货币还真无法生活下去，所以才会有那么多为五斗米折腰的故事，就连那谜一般的如梦不也是会为了钱而来陪酒吗？

当然，这相对于普通的陪酒女郎还是有巨大区别的。

如梦所带来的，更多是纵情Club对于重要客户的敬意，所以每次她都会在来之前事先好好打扮，要说是盛装出席也不为过。

但今天的如梦却显得有些随便，简单的马尾，白衬衫配牛仔裤，一双黑色的短靴。在她的气质之下不管如何穿搭都有一种他人无法模仿的味道，就算是休闲装扮也很少有人发觉什么不对劲的地方，那些在纵情内放纵自己情绪的人只要看见这块活招牌就会情不自禁地欢呼雀跃。

“如梦，你今天，好像有些不对？”黄威皱眉，他看着自己身旁的女人，灯光迷离，她的脸上和眼角已然露出些许人力无法遮盖的岁月痕迹，但那淡淡的气质却依旧迷人。

“我？我有什么不对的呢？”如梦轻笑着跷起腿，她晃了晃手中的酒瓶，那是黄威最喜欢的红酒。

“我指的当然不是这个，我是说你今天的样子，我差点就认不出你了。”习惯了抹胸长裙的如梦，黄威上下打量着今天的她，越看越入迷。

如梦没有说什么，只是打开红酒，帮黄威倒上，自己也开始喝起来。

“如梦，我前两天跟你提的那件事，你考虑得怎样了？”接过如梦递来的酒杯一饮而尽，黄威从来不在女人面前示弱。

她瞟了他一眼，先给他把酒满上后淡淡地说：“你是说跟你去海岛上玩的事吧，当时我不是就已经给了你答案了吗，你为什么总是一厢情愿地认为我还会再考虑呢？”

再次，黄威将酒杯里的酒倒入口中。

“这世界上哪里有什么事情是不能改变的？关于这方面的事情，你知道得应该比我多才对。”

如梦闻言瞥了黄威一眼，她淡淡地笑着，轻声说：“威少你可太看得起我了，我只是个女人，努力过自己想过的生活，仅此而已。”

说话间，黄威又被灌了两杯酒，尽管多年来混迹夜店，但他天生酒量浅薄，一下子喝得急了，他开始感觉有些晕。

“你想要过什么样的生活，你告诉我。”一旁的吕二五想要帮忙挡酒，可黄威岂会让人看扁自己，他一巴掌打在吕二五的手上，示意他不要多管闲事。

如梦见状则笑了笑，摇摇头，她没有回答黄威的问题，而是把酒瓶里最后的酒全部倒入黄威的杯中，接着轻轻把空瓶放在桌上，笑着说："什么样的生活都好，反正不会是威少你喜欢的那种生活，好了，酒也喝完了，拜拜了。"

说完这句话，如梦翩然离开，黄威想去拉她，手在半空中停了下来，空气里还有如梦身上的香水味。

看见如梦离去，场内的人群再次沸腾起来，他们尖叫着，发泄心中各种各样的情绪，而如梦则用她一贯的微笑回应这些忠实粉丝，她走得不紧不慢，却总让人感觉太过匆匆。

一瓶酒，如果是会品的人足够喝上好一会儿，可惜每次如梦和黄威一起喝酒的时间却都太过短暂，让人怀疑她拿来并不是一瓶酒，而是一杯酒。

"威少，人都走啦，你这手，每次都像得了小儿麻痹症似的，你倒是有哪次能拉到她的呀？"喜闻乐见的情景，连吕二五都忍不住说出了实话。

黄威眼睛一瞪，照着吕二五的脑袋拍了一下。

"就你多嘴是吧，你本事大，你本事大就不用跟着我了。"黄威悻悻地甩了甩手，把桌上所有的酒都摆到吕二五面前，"喝，你今晚不把这些给我喝完，你以后就别让我见到你。"

黄威的酒量是不行，吕二五却不同，这也是为什么黄威喜欢把他带在身边的原因之一——基本上黄威的弱项他都能够补上。

夜晚很快过去，在海岸线上起落的太阳照常升起，带有咸味的海风扫过这座城市的每一个角落，从纵情Club的门口，到最新建成的高级公寓。

闹钟把黄威从沉睡中叫醒，头疼欲裂，他胡乱的把手机闹钟按停，身旁睡着的女人不耐烦地翻了个身。那是黄威的女朋友何艺萱，这里是她众多寓所中的一处。

黄威跟那种天下闻名的大富二代比起来要差得远，可在这座城市里，他们黄家绝对是有头有脸地存在。地位注定了很多事情是没得选择的，他从出生就被灌输了很严重的阶层的概念，在他父亲看来，人就是分贵贱的，这也是为什么有的人一辈子都在扫大街，有的人一出生就能享受荣华富贵，所以今天的黄威始终认为：那些无事献殷勤的人都对他有非分之想。

正是因为这种想法的推动，让黄威欣然接受了自己“政治”婚姻的命运，但凭借着高大的身材和英俊的外形，睡在自己身旁的那位“门当户对小姐”倒也是真心喜欢他。

“威威，你今天还要去上班呀？”她把埋在枕头里的脸露出一半，两手揽着黄威的腰。

妾意情浓，可惜这边的俏郎君却并不买账，他有些厌烦地扒开何艺萱的手，下床，走进卫生间。

黄威和何艺萱相识不久便走在了一起，到今天，两人的情侣关系已经保持了两年多时间。如果说刚开始时黄威还挺喜欢这个几乎拥有所有大小姐坏毛病的女人，而今时今日他还会继续跟何艺萱在一起的理由恐怕只是因为对方的家境比他要好罢了。

爱情对于黄威来说是个不曾去追逐过的东西，那些天生便拥有一切的人理所当然地认为自己已经获得或很轻易便可以获得爱情。所以黄威根本没有考虑过这个问题，他对于婚姻也看得很淡，从小到大父亲都在教育他要如何赚钱，而长大后他除了是一个浪荡子，同时也成了一个精明的老板。

离开公寓，吕二五早就把车开了出来，每每黄威喝醉的时候吕二五都会把他送到何艺萱的家里，而他自己则在车上过夜——因为吕二五很清楚，哪怕多醉都好，第二天黄威肯定要去公司上班。

“威少，今天还是那么准时哈。”吕二五打趣道，不过黄威没有回话，他坐到车的后座上比了个手势，启程上班。

昨晚在如梦离去后吕二五就叫来了一批玩咖，清一色的美女，黄威虽然没什么感觉，却每次都难免会喝醉，而喝得比黄威还多十倍的吕二五除了次日会有些憔悴根本看不出什么异样。

都说现在最重要的是有一项别人没有的特殊技能。吕二五没什么大本事，但就能喝这一点上来看，他倒是有能够吹嘘的资本。

这座城市的生活节奏很慢，很多人睡到很晚然后起床吃一碗肉比米粉还多的米粉，如果乐意的话还可以配上几瓶啤酒，吃完早餐然后配着微醺的感觉晒晒中午的太阳，实在是说不出的惬意。

而黄威对这样的人厌恶至极，所以他努力不让自己懒散，在工作上，他有着近乎疯狂的执着，他极少请假，每天都准时上班，也希望自己的每个员工都像他一样热爱自己的工作。

他凭借着家里的帮助拿到资源并开办了自己的公司，他希望在这之后能够靠自己的实力让这家公司越来越好。他好强，不服输，他要当同辈里最优秀的那个。

也正是他的这种努力，招来了那些颓废富二代的仇恨。他们只想在挥金如土的日子里让自己的生命慢慢流逝，可每每自己的金主父母都会拿他们跟努力的黄威来对比，久而久之，那些从小就被惯坏了的孩子当然免不了对黄威恨之入骨。

这其中刘一麟是体会最深的，因为他们两家本就走得比较近。刘家的生意做得很大，在城里是赫赫有名的富豪，可惜刘一麟的父亲却对自己不争气的儿子日渐冷漠，这其中最主要的原因当然就是黄威了。

于是刘一麟为了讨好自己的父亲，也想着学黄威那样用实力来证明自己，从家里面拿了一大笔钱打算弄个公司搞点什么项目，还为了证明自己比黄威强，公司故意选在黄威公司附近，可公司刚开张，这钱就已经花了大半，谁也不知道钱的去向。

事业是搞不成了，可是自己弄的公司偶尔还是得来上班，管理什么的他当然一窍不通，好在就像黄威有吕二五一样，刘一麟这种有钱人的身边自然少不了能办事的人。

“黄总，刘公子他……”刚来到办公室没多久，正处理着手头上的事情，刘一麟却不请自来地闯了进来。

“没事，你先出去。”这种情况已经不是第一次了，黄威皱着眉头挥挥手，让秘书先离开。

刘一麟回头瞟了一眼，从鼻子中发出一声冷哼。

刘一麟与黄威，同为所谓的富二代，两人之间却有着极大不同。刘一麟平时的生活极其奢靡，私生活混乱不堪。除此之外他还喜欢仗势欺人，仗着自己家里与黑道有些关系，但凡有谁敢逆了他的意思，下场都不会太好。

“你来做什么？”两人不和已经人尽皆知，所以黄威不需要再在表面上掩饰什么。

“我来看你失败的衰样啊，哈哈哈。”他说着就坐到黄威对面，脸上都是幸灾乐祸的笑容，“我听说你已经连续五天去纵情了？结果，还是没有追到如梦嘛！”

黄威闻言冷笑，点上一根烟，可刘一麟说的却是事实，无法反驳。

“所以说嘛，你就别再装什么无所不能的超人了，还记得我们打的赌吗？已经没多少时间了哟！”刘一麟笑得更欢了，而黄威知道，此时此刻肯定不止他一个人在这样笑。

看着对面男人意气风发的样子，黄威不紧不慢地把烟吐在他的脸上，淡淡地说：“第五天而已，我还有五天时间，事情没到最后一步，谁也别说自己赢定了。”

就是这种泰山崩于前而面不改色的样子最让刘一麟恼火，今天他之所以来就是想看黄威紧张慌乱的样子。他恨得咬牙切齿，却又没什么其他办法，于是重重地拍了一下桌面，用手指了指黄威，愤然离去。

在刘一麟面前，黄威说什么都不能示弱，否则这次打赌就已经输了。表面上是很平静，可黄威的内心却深知刘一麟的确有嚣张的资本，因为赌约的内容是十天内追到如梦，所谓追到当然是能够在公众场合一起露面的意思。

感情这种东西对于某些人来说只不过是一个价码，而对于那些将其视为珍宝之人，十天时间是不可能成功的。所以黄威就想约如梦去附近的无人岛上去露营，届时肯定也会把刘一麟等人一起叫去，如此一来，即便如梦没有承认什么，刘一麟也无话可说。

这并不是一场正当的胜利，可黄威也没有其他办法，因为无论是谁输了，都要把自己在公司里持有的一半股份送给对方。这是一个不公平的赌局，理智的人肯定会笑笑了事，可黄威不然，他不想在任何事情上输给这个好吃懒做的人，他不认为自己会输。

时间紧迫，眼下虽然还有一些工作要处理，但相对于这个赌局来说都显得不那么重要，本来他觉得只要自己舍得花钱，请如梦出去玩一圈应该是顺理成章的事情，可现如今事实却给了他响亮的耳光。

不过黄威做事情从来不会一条道走到黑，如果简单粗暴的计划行不通的话，那他就换个委婉点的办法。

于是他拿起手机开始不停地打电话，直到夜幕降临时他才从公司离开。

海滨小城的冬天同样具备了暖冬的特色，一件呢子大衣和高领打底衣，黄威没有半刻停留地驱车回到属于自己的寓所，冲了一杯牛奶，静静躺下，慢慢地进入梦乡。

午夜时分到来的时候，他的手机闹钟响了起来，相信大多数人都不习惯在这样的时间被吵醒，黄威却没有半点赖床的意思，他起身穿好衣服，甩门离开。

夜幕笼罩下的街道像一个沉默无声的老人，那从只开了一条缝的车窗里吹进来的冷风，是风烛残年最后的叹息。黄威独自开着车，没有带上吕二五，此时就算是那些喜欢在夜间活动的玩咖大部分也都开始陆续进入梦乡，那一到晚上就热闹非凡的纵情Club也终于显露出了冷清的态势。

他停好了车，却没有走进去，黄威绕到了纵情Club的后门，点上一根烟，静静等待。

黎明前的夜将他拥入怀抱，远处微弱的光是一盏陈旧的路灯，店里的音乐逐渐消停，这座城市即将迎来片刻真正的宁静。

当天边露出鱼肚白的时候，纵情Club的后门里走出来一个人，不假思索的，黄威叫住了她。

“如梦。”他丢掉手里的香烟，用脚踩灭。

那人险些被吓了一跳，回过头来看见门边的黄威，再如何淡定的人，都难掩脸上的惊讶。

“怎么是你？你怎么……”不过很快如梦就收起了惊讶，如果不能在这么快的时间里面反应过来，如梦就不是如梦了，“我懂了，看来我的某位员工经受不住你的金钱诱惑，把我给出卖了。”

她苦笑着摇摇头，无可奈何地转身离开。

这是黄威找了很多人才得来的信息——如梦每天下班后都会自己一个人从后门离开。

“别说得这么难听，你的员工也是人，是人就会有喜欢的东西。”黄威快步跟上如梦，边走边说，“你看你忙了这么久，不如我送你回家？”

如梦没有车，也不会开车，每天下班后都会从后门离开并乘坐计程车回家。知道这个信息的黄威自然就要从这点上去切入了。

可惜黄威的提议没有得到女人的回答，她反而加快脚步，想要快点摆脱身边这个男人。

“如梦，我就是想送你回家，没别的意思，我黄威是什么人你应该清楚，我……”黄威不依不饶，其实他心里早已将眼前这个不知好歹的“剩女”骂了几百遍。

不知是否因为黄威的死缠烂打起了效果，如梦又走了一段路后忽然停下来，她转过头来看着他，伸出一只手指，点了点头：“好，既然你这么有心的话，那我就恭敬不如从命了，”说着她瞟了一眼店里，又看了看黄威，“你去把车开过来吧，我在那边等你。”

夜店附近自然少不了停靠整齐的出租车，黄威顺着如梦指的方向看去，露出满意的笑容。他在如梦眼前打了个响指，晃了晃手中的钥匙，转身跑开。

看着黄威的背影，如梦露出皎洁的笑容，她看了看头顶的夜空，叹了口气，向着不远处的出租车走去。

当黄威以为自己与如梦的关系要更近一层的时候，那个神秘的女人已经开始了回家的旅途，而在路边苦等半小时仍然不见人的黄威终于明白了什么，他从自己的座驾上下来，看着渐渐散去的出租车，狠狠地踢了轮胎一脚。

折腾许久，却得到的是这样的结果。黄威心里面的恶气无法散去，很多时候他就像个大男孩，心里面的事情都会写在脸上，所以整整一天，公司没有员工敢和黄威说一句话。

他不服，从小到大这还是他第一次被别人如此戏耍，挫败感折磨着他。于是他开始再次利用自己的资源去打探更多关于如梦的信息，无奈无论他的关系网再怎么宽广却也没办法打听到如梦的住处。

在这个社会里，人是不能没有朋友的，而住所在正常社交中又是会经常被聊起的话题，奇怪的是下从如梦的员工上到曾经和如梦打过交道的人都说不出她究竟住在哪里。

“梦姐好像没什么朋友，每天上班除了处理日常的事情就是静静地看着舞池发呆。”

这是纵情Club员工的原话，他是那里的老员工了，从纵情开始就在里面当服务员，而且据他所说，如梦跟员工之间除了聊工作不会谈起其他的事情。

这是怎样一个女人?

黄威在心里这样问自己，他感觉如梦这个人并没有活在现如今这个时代里，可她自己一手创办的Club却又是那么成功，那么深入年轻人的内心。

形象营造。

或许这是唯一黄威能够想到的解释，如果真是那样的话，那么当人拆穿一切的时候，那一定非常有成就感。

想到这里，黄威不禁冷笑，那是看见自己成功的微笑。于是他又重复昨天的步骤：下班，回家，睡觉，起床，在凌晨时分赶往纵情，等候如梦。

但今天他却没有把车停在店门前，而是抢了出租车师傅的位置——当然，这是需要花掉一些金钱的。

还是大概那个时间，天边渐渐有太阳的恩泽出现，靠着车抽烟的黄威远远地看见有一个模糊的身影向着这边走来，他吐出一个烟圈，再次把手里的香烟踩灭。

本应有一整排在此候客的出租车队伍，今天却只有黄威这一辆车。如梦看着眼前的一切，最后淡淡地看着黄威。

“威少你可真是愿意花心思呐。”她说着从包里拿出手机，发着信息。

“当然了，为了博得红颜一笑嘛，怎么样，今天你再不赏脸的话，估计就要走着回去了？”

就像黄威曾经说过的，每个人都有喜欢的东西，出租车师傅熬夜在此候客，无非就是为了钱，而这东西，黄威还是有的。

如梦没有说话，她摆弄着手机，不过很快就露出失望的表情。黄威把一切看在眼里，脸上的笑容更甚，他打开车门，做出一个“请”的姿势。

“如梦小姐，请上车吧，时候不早了。”

她看着这个比自己年龄小了一半的男人，不禁有些无奈，不过这时她看见街道的尽头正有亮光疾驰而来。

于是她顺势地坐上车，让黄威绅士的把门关上。

“怎么样，如梦，我的车比出租车要舒服多了吧？”黄威得意扬扬地弯下腰，隔着车窗，他很享受从外面看见如梦坐在自己车后座的样子。

不过接下来的一切却让他怎么也笑不出来。如梦从左边挪到右边，接着她打开车门下了车。

“其实你的车跟出租车没什么两样，”隔着黄威心爱的座驾，如梦从包里掏出一张十元的纸钞，放在车顶，“但是你这个司机的技术可能不怎么好，所以我决定还是去坐出租车，不过你放心，起步价我还是会给你的，免得你白跑一趟。”最后她看着黄威，眼中闪过一丝怜悯。

此时那从远方疾驰而来的亮光正好经过，如梦伸出手，截停了那辆狂奔中的出租车。

如梦上了车，甚至都没有回头看黄威一眼就消失在道路的尽头，冬夜凌晨的冷风中只剩下那个前几秒还春风得意的男人。他没有像上次那般发怒，而是仔细回想如梦方才的眼神。

那是一种打从心底就蔑视的眼神，这还是黄威从来没有遇到过的。那双画了简单眼影的眼睛刻在了他的心里，在他眼前不停放大，直到连灵魂都为之颤抖。

好一会儿黄威才回过神来，太阳渐渐在天边露出额头，他面无表情地上了车，向着自己公司开去。

三天，只剩下三天时间。

如果说黄威在接受刘一麟的赌约时信心满满，那在第五天始终无果的时候他终于明白这不是一个普通的赌局，而今天经过如梦那蔑视的眼神后，黄威知道，恐怕自己这次真的要输了。

焦虑，他坐在办公室里咬着自己的手指甲——这是他无助时的表现。他自己都不记得上次出现这样的情况是在什么时候，对于黄威来说，输给一个女人实在是件羞耻的事情。

黄威是一个谨慎且不择手段的人，想要得到什么东西的话，一定会尽力去争取。所以他开始考虑更极端的计划，正在这个时候，吕二五正好从外面走进来。

“哎，威少，今天中午去哪吃……”他一进来就发现黄威的神色不对，“威少，你这是……”

“住口，把门关上。”似是下定了决心，黄威的双眼闪烁着炽热的光芒。

吕二五知道现在不是开玩笑的时候，他把办公室的门关上后乖乖地坐在黄威的对面。

“我给你一个任务，你一定要完成……”黄威说着从抽屉中拿出一沓现金摆在桌面上，他最喜欢能用钱解决的事情。

吕二五不能拒绝，只能战战兢兢地拿钱走人。他认识黄威已经这么多年了，吕二五很清楚黄威如果说得出，那就一定办得到，这次如果他搞砸了，那就真的要卷铺盖走人了。

把事情交代完后黄威感觉到前所未有的轻松，他躺在自己舒服的椅子上长长出了一口气，拿起手机，约了一个最近刚认识不久的平面模特今晚吃饭。

像黄威这样的人，身边是绝对不会缺少女人的，那些疯狂追逐名利的女人会不惜一切代价接近他，而大多数时候，类似黄威这样身份地位的人只不过是把她们当成玩具罢了。

第二章

暴雨（2）

黄威推开了身旁的女人，悻悻地穿上衣服，一言不发地抽着烟。窗外是深邃的夜，他透过落地窗看见身后那张委屈的面庞，心情愈发烦躁。

黄威把心里的烦闷强压下去，让那个连名字叫什么都不记得的女人赶紧离开。她强忍着泪水不明所以，临走前依旧死死地盯着那个莫名其妙的男人。

随着身后的关门声，屋外开始下起小雨，黄威走到阳台向下望去，那个没有带伞的姑娘被雨水打湿了头发，她孤零零地在深夜往小区外面走，那一瞬间，他感觉自己真是一个混蛋。

不过愧疚的谴责仅仅持续了半秒，很快黄威就变回往日那个不可一世的富二代，他坐回刚才的地方重新点上一根烟，让尼古丁和雨水消磨时间。无所事事地坐着，脑袋被放空，身上的血液流动渐渐平缓，他在椅子上睡了过去。

当天边开始泛白的时候，茶几上的手机传来响声，这才把熟睡的黄威从梦乡中叫了起来。

“喂，威少，事情搞定了，照你说的，我把地址发给你。”吕二五幸不辱命地完成了嘱托，这也让两个人都松了口气。

黄威没有说什么，直接挂掉电话，不多时，手机提示音响起，他打开微信查看，果然吕二五发来了一个地址。

黄威从小在这个城市长大，可即便如此，当他第一眼看见这个地址时仍旧没有反应过来那个地方在哪里。第一反应是吕二五肯定没有完成任务随便发了个假的地址，直到他把地图放大后仔细研究，他才终于明白错怪了自己的得力助手，他住了几十年的这个城市，真的有这样一个地方。

吕二五发来的地址属于这个城市的角落，毫不夸张地说，是被遗忘的角落。由于坐落在小城的东边且主要由三条街道组成，所以住在那里的人都称呼它为东三街，即便追溯整个城市的历史，东三街也一直都是一个落后的地方。

黄威自记事起便跟着父亲出入本地高端的场所，城市的边缘地带只在聊天时听别人讲起过，不过他并没有去过，他不屑去那样的地方，也没有去的理由。直到今天，当黄威知道那个叫如梦的女人就住在那里之后，他才有去一探究竟的念头。

怀着些许紧张的心情，黄威开着那辆拉风的豪车穿过黑夜的城市，他摇下车窗感受夜里的海风，在这冬夜里，叫人别有感触。

当黄威来到东三街时天还没透亮，可那家油条铺子的油锅却已经开始翻滚了。他下车后立刻就闻见一股刺鼻的味道，他皱起眉头看向气味的源头。

那是一家油腻腻的小店铺，一口大锅支在门外，里面的油也不知道反复用过多少次。此时店家也注意到了这个开豪车的人，他估计这辈子没在这条街上见过这么高级的车，于是也不管刚炸出来的油条有多烫，抓起一根便向着黄威挥舞，似乎是在推销自己的东西。

看见这个举动的黄威立刻别过头去，他拿出手机仔细对照地址，其上标记的小区就在他面前。锁好爱车，他从那个还在梦乡的看门老头面前走进小区里，照着吕二五发来的信息，来到三栋二单元的楼梯口。

抬头望上去，二楼，灯还亮着，空气中依稀有沐浴露的味道。黄威知道，如果吕二五的情报没错的话，如梦就住在这上面，不过他并没有马上就上去，来这里只是为了确认如梦家里的地址，他原路返回，缓缓地开着车在无人的街道上疾驰，随着车里放的摇滚乐步入尾声，他回到了自己的寓所。

舒服地泡了个澡，黄威换上一身干爽的衣服，看看手机，刚好是上班时间。

驱车来到公司，简单地布置了一下任务，之后黄威便对工作失去了以往的耐心。他看着电脑屏幕里的资料，脑子里想的却是另外的事情，不经意间拿起杯子想要喝一口，却发现里面的咖啡早已不见踪影，瞟了一眼电脑右下角，不知不觉，已经快要到中午十二点了。

估摸着如梦应该会在下午睡醒，黄威看看窗外，那场下了一夜的雨仍然没有停止的念头。于是他收拾心情，决定今天暂时先把工作的事情放一放，赌约期限将至，如果不想就这样输给刘一麟的话，必须要用最后一招。

每个人都不愿意承认自己的魅力不足，越是优秀的人越是如此，黄威心有不甘，在如梦之前，他不曾花过这么多心思在某个女人身上，所以他认为如今只有一个方法还有可能成功，那也是最后的方法——摊牌。

如梦毕竟是走过沧桑的女人，不是那种少女能够比拟的，所以在摊牌之前，黄威还需要去办一些事情。他离开办公室并告诉秘书今天自己不会再来，开着那辆拉风的豪车，自己一个人来到了市中心最热闹的购物区。

在他的世界里，女人无非就是爱钱，喜欢虚荣的东西，尽管之前黄威尝试过以这些手段去打动如梦，可惨痛的教训并没有教会他另外的方法，就算无用，两手空空的上门去请求别人的帮忙也是一件在他看来很愚蠢的事情。

奢侈品，很多人不明白它为什么会那么贵，也正是因为如此，女人也才会那么钟爱。黄威能够理解这种东西存在的价值，家庭对他的教育就是：脸面可以比任何东西都重要。

尽管已经替无数女人买过很多诸如此类的东西，但其实黄威并不懂应该买什么样的送给如梦，在店内逛了一圈，只能挑顺眼的来买。买完这些之后，他感觉似乎诚意还不够，转身又去逛了一圈金店和珠宝店，这都是曾经在他身边的女人喜欢去的地方。

把大包小包的东西放到车上，黄威拿出手机，现在是下午一点，他还不确定如梦是否已醒，于是发了条朋友圈约附近的人吃饭，才过去五分钟，就已经有了一大堆评论跟上。他满意地笑着，筛选着，很快他就发现了几个不错的对象。

雨还在下着，那细微的声音被城市的喧嚣所淹没，它并没在意，只是继续滋润着这片大地。它看人来人往，看纸醉金迷，也看每个不服输的人，在它眼里，一切皆平等。

然而它看着别人，却从来没想过自己，它不知道自己何时来，何时停止，也不知道要归去的地方，是否有温暖的怀抱。

它身不由己的下着，直到黄威和又一个年轻貌美的姑娘吃晚饭，也没有谁让它停止。

坐回车上，黄威一脸满足，并不是因为约会对象让他多优越，而是征服的快感。

下午两点半，算算开车前往的时间，如梦应该已经醒了。于是黄威启动汽车，穿过能够看到海的公路，来到那几乎要被城市遗忘的角落。

阴雨天的街道显得特别阴森，那家炸油条的铺子关上了门，街道两旁的各种小店里，都是无精打采的老板。在如梦家不远处，还有一档用破烂木板搭起来的蔬菜摊，不到十把蔬菜，为它们遮风挡雨的，是同样破烂的糖烟店屋檐。

黄威始终想不通如梦为何会住在这里，距离她的店子挺远不说，以她的经济实力，虽然比不上那些天生就不愁吃穿的人，但要住在不错的公寓楼里也是完全没有问题的。

“喂，小哥，又是你啊。”从车后座上把大包小包东西拎出来，那个门卫大爷却喊了起来。

黄威有些惊讶，他还记得今晨进去时那个大爷分明是在熟睡。所以他左顾右盼，直到最后当目光与大爷对视上时，他才明白“小哥”指的就是自己。

瞬间他感到一些尴尬，挤出一抹笑容，低着头就进了小区里。穿过散发着霉味的单车棚，三栋二单元，二楼，如梦家门口。这里的楼梯间虽然破旧却很干净，黄威犹豫了五秒钟，最后抬起手敲响了如梦的家门，当听见里面有脚步声传来时，他的心几乎提到了嗓子眼。

如梦穿着一套普普通通的睡衣，就像她这个年纪的女人都会穿的那种；蓬乱的头发还未打理过，微微发黑的眼圈，是工作的牺牲品；但这些始终无法掩盖她独特的气质，即便是眼角那没了粉底显得更突出的皱纹也不行。

除了这些，她还是那张处事不惊的脸，平淡得好像是个入定的僧人，好像黄威出现在这里并不是什么奇怪的事情。

这异常的平静让黄威不知该说些什么，如梦等了十秒左右，见对方还是不说话，作势就要把门关上。

“哎哎，别别，我没有恶意，”他用手里装着奢侈品和珠宝的袋子挡住了即将要关上的门，“我有件事情想跟你谈谈，能进去坐坐吗？”

黄威晃了晃手里提的东西，如梦则是扫了他一眼，松开了握在门把上的手。

如梦的家虽然是在一片狼藉的地方，可她却把这里整理得很干净，没有什么多余的家具，却给人一种很安心的感觉。

她打着哈欠坐下，挠了挠那蓬乱的头发，丝毫没有在意自己对面那个男人的目光。

他则把所有东西都放在地上，略显拘谨地坐下来，干咳清了几下嗓子，一时间竟有些不知该怎么开口。

“有话就说，扭扭捏捏的，平时不是挺爽快的吗？”如梦眼里透着无尽的慵懒，看来她也是刚睡醒没多久。

“其实，我想请你帮个忙，这件事情对于我来说非常重要，我会付你报酬，价码抑或是你有什么条件，随你开，只要我能承受，都不是问题。”黄威被她这么一提醒才醒悟过来——那个威少可绝对不是怯场的人。

见黄威平时的样子回来了，如梦露出了一点笑意，她用眼神示意黄威继续说下去。

“那件事对于你来说非常简单，就是……”话说到这里，黄威顿了一下，他在想用什么样的语言来表达更合适。

可如梦却并不在乎这些，她接过黄威的话，说道：“就是在公众场合里当你的女朋友，虽然含含糊糊也行，但最好能演戏演全套，让我亲口承认，对吧？”

纸是包不住火的，黄威现在终于体会到这句话的真谛了。

“你是怎么知道的？”

看见黄威脸上惊慌失措的表情，如梦露出一抹冷笑：“这个你别管，反正我知道你和刘一麟打的赌，唉，你们这些小鲜肉，喜欢玩就去玩你们自己的好了，为什么要来烦扰我这个大婶呢？”

如梦又打了一股哈欠，她挥了挥手，继续说：“算了算了，说这么多大道理你们也听不进去，你拿着你的东西走吧，我是不会答应你的。”

她说完就站起来向卫生间走去，黄威也站了起来，他很想再开出更诱人的条件改变如梦的决定，可话到嘴边时就收住了——看看她住的地方吧，黄威还有什么东西能打动她呢？

一败涂地，黄威不得不承认，这次自己败了，不过他却不承认是输给了刘一麟，这个奇怪的女人，实在让他无法猜透。以黄威的阅历，他也并非没有接触过这种年纪的女人，一般到了这个岁数，不是安安分分的过日子就是仍然徘徊在金钱的迷雾里，如梦从事的这个工作和纵情Club那极具诱惑性的潜规则让黄威认为她这样的女人没有什么是金钱不能摆平的。

当人们认为自己看透了现实的时候，它总会在恰当的时候赏一个耳光来提醒人们不要被自己的判断所迷惑。

只是这一下耳光的代价实在太大。地上那装满了欲望的购物袋在尖声叫嚣，仿佛那里面不再有无数人所追求的虚荣，而是几个一事无成的醉汉在一夜无眠后见人就骂的心情。

它从头到脚数落着黄威，声音不断膨胀，犹如巨兽。黄威满溢的自信心逐渐崩溃，不自觉的他向后倒退几步，那惊恐的双眼下意识带着希望和依赖，看向如梦所在的卫生间。

可是什么都没有出现。给他回应的只有流水声，那扇已然发黄的白色木门是那么冰冷，黄威终于无法再忍耐下去，他想要逃跑。

那就走吧，继续留在这个地方，难道要等她再讽刺一遍吗？

黄威转过身，强迫自己不要回头，至少走的时候要变成那个曾经的黄威。可有个声音却一直在他耳边萦绕，那个声音在编造所有如梦可能改变心意的理由，尽管一切都是如此冠冕堂皇，如此不真实，可如今的他却愿意相信。

什么是真实呢？

黄威问自己。

或许是他接下来要面对的刘一麟，或者是那些一直看黄威不顺眼的小人，又或者，只是一声沉闷的响声。

回到现实之中，在那一瞬间，黄威知道自己没有听错，那是从卫生间里传来的声音。

他好像是溺水者抓到救命长绳般疯狂拉开卫生间的门，眼前的一幕却让他不知所措。

如梦蜷缩在地上，就像一只受伤的小兽，即便看不清她那被头发遮盖住的脸也能感觉到她此时有多痛苦。

“喂，你，你怎么了？”黄威没有处理眼下这种情况的经验，而当事人则根本说不出话来。

“你是不是有什么病？你的药放在哪里，我帮你找！”他蹲下去想要把如梦扶起来，可当他触碰到她那因为痛苦而抽搐的肩膀时就收回了自己的手。

120！

这个时候看来只能拨打120了，他慌乱地掏出手机，情急之下竟然连屏幕锁都没办法解开。

“医……”这时如梦艰难地抓住了黄威的脚踝，“院……”她那纤细的手指在疯狂地颤抖着，“送……我……”

送她去医院！

黄威二话不说直接把如梦抱在怀里，飞奔过那个破烂的单车棚，门口看门的老大爷还没来得及问他发生了什么事，那辆拉风的跑车就已经驶离了这片被人们遗忘的角落。

电台还在放着给热恋情侣们听的歌，副驾驶座上的如梦，依旧在微微地抽搐。

黄威疯狂打着喇叭，那辆跑车呼啸而过，脑中一片空白的黄威，在自己都没反应过来的情况下就来到了医院。

他抱着如梦冲进去，大声叫嚷着，仿佛怀里的不是别人，而是自己最爱的人，就连当值的护士被吓坏了，赶紧围上来帮忙。

当黄威把如梦放到病床上时，他的世界才开始渐渐恢复，他听见身旁的护士在询问他究竟发生了什么事，他下意识地回答着，像刚从生死线上回来的逃兵。

不过好歹是来得及，听医生说，是类似胃出血的问题，不过她的生命没有什么危险。

其实别的什么都无所谓，只要人没事，黄威就放心了。松了口气，他跟着护士办了好多手续，当他走出医院的时候，天已经开始有些暗下来。

原来现在已经将近下午五点了，他深吸一口气，那片乌云依旧没有离开这座海滨小城，雨势好像还更大了。

他想走向自己的爱车，只是刚抬起脚走一步竟发现大腿外侧隐隐作痛。

他不记得这究竟是在什么地方撞到了哪里，摸着那肯定已经淤青了的地方，他苦笑着摇摇头。

黄威不明白此时此刻自己的心情究竟是怎样，那破碎的自信心并没有重拾，可负面情绪却被紧张过后的轻松代替。

那种感觉，是开心吗？

或许不是。

但现在至少也没那么难受，所以才会苦笑吧！

穿过雨幕钻进车里，启动，不紧不慢的，黄威向着那间房子开去。

还记得那是黄威大学毕业时母亲托律师送给他的礼物，普普通通的二居室，普普通通的小区，当年搬进去时很多人问他为何要住在这里，他身边的人都觉得这样的地方和黄威身份不符。

可每次面对这个问题，黄威都只是笑而不语，因为没有人懂得一个母亲时隔十几年后送来的礼物意味着什么，其实即便是黄威自己，也并不甚明了。

黄威只知道自己的母亲在这间房子中度过了她最后的时光，在他还在读小学的时候，那个最爱他的女人离开了这个世界。

父亲虽然在离异后从来没在物质上怠慢过母亲，可身体一天不如一天的她还是没有支撑太久，黄威的记忆中，那个笑起来有两个酒窝的女人，总是那么温柔，在她脸上看不见阴霾，除了小黄威要离开的时候。

刚毕业的黄威在那里度过了一段不算短的时光，现在想起来，那段日子大多数时候的心情和现在很像。

“小区门外那家店的饺子很好吃。”这样想着，他买上一份水饺，回了家。

脱掉外衣，打开窗，太久没有人住的房子让人有些气闷，尽管一直有请钟点工照顾卫生，可少了人气，房子也会孤单。

手机震了一下，他拿到眼前——杂乱的信息，不想理会。把手机调成静音后丢到床头。黄威坐在那张熟悉的沙发上，看着屋外愈发狂躁的雨水，吃着碗里热腾腾的水饺。

夜幕降临，水饺下肚后的黄威感觉到一阵睡意，乌云里开始带着雷光。

那是疼痛吗？难以想象一个人会因为某种疼痛而变成这样。

黄威不自觉地想起如梦今天下午时的样子，想到这里，他下意识地掐了一下自己。

或许哪天黄威自己体验过这种感觉后才会明白当时如梦的心情，那些在温室里成长的花朵，始终顶不住风雪天的冷酷。

因为说再多感同身受的话，未曾经历，也始终不能同病相怜。

他走到窗边，此时天边正好炸响第一声雷，这注定是一个雷雨交加的夜晚。

不过今夜他不会再找什么平面模特来家里厮混，也不会和任何人有什么联系。这是属于黄威一个人的夜晚，都说在灯红酒绿中徘徊太久就不想回到乏味的家里，这或许是真的，但究竟是不想，还是不敢，就不得而知了。

这天晚上黄威做了一个梦，梦到一片汪洋，他在暴风之中。没有华丽的游艇，只有一叶扁舟，本该在身旁的成群美女变成了风暴，唯一能够握在手中的只是一根木桨。这是他从未在海上遇到过的情景，黄威拼命挣扎，想要从风暴中逃离，想要保住自己的性命。

可惜浪实在太大，那艘渺小的木舟终于被浪打翻，刺骨的海水瞬间淹没了他，眼前所能看见的只有浑浊的水，黄威拼命想要浮出水面，但那反扣过来的木舟却死死地压在他头上，巨浪之下，他渐渐窒息……

惊醒，午夜时分，窗外的暴风雨正是最凶猛的时候。他擦去额头的冷汗，回忆着刚才自己梦见的一切，久久不能平静。

那晚之后是黄威公司员工们异常惊讶的两天，因为那个要求严格从来不会无故不来上班的老板竟然缺席了本来要开的会议。一时间各种猜测满天飞，办公室没了老板后自然变成了变成流言的地狱。刘一麟怎么可能会放过这个机会，随便安排几个人把赌约之事散播出去，一传十十传百，年轻人圈子里热门的话题立刻就变成了黄威和刘一麟。

不过这次不再是带着艳羡去说黄威如何如何能干，那些曾经夸奖过他的人，换上另一副嘴脸站在了别的队伍里。大多数人就是如此，在这浑浊的社会洪流里，谁能真正坚持自己最初的梦想？

这一切在黄威重新出现在办公室里后稍稍缓和下来，那自信的笑容，好像输的并不是他。

刘一麟当然在赌约到期后立刻就来到了黄威的面前，事实上他比黄威来得还要早，按照他的话说：就算我老婆死了我都不会这么早起床。

“哎哟，威少，好久不见了。”看着黄威走进办公室，刘一麟阴阳怪气地吆喝，“怎么样，这几天不见你了，肯定已经抱得美人归了吧？我现在很想见一见如梦姑娘，她在哪儿呢？”刘一麟得意扬扬地东张西望，整个办公室里鸦雀无声。

黄威瞟了一眼刘一麟，回过头看了一眼自己的员工们，冷笑说：“你这是要改行当演员吗？演孙悟空？你身上毛都没长几根，还是别演这种毛发浓密的角色比较好。”

他没有关上办公室的门，镇定地坐在自己的位置上，看着眼前的刘一麟，冷笑着。

“哼，少废话，你嘴上再逞强也没用，时间到了，如果你没有办到之前约定的事情，那就认输吧。”刘一麟见始终挫不了黄威的锐气，自然生气。

黄威笑了笑，没有立刻回刘一麟的话，而是让秘书给自己冲了一杯咖啡。

刘一麟再也耐不住性子，他一拍桌子，指着黄威说：“喂，你不要耍花样，愿赌服输，你要喝咖啡，等把我这里的事情办完了后随便你怎么喝都行。”

“哦，好啊。”黄威还是那么平静，“我输了，我会兑现赌约的内容，不过，你可能会嫌得到的太少。”

“少？我不嫌，反正跟你的一样就是了。”不管如何，能够听见那个人认输，刘一麟感觉今天气这么早就已经值得了。

黄威耸耸肩，露出一副无奈的样子，从包里拿出一份文件，递到刘一麟的面前。

那里赫然写着五个大字：股权转让书。

就算刘一麟如何无能，在那瞬间他也感觉非常不妙——那个黄威怎么可能这么容易就认输？

于是刘一麟快速地翻阅了那份文件，不久之后，他抬起头，怒目圆瞪。

“你，你……”一时间他不知道应该说什么，好话坏话在这么多人面前似乎都不合适。

“如果你看懂了，而且你还坚持要我的股份，那无所谓，给你就是了，不过到时候你的名声就不是那么好听了，可能别人会叫你，嗯……叫你，乞丐阿麟？”

黄威笑了，胜利的微笑。这没来上班的两天并不代表黄威放弃了自己的事业，相反，他在噩梦后的第二天就把事情办妥——股权转让。

他和刘一麟的赌约属于私下的口头约定，并且这里面没有其他的什么附加条件约束，而黄威当时多留了一分心眼，指定拿来当赌注的是各自在公司里持有的股份而不是公司所有的股份，所以在明知如梦无法追到的情况下，黄威就把自己百分之九十九的股份转给了吕二五。

“乞丐？开玩笑，我告诉你，就算是百分之零点一，我也要持股，过几天，我会叫律师来办这件事。”这是一个很难下的台阶，要或者不要对刘一麟来说都是一种打击，流言之下，想要说出什么花来都是没有问题的。

黄威并不是第一次看见刘一麟如此恼羞成怒，他挂着一脸无所谓的表情，做了一个“请”的手势。

到这里，赌约事件总算落幕，那场在小城各个圈子里才刚掀起不久的话题立刻变了味道。但就算最后黄威没有丢掉自己的公司，那个曾经不败的年轻骄子形象却已经开始动摇。

刘一麟是被摆了一道，可他的目的达到了。这位臭名昭著的贵公子并没有借由此事提升自己的形象，但打击对手，实际上就是拉近了差距。

榜样，偶像，代表，各种黄威曾经被冠上的头衔纷纷破碎，这些东西是他以前鞭策自己的动力，浮华虚妄的东西，往往能给人一种莫名的力量。但现在的黄威却没有再去挽回这些失去的东西，他用过去所拥有的一切，换来了眼下的一份淡然。

淡然面对所有事情，才能看清楚本质。

所以他清理了自己的通讯录，不管是电话还是社交软件，能够留在里面的，都是对黄威来说重要的人。不仅如此，他也慢慢地开始多跟何艺萱交流，试着去了解这个在未来会成为自己妻子的人，这是从来没有过的事情，不过交流的过程却总让黄威不舒服，一些生活中的问题，她总是给不出能让他信服的答案。

或许，这就是所谓的三观不符吧。

可何艺萱却并不这么认为，黄威忽然改变的态度并没有让她联想到太多的负面信息，她乐于看见自己的爱人对自己有了更多关心，也正因为这点，她的一些做法则更让黄威无法接受了。

她会经常到神威渔业来找黄威，一坐就是一上午。公司里的员工表面上对这件事没有表达什么意见，可内心却激荡不已。

那个严肃认真的老板怎么了？

平时的黄威虽然在下班后放荡不羁，可上班时间可是从来没有女人敢来骚扰他的。

于是流言四起，开始有人造谣黄威由于败给了刘一麟后不甘心，准备依靠何艺萱家里的势力进行融资来扩大公司规模。

大多数人对于这样的流言都不具备什么抵抗力，一时间黄威从落败者变成了小白脸，这转变速度之快，实在让人毫无招架之力。

如果说黄威是一个失败者，对于现在的他来说是可以接受的，毕竟这是事实。可要是说些子虚乌有的事情，黄威就不能坐视不理了，更何况这还关乎他一手经营起来的事业。

无奈的是何艺萱却很喜欢这样的流言，在她眼中，黄威越是依赖她和她家里的势力，那她就越能感觉自己把黄威掌控在手中，她就是这样的女人，只要能得到自己喜欢的东西就足够了，外人如何评价无所谓。

为了这件事情黄威和何艺萱的分歧终于达到了顶点，进而爆发，最终，黄威不顾父亲的反对，向何艺萱提出了分手。

那天晚上，在母亲留给黄威的房子里，何艺萱梨花带雨，她不相信本来所有事情都向着美好的方向发展的日子就这样走到了尽头。她拼命地挽留，可他却没有给予丝毫回应。

就这样，黄威和何艺萱分手了。

这个消息让小城震动，舆论一时间乱了方向，本来指责黄威的言论则不攻自破。不过很快，止不住的流言再次响起，这次的内容更加可笑，他从小白脸变成了负心汉。

自尊心，流言传说他是为了自己的自尊心而选择离开何艺萱好让外界不再说他是小白脸，在现在这个通讯太过发达的社会，流言蜚语传播得实在太快，很快神威渔业上下都知道了这件事，而黄威自己，这次则真的没办法，也没必要去挽回什么了。

放得下心中的枷锁，方才能走得更远。话是这么说，可黄威心中的苦闷是免不了的，不过他也不再去买醉，而是在实在闷得慌的时候去纵情Club自己喝闷酒。

毕竟，他可是存了不少酒在那里的。

说到纵情Club，自然就不能不提如梦，黄威会选择到这个地方来喝闷酒，自然也和如梦脱不了干系。

那天之后她怎么样了呢？

这是黄威最想知道的事情，那么突然的病倒，这个谜一样的女人应该不会就此倒下吧？

很快，这个答案就得到了解答，就在黄威第七次独自去纵情club喝闷酒的时候。

那天如梦还是穿着便服，随着场子里的一阵欢呼声，她款款走到了黄威的身旁。他不再坐在那个最好的卡座里，而是选择了最普通的吧台座位，可她却露出了黄威从未见过的笑容。

“大少爷，经常来这里喝闷酒，看来你是有心事咯？”如梦拿着一瓶啤酒坐在黄威旁边，她笑得饶有深意，黄威知道，以她的信息收集能力不可能不知道关于流言的事情。

“所以呢，你有什么话要说来安慰我吗？我现在可是很脆弱的哟。”

不知从什么时候开始，黄威脸上那不可一世的表情已经慢慢淡去，他平静地和如梦打趣，她把一切看在眼里，摇了摇头。

“我这个人不擅长说安慰别人的话，不过如果你喜欢喝酒的话，我倒是可以和你喝几杯，这次就不必你花费那么多了。”

说完，如梦举起了手中的酒瓶。

黄威见状笑了起来，他在内心里感叹世事难料，与此同时也举起了手中的啤酒，轻轻地碰了一下，一饮而尽。

第三章

暴雨（3）

就这样，黄威莫名其妙地开始和如梦走得越来越近，下班后到纵情Club里消磨时间已经成了他日常生活的一部分。不过如梦却并不是每天都会出现，有的时候隔天会来陪黄威喝两杯，有时会一周都不出现一次。

起初黄威并不在意，久而久之，那若即若离的距离感开始折磨黄威的内心，也不知是第几次在纵情Club再次见到她，只记得那时已经到了夏天，他借着酒劲和夏日的奔放，要求在结束营业后送她回家。

如梦听见这番话后转头饶有兴致地看着黄威，不过这一次，她没有拒绝。

就这样，还是在那个后门，还是在天边开始泛白的时候，黄威的豪车终于载上了那位神秘的老板娘。尽管如梦没有特别说明，当到达目的地后黄威还是把车停在比较远的地方让她自己走回家，她下车的时候用怪异的目光扫了黄威一眼，而后道谢，离开。他不明白那个眼神的深意，唯一知道的，是今天晚上过得很开心。

这天晚上黄威睡得很早，当他醒来的时候，还能看见太阳出来时那特有的光芒。整个人充满力量，穿好衣服准备去办公室里努力工作，可惜刚下到楼下就遇到了突发情况。

正对着楼梯口，一个女人站在那里，尽管她戴着一副墨镜，黄威还是马上认出了她是谁。

何艺萱。

两人分手已经有几个月的时间了，其间她一直都尝试联系黄威，毕竟相处了这么多年，他知道她直接找上门来是迟早的事，所以黄威还是不想太多纠缠，连招呼都没打，低着头快步走过去。

何艺萱可不是那种可以轻易甩得掉的人，她上来一把抱住黄威，拼命地想去亲他。

他避开了她的唇，用力将她推开，有些厌烦地看了她一眼，掉头就走。

“你走啊，你去跟那个老女人约会啊，去啊！”

何艺萱的声音很大，这个小区本就安静，又是这一大早，如果继续这样发展下去，恐怕这里每户人家都会有新的谈资了。

“你不要乱说，你到底想干嘛？”黄威耐着性子转过身，此时他看何艺萱的眼神，冷若冰霜。

“我一直知道你除了我还有其他的女人，我也知道你把她们带回家，我忍了，因为我懂你，你只是逢场作戏，对不对？”何艺萱见黄威终于肯和自己说话，声音也软了下来，“这次，这次可能你受了打击，所以做了一些过分的事情，但是没事，我理解你，真的……”

何艺萱始终无法接受黄威离开的事实，而近期黄威身上发生了很多事，所以有许多莫名的改变在她看来也是理所应当的。

“艺萱，我以为那天晚上我已经说得很清楚了，事实就是，我真的很清醒，比我之前活过的岁月里任何时候都要清醒，所以你不要再质疑我做的决定了，还有，我跟你分手，并不关任何人的事，完全是我自己的决定，真的。”黄威不想再刺激何艺萱，于是他也缓和下来，希望她能够听进去。

“我不信！”她的情绪又再激动起来，声音在小区里回响，黄威甚至都开始听到有楼层低的住户被吵醒起来查看的声音了，“你这些日子每天都去那个破烂夜店，昨天晚上你还在那里等她下班送她回家，对不对？你别以为我不知道，我……”

“何艺萱，你跟踪我？”黄威声音沉下来，他看她的眼神变得锐利起来。

“是，那又怎么样，我就是跟踪你，如果你不做亏心事的话你还怕我跟踪你吗？”说到这里，她已经是在完全不顾自己形象地嘶吼，“你自己说，你以前背着我带过多少个女人回家，而我呢？我有说过一个字吗？可是为什么，为什么这次你要这么绝，我有哪里比不上那个老女人，喔，我懂了，你恋母，你是不是恋母，黄威，如果不是恋母情结，你为什么会……”

话音未落，黄威两步冲上去，捂住了何艺萱的嘴巴。

“你干吗？”她奋力挣脱开，墨镜则掉在地上，那双哭得红肿的双眼更衬出了她的歇斯底里，“是不是被我说中了？怕别人知道？”

黄威心中生出一股厌恶，从小到大第一次对一个女人厌恶至此，可当他看见何艺萱那双眼睛时却又无法发作，设身处地地想想，何艺萱这段时间的确过得很艰难。

他叹了口气，没有再说什么，平静地看了何艺萱一眼，默默地转过身，朝自己的车库走去。

何艺萱没有再追上来，黄威最后的眼神中饱含了太多东西，这是第一次何艺萱有些相信他所说的话并不谎言。她只是静静地看着那个自己曾经深爱的男人越走越远，有一个声音在她脑袋里回响：你已经无法再把他追回来了。

并不愉快的早晨，这也让黄威脸上的笑容烟消云散。他很了解何艺萱是一个怎样的女人，那好强的个性把富家千金该有的任何缺点演绎得淋漓尽致。他也知道这并不会是她最后一次参与自己往后的生活，不过目前最应该担心的应该是如梦和纵情Club才对。

何艺萱生活在一个明里暗里都在勾心斗角并且喜欢攀比的圈子，每天跟那些同样满满坏脾气的女人混在一起，不难想象她在某些方面的造诣有多高。电视剧里那些经典的桥段只不过是她生活的乐趣，如果何艺萱认定某人抢走了自己的男人，那她接下来的行动肯定非常有针对性。

考虑到这些，黄威叫来了吕二五，让他去纵情Club附近守着，如果有什么情况就及时回报。其实何艺萱如果真的有任何行动的话，吕二五根本没有办法阻止，而今天黄威有一个非常重要的会议，他唯一能够做的，就只是祈祷不要有什么无法控制的事情发生而已。

夏日的海滨城市有最火热的阳光，同时也到了旅游旺季，海产丰收的季节，那是黄威最忙碌的时节。平日里狂热于工作的他显得神不守舍，心里面总隐隐感觉到有事情要发生。

好不容易熬到太阳下山，结束一天工作的黄威终于有时间翻看手机。

微信，风平浪静，没有任何事情发生，黄威知道，这恐怕是真的出了什么事情。

一边拨通吕二五的电话，他一边启动了自己的爱车，电话里吕二五支支吾吾地回答让他踩油门的脚更加不能有丝毫放松。

又是一天黄昏时，黄威来到纵情Club门口的时候，那里早就已经站满了人，吕二五躲在角落里擦着额头上的汗，根本不敢吭声。

黄威瞟了一眼人群，他发现如梦就站在人群里，不过他并没有直接走进去。

“你在这里做什么？我让你有事情通知我，你……”他一手揪住吕二五的衣服，另一只手把他手上的烟头甩掉。

“威少，威少，你先别生气，你听我说，”这怒气冲冲的黄威好久没有出现了，突如其来的气势差点让吕二五站不稳，“这个事情来得太突然了，就是中午那会儿，我，我就去吃个饭，然后回来的时候那个如梦就已经跟别人对峙在那里了。”

黄威皱起眉头，回头看去，此时的如梦虽然满脸坚定，可在烈日下与一帮凶神恶煞的人纠缠了那么久，坚定里的疲惫和无助也是显而易见的，支撑着她的是那份对纵情Club的执着和要保护员工的心。

“然后呢？”黄威的语气稍微缓和下来，吕二五也松了口气。

“然后那个如梦看见我来了，就把我叫过去，问了我几句，知道是你让我守在这里的之后就吩咐我不要通知你……”

“你现在怎么那么听话？以前你妈叫你努力学习的时候你也没有少逃一节课。”黄威怒其不争，拍了吕二五的脑袋一下。

吕二五本能地缩了缩脑袋，像一只害怕受伤的乌龟，他用充满畏惧的眼神瞄了一眼站在如梦面前的那群人，说道：“不是，威少，我当然知道表面上答应着然后暗地里通知你，可是那些人可不乐意啊。”

诚然，就如吕二五所说的，那些人一看就不好惹，为首那人黄威也认识，是当地的地痞，只认钱办事，也正是因为这点，许多有钱人都喜欢找他帮忙干些肮脏的事情。

这怪不得吕二五太多，黄威本也没打算吕二五能帮上什么忙，只不过不曾想到何艺萱一出手就请来了那个人。

他撇下吕二五，穿过人群来到地痞和如梦之间，走进来才发现，纵情Club这边有人受了伤，地上还有被打坏的手机。

黄威先是看了如梦一眼，对于他的出现，眼前这个女人没有丝毫惊讶，不过却难免地松了口气。

“那个，源哥，能不能单独跟你说两句？”接着黄威转过头去跟那地痞搭话。

此人外号爆炸源，大多数人都只能尊称他为源哥，他脾气暴躁，为人狠毒，就算在地痞流氓中也是少有人能出其右。

黄威此前只是见过这个人，并没有跟他有过生意往来——何艺萱的圈子里，经常会有用到爆炸源的地方。

黑道上的人无非就是为了钱，黄威在本地还算有名声，爆炸源当然听说过他，他回头吩咐了手下两句，和黄威走到外边。

“源哥，今天是什么事情，让你动这么大的干戈？”黄威替爆炸源点上烟，回过头看了一眼他带来了十几个人。

“黄公子，你也不是第一天认识我，我们这些人，从来不问为什么的，只是有人希望这家店不能正常开业，所以我们就来了，我哪管得了是谁惹了谁，总之惹了钱，就是惹了我。”

黄威陪着笑，自己也点上一根烟，说道：“是是，这点我当然知道了，只不过这家店是我朋友开的，你看，能不能……”

爆炸源露出为难的表情，他欲言又止，等着黄威继续把话说下去。

“当然了，我也知道源哥你是办完了事情才能收钱的，所以你开个价，绝对不让你和你的兄弟们白跑一趟。”

这是爆炸源一直在等的话，他踩灭烟头，回头望了一眼自己带来的那帮人，说：“黄公子真是一个仗义的人，就冲你对朋友的热诚，我爆炸源今天就卖这个面子给你，三十万。”

黄威没有处理过眼下这样的情况，但他明白一个道理——跟爆炸源这样的人讨价还价是没有好结果的。于是他很爽快地答应了爆炸源的要求，而那个臭名昭著的流氓也乐于信守承诺。

夕阳正在渐渐消失，天边最后的光芒，照在爆炸源的脸上，那得意的笑容，如此丑陋。

黄威收回自己的目光向别处看去，知道危机已经解除的如梦，很快让自己的员工们各忙各的去了。直到纵情Club门口只剩下她一人，黄威才缓缓走上前去，他不知道现在应该说什么，或许千言万语在这个时候也不如一个充满歉意的笑容。

“笑什么，你欠我的道歉呢？”虽然这样说，但她脸上没有丝毫认真的样子。

“这个……你怎么知道这件事情一定就与我有关呢？就不能是你自己惹到了什么人吗？”话虽然这样说，可这次因为何艺萱闹成这个样子他心里实在愧疚难当，“不过你是猜对了，这次的事情，对不起，是我连累了你。”

随着太阳落下，燥热的气温也逐渐降下来，越来越暗的光线，已经让他俩看不清彼此的表情。

“既然是这样，”能够听见黄威如此诚挚的道歉，如梦露出欣慰的笑容，“那我这个无辜的当事人，是不是有权知道到底发生了什么事呢？”

要把何艺萱的事情全部告诉她，估计要被笑好一阵子，黄威虽然这么想，可却没有隐瞒的理由。

“哎，不过别现在说，你的朋友在那边陪了我们一个下午了，你和他先去吃个饭，等晚上纵情Club正式营业的时候你再来慢慢讲给我听。”说完这番话，如梦回头瞄了一眼仍然站在墙边不知道该干什么的吕二五。

“果然如我所料，今天晚上你说什么都要正常营业的。”黄威笑着，也循着她的目光看了吕二五一眼，现在想来，先前对他的确有些太凶了。

“那可是当然了，如果敌人想让你倒下，那你挺拔地站着就是胜利最好的证明，”如梦说着转身拉开门，“对了，别忘记跟你朋友说，谢谢他的帮忙。”

纵情Club的门关上，距离正式营业还有一段时间。黄威走到吕二五身边，他看黄威的眼神，依旧有些畏惧。

“喂，去不去吃饭？”

“我倒是想去，不过……”

“行了，你跟我去吃饭，什么时候让你掏过钱？”

“不是，我的意思……”

“今天这件事不怨你，好了，你就别婆婆妈妈的了。”

“既然这样，刚才老板娘也说要感谢我，那是不是……”

黄威回头看了一眼吕二五，摇头苦笑，人性，果然还是贪婪的。

吃过晚饭，黄威让吕二五自由活动，自己则来到纵情Club，此时虽然刚刚开始营业不久，但里面却已经坐了好多人。

“喂，听说了吗？今天有人想来这里砸场子。”

“不会吧？梦姐那么能干，竟然有人敢来惹她？”

“切，你懂个屁，梦姐她再厉害也只不过是个外地来的，而且说难听点就是个开酒吧的，哪里斗得过那些有钱有势的人。”

“说来也对，那我们要不要换个地方……”

“换什么换，要是真有人来闹了才过瘾呢，到时候记得多拍几张照片，这种事情可不是常有的……”

一路走进来，几乎每个人都在讨论今天纵情Club发生的事情。不用想也知道，这肯定是何艺萱让人传开的，不过现在看来，她这样做是收到了反效果。

“偷偷地听别人说话，那可不是个好习惯喔。”

黄威正听得起劲，忽然有个声音在耳边响起，他顿时被吓了一跳。

“你不知道人吓人是会吓死人的吗？”他假装被吓得很惨，一只摸着胸口。

如梦款款坐下，要了一杯啤酒。她举起酒杯，看着黄威说道：“这一杯是正式感谢你今天出手相助的。”

两人碰杯，一饮而尽。黄威发现她今天的情绪好像有些不对劲，可却又不知该从何说起。

“其实，今天的事情是因我而起，照理也应该由我来解决，所以你……”

“是因为女人吧。”

“哈？”

如梦有多敏锐，黄威是一直都知道的，只是没想到她能够猜得这么准。

“所以说，这就是女人的直觉吗？”黄威感觉自己又败给了这个女人。

“也说不上，或许因为那帮流氓办事方式吧，这让我感觉恨我的人应该不是异性。”

“方式？”

如梦又要了一杯酒，边喝边说道：“如果一个女人恨一个人，她会不顾一切地想要摧毁有关那人的一切，不计后果，也等不了太久，恨不得马上看到结果，今天那帮人在没开店的时候就来了，这还不能说明问题吗？”

黄威听后暗自点头，如梦说的不错，如果是自己要整如梦的话肯定会在人最多的时候动手。

“而且还是一个伤心欲绝又死不甘心的女人，我在这个地方认识的人不多，我认识且又有这种狗血关系的人，除了黄公子你，我也想不出第二个人了。”

虽然私生活在圈子里不算最乱，但有关黄威女友的传闻还是不少，经常接触这个圈子的人或多或少都会听到，尽管今天的黄威已经与别时不同，可想要洗掉以前不良记录，可不是一朝一夕就能够办到的事情。

这件事情或许一生都没办法完全洗净，印象一旦被定型，除非是很熟稔的对象，否则要再改变，简直难于登天。

黄威苦笑着再和如梦干了一杯酒，也慢慢地把自己和何艺萱的事情说了出来，在这种吵闹的场合谈自己的恋爱，的确有些不合时宜，可如梦却听得很认真，当黄威说到自己是因为感觉无法跟那样的人一辈子在一起的而分手的时候，如梦不自觉地露出一个苦笑，虽然很隐蔽，黄威却看在眼里。

“故事大致就是这样，不是什么值得炫耀的事情，反而在我看来，这简直是一生的污点，不过事到如今说这些都没用了，人总有年轻不懂事的时候，相比于那些更让人无法挽回的东西，我想我和她经历的已经算好的了。”黄威把自己的真实想法说了出来，未来何艺萱还会做出什么事情来连他也不知道，想要真真正正地跟这个女人撇清关系，天知道要用多久的时间。

“那就敬你俩一杯好了。”如梦说着举起酒杯。

黄威看着她手里的半杯啤酒，想了想，最后还是碰杯，仰头喝完。

这句祝酒词并没有错，无论何艺萱是好是坏，在黄威的生命中，她都算待过，而且时间不短。要是认为曾经那些不愉快的记忆对自己是一种侮辱，那就要仔细反思自己究竟是为什么而活在这个世界上了。

活着，是多么真实的感觉，生命之所以如此让人着迷，或许其中最大的原因是在于它的可能性，在每一个时刻过后的下一秒钟，你有可能犯错，也可能发现做出了一生中最精彩的决定。

如梦就是那个牵动可能的因果，按照这样的思路去想的话，何艺萱来找她麻烦并没有错。

这些话黄威并没有说出来，要问原因的话，估计是因为他已经不是以前的那个黄威了吧。其实他自己也不知道这变化是否与如梦有关，在一切皆有可能的前提下，改变黄威的有可能是那次失败，也有可能只是因为那场雨。

之后的时光他们不再关注今天发生的事，从东到西，从孩提时代到未来的希冀。说来就是这么奇妙，明明是两个岁数相差不小的人，可聊起天来却丝毫没有障碍，不仅如此，黄威甚至有找到知己的感觉。他发现她在说起自己往事的时候总是会呆呆地看着前方，神色阴晴不定，时而露出前所未有的幸福微笑，时而又会有痛彻心扉的皱眉。

黄威不禁去猜测这个女人之前究竟经历了什么才会有如此深的感触，那段时光对于她来说，肯定是想要舍弃却又不能舍弃的吧——心灵上的伤痕对于一个人来说实在太难治愈了。

渐渐的，黄威发现自己喜欢上了如梦凝目注视的样子和她托腮的姿势，那透着忧郁的眼神是点睛之笔，激发了她整个人的气质。

那是他在之前的生命中从未认知过的情感，并不因为物质而喜怒哀乐，也不是一味地感受悲伤，那是从灵魂深处激发出来的感觉，透过记忆，穿过大脑，变成无法言喻的特质，令人着迷。

如梦笑起来像吹着微风逛公园的夜晚，皱起眉头时则是在凉亭里看细雨落在湖面上的景色。或许这就是为什么如梦总让人感觉神秘的缘故，当你迷失在她那宛若深海般的世界里时，脑海中感受到的不是窒息，而是希望。

而爱上一个人总是先从某个角度开始，那天彻夜长谈之后，就连黄威自己可能都没有发现，这个因为一场赌约才真正算是相识的女人开始走进他的内心，那扇从出生到现在从未被开启过的心门上尘封了太多灰尘，可她只消轻轻一吹，就能烟消云散。

黄威从来就是一个遵循着自己内心想法去行动的男人，当他想要见如梦的时候，他绝对不会强迫自己逃避。世俗的眼光是怎样又如何，像他这样的人，从小就受到过太多偏见的责难，经过刘一麟那件事后他更加不在乎其他人的想法——生命抓在自己手中，要怎样消费，不由他人来决定。

在黄威单方面的努力下，他和如梦的来往变多了。刚开始时的契机是以免何艺萱再来骚扰如梦所以每天他都会送她回家，而事实上的确也来过几次，不过都在能解决的范畴之内。过了一段时间之后，何艺萱似乎放弃了报复，纵情Club的风波也就这样渐渐平息，可黄威与如梦的距离却越走越近。

就这样，两个月的时间，纵情Club回归正轨。在确定何艺萱已经不再把注意力放在如梦身上后的某个阴天的下午，黄威和如梦第一次一起去了纵情Club之外的地方。

这是黄威以庆祝战斗胜利为理由提出的建议，而如梦竟然也没有反对。那是一个荒岛，从码头不能直接前往，必须要先去附近一个因为旅游而兴盛起来的海岛村才能搭船过去。

这个荒岛属于海岛村，非常小，于是如梦花钱租了下来。

她说总是面对着大海会让人心里发毛，可那种广阔无垠的感觉却又让她无法抗拒，不知道何时会迷失方向的地方，这不就是人生吗？

她深爱着那蔚蓝的地方，大海总能用自由来化解烦恼，可人类却总是带来烦恼。所以她时常会到荒岛上去，独自一人，享受自然和时间，享受自己慢慢沉淀其中的感觉。

“你是怎么知道这个地方的？”坐在破旧的小艇上，黄威也是第一次知道有这么个地方。

其实不知道也很正常，这附近的荒岛很多，没有必要全都知晓。

“当你想要去一个地方的时候，你总能找得到。”如梦闭着眼睛享受海风的阳光，脸上挂着沉醉的微笑。

她真的很喜欢这里，在那么吵闹的地方工作，谁都会渐渐喜欢上人迹罕至的桃花源。

“跟我想的不太一样，”黄威嘴上虽然像在抱怨，可看见如梦享受的表情，心里却非常满足，“我还以为我们第一次约会的地点应该是什么电影院之类的，不过想到对象是你的话，这也是在情理之中了。”随着两人认识的时间越来越久，他们说话的方式也开始暧昧起来。

随着小艇速度慢下来，他们已经到了目的地，那是如梦自己出钱修的一个简陋码头。

“首先，你只不过是我邀请到岛上来的客人，你如果不好意思的话，我是可以收上岛费的。”如梦望了黄威一眼，轻轻一笑，跳下了船。

黄威也跟着上了岛，一眼望去，这里根本就是一块还未开垦好的荒地。岛上有简单开辟出来的道路，那显然是如梦找人弄的，尽管如此，在现在的他看来，完全看不到有什么值得欣赏的地方。

“是不是觉得这里什么都没有，不知道为什么我会来这里？”如梦背对着黄威，却也猜出了他心中所想。

送他们来的船夫在收了钱后便离开了，这里距离海岛村只有一个小时的行程，要离开的时候随时可以打电话叫人来。

“那你就解释一下吧。”黄威看着如梦的背影，瞬间感觉这个地方也不是那么一无是处。

如梦没有马上回答黄威，她往前走了几步，冲着黄威招招手。

“我第一次来的时候开船的师傅也问过我这个问题，在他看来，一个女孩子自己来荒岛不仅危险，还很无趣，如果只是为了散步，那为了这个而花钱就太奢侈了，”她领着黄威往里面走，泥路的两边是疯狂窜出来的粘连子，“可有些事情没办法解释，如果真的要说为什么，那可能只是因为我想要这么做罢了。”

风吹过，撩起如梦的长发，她今天穿了一条很普通的白色裙子，说不上多名贵，可在他眼里那比天空还要洁白的颜色足以穿透人心。他没有再说什么，如梦活得很随性，亦或者说，是经历了太多，而不再想去计较。

黄威不禁在想，什么时候自己也能像她一样活着，如果真的有那么一天，他倒是希望能够抛开一切去拥抱那个从未得到过的生命。

曲径通幽，时而鸟鸣。越是往里走就越是没有人工处理过的痕迹，从外面来看根本看不出这里有这么大。他们翻上杂草丛生的山坡，这个荒岛真的很小，站在这里已经差不多能够把全岛尽收眼底。

如梦看着眼前的景色，露出满意的笑容，仿佛这里是她的王国，她不必拥有其他任何事物就已经非常满足了。

“所以这里就是你最喜欢的地方了？”看着她笑，黄威也跟着笑起来。

“你呢，你觉得这里怎么样？”如梦没有回答，这似乎是她说话的习惯。

“我……”说实在的，他并不知道该如何回答这个问题，这里除了真的很僻静，根本没什么值得夸赞的地方，“我觉得待在这里很舒服……”

这已经是黄威能想到的最好答案，如果这荒岛真有什么可取之处的话早就被人拿去开发了。

“既然这样，那就静静地享受吧。”她席地而坐，洁白的裙子沾上泥土，黄威很想拉住她然后去找点什么东西来给她垫着，可他的手却也伸不出去。

这在他俩相处的时间里已经成为常态，如梦身上奇妙的魔力总叫人无法抗拒她说的话。

“这天好像快下雨了……”虽然没有烈日炙烤，可天气预报的确有提过会有台风。

“台风吗……”在海滨城市遭遇台风过境的话可不是件小事，“你害怕吗？”

“我？当然不怕，我只是……”黄威想说他只是随口说说，不过话到嘴边又收了回来，因为天上已经开始有雨水滴落下来，“看来我一说它就来了。”

如梦当然也感受到雨水打在自己脸上的冰凉，她皎洁地笑着，往山丘的深处跑去。

“哎，你要去哪里？”黄威被如梦的举动吓到了，他赶忙跟上去。

那是一个天然形成的山洞，她静静地站在那里，而雨则越下越大。

疯狂落下的暴雨来势太快，在这孤立无援的荒岛上，没有比躲进山洞更好的选择了。

滚雷炸响，在仲夏时常会有的台风，总是伴随着这令人畏惧的吼声。如梦一言不发地站在黄威的身旁，她透过雨幕望着天边，那里可能是台风所在的地方，即使离得这么远也能看见一片白色的云团在乌云中肆虐。

天越来越暗，狂躁的风掀起一波波雨浪，毫不留情地打在黄威和如梦身上。他想找些什么东西来给她挡雨，可四下却什么都没有，于是他在不影响她视线的基础上，尽量挪动自己的身体来为她挡雨。尽管这只是杯水车薪，可眼下能做的事情也就只有这样了。

黄威从小就在这座城市长大，台风过境经历得多了，可每次都是在舒服的室内度过，像今天这样的情况，倒真的是第一次。反观如梦却并不畏惧这风雨，坦然站在雨里的她是如此坚定，就算那身躯多么瘦弱，也不会被任何东西击倒。

她着迷地看着远方的雷云和眼前的雨，而他却着迷地看着她。她甚至不需要说一个字，仅仅凭借偶尔搐动的眉头和眼角就能让他无法自拔。

时间的意义不再明朗，那一片片被雨水打低了头的树叶在狂风中发出欢快的号叫，台风让整片天空变了颜色，那是可怕的深红色，像恶魔的双眼，被天染红的雨云，正在滴血。

台风中心的天空上方吞吐着闪电，愈加让人感到心慌的风暴，竟让黄威开始怀疑这个岛究竟能不能挺过去。

可如梦却始终岿然不动，她享受着大自然的暴怒，屹立其中，似是自古便战无不胜的女神，要迎着那片象征着自由的天空飞翔。这种奇怪的情绪感染了黄威，他眼中的如梦变得圣洁无瑕，每个人心中都应该有一个女神，不是那种女神，而是真真正正的女神。

终于，台风的势头缓了下来，可暴雨和狂风却依旧没有退却，此时，天已经完全黑了下来。

天色的变动让如梦回归到现实，她拍了拍旁边入神的黄威，示意他坐下来。

被雨水打湿的山洞，两人席地而坐，手机是他们唯一的光源，四下漆黑的海岛，不得不让人敬畏。

这里的黑暗就像深渊的巨口，若隐若现的海面起伏不定，无论如何眺望，也看不见那温暖的家。此时此刻黄威终于明白什么叫无依无靠，他下意识地往如梦身边靠了靠，也不知是因为淋雨后有些冷还是同样也感到了孤独，她并没有拒绝。

“你以前，有看过吗？”如梦抱着自己的双腿，问道。

“看过？呃，有吧……”黄威不明白她问的是什么，本能地认为如梦是在问自己有没有看过台风。

“是吗……”她怔怔地说着，黄威甚至不确定她是否是在自言自语，“如果要你放弃你现在拥有的一切，和你喜欢的人在这个荒岛上度过余生，你会愿意吗？”

如梦的问题问得太突然，黄威心跳加剧，却仍旧不假思索地说：“愿意。”

这样得来的答案当然不能让如梦信服，她在黑暗中转头看黄威的脸，说道：“真的吗？为什么？”

“……”沉默，一时间他不知应该如何回答才能得到最好的效果，“我也不知道为什么，或许是因为，问出这句话的人是你吧……”

最后，他放弃了狡辩，而是把自己心中真实的想法说了出来。

如梦在得到这样的答案后没有再说什么，两人与黑夜的沉默融为一体。黄威看不见如梦的表情，只能感觉到她轻轻地把头靠在了自己肩膀上，瞬间，他感觉到这个女人传递过来的安全感。

无论是如梦自己体会的，还是黄威从对方身上得到的，那种感觉都会催发疲惫，他不再抵抗，而是和如梦依偎在一起，轻轻地亲了一下她的额头，两人一起进入梦乡。

第四章

暴雨（4）

第二天醒来时台风已经远去，只有昨天的雨不依不饶，不得不说黄威和如梦是幸运的，通过电话叫来船夫后两人平安回到城里，临离开荒岛时，如梦不忘摘下一朵粘连子。

一路上她都轻轻地抓着那朵粘连子，直到下船之后，她才轻轻地将它揉碎，撒入风中。

黄威问她，你为何要这样。

如梦笑着说，因为粘连子也渴望自由，可自由是有代价的，有时候粉身碎骨都不足以满足自由的要求。

得到答案后，黄威望向如梦撒粘连子的地方，此时的天空乌云密布，可刮着的风，却依旧如此不羁。

在那之后黄威和如梦都感觉彼此之间多了些什么，又不能确定究竟那是不是自己心中所想的东西。

最后，两人并没有把心里面的感受说出来，而是选择各自回家，让一切归于平静。

在那之后是接连好几天的降雨，黄威每天晚上回到家里后都会像现在这样，望着远方，沉默地喝着咖啡。

温热的咖啡浸没唇边，成功勾起一段回忆。那似曾相识的温度，犹如她的体温，进入口中后丝滑的口感，是她宛若宝玉的额头。

“为什么……”

黄威喃喃自语，眼前浮现出黑暗中的山洞，无奈在没有光线的地方，他所能了解到的信息实在太少了。黄威知道自己并不了解什么是爱情，可黑暗中她并没有拒绝，这难道不是某种讯号吗？

或许，她只是因为累了……

用这拙劣的借口安慰着自己，黄威这才察觉到自从回到这里后如梦就已经从他的世界里消失了。心中胡乱的情感转化成烦躁，透过血液，每分每秒都在折磨着黄威。

所有的通信手段都联系不到那个神秘的女人，纵情Club上下也都不知老板去了哪里。黄威也曾去敲响她家里的门，可惜每次都没有结果。

虽然无人应答，可黄威的直觉告诉他，如梦肯定就在家里面。心中有所困扰的黄威已经无心再去公司，由于领导不在，神威渔业和纵情Club开始出现各种传言。

无论是黄威还是如梦都是不会轻易放下自己事业的人，很多时候你可以把他当成一个工作狂，但也有可能，这种人只是还没找到真正能令他痴狂的事物。

忽然桌上的手机震动起来，黄威满怀希望地拿起来，却发现来电的是吕二五。

“喂？”他沮丧的接了电话，语气自然好不到哪里去。

“威少，是我，我有件事情想跟你说……”

“什么事？”

“那个，是关于一些私事，不，不不，又好像是公事，我……”

“到底是私事还是公事，你先把这个弄清楚了再来跟我说。”

黄威不耐烦地挂了电话，听声音就能想象出现在吕二五那犹犹豫豫的样子，对于现在的他来说，那是最让他抓狂的姿态。

兴许是对不明朗的未来怀有太沉重的厌恶之心，黄威终于下定决心今天无论如何都要见到如梦，他把马克杯里的咖啡一饮而尽，离开了属于自己的公寓。

现在是晚上九点，黄威先在纵情Club逛了一圈，无果。

紧接着黄威驱车来到如梦家门前，拼了命地敲门，可惜，依旧没有人应答。里面似乎真的没人，换了是平时，黄威此时就该垂头丧气地回家了。可今天不同，他冒着雨来到楼的侧面，趁着夜色和暴雨，黄威要沿着排水管爬进如梦家里。

她家在二楼，加上这种年代久远的大板楼很好着手，除了要把窗户给砸坏，身手还算不错的黄威并没有受到太多阻碍。

玻璃碎裂的声音，黄威用衣服包着手把窗户给砸坏，不知发生了什么的如梦慌忙从屋里跑出来，正好撞见赤裸上身爬进来的黄威。

屋里没有开灯，雨水顺着他的脸颊滴落在地上，那本就没有打理过的头发，现在肯定更糟糕了。可黄威根本不在乎这些，当他看见如梦的时候，心中所有的烦躁都被愉悦取代，似乎是某些猜想得到了肯定，又或许，只是单纯的荷尔蒙作祟。

“你是不是疯了？你知不知道自己在做什么？”如梦看着破碎的窗户和黄威被碎玻璃划伤的手臂，本就憔悴的脸庞由于惊讶变得更为凄美。

“我没疯，我能站在这里就代表我没疯，你告诉我，你这几天为什么一直躲着我。”说着，黄威向前迈出一步，而如梦则往后退了一步。

此时此刻的他就像踏进战场的战神。

“什么叫我避开你，我……”

“是吗？你真的没有在避开我吗？”

如梦转身，不再去看咄咄逼人的黄威，黑暗中她娇弱的身躯在微微颤抖，风雨从坏掉的窗口吹进来，打湿了地面。

“那天晚上，我以为……”

“那天晚上大家都很疲倦了，在孤岛的黑暗中，这其实并不算什么。”她强装镇定，黄威能够听出来。

“是吗，那你为什么不敢转过身来看我？”

黄威一边说着，却已经站在了如梦身后。

“因为我不想看见你。”犹豫了好久，如梦终于憋出一句话。

“不想看见我？”像呓语般重复了一遍如梦的话，黄威忽然露出一抹冷笑。

黄威忽然扑上去抓住如梦的双手，将她按在墙壁上，那股力量狂野而迅猛，如梦这样的弱女子，根本无从抵抗。

“你不想看见我，是不是因为你怕继续跟我相处下去，你会爱上我？”

黄威坏笑着，在这么近的距离，他能嗅到如梦地吐出地每一口呼吸，此时此刻，他以为自己已经赢了。

他们额头贴着额头，可如梦双眼中的恐惧却在渐渐消散。她用平静的目光死死盯着黄威的双眼，微微抽动的眼角，像是在看一个待宰的家禽。

这突然的转变让黄威的内心开始动摇，抓着如梦的手也不再是不可挣脱。

“黄威，你未免也太看得起自己了，”说话间如梦用尽全身的力气把黄威推开，男人则不可思议地看着那瘦弱的女子，“我这么做，是怕我会伤害到你，并不是因为我会爱上你，因为我清楚你心里是怎么想的，就像你今天晚上这样，你继续下去，不会有好结果的。”

如梦冰冷的话语刺透了黄威因为热血而麻木的神经，他手臂上的伤口开始火辣辣地疼起来，就如如梦所说，内心中的欲望主宰了他的意志。

“废话，什么事情是还没开始就知道必定能修成正果的？！如果连踏出那一步的勇气都没有，我还当什么人，还活着干什么？！”他怒瞪着双眼，不希望自己心中的想法被否定。

如梦看见黄威这副样子时，她笑了，她仿佛回到了平日里那个遇到什么事情都能镇定自若的神秘女子。

“你果然如我所想的那样天真，也许你说的并没错，可那是你的世界，在我这里，像你我这样的人如果在一起，是不可能会有结果的，”如梦说话间走到门边，“如果你今天晚上来是为了一个答案，那我已经告诉你了，如果你还不明白，那我就说得清楚一点，我们是不可能的，我之所以躲着你是因为我本来想用更柔和的方式去告诉你这件事，如果有一段缓冲期，或许你会更容易接受，现在看来，你比较喜欢粗暴点的应对方式。”

寂静，整间屋子里只有风雨声，黄威想了无数种开口的方式，可话到嘴边的时候却总是说不出口。就像如梦说的，在她的世界里，黄威想要说的话实在起不了什么作用。

沉默持续了好久，最后，是开门的声音打破了一切。

“如果没什么事的话，请你离开吧，这么晚了，我想休息了。”楼道里的灯光照在如梦身上，像个牢笼般把她圈起来。对于黄威来说，那里是另外一个世界，现在的他无法触及的世界。

深吸了一口气，黄威把所有想要说的话全部咽下去，他头也不回地离开了那间屋子，用尽身上所有的力气跑回自己的车上，紧接着是汽车启动和拼命踩油门的声音。

此时此刻的黄威内心在嘶吼，那无法言明的哀伤与绝望冲击着他浑身上下每一寸皮肤。黄威胡乱地在城市里飙车，尽管如此，心里面的情感却始终没办法发泄出来，最后他干脆跑出车外，任由风吹雨打。

他对着天空怒吼，对着大海咆哮，闪电配合着这个悲哀的男人，伴随而来的雷声，则像是另外一个失意人在宣泄自己的情绪。很快，他开始放声大笑，他笑自己也会有这么一天，会因为一个女人而伤心欲绝。

过了好一会儿，黄威终于累了，他趴在车头盖上，没人想到这个男人竟然在哭。心里感受到的一切都化成了痛苦的哽咽，最后所有痛苦压垮了脊梁，只能无力地瘫坐在地上，任由起落的潮汐嘲笑他这辈子最不堪的时刻。

那天晚上的暴雨特别凶猛，街道上脆弱的树苗都被吹断了几棵，而这个城市里，却有人的情绪波动比这暴雨还要可怕。

第二天醒来还是因为手机振动，浑身湿透着在车里睡了一宿，对于黄威来说也是未曾有过的体验。

“喂……”

“威少，是我，你在哪儿呢？”打电话来的是吕二五。

“我……”黄威四处环顾，昨天发生的一切冲击太大，导致他现在都没回过神来，“我也不知道，这么早你找我干吗……”

“早？现在都快要十点了。”

“行了，有什么你就说，”此时强烈的眩晕感传来，黄威摸着自己的额头，很烫，可吕二五那边却又开始吞吞吐吐地不知道要说什么，不厌其烦的黄威再次开口说道，“没什么重要的事情我要挂了。”

“哎，等等，威少……”吕二五叫住了黄威，却还是很难把话说出口，“就是，就其实还是昨天晚上本来想找你说的事，但是，但是我不知道应该怎么开口，我……”

“有什么话不好开口的，我和你认识这么久了，要真有非说不可的事，你就直说。”黄威从车上下来，差点没站稳，海风吹过，原来他现在在海滩边上。

吕二五这个人平时喜欢小赌，黄威估计这次十有八九是欠了别人的钱没办法还来找他要钱来了。

“其实，我前几天……”

“前几天赌钱又输了吧？这次欠了别人多少？”黄威嫌吕二五说话的速度太慢，抢着吕二五的话说了出来，现在的他浑身上下都难受，实在不想再继续为了吕二五这点小事而纠结太久。

“不是的，我这次很认真，我……”

“行行行，你哪次都认真，可我也不能每次都帮你擦屁股，等下我打几万块钱到你卡上，要是还不够还的话，你就得自己想办法了。”

说完后黄威就挂了电话，他现在已经大概知道自己在什么地方了。

这里是当地著名的海滩景点附近，此时很多游客走动，黄威赤裸着上身，手臂上还有伤口，如果继续待在这里，说不准会被人抓起来盘问一番。

拖着虚弱的身子回到小区后，黄威去附近的社区医院简单包扎了一下，医生说什么话他都没有听进去，之后他回家洗澡换了套衣服，吃了两颗药后，他一头埋进枕头里，睡死过去。

眼睛一闭上，黄威的耳边就会传来如梦那几句绝情的话，都说语言可以是最锐利的刀刃，这两天的黄威算是彻头彻尾地体会到了。无心做事，无处可去，想要的得不到，唯一能做的，就是自己一个人在家里默默地承受无尽的疼痛。他像一个被吊起来的犯人，手脚被捆绑着，无法挣脱，而手持皮鞭的，就是如梦本人。

手机早已被他关掉，饥肠辘辘的胃也没有心情去填满，每每看见桌上的车钥匙，他都想再去尝试，所以最终它的下场是被丢垃圾桶里。

或许每个人都会经历这样的过程，可没有人能够准确说出这种伤痛究竟要持续到什么时候，有的人只需要一个小时就可以走出来，而有的人，则需要一辈子。

黄威曾经最不屑的就是有人整天说“非她不娶”，今时今日他那颗不肯放弃的心，却也相差无几。

受了伤的人总是想要逃避现实，可现实大多会在这个时候乘胜追击，可能是飞来横祸，也可能是让你吃饭拉肚子，而黄威遇到的，则是尖锐的门铃声。

开始时他并不想理会，他用被子把头蒙住希望继续留在自己的世界里，可那不依不饶的声音却始终不肯走开，无奈之下他带着怒气冲出去开了门。

“是你？”站在门外的是何艺萱，如果要列出此时黄威最不想见的人排行榜的话，何艺萱肯定能进前三。

黄威没有让她进来，而是冷冰冰地说道：“你来干吗？”

看见黄威如今落魄的样子，何艺萱发自内心地笑了出来，只不过她没有选择用言语刺激黄威，而是亮出她拿在手上的文件，说："这里面装的可是有关你公司的东西，如果你不想看的话，我可以马上就走的。"

忽然间黄威感觉有些不妥，尚未完全散去的危机感告诉他，眼前这个女人这次真的有重要的事情要说，于是他让何艺萱进了屋，她则四处环顾，脸上满意的表情越发明显。

"啧啧啧，我说黄威，你好歹也是个有头有脸的人，如今是怎么了？改行当情圣吗？为了跟那个老女人在一起，你都搞成什么样了。"何艺萱一边说着，一边坐在客厅的沙发上。

"少说废话，你拿着的那是什么东西。"黄威沉着脸说。

"这个嘛，当然是很重要的东西咯，不过在此之前我想问你个问题，"何艺萱说着给自己点上一根烟，"你说我把你的神威渔业公司改成艺华渔业，如何？"

"你是不是疯了？你觉得我会让你改我公司的名字吗？如果你今天来就是为了说这些的话，那你可以走了。"嘴上虽然这样说，可黄威却愈发地感到不安。

何艺萱听见黄威这么说后露出了胜利的微笑，她把手中那份文件丢到桌上，没有密封好的袋口掉出两页文件，标题那几个大字犹如重锤般敲在了黄威的心上。

股权转让书，看见这五个字，他瞬间想到了很多事。

上次为了不让神威渔业落入刘一麟的手中，他利用吕二五转移了自己所持有的股份，而那件事后发生改变的黄威也没有立刻将转移出去的股份又转回来，事出突然，他又是如此信任吕二五，两人私底下竟也没有签订任何协议。

所以在法律上，吕二五才是神威渔业现在的老板，而任由他意志转让的股权，当然有可能会被何艺萱给买到手。

"原来如此……"黄威喃喃喃自语，想到前些天吕二五打电话给自己却是一副一言难尽的样子，他似乎明白了，"看来当时我应该给他多点钱的，这次他究竟欠下了多少赌债，要把公司卖了才能还得起？"

"赌债？我不知道你在说什么，我需要花钱来买你这个破公司吗？"何艺萱嗤之以鼻，看着黄威的眼神里多了一分轻蔑，“你不是喜欢那个老女人吗？这一次，我就让你彻彻底底地体会到什么叫痛苦。”

“痛苦……”黄威皱起眉头，他有些不认识眼前的这个何艺萱了，“不是因为钱就把公司卖给你，等等，难道你们两个……”

“没错，我们已经在策划结婚的事情了。”虽然这是一件喜事，但何艺萱的语气里，多多少少有些悲凉，“他比你要好上不知道多少倍，你把我一个人丢在那里，连理都不理，不仅仅是这一次，以前每次吵架，也都是他来安慰我，希望我和你和好，以前我不知道，今天我懂了，他是因为一直暗恋着我，所以希望跟你在一起的我能快乐。”

何艺萱身为黄威为时已久的正牌女友，吕二五认识她的时间自然不短，如果深挖到记忆中仔细去搜寻的话，也的确能想起吕二五一直对何艺萱赞不绝口。

曾经黄威以为，那个风光无限的自己是不会被吕二五给出卖的，因为出卖了黄威，吕二五自己也别想在这个地方混下去。可今天，吕二五找到了一个新的港湾，且不说是不是因为爱情，单单是能够当何家的入赘女婿就已经可以防止黄威的报复了。

这或许是个很好的结局，对于黄威来说，至少以后不必要承受何艺萱给他带来的麻烦，只是丢了一个公司，和一个最要好的朋友罢了。

绝望的人不会再去纠结现有的得失，即便那曾经付出心血的东西，在没有斗志支撑的人生中，也毫无价值。

“既然如此，那我就祝你们幸福，这公司你就当是我送给你们两人的结婚贺礼，不过喜酒还是别预我那份了，最好以后我们也能划清界限，大家互不打扰，这样也挺好。”黄威把掉出来的文件装好，一板一眼的将文件袋推到何艺萱的面前，脸上没有任何多余的表情。

何艺萱刚开始时有些不相信黄威说的话，可当她凝视着眼前这个男人长达三分钟之久后，她的眼角开始抽搐起来，那是因为气愤，因为这个自己曾经深爱的男人，为了别的女人而改变至此。

城里所有人都听说黄威变了，变得不像从前那个人，何艺萱不信，她不相信黄威愿意为了一个不如自己的女人而改变。

当了黄威这么长时间的枕边人，何艺萱知道神威渔业对于黄威有多重要，所以她不顾一切地将这个东西夺过来，她计划着，计划今晚如果黄威还会大发雷霆的话，就用这个公司为筹码让他回到自己身边。

可惜，何艺萱错了，错得那么离谱，不过另一方面来看，至少她是胜利者，她赢得了黄威最忠实的伙伴，和他曾经最珍视的东西，只不过，这代价却是失去了自己最珍视的东西。

“好，就像你说的，以后我们互不打扰。”何艺萱将即将要爆发出来的情绪压下去，一把抓起桌上的文件。

今夜走出这个门之后，就是真正的再见，何艺萱很明白这个道理，于是她深呼吸几口，又再看了黄威几眼，最后丢下一句再见，甩门离开。

很可惜，由始至终黄威都是一副无所谓的样子，直到门关上的那一刻，他才解除伪装。

黄威不知道自己花了多久从客厅走到卧室，只记得当他重重地倒在床上时，整个世界都在颤抖。

从无所不能变成一无所有，这变化来得太快，以至于黄威无法接受得了。这其中关于朋友背叛的那份要比失去自己公司还要沉重，在过去这是不可能发生的，对于黄威来说，吕二五甚至比神威渔业还要重要。

人类始终没办法真正看清自己，有些东西直到失去才明白有多重要，吕二五虽然一直麻烦不断，可到了他背叛自己的那天，黄威才知道，原来他把这个从小玩到大的朋友看得那么重。

黄威盯着天花板，脑中一片空白。他抓起那几天没碰的手机，发现有银行转账的信息，原来就在黄威打钱给吕二五的当天，对方就已经把钱原数给还了回来。

“果然，大家都变了吗……”

如果是以前的吕二五，即便要把股权转给别人，这些钱也绝对不会还给黄威——既然决定要翻脸，那就彻彻底底地决裂。认识吕二五这么多年，黄威很清楚这个人的想法。

正翻看着这几天收到的信息，手机忽然有电话打进来，这个时候，自然是吕二五。

“喂。”黄威接了电话，声音很平静，他想趁着这个机会好好跟这个老朋友聊聊。

“威少，是我……”没有愤怒，没有歇斯底里，这样的黄威让吕二五不知道该说些什么。

“怎么了，又扭扭捏捏的了，我不是说过，我最讨厌你这个样子么。”

“是，我记得，可是……”

“别可是了，你也是要结婚的人了，要学着成长起来，你跟着我这么久，神威渔业基本的事项你应该也会打理，保持现状应该不难，至于要继续扩张，那就看你的本事了，”公司曾经像他的宝贝孩子，黄威挂心也是正常的，“还有一点，你是真的很爱何艺萱吗？我一直不知道你心里面的想法，今天我希望你诚实地告诉我。”

电话那头的吕二五之前还在点头称是，可听见这个问题，却一下子沉默下来，过了好久，他才开口说：“既然你都这样问了，我也就把事情都说出来。其实在你第一次把她介绍给我认识的时候我就已经爱上了她，还记得那是在你喜欢的咖啡店，那时候她给我的感觉就像高贵的公主，如果可能，我只想当一个骑士，守护她一生。”

算起来那已经是很久以前的事情，难得吕二五还记得，可当了这么久的朋友，黄威能够听出这句话并非完全出自真心，这时黄威已经不想去继续追究事情的始末了。

“可后来你说她是你的女朋友，而我也从艺萱的眼神中看出她对你的喜爱，我知道自己根本没有能力去竞争，如果不是因为你，我甚至连跟她说上话都不知道要想多少办法，”吕二五叹了一口气，继续说，“可后来，后来你对艺萱并不是很在意，这些我都看在眼里，所以每次当你们有什么矛盾的时候，我有想过乘虚而入，可看她哭得这么伤心，我就知道这个女人不能没有你，所以话到嘴边，就又变成了安慰和劝解。”

“是吗……”现在回想起来，每次黄威喝醉了，吕二五都会把他送到何艺萱的家里，看来也是为了他俩的感情，所以吕二五对何艺萱还是有感情的，“其实这样也挺好，至少你对她有感情。”

“可是这次我不能再沉默了，因为你是真的不打算再跟她在一起，我不管你是因为什么，总之，我必须要把握这次机会，”吕二五的语气变得异常坚定，“我不想再让她受到哪怕一点伤害，我要用尽全力去保护她，为了达到这个目的，就算要我牺牲现在所拥有的一切我也愿意，所以，所以我……”

听见吕二五的语气又软了下来，黄威开口说道：“你说的这些，我很明白，这也是我最近才明白的道理，没想到你竟然早就明白了，真是三人行必有我师啊。”

“威少，你……”

“别开心得太早，我依旧是我，我可以不追究你这次的行为，但却不齿你出卖别人的做法，不管原因是什么，这是我的原则。所以以后我们就是陌生人，你没事的时候，不，你有事也别再找我，我当然更不会联系你，大家在挂了电话后最好都把对方的联系方式给删掉，就当这么多年，我们不认识彼此吧。”

电话那头的吕二五沉默了好一会儿，轻轻地嗯了一声，而黄威在得到肯定的答复后，笑着挂断了电话。他很快就删除了吕二五和何艺萱所有的联系方式，做完这一切的黄威，把头埋进枕头里大哭了一场，没有人知道他流过泪，因为在他流泪的时候，只有黑暗和寂寞陪着他。

不必去想也知道以何艺萱的为人肯定会大肆宣传神威渔业易主，这件事甚至惊动了黄威的父亲。当那个总是喜怒不形于色的老爸在电话那头担忧的关心自己时，黄威却并没有表现出丝毫的感动。

从小早熟的黄威在许多年前就知道了父亲是因为外遇所以才逼着母亲离婚的，事实上母亲抑郁而死大部分原因还是因为自己丈夫的背叛。

起初黄威也很恨自己的父亲，只可惜没有能力去改变。当他父亲察觉到自己的孩子有反叛情绪的时候，这个成功的商人开始通过威严和物质去灌输自己的理念，年幼的黄威毫无招架之力，渐渐开始改变自己的想法。

终于，黄威开始认为这些小事根本不重要。

“男人不应该追求什么爱情，女人只不过是有钱就能换掉的物品罢了。”

这句训导黄威记得尤其深刻，在父亲的教育之下，黄威变成了一个自己父亲想要他变成的样子，现在想起来，这段成长的经历是多么可悲。

挂掉父亲的电话，黄威又大哭了一场，他不知道这次究竟为何而哭，就像人总是不明白自己是如何变得脆弱的一样。黄威不知道该怎么去探寻这种深奥的大道理，除了独自买醉，他不知该何去何从。

没了公司和爱情，黄威开始沉浸在纵情Club的酒精里，这里还是那个样子，没有因为如梦的缺席而减少热度，只是无论坐在哪个角落，都好像能听到有人在述说着自己的失败。到了今天，黄威已经没有力气再去阻止别人说话，在流言的海洋和不怀好意的笑容中，只有堆积如山的酒瓶才能让这个失落的男人继续活下去。

都说上帝是仁慈的，因为他没有置任何人于死地，如果碰巧哪段日子很不顺心，那或许是他给你的考验。黄威没有信仰，这也是大部分人的常态，但如梦的再次出现，却让他开始有些相信有人在操控着自己的命运。

那天是浸泡在酒精里度日的第几天，黄威自己也已经记不清楚，总之他疯狂地在消耗自己以前存在纵情Club的酒，而每次他都希望能够在这里碰到心里最想见的人。

一次次的失望让黄威渐渐不再去想那些不切实际的事情，以至于那个熟悉的身影映入眼帘的时候，他以为自己只是喝醉了在做梦。

“别再喝了。”黄威半眯着眼睛，他看不清如梦的表情，但她声音里却透着说不出的悲哀。

黄威笑了，而后马上释然。他没有理会太多，拿起酒杯就要继续喝下去。

一个巴掌忽然扇在他手上，酒瓶摔在地上，粉碎。

清晰的痛觉提醒着他此时并不是在做梦，黄威睁开朦胧的双眼，坐在他身旁的，的的确确就是如梦本人。

她瘦了，看着黄威的眼睛里，有一丝愧疚。

这一瞬间黄威不知道该说什么好，酒精和紧张感的双重刺激下，他最终什么也没说出来就飞也似的跑进卫生间里。

难闻的气味冲进他的鼻腔，经过翻江倒海的战斗之后，黄威完全清醒过来。洗漱过后推开门，如梦静静地站在那里等着他，黄威想要开口说什么，可如梦却扭头离开。

黄威不想再次失去她，于是追上去，直到从后门离开纵情Club。天上挂着已经快要完全变圆的月亮，距离中秋节已经不远，如梦带着他走到黑暗中，她转过身来看着黄威，意味深长地说："你还记得你以前在这个地方跟我说过什么吗？"

黄威四下环顾，不由得露出会心的笑容。

"你指的是我搭讪的事情吗？"那天的事情他怎么可能忘记，"现在想起来，你那样对我是正常的，以前的我，的确不值得被任何人爱。"

"那现在的你，又如何呢？"

"现在的我……"黄威很想信誓旦旦地对她许下诺言，但看看眼下的自己，无论怎样的山盟海誓都没有说服力，"现在的我已经一无所有，同样也不值得任何人爱，即便这样我也要说，我对你的感情是真的，你的样子已经和我的血液混合在一起，每次呼吸都是在思念你。"

那边的如梦发出一声嗤笑，她上扬的嘴角不知为何，让黄威读出了一抹悲伤。

"我相信你有什么用？难道这世上的所有事情全都可以因为我相信你就能够解决吗？我今天来见你不是想听你说情话的，我只是想再深刻地告诉你一次，感情不单单是两个人的事情，我和你是两个世界的人，不能够，也不应该在一起。"

黄威明白如梦说的是什么，他没办法反驳，却觉得有必要说出自己的想法。

"既然如此，那你为什么又再次出现在我面前？因为我的失败，你想好好安慰一下我吗？我承认感情的确不是两个人的事情那么简单，可与此同时两个人之间的感情不是应该不要太多地去考虑其他人的想法吗？如果因为顾及其他而害怕去做某件事情，那为何世界上会有战争，人们不是应该惧怕死亡吗？有些东西尚且能使人忘却生死，两个人之间的情感，难道比生死还可怕吗？"

黄威看见黑暗中如梦的娇躯在颤抖，就像那个雨夜一样。

“来见你只是因为感觉有些内疚，想把话再说得明白点，尽自己的一些努力不让悲剧再次发生，可惜，可惜你完全没听懂我在说什么，不可能就是不可能，你说什么也没用，我的想法不会改变。”

她说完就往酒吧里走，与黄威擦肩而过。

“你怕吗？”或许因为已经受到过太多的失望和打击，现在的黄威前所未有地冷静，“你怕如果有了我以后你会失去我，你怕你的世界会崩塌，我终于明白你为什么会喜欢那个荒岛了，因为你就像岛上的粘连子，被困在一个名叫‘你’的世界里无法出来，你只能活在那里，在你看来，所有的人全都是过客，你渴望被人从里面带走，但与此同时你也害怕，因为你觉得一旦离开那里，自己就会像粘连子那样被带走的人捏得粉碎。”

如梦停住了脚步，黄威转过身，看着她的背影继续说道：“可那个捏碎你的人的目的呢，你有没有想过？就像你每次都带着它，其实你只是想要给它自由，不再被其他东西束缚，现在抛开所有一切，你问问自己，那些曾经令你担忧的所谓不可能，凭什么指使你去干一件不乐意的事情？”

黄威说的每一个字都像重锤般敲击在如梦心头，这些天不仅仅是黄威在煎熬，如梦也在与自己的内心斗争，她拼命否定自己的感觉和黄威这个人，或许就像他说的那样，自己只不过是个胆小鬼。

所以，如梦哭了，忍耐了许久的泪水，在今天决堤而出。黄威听见她的抽泣后明白了一切，他跑上去将这个日思夜想的女人拥入怀中，让她的眼泪流到自己心里，如若非要有这份悲伤，那就一同承受。

微弱的月光照着两人，如梦心里的犹豫化成泪水流了出来，他们相拥了好久，最终如梦把头从黄威的怀里抬起来。那哭红的双眼，还有那憔悴许多的面容，这一切在现在的黄威看来都是无比美丽，他忍不住吻上了她的唇，而如梦也全身心的投入，没有半点多余的想法。

夜晚还是那个夜晚，只不过故事发生的地点已经不再是纵情Club的后门，黄威在得到如梦如此肯定的回应后，他并没有带她回家，而是来到了海滩边。

如梦有些不解，她虽然喜欢大海，可是对于住在这个城市的人来说，这片海就像每天都会见面的邻居，毫无新鲜感。

只是见黄威兴冲冲的样子，如梦也不好多问什么。

夜晚依旧起落的浪在黑暗中发出恢宏的吼声，宛如一头潜伏的巨兽，黄威脱掉鞋子，让浪花打湿自己的脚踝，他扯开嗓子，冲着海的彼方高声呼喊：“谢谢你，我今天找到了我生命最重要的东西！”

如梦站在他身后，看着这宛如少年般的行为，恬静地笑着。

“希望你不要见怪，”黄威身体里的酒精已经被海风吹走，他拉着如梦坐下来，继续说道：“其实我从小到大都没什么朋友，更多的则是竞争对手，那时的我很渴望有个可以互相倾诉心事的人，于是我就让我爸爸买一个给我，现在想起来，是不是很傻？”

如梦能够感觉得到紧紧握着自己的那双手传来的喜悦，她看着黄威那双坚定的眼睛，点点头。

“我爸从小到大对我有求必应，但当他听见我的这个要求后，沉默了好久，最后他在晚上带我来到这里，然后告诉我，真正的男人只会把心事寄托给大海远方的地平线，如果你有什么想说的，就冲着它大喊，它一定能够听得到。”说话间仿佛回到了那个少年时代，那天晚上之后，黄威变得比同龄孩子更坚强，“所以这么多年来我但凡有什么事情我都会来这里，不管是开心的还是不开心的，和老朋友说了之后，我才感觉踏实。”

“我想你父亲一定也没什么真心朋友吧，更多的是生意上的伙伴和下属，我能够理解你的苦恼，因为我也有过类似的经历。”如梦也陷入了自己的回忆。

“这个秘密除了他我只说过给你听，每个人都不想自己的秘密被别人知道，唯恐这会变成自己的弱点。”黄威长长地出了一口气，继续说道：“其实我今天把你带来这里，除了要把我最大的秘密告诉你，还要谢谢你。”

如梦打断了自己的思绪，笑着对黄威说：“谢我？你可先别谢我这么快，说不定明天我就反悔了呢，女人可是很善变的喔。”

“我不是说这件事，我是要感谢你让我重新想起了这个地方，”他说着就把如梦揽到怀里，那清晰的体温在述说着事实，黄威第一次感受到由心而发的幸福感，“我也不知道从什么时候开始的，或许在神威渔业创立的那一刻起，我不知不觉忘却了这个地方，在我许多次受到挫折心情不好的时候，我连倾诉的想法都没有。直到刚才把你抱在怀里，我脑海中想起了很多东西，那些曾经被我忘掉又不想去记起的东西。”

如梦缩在黄威怀里看眼前大海平静的起落，这个男人所说的每一句话都是如此真诚，和他俩第一次因为纵情Club的规则见面时简直判若两人。

是一无所有让他精神错乱而发生的变化？

抑或者这就是所谓爱情的力量吧？

答案是什么都不重要，就像黄威说的，如梦不必再继续当那不能捉住自己命运的粘连子，从他身上，如梦看见了未来的希望。

她什么也没说，在这个时刻，只有沉默才最相衬。

她紧紧地抱着他的腰，有他在，海风再狂也伤不了她分毫。

她已经不记得距离上次和这样一个可以信赖的人一同静静看日出是在什么时候了。有时太过沉重的记忆，根本没办法翻阅，而就目前的情况来看，她似乎也不需要再去回忆以前的种种，因为地平线的彼端肯定会有太阳升起，并且今天，她不再形只影单。

第五章

暴雨（5）

都说夏天是恋爱的季节，秋天因为太惆怅，所以更适合离别。黄威的爱情在盛夏之末开始，当秋意开始弥漫在街头巷尾时，他却觉得这才是最适合她的季节。

不再年轻的如梦不会像黄威曾经认识的那些女人一样充满了对物质的渴望，她更像是飘着落叶的秋天，虽然这里的秋天很短暂，可黄威依旧坚信，秋天如果是一个女人的话，肯定会像如梦这样在无言中饱含着深情。

得到了爱情后，黄威也在策划着自己的下一份事业，神威渔业易主这件事对于他来说已经完全是过去时，看透往事让黄威更明白自己将来想要的是什么——相比于成为一个无往不利的大商人，或许当一个在人前不失本色的人就已经足够了。

夜深人静时，感受到自己的转变，黄威曾问自己：这种观念上的转变到底是否因为受到了如梦的影响。也想过发生这样的改变到底是好是坏，他得不出准确的答案，于是就想从其他人身上得到线索。

其中一个许久没有联系的老同学给出的答案最让他满意。那是在一次同学聚会上，两人都有十几年未见过面了，此前黄威从来没参加过任何类似的活动，闲下来后才发现，其实偶尔来见见那些快要不认识的旧相识也是有很多收获的。

“我现在要养两个孩子，我老婆和我都各自有自己的工作，虽然赚的钱不多，可相对也比较稳定。我们一家人共同分担彼此的压力，虽然老婆经常抱怨我和孩子们做的家务太少了，可事实上明明是她心疼大家所以自己默默地干了太多。相比很多以前的同学，我算是穷人一个，可即便如此我却非常开心，你问我那种问题的答案是什么我其实也不懂，要说文化水平的话，黄威你可要比我高得多了，但人活着就是要过自己想要的生活，如果生命走过的每一分钟都很开心，那就是正确的答案了。”

这是他的原话，当时这番话引来很多人笑话，甚至有的同学在背地里骂他穷开心。

可黄威仔细琢磨之后渐渐认同了那位老同学的想法，他曾经得到过一切，如今失去了之前拥有的东西，他并没有感觉比以前活得难受。于是，黄威对自己未来更有信心，与此同时，如梦也变得更加不可失去，因为只有如梦，才能让他安心。

用安心来形容一段恋情，或许在很多人看来多少都有些悲哀，特别是以黄威这样的人来说，缺乏安全感的，应该是他的伴侣才对。但感觉是如此真实，不去承认而用借口敷衍自己继续活下去，这样的生活更悲哀。

事实上两人的恋爱也的确很“安心”，准确来说，应该是如梦让这段恋情变成这样。她不喜欢吵闹的地方，约会的地点皆是僻静无比，黄威有的时候甚至会想，这个城市的角落估计已经被自己走遍了。

由于如梦工作的关系，两人相处的时间本就不多。并且她是一个非常独立的人，早已习惯了自己完成生活上所有的事情，所以她从来不会让黄威来帮忙。

少了陪女友买衣服逛街等苦恼，黄威享受到的是如梦心情好时会摆弄出来的美味，每周都会有一到两天，她神经兮兮地做出一大桌子菜，那绝对不是两个人能吃完的量，每次黄威都要吃到扶墙才能离开。

除了在家里吃饭，当然少不了荒岛之行，只是再也没像那次一样遇到台风了。黄威曾去纵情Club里找正在工作的如梦，可在接受了一次她冷漠的怒火后便放弃了这个做法，具体是什么原因也没敢问，他猜测大概是不想让员工们议论纷纷吧。

可无论怎样，黄威心中对如梦的感觉始终没有改变，那团炽热的火焰反而因为这种朦胧的距离燃烧得愈发旺盛，旺盛到他想将自己的身体投入进去，化为一体。

“你说什么？”再过两天就是中秋，电话那头是刚睡醒就接到黄威电话的如梦，“黄威，你这也太过分了吧，事先也不跟我商量一下就先斩后奏吗？”

“我这不是打算给你惊喜吗……”

“切，这算什么惊喜，等等，既然你这么说，那我是不是可以选择拒绝？”

“不行不行，我都已经安排好了，你要拒绝了可要出大事，”黄威相信自己的爱人真的会干脆地拒绝这件事情，所以他必须要用尽一切办法哄她，“哎，不就是跟我爸见一面吗？他也很想见你，而且你放心，我保证，他绝对不会问一些奇奇怪怪的问题，毕竟这是我俩的人生大事，见家长总是必要的吧，所以你就安心啦，一切我都会安排好的。”

“人生大事？这位先生你是不是打错电话了，我们才在一起多久，你就想这些事情了？”虽然嘴上是这么说，但黄威能够听出电话那头的如梦心里似乎也有那么一分期待。

“是是是，这件事情不急，但是正好是中秋节，你家里人又不在这里，你说你以前一个人的时候没有选择也就算了，现在你有了我，我当然要让你感受到团圆的感觉，所以，就这么定了！”

黄威说完就想假装信号不好顺势挂掉电话，可那边的如梦识破了他的伎俩，冷静地说：“好吧，我答应你，不过地点得在我家，我亲自下厨。”

如梦这么爽快就答应下来，黄威自己也有些不敢相信，他愣了一下，接着说：

“这，会不会不太好，本来说是我……”

“就这么定了，不然的话就恕难奉陪了，你看着办。”

如梦挂断了电话，黄威苦笑着看着手机，他也想哪天自己也能这么霸气地来上一次。不过还好事情是定下来了，虽然形式有些出乎黄威的预料，但转念一想这或许能体现出如梦贤惠的一面，他也就不再纠结了。

虽然如梦那边是没有问题，可黄威的心里还是没底。门当户对，很多老一辈都有这样的想法，黄威的父亲黄昊虽然比起其他同龄人要开明许多，但多多少少在遇到事情时都会考虑到这一点，特别是在自己儿子结婚这件事上。

说到底是有头有脸的人，就像黄威输给刘一麟后会被许多人当成茶余饭后的谈资一样。这桩婚事真的成了的话，那些心怀不轨的人肯定会借题发挥来打压黄家在本地的声望。出来做生意的谁没几个死对头，黄昊尽管为人并不高调，却依旧有人把他当成眼中钉。

当然，年轻时的黄昊可不是这样的人，一切的转变都要从黄威的母亲病死后说起，发妻的离世本来对黄昊并没有什么打击，他始终认为女人只不过是男人的附属品。

可商海变化万千，稍有不慎就会沉入其中，黄昊在经商方面有很高的天赋，也正是天赋所带来的自负，让他的公司曾经出现过一次非常大的危机，而在那次事件出现时，他身边所有的人都不看好黄昊能继续生存下去，这些人相继离开，留下他一个人独自承受。

这时一个律师出现了，带来了一笔虽然不能起死回生却可解燃眉之急的钱，还有，一封来自亡妻的信。

没有人知道那封信里究竟写了什么，总之，黄昊在看完那封信后痛苦了一夜，当第二天再见时，他已经变了个人。

黄昊变得沉默寡言，不再轻易表露自己的情感，平时奢华的兴趣爱好全被舍弃，最大的消遣变成了出海海钓。

黄威切身经历过这段时间，他当时年纪虽然还小，却也明白父亲的公司正面临危机，可到底是什么让一切发生了改变，他就不得而知了。

自那天之后黄昊不再把自己的任何想法灌输到儿子身上，一切任由他自由发展，如此一来黄威所能获得的父爱比以往更少，所以他想通过展现一个优秀的自己来获得父亲认可。

这就是他为何从小到大一直想要战胜所有同龄人的原因，在内心里面，黄威只不过是个可怜的孩子，祈求父爱，祈求父亲的关注。

所以黄威自然想把这件事尽量做到最好。他知道以如梦的性格是肯定不会在那天准备什么礼物的，就个性而言是很具有魅力，可在世俗之中，这就叫不懂事。于是黄威一手包办了如梦不可能会去做的准备工作，当他思前想后考虑到底还有哪里没有做好的时候，时间却已经来到了中秋节的当天晚上。

黄昊很早就有了黄威，所以当黄威三十岁的时候，他距离六十大关还有段距离。精神好自然不愿意让自己闲着，那家在市里颇有名气的进出口贸易公司依旧牢牢掌握在他的手里。

当他得知自己的儿子要在中秋节这天把未来媳妇介绍给自己时，他心里是闪过一丝期待的，可当来到如梦住的小区附近，他再怎么淡定也皱起了眉头。

“看来传闻是真的。”车缓缓停下，黄昊看着残破的大板楼，“如果是那个女老板娘的话，你应该知道，她的年纪几乎可以当你妈了。”

纸是包不住火的，黄威早就知道黄昊迟早会知道这件事情，不过当自己父亲当面说出这种话时，身为一个儿子要回答起来也着实不是件容易的事情。

“爸，年纪这种事，你就别担心了，从小到大，我哪次让你失望过呢？”

说话间他俩下了车，此时在小巷里乱跑的小孩正好撞在黄昊身上，还嘴里含着的棒棒糖碰到黄昊的裤子，留下一滩污渍。

黄威尴尬地笑着帮忙圆场，尽管如此，黄昊脸上的阴云却始终没有散去。

夕阳在海的另一端散发出最后的光辉，两父子敲开如梦家门的时候，桌上的菜正好准备完毕。

“看来我们来得很准时啊。”看着眼前额头上还有汗珠的如梦，黄威掏出纸巾递给她，“我来介绍一下，这是我爸，你叫他黄叔就行。”

看到如梦第一眼，黄昊和如梦都愣住了，他们凝视着对方，好像在用精神述说着什么。黄昊紧锁的眉头没有丝毫放松，反而是如梦在一开始的愣神后挤出了一点微笑。

“爸，这是如梦，你应该已经知道她了，好了，不说这么多，入席，入席。”

如梦和黄昊都是惜字如金的人，入席之后气氛就进入了莫名的沉默中。为了不让这第一次见面变得尴尬，黄威只能努力地寻找话题，无奈的是无论他多努力，如梦和黄昊都没有再看彼此一眼。

“如梦这个名字，应该不是真名吧，说到真名，就连我也不知道呢，该不会以后我们的结婚证书上也用如梦这个名字吧？”席间，黄威为了缓和气氛，只能想到什么就说什么。

如梦夹菜的手停在空中，而后收了回来，把筷子放在桌上。

“对，这有什么不可以的呢？人生就像一场梦，在个梦境里什么都有可能是虚假的，所以名字什么的，无所谓了。”如梦冷漠的语气让黄威不敢再继续深究这个话题，反而是那边一直没说话的黄昊开了口。

“是吗？……”黄昊不紧不慢地吃着，他坐的位置正好面对窗口，最后的余晖是那么美，“如果按照你说的话，既然都是梦，那么你在哪里睡觉，跟什么人睡觉，是不是也都无所谓了？不过你说这是缘分吗？你竟然会出现在这里。”

“爸……”黄威听了前半句话后就开始担心，后面的话他没有认真听进去，他只想快点阻止自己父亲继续往下说。

可如梦却反用眼神阻止了自己的男朋友。

“黄叔你这句话就不对了，我在这里纯粹是因为我喜欢这里，虽然是一场梦，可也没人会喜欢噩梦吧，对于有的人来说，被鬼怪缠身才算是噩梦，在我看来，人心比鬼怪更可怕。”

黄昊听后哈哈大笑，他看了如梦一眼，点了点头，继续说：“你说的没错，可惜我们活在一个全都是人的世界里，即便你想遇到鬼怪，也都难以实现。”说话间，黄昊放下碗筷，擦了擦嘴巴，“不过话又说回来，你的手艺还真不错，我是没有想到，像你这样的人竟然会这么精通烹饪。”

如梦则没有停下手中的动作，她一边夹菜吃着饭，一边淡淡地笑着，说道：“如果在以前，我也不相信自己会弄出这么一大桌子菜，可人是会变的，即便本身抗拒改变，别人也会让你改变。”

黄昊听到这里，叹了一口气，他转头看向自己的儿子黄威，又看看正在吃饭的如梦，最后摇了摇头，说道：“事情都已经过了，再去懊悔也没用，每个人都曾经当过罪人，只不过哪怕是最低劣的法官也知道，罪过不应该由当事人以外的人承担。”

“人是不能靠回忆活着，活着也不能没有回忆，用逝去的时光和人换一段永恒的美好，这笔交易说不上很赚，却也不算太亏，退一万步来说，哪怕那段回忆留下的只有伤痛，也别太去追究，更别用以前的眼光来看现在的人。”

两人的对话变得扑朔迷离起来，黄威在旁越听越不对，这似乎是两个相识很久的人在交锋。无奈的是这里并没有他插嘴的余地，看着眼前这两个自己生命中最重要的人，黄威忽然有种奇怪的感觉，他感觉，无论是黄昊还是如梦，都离他好远。

“你说得没错，不过我始终相信，江山易改本性难移这个道理，好了，感谢你今天晚上的晚餐，时候差不多了，我也该走了。”黄昊说着就看向自己的儿子，此时的黄威正沉浸在自己的世界中，他丝毫没有察觉到父亲眼神中夹杂着的一丝悲哀。

尽管黄昊要离开，可如梦却始终没有动作，她依旧在吃着自己亲手做出来的美味，默默地目送黄威和黄昊离开。

关于梦和人生的问题，黄威并没有听出里面的深意，只不过他向父亲提出了心中的疑问，无奈得到的答案只是苦笑和摇头。

天气晴朗，那轮明月如此圆满，在黄威看来，今晚的会面却并不怎么圆满。

“威……”刚刚出楼梯口，黄昊就开了口，“跟我随便走走吧，我有话想跟你说，顺便等司机来接我。”

父亲很少提出这样的要求，黄威虽然很想快点去看看如梦的状态，却还是答应了父亲。

两父子肩并肩往巷子深处走，此时这条杂乱的小巷里热闹无比，各种声音层出不穷。八月十五大家回到家里来一起吃饭，很多小店并不停业，在里面随意摆上一张桌子，边开门做生意边吃饭喝酒。

“其实今天你不叫我来我还没注意，你都已经三十岁了。”黄昊一边说一边叹气，“时间走得太快了，仔细想想，我这个当爸的，好像也不怎么了解自己的儿子，这应该算是一件很失败的事情吧……”

“爸，你今天怎么了，刚才在吃饭的时候也是，现在也是，为什么突然……”黄威是第一次听自己父亲说这样的话，心里既好奇又愧疚。

“离开那个女人吧，相信我，你们是不可能走到最后的。”黄昊打断了黄威的话，双目坚定地看着自己的儿子。

黄威见过那样的目光，从小到大，当黄昊决定要做什么事情的时候都会像现在这样，如果没有记错，黄威还从未在那不容拒绝的威严下逃脱。

“爸，感情是我们两个人的事情，能不能走下去，谁都说不准，但至少我想努力去尝试。”黄威也是个普通人，面对自己父亲时也会胆怯，但他绝对不是一个不敢抗争的人，即便在与黄昊的对抗中没取得过几次胜利。

可是这次，黄威绝对不会退缩，就像无数个夜晚他不停告诉自己的那样——未来的路，就算深陷泥泞，也绝不后悔。

“你果然是我的儿子……”可是这次，黄昊却主动认输，他没有丝毫的坚持，之前说的那番话，似乎只是玩笑。

黄威被眼前的转变惊呆了，他印象中的父亲绝对不是一个会信口开河的人。

“这个时候我如果用什么世俗理由来劝说你的话，是不是显得太过市侩了。”黄昊说着笑了起来，看着儿子的双目中满溢慈祥，但在那之中，却也夹着许多担忧，“不过说真的，我可以不反对你们在一起，甚至结婚也无所谓，只是我希望你明白，我对你们两人这段感情所持的看法并没有改变。”

不反对却打心底里不看好黄威的选择，这样的做法比强硬打压更让这个刚刚迈入而立之年的男人气愤。

“爸，你既然不反对我和如梦在一起，为什么就不能祝福我们呢？难道只是为了证明你说的话从来都是对的吗？或者你仍然觉得我们的年龄相差太大？难道就连你也只看到这些表面的东西而不去思考内在吗？”

黄昊收回看着黄威的目光，他抬头去看天上那轮明月，过了好一会儿，他才说：“小威，我看到的是心，并不是表面。”

“心？你看了什么？”

“她的心不在你这里。”

“你意思说，如梦的心不在我身上，也就是说，她还有另外一个男人？”黄威嗤笑，和如梦相处了这么久，他自认为很了解如梦这个人，她连恋爱都懒得谈，还怎么会去脚踏两条船？

“一个女人接近你，有可能是爱你，也有可能，是别有所图，并不一定是金钱，你明白我的意思吗？”黄昊能感觉到自己儿子情绪的变化，他知道黄威会有这样的反应，他之所以没有用强硬手段逼迫黄威就范就是不想两父子之前的感情出现裂痕。

可惜，可惜黄昊有太多的话说不出口，他害怕自己的儿子会因为这件事情而恨自己。

所以黄昊只能旁敲侧击地去提醒黄威，预防那件他认为最有可能发生的事情。

“另有所图……还不是为了金钱？”黄威重复着黄昊的话，渐渐皱起了眉头，“爸，之前我就怀疑你们认识了，现在你又说这种话，究竟你们之间到底发生过什么，如果你不说清楚，我是绝对不会放手的，因为她对于现在的我来说，就是最大的幸福。”

注意到黄威表情的变化，黄昊继续说：“就算你享有眼下的幸福，但那却不是永远，倒不如……”

“别岔开话题，我问你，你和她以前究竟发生过什么！”黄威第一次用这样的语气和那个威严的父亲说话，可黄昊却始终没有给予正面的回答，“好，你不说也可以，那我问你，对于你来说，那是一件很严重，严重到无法令你改变看法的事情，对吧？”

黄昊看着一脸认真的儿子，思考了一下，点了点头。

“可对于我来说，你说的这些仅仅是猜测，只要不是已经发生的事，那就有希望去改变，我不敢说结局一定是圆满的，可如果因为往事而阻挡了自己的脚步，那不是会后悔一生吗？”

黄昊听完黄威的这番话后沉默了好一会，随后他自嘲地笑出了声：“算了算了，也许这是上天注定的，我就继续当我的局外人好了。”

“爸，你不是局外人，你是我最亲的人，只是我希望得到信任和祝福，就像每个普通人那样，在结婚的时候，能够得到父母的祝福，有你的肯定，我才能确保自己能够做到想做的事情。”黄威的眼神里充满了期冀，自从神威渔业开始做出成绩后，黄昊这是第一次看见自己的儿子露出这样的眼神。

长长出了一口气，黄昊拍了拍黄威的肩膀，他并没有留下任何祝福，转身离开了这条脏乱的小巷。

黄威没有去阻止，换句话说，他不知道自己接下来应该要做什么。目送自己的父亲离开，他站在原地，过了好久，直到腿都麻了，才想起来，今晚还没结束。

赏月的时刻才刚刚来临。于是黄威强行打起精神，他跑回如梦家，可敲门足足等了十分钟也没见里面有人回应。起初黄威以为如梦在洗澡或者上厕所，可越等越不对劲，门那边犹如死寂一般，一种极为不好的预感开始占据他的内心。

这个时候黄威脑海中闪过一个画面，那是他第一次来这间屋子时发生的事情。想到这里，他也管不了那么多，狂奔下楼之后再次沿着上次的路线爬进了如梦家里。

“如梦，你在吗？”

今天如梦没关窗，黄威很顺利的就进到屋里。此时屋里一片漆黑，那声呼唤也没有得到任何应答。心中的不安愈发强烈，他冲进客厅打开灯，四下环顾，终于在厨房的地板上发现了倒在地上的如梦！

她嘴唇发白，额头满是冷汗，因为痛苦而微微颤抖的手紧紧捂着自己的肚子。这种情况黄威并不是第一次遇见，他立刻抱起如梦夺门而出，穿过依旧沉浸在节日气氛中的街道，开车向最近的医院疾驰而去。

黄威的爱车化身成黑夜中的流星，用最快速度把如梦送到了医院，当他看见如梦被推进去时才终于松了一口气。

"又是你？"这时一旁的护士好奇地问出声，这时黄威才发现上次送如梦来的时候好像也是她当值。

"今天也是这么心急火燎的，"她回头望了一眼，继续说，"那个是你女朋友吗？看你心急的样子，脸都青了。"

黄威下意识地摸摸脸，尴尬地点点头。而那护士则很识趣地闭上嘴，饶有兴趣地看了黄威一眼。那眼神让黄威有种说不出的感觉，不过此时他也顾不了这些，找了个地方坐下，双眼凝视之处，只有如梦消失的方向。

许是这次如梦没有上次那么严重，很快她就已经可以自行活动。黄威一见到她立刻跑上去，不过却被她拦在门外，医生似乎有话要对她说，而她并不想让黄威听到。

虽然黄威是如梦名正言顺的男友，可在很多事情上如梦却依旧对他很有保留，或许黄昊说得对，她另有所图也说不定。

想到这里，黄威难免有些失落。他走出医院外，却立刻感觉一阵秋意，这反而更让他惆怅，不知是否在响应黄威的心情，本来晴朗的夜空眼下已经布满了乌云，月亮已被遮蔽，甚至还下起了毛毛细雨。

黄威见状忍不住苦笑起来：今年的中秋节非但不算圆满，甚至有些悲凉。黄昊说过的话又在耳边响起，不知为何，在此情此景下回忆起来，让他愈发感觉自己本以为已经抓牢的手会松开。

"想什么呢？"

如梦的声音从身后传来，黄威慌忙打乱自己的思绪，尽量把那些不安和猜疑踢出脑外。

“想你到底怎么了呗，这已经是第二次了，而且还神神秘秘的，”黄威笑着转过身来，如梦虽然已经不再那么痛苦，可那苍白的脸色在白炽灯的映照下显得更加让人心疼，“我身为你的正式男友，是不是有权知道你的身体到底发生了什么？”

就如如梦预料的那样，黄威的抱怨是难免的，她既然想到了，那当然已经准备好了说词：“你也不是不知道我这个人，不是大事的话我都不喜欢让别人操心，所以正式男友先生，你就放心吧。”

她说着拍了拍黄威的肩膀，这个动作让黄威心里的不安消除了许多。

“不过今天我算是见过你爸了，你想不想也见见我的家人？”

如梦骨子里是个很传统的女人，虽然她行事不拘小节，想法也让人捉摸不透，但黄威知道，如果眼前的这个女人肯带一个男的回去见父母的话，那一定是已经把他当成自己丈夫了。

“想！当然想！”幸福来得太突然，黄威忍不住大笑起来。

中秋节的医院没多少人，如梦习惯性的回头看了看，见没有人用异样的目光看过来，也就由着黄威了。

“既然如此，那我们明天就出发。”

“好！”

如梦从来不是拖泥带水的女人，这也正合黄威的意，他巴不得现在立刻就出发。

喜悦在内心激荡，黄昊苦口婆心说过的话早已不攻自破，在送如梦回家的路上他时常都会莫名的傻笑起来，如梦看着这个因为自己一个决定而开心至此的男人，也露出满足的微笑。

在确定如梦已经完全没有问题后，黄威看着她躺下来，在她额头上轻轻亲吻之后，他从她家离开。

此时已经是晚上十点多。而刚才下起的毛毛雨已然不见踪影，渐渐散去的乌云无法再阻止人们欣赏圆月的身姿，黄威站在自己爱车旁边，对着月亮许下只有自己才能听见的承诺。

第六章

暴雨（6）

所有的事情看起来都在向好的方向发展，唯一不够完美的地方估计就是由于太过兴奋导致的失眠。睁着眼睛过了一宿，黄威双眼布满血丝，当手机闹钟响起时，他立刻从床上蹦起来，丝毫没有任何疲倦的样子。

当黄威来到东三街时，如梦已经等候多时，她今天稍微打扮了一下自己，这是从前约会从来没有过的事情。这也让黄威感觉到了她认真的心情，想到这里，他心中涌出无尽的力量。

他们要去的地方是一个小县城，如梦就是在那里出生的。如果一早就出发的话，中午之前就能到，不过由于黄威对这边不熟悉，两人走了很多冤枉路。

值得一提的是今天的天气，即便昨夜雨就已经停了，可天空依旧密布着乌云，它们顺着路的尽头延伸，变得愈发阴沉。黄威当然希望今天能够阳光明媚，特别是在迷失了方向的时候。可他身旁的如梦却丝毫没把阴天放在心上，她若有所思地望着天边，眼神中偶尔会闪过一丝遗憾。

“看来你也好久没回来了。”黄威对路不熟是一个原因，但是如梦好几次指错路也对延缓行程起到了一定的作用。

“这也不能怪我，日新月异，这条路我也就走过一次，没想到上次之后这里就变成这个样子了。”还好就算再改也不可能是翻天覆地的变化，这里本就不是个富裕的地方。在走出那段崭新的省道后，两旁的景色很快就勾起了如梦的记忆。

“如梦，能不能问你个问题……”虽然心情依旧很愉悦，可黄威的心中同时也存在着困惑。

“你是不是想问为什么我让你避开了人多的地方？”虽然对这边不熟悉，但方向感告诉黄威，如梦是有意选择这条新的省道走的。这里属于省内比较落后的县份，住在这里的村民保守而固执，他们大多会选择走老路而非不熟悉的新路。

“嗯……”问题被猜中的黄威感觉自己有些矫情。

如果如梦回答只是不喜欢人多的话也完全能够解释，但这次她并没有用自己一贯的性格来当挡箭牌。

“我回到这里并不是为了见无关紧要的人，所以绕开也无所谓，你来这里恐怕也不是为了这个原因吧？”她淡笑着望着黄威的眼睛。

这样的答案反而让黄威更不知该说些什么，只能闷头应了声是。早习惯了这种起伏不定的性格，黄威知道此时自己的女友一定是想到了什么不开心的往事，曾几何时他无数次想要探寻如梦心中那块不为人知的地方，可惜却从来没有成功过。

如果身边人不曾敞开过心扉，那两人之间的距离究竟有多远？

黄威忍不住又想起这个自己曾经纠结过的问题，可惜有些事情注定没有答案。

就这样，两人各自怀着不同的心情默默地赶路，当他们抵达目的地时，天公不识趣的降下了一场小雨。

“如梦，你确定是这个地方吗，这里……”黄威根据女友最终的指示停好车，心里的疑问却越来越大。

这样说话很不礼貌，可眼前除了一个杂草丛生的小山头外已经没有前进的路，黄威看不出这里像是有人居住。

“如果你不想去的话，就在车里等我好了。”如梦不温不火的说完话便下了车。

黄威则咒骂了自己一声，抓起雨伞跟了下去。他窜到如梦身边撑起雨伞，多余的话一句不敢再说。

雨越来越大，打在这满是草木的野外，奏响相同的旋律，黄威的猜测并没有错，这里并不像是有人住的样子。越是往里面走，脚下的路就越难走，那条勉强能算是小道的泥路已经难以分辨，在雨水恩泽下若是不小心很容易就会滑倒。

黄威怀着满腔的疑问继续前进，一路上也不知道拨开了多少根从两旁延伸出来的树枝。尽管鞋子和裤脚都被泥水打湿，但他却很享受自己能够在如梦身前为她开路的感觉，就连手掌被树枝上的倒刺划破了好几个小口子也浑然不觉。

走了大约二十分钟的样子，两人来到了泥路的尽头，眼前的一切让黄威明白了为何如梦对刚才自己在车上的那个提问有那么大反应。

那里立着一块墓碑，残破而孤单，雨水冲刷不掉上面长出的青苔，岁月侵蚀太深刻，四下也几乎没有人来过的痕迹。黄威心中生出一股愧疚，如梦却并没有在意这些，因为这个女人看见墓碑的一刹那，她双眼中就布满了雾气，那里面夹杂着内疚，痛苦，以及少许的喜悦。

依稀能够分辨这里葬着的是一个女人，如果没猜错的话应该是如梦的母亲。她从来没有主动谈起过自己的家人，黄威倒是有随口问起过，但如梦总是会用其他的话题带过。

“威，能帮我一起打理下这里吗？”这是如梦第一次开口请求黄威的帮助，她说话的声音很轻，轻到几乎要被四周的滴答声盖过去。

原本理所应当的事情他却不知该如何回答，并没有丝毫拒绝的意思，只是不晓得哪种回应的方式才最恰当。

黄威深深望着自己的女友，他想要抱她，想要用自己的胸腔稀释她心中的痛楚，可到了最后，他能做的只是轻轻地点头。

这就是如梦看来最好的回答方式，她从旁边折断两根比较细嫩的树枝当成扫把，虽然可以能够当成工具的东西很少，但所谓的打理也只不过是尽力而为。

尽管如此，两人却都一丝不苟，这个荒无人烟的小山头上，平时人迹罕至，今天难得有些热闹，也只不过是一块孤单的墓碑，一对情侣，一场雨。

时间在这个时候过得特别快，不知不觉两人发现已经无法继续再为这座墓碑继续做什么了，虽然以正常角度来看这里依旧不能说整洁，但如梦嘴角和眉宇间的笑意告诉黄威——这是给她母亲带来的最佳礼物。

男人重新撑起雨伞，此时无论是他还是身边的女人都已被淋湿。中秋过后天气本就开始转凉，加上又是下雨天，她许是感觉到了凉意，主动把身体靠向自己身旁的男人。

黄威伸出手将如梦搂在怀里，把她额前散乱的头发拨弄好。她感受到了这股温暖，眼眶微微有些泛红，却什么也没说，两只手紧紧地环抱着自己，自己像个受尽委屈的孩子。

“对不起，让你今天来跟我祭拜母亲，还骗了你，让你白高兴一场。”这也是黄威第一次听见如梦说“对不起”这三个字，同样的，他不知该如何应对。

“没事，你所做的事情，或许当时无法理解，但只要你是开心的，最终我都能体会到你的心情。”黄威更用力地把如梦搂进怀中，那恨不得合二为一的样子，连躲在树上偷窥的鸟儿都看不下去，开始叽叽喳喳地叫起来。

鸟鸣吸引了如梦的注意，她把视线从墓碑上移开，那环抱着自己的双手，也更用力了。

“你知道吗？我的小时候我妈经常陪我玩，我记得当时也有一个小山丘，那上面每天都有鸟叫，就像现在这样。”

“是吗……”黄威很难体会如梦所说的事情，或许这就是生在不同时代不同背景下的悲哀，“野外的鸟鸣声的确是有些不同，以前我有个叔叔也很喜欢养鸟。”

听见黄威说出这句话，如梦不禁笑了起来，她把目光收回来重新凝视自己母亲的墓碑，幽幽地说：“被关在笼子里的鸟和能在天上自由飞翔的鸟，怎么可能一样……”

这让黄威想起了如梦每次都会从荒岛上带走的粘连子，或许如梦从未觉得自己是个自由的人，这一点就连黄威也不敢许诺什么因为他知道，没有人能给另外一个人带来自由，那毕竟是世界上最宝贵的财富。

如梦似是感受到了黄威心中的想法，她微微侧目瞟了男人一眼，眼神之中有爱意，也有愧疚。

他们静静地在坟前站了两个小时，雨势依旧，没有变得更猛烈，也没有丝毫收敛。就像大家生活时的常态，不紧不慢，每一分每一秒却都同样致命。

许是累了，许是感觉时间差不多了，如梦从黄威的怀中挣脱出来，她收起黯然神伤的眼神，开口说道：“威，今天我们就住在隔壁的小镇里吧，等下我想回县城逛一逛，毕竟也好久没有回来了。”

这种简单的要求黄威当然会答应，他继续替如梦遮风挡雨，一起穿过变得更为泥泞的小道。当他们回到车上时，黄威看见如梦的额头上挂着两滴雨水，他递上一包纸巾，她看了他一眼，接了过来。

黄威看着身边的女人轻轻地掏出一张纸巾擦拭掉额头上的雨水，心中满溢着幸福。从小到大黄威都没照顾过别人，事实上，他也不想去照顾别人，直到遇见如梦之后他才知道，原来照顾自己深爱的人是如此愉悦。

“喂，你想什么呢，还不快开车。”如梦的声音伴随着一股香气涌入黄威的鼻腔，那是来自纸巾的味道，是如梦正用来帮黄威擦干脸上的纸巾。

黄威有些受宠若惊，这只是一个情侣间稀松平常的举动，可黄威却是第一次享受到。他转头惊喜地看着如梦，女人感到有些尴尬，丢掉手中的纸巾，做了个出发的手势。

继续按照如梦的指示开车，当开进县城时正好是上工时间，街道上的人并不多。

这次如梦带的路没有出现丝毫差错，两人很快来到一片住宅区，一排排全是破旧的老房子，这是黄威第一次见到有人住在这种房子里。

“我们就在车上吗？”虽然如梦让他把车停下，可她却没有丝毫下车的意思，只是透过车窗往外看，紧贴着窗呼出的气在玻璃上留下一小块水雾。

“嗯……”如梦应了一声就没有再继续说什么，黄威早已习惯这样的场面，也不追问。

这次他们没等多久，一个男人悠闲的从屋子里走了出来。他搬来一张小板凳，穿着破旧的衣服，头发半白，岁月和生活化成深沟印在他脸上，看那样子年纪应该和如梦差不多。

男人随性地在坐下，抬头看门前大树上滴落的雨水，悠然自得的样子，仿佛是在看什么绝美画卷。过了不久屋里走出一个和他年纪相仿的女人，普普通通的长相，却显得精明能干，她身后跟着一个四五岁大的孩子。

女人递给男人一个削了皮的苹果，男人则把孩子抱起来放在自己腿上，爷孙两人欢快地笑着，一人一口分吃着苹果，旁边屋子的狗此时也围了上来，绕着他们三人不停地跑。

看到这里，如梦露出了欣慰的微笑，一旁的黄威看在眼里，忍不住问了一句：“是你的老熟人吗？”

她听见后把视线收回来，平静地看了自己男友一眼，应了一声是。

“看得出来，你朋友过得很开心，”这一年来对黄威的一生造成了翻天覆地的变化，渐渐地他开始能够感受到原本不屑去体会的东西，“不管雨多大，只要头顶上有屋檐，就别让脸上的笑容停止，对吧？”

如梦诧异地看了黄威一眼，略微有些感慨地说：“对呀，你说得很对，你能在现在领会到这点，还不算晚。”

如梦的话让黄威感觉很奇怪，刚想开口去更正，如梦又开口说道：“走吧，我们去旁边镇上住下，这个地方的事情，全都已经结束了。”

刚到嘴边的话没办法说出，黄威只能启动汽车离开，他看了看时间，在那破屋前，他们大概停留了半个小时。

车还没开多久如梦却又让黄威停下，这次她盯着一间老宅，虽说同样已经斑驳老旧，但从木门上的装饰和选材来看比之前那一排房子都要气派。

这次她并没有停留太长的时间，仅仅只用了十秒左右的时间如梦就收回了视线，脸上毫无波动。

就这样，两人离开了县城。他们向着南方又开了大约一个小时，顺利抵达了如梦口中的那个小镇。

这里虽然只是一个镇，看起来却比刚才的小县城要富裕许多。镇上的楼房都颇新，路也更宽阔，偶尔还能看见几台不错的轿车。两人逛了一圈后在一家看起来还算不错的宾馆住下，店家看见黄威开的车后有些害怕——他从没见过开这种车的人来住店，要是车子出了什么问题，要负责的人可是他。

两人要了一间房，洗过热水澡后天已经黑了下来，他们撑着伞离开宾馆。尽管这个小镇已经算挺富裕了，可晚上街道的路灯却依旧不甚明亮，鉴于所处在的条件，黄威也不去挑剔太多，带着如梦进了一家挺干净的饭馆。

屋外的雨还在下着，雨势依旧没有太大改变，不平整的道路满是大小不一的积水坑，路灯特有的黄晕铺在上面，随着偶尔走过的路人闪动。饭馆的菜很简单，旁边坐着两桌正在喝酒的客人，他们扯着嗓子猜拳，彼此都脱掉鞋子踩在板凳上，一脸较真。

黄威起初并不适应这样的场面，倒是如梦沉浸其中。他起初很奇怪为何如梦反而有些喜欢这样的地方，想了一下，很快就从之前如梦曾经说过的一句话中找到了答案：生命不分贵贱，贵贱者，无非是自以为是的人们而已。

简单地用过晚饭后两人回到宾馆，虽说已经确定情侣关系许久，但共处一室今天却是头一回，黄威在这方面久经沙场，但真正想到有可能发生的事情时，就算是他也感觉到紧张。

可惜如梦似乎很疲惫，她一回来就躺在床上，此时黄威感觉有些委屈，却又不知该如何表达，要怪也只能怪自己当时不知是吃错了什么药，竟然要了一间标间。

气氛随着两人的沉默冷了下来，久了就变得尴尬，情侣间的尴尬最是折磨人，于是黄威也躺了下来，心想干脆早点睡着算了。

可万万想不到的事情却从如梦的嘴中发生了，她关掉了灯，在黑暗的房间中幽幽地说："黄威，你爱我么？"

越是突如其来的问题越让人不知如何作答，更何况如梦说得如此严肃认真。

"爱，当然爱。"既然如此，越平淡的回答，反而越显得认真。

"那你，愿意娶我吗？"他看不见她的表情，他想知道她此时此刻有没有脸红心跳。

"如果你肯嫁给我的话，我任何时候都愿意娶你。"黄威几乎是不假思索地脱口而出。反而原以为会激动得不得了的内心却异常平静。

如梦没有继续说什么，两人之间在此陷入沉默，黄威不知道自己的回答算不算合格，他提心吊胆地等着，等她先开口。

房间里安静得可怕，只有屋外的滴答声不绝于耳，时间仿佛被泥沼深深拉住，十秒钟的时光却像过了一辈子那么久。

"现在……"如梦再次开口，她的声音依旧毫无波动，就像在说一件与自己无关的事情，"你能来抱抱我吗？"

今天发生了太多事情，这其中的大部分都是黄威第一次遇到的，他幻想过自己将会以什么样的方式和如梦发展感情，但像今天这样，黄威做梦也没有想到过。

好在黄威的小心脏还能经受得住这么多惊喜，他慢慢地爬上如梦的床，尽量让自己表现得像个绅士，他缓缓伸出双手抱住如梦那不输模特的腰肢，她头发上独特的香味，已经让黄威神魂颠倒。

如梦刚开始时身体抽动了一下，随后便接受了黄威的体温，她伸出手握住黄威的手，两人的身心在此刻交融，在这小镇的夜晚里升腾，雨水欢愉的跃动在天空中，两人的身躯，亦然。

生命有时就是如此奇妙，它生气时会把人折磨得体无完肤，若是甜蜜来临，就连做梦都充满了美好。那天的黄威就是如此，他晚上梦见自己和穿着婚纱的如梦走在一片银色的沙滩上，那是他从来没有见过的笑容，在那如梦似幻的女人脸上，他甚至不敢相信自己这辈子能看见她如此笑着。

清晨的阳光照射进来，地上是散乱的衣服，黄威的美梦被中断，他睁开眼睛时才知道，原来是昨晚自己抱着的女人拉开了窗帘。她道了一声早安，此时的如梦早已穿好衣服，依旧如此平静，就和大多数时候的她一样，尽管这有些现实，但对黄威来说，却已经是最大的幸福。

“你起得很早……”黄威揉了揉眼睛，从床上坐起来，“昨天晚上，我们……”

“快起床，我们启程回家！”如梦把地上属于黄威的衣服丢给他，根本不让他继续把话说下去。

雨过天晴，今天天气晴朗。初秋的感觉在早上特别明显，小镇里淳朴的人们送别了匆匆过客，绝尘而去的情侣，留下了一辈子都难以忘记的回忆。

一路上心情大好，就连如梦也常带着笑容，车上放的是邓丽君的歌，黄威记得如梦说过这是她最喜欢的歌手，今天她难得地一边听一边跟着唱，仿佛不知疲倦，直到喉咙都有些沙哑了才肯停下。

能看见自己女友这么开心，黄威不知该如何形容自己内心的喜悦，眼下这满溢着幸福温暖的日子让他犹如凤凰涅槃，阳光涤净了他曾经的生活，随着歌声散发出来的发香在坚定所有的事实，唇边似乎还残留着某人不顾一切的温柔。

欢乐时光总是过得太快，很快他们回到了海滨小城，还是那条破烂的巷子，如梦下了车。

“黄威，”她俯下身来看着自己的男朋友，“昨天我很开心，谢谢你陪着我。”她表情平淡如水，黄威却能感受到她的真诚。

“那你可要小心了，以后我都会这样陪着你，可别高兴坏了。”黄威笑着，真心地笑着。

“不过，我们得有一段时间不能见面了，”话虽然是这么说，可她却笑了起来，“因为纵情Club要重新大装修，在装修期内都不会营业，而我必须要每天都在那里盯着。”

这件事黄威从来没有听过，不过想来纵情也已经开了好多年了，需要重新装潢也在情理之中，加上老板又是如梦，那就更不用说了。

“那我可以……”

“不可以，”如梦知道黄威想要干嘛，“你就在家里好好想想你今后的事业吧，男人没有事业是不行的，我不希望你因为我而荒废了自己。”

这句话把黄威说得有些羞愧，他略显尴尬地应了一声，而如梦也发现自己男友的变化，不再多说什么，转身离开。其实静下心来想想如梦说的也没错，她在工作上一直都很认真，如果黄威游手好闲的话，恐怕都不够格当她的男友。

“唉，谁说爱你不辛苦呢？”看着如梦离开的身影，他喃喃地说了这么一句后便驱车离开。

在那天之后，他继续开始着手自己未来的规划。手头上有资金，也有管理经验，目前最大的问题是应该朝哪个方向发展。

迷茫是现代人的通病，特别是像黄威这样的状态，更不容易找到方向。他开始浏览各种各样的资料，同时也会通过以前认识的人来了解各行各业的情况，感觉可行性高的话还会亲自去实地考察，日子一天天过去，当他回过神来，已经是十天之后了。

又一次挂掉电话，他看了一眼屏幕上大量与医疗器械相关的内容，摇了摇头。

“看来这行也不适合我。”黄威随口说了一句，把电脑关掉，而后他躺在沙发上看手机才发现自己已经有好一阵子没有联系过如梦了。

盘算着日子，心中隐隐有些不安，想到这里，黄威在心里对自己说：如果现在忽然出现在她面前给她个惊喜应该不会惹她生气。

坚定了想法，黄威立刻动身，踩足油门来到纵情Club，现在正是下午，可以看见工人们的确在进行施工。他潇洒地从车上下来，穿过满是灰尘的门口，眼前的一幕却让黄威大吃一惊。

曾经的纵情Club连雏形都已不在，这哪里是重新装修，眼前的一切分明是另一家店！

他一把拉住旁边正在干活的泥水工问道："喂，你们在干嘛？谁让你们来的？"

那工人被黄威焦急的眼神吓坏了，向身旁的工友投去求助的目光。

"喂，你干吗？"另一个工人把黄威的手拉开，警惕地看着他，"你要是有什么疑问的话就去问老板，他要我们怎么做我们就怎么做，我们只负责干好自己的工作。"

黄威也意识到自己的动作有些过激，他冷静下来后接着问道："那你们的老板是谁？"

"我怎么知道老板是谁，我们是打工的，唯一知道的就是这里准备开一家餐厅。"那工人见黄威态度缓和一些，也就回答了他的问题。

眼前的一切让黄威难以接受，他匆匆离开。然后试着联系如梦，可惜无论是什么方式都找不到她，无奈之下黄威只好拨通了另一个电话。

"喂，小刘，纵情发生了什么？为什么连老板都换了？"所谓小刘就是之前被黄威收买的酒吧服务员。

"威少，你不会不知道吧？梦姐她把纵情给关了。"

"什么？！你确定吗？"

"当然确定了，那天晚上她亲口跟我们说的，还给了我们每人一些钱，说是奖金。"

黄威忽然有种非常不好的感觉。

"那她有没有说过她之后要做什么？"

"这个她也没说，不过我看她的样子似乎是要离开这里了，不过纵情真的很可惜呀，她要是转卖出去，单单是这个牌子就能值好多钱，可惜，可惜……"

黄威哪里管得了其他人在想什么，他直接挂断电话，然后直冲到如梦家楼下。

敲门，无人应答，这似乎也在意料之中，黄威下楼后轻车熟路的绕到了后方——哪怕这已经是第三次从窗户进去，他也要去！

“喂，等等。”黄威刚撩起袖管，一个苍老的声音就喊住了他，回头去看，原来是那个看门的大爷，“你是不是来找那个姑娘的？”

“是，是，是，你知道不知道她在哪里？”黄威仿佛抓住了救命稻草，抓着老大爷的肩膀不停追问。

那大爷被晃得几乎晕过去，好不容易挣脱出来，大口喘着气。

“我说小伙子，你这人做事情能不能悠着点儿？人早就走了，她知道你肯定会来这里，所以托我给你留了口信。”

黄威无法接受这个老大爷所说的一切，他往后倒退一步，脑袋眩晕的感觉让他几乎站不稳。

“唉，你们这些年轻人呐，我真的是不懂，我告诉你，她让我跟你说声抱歉，还有，以后是没有机会再见面了，希望你能活得像你自己。”

“不，不，这不可能……”

“可不可能反正别人已经走了，你信也好不信也好，总之你别再把窗户砸坏了，这次可没人出钱修理了，唉……”老大爷疲于解释，一边摇头叹气一边离开，剩下一脸茫然的黄威站在原地。

突如其来的变故让他不知该做什么，如梦的离去让他失去了生活方向。

不能让生命就此消沉！

黄威不停地在心里告诉自己，如梦并没有真的离开，她一定在这个城市的某个角落，而一切的一切，都事出有因。

所以只要努力地去寻找，就一定可以让最爱的人再次回到自己身边。如此坚信着，那辆豪车随着黄威的动作而启动，他疯狂地在路上奔行，就像之前曾经有过的那样。

可这次他失去了该去的方向，没有目的地的彼方，将会是哪里？黄威不愿去想，也不敢想，两旁飞速闪过的街道都有如梦的影子，就连车里都残存着她的味道，回忆和撕碎了他的心，然后又拼在一起，接着凌虐。

渐渐的他失去了念想，油门越踩越深，耳旁的风声聒噪，最终化成一声巨响，伴随着他消失的意识，陷入黑暗之中。

那天天气很晴朗，对于大多数人来说绝对是值得出去郊游的好日子。这座城市里从来不缺有这等闲情逸致的人，对于他们来说，生活很简单，所以这些人很快乐。

如梦曾经说过，如果能够每天都开心地度过，她宁愿什么都不要，这对于许多人来说唾手可得的奢望，同时也是很多人一辈子都无法追逐到的梦想。

当黄威醒来时已经是一个星期之后了，他第一眼看见的，是一块惨白的天花板，朦胧间听见有人在讨论自己——那个出了重大车祸大难不死的人。

曾经有过一段时间他很恨自己为什么没有死去，这股遗憾加剧了他对如梦的思念，万念俱灰的他想过了结自己，可勇气却无法支撑他再次威胁自己的生命。

痛恨自己的无能，黄威日渐憔悴，这让他的父亲黄昊非常着急，可无论怎么劝说都没用，谁都无法说动一个已经死了心的人。

有关于黄威的事情再次传遍了小城的大街小巷，那个曾经风光无限的天之骄子，如今已经变成了别人的笑柄，即便仍旧住在医院里，黄威也能感觉得到外面的风言风语。

不过这和失去如梦的痛楚比起来，根本不算什么，没有了如梦的生活，就像失去了脊梁的人，这一辈子都无法再站起来。

这样的想法无法消除，就会变成一件恶性循环的事情，尽管身边仍然有很多人关心黄威，每天黄昊也会来开导他，黄威自己也不想辜负别人的期望，可他每次想要重新站起来的时候眼前都会闪过如梦的笑脸，那温柔立刻化掉了他的决心。

日子一天天过去，黄威的伤渐渐好起来。某天夜里，黄威艰难地一个人起来上厕所，他不记得自己是否有过这么不堪的日子，就连这么简单的事情都如此艰难。

带着一脸自嘲按下冲水的开关，黄威拧开水龙头，眼睛却看着镜子里的自己。杂草般的头发，满脸的胡碴，脸上那道会跟随自己一辈子的伤疤仍然包裹着纱布，不知能否痊愈的下肢毫无知觉，医生说未来他很有可能是个瘸子。

“如果我没认识如梦，那我今天会是这个样子吗？”

黄威这样问自己，用从前的目光来看现在的自己，真的是件很有趣的事情。也正是因为这短短五分钟的自我检视，黄威似乎明白了很多道理。

“不，不对，变成怎样我都仍旧是我自己，她的离开是想成全一个完整的我……”

她带给他不曾有过的体会，可同时却也彻底改变了黄威这个人，有好有坏，黄威不管这么多，活成了如梦想要的样子。如果说这是一种爱人的方式，那么如梦则选择了一种更无私的方法来表达自己的情感。

就像她离开时留下的口信：希望你能活得像你自己。

不管这些是不是真的，黄威都如此深信着，泪水再次从他的眼眶中流出，打湿了纱布，朦胧了双眼。他告诉自己这是最后一次为如梦流泪，因为那个女人最讨厌的就是男人哭。

从那天晚上之后，他决定要好好地活在这个世界上，不单如此，他还要做一个比以前的黄威更好的人。这种积极的变化总算让黄昊放心下来，不仅如此，黄威还拨通了吕二五的电话，和他重修于好。对于已经死过一次的人来说，这个世上已经没有什么恩怨不能够放下了。

出院的那天他没有通知任何人，虽然腿脚不利索，但黄威可不是轻易会求人帮忙的人。他走出医院，发现今天又是个晴朗的天气，他下意识地在停车场里寻找自己的爱车，环视一周，并无发现——那场严重的车祸直接导致了它的报废。

“是啊，你已经不属于我了……”黄威自嘲地笑笑，徒步往前走。

此时走好有一辆公交车开过他的身边，对于黄威来说，那是从未乘坐过的交通工具。

他回头看了一眼那家自己住了几个月的医院，低声说：“那么，以后我们都要好好地活下去。”

那天的阳光正好，不巧的是却下起了雨，可这次它并没有带来阴天，那是一场少见的太阳雨。

黄威抬起头去感受打在脸上的雨水，每一滴，都像是如梦在跟他说话，最后，他拖着还未痊愈的腿脚，一瘸一拐地追上了那辆根本不是开往他家方向的公交车。

夜之章：

黎明

一口气看完了整个故事，想到自己所经历的事情，我瞬间明白了很多东西。

或许就像许多人说的那样，我还不成熟，为了不切实际的事情而放弃原本我所拥有的一切，实在太愚蠢了。

即便如此，我却并不后悔。就像每个故事的主角那样——无论结果如何，这是自己做出的选择。

我想那个人让我看这一则故事是有深意的，虽然我们相处时间不多，可对方从没做过哪件没意义的事情。

我知道过去已经无法改变，此时此刻却更明白了未来的重要性。从床上爬起来换上一套新衣服，拉开窗帘，夜深得能把人溺死。

朝夜雨吧的方向望去，即便尽我所能也无法再看见那里的灯光，不用想就知道，那条胡同尽头里的酒吧老板，现在肯定在反复擦拭那张斑驳的吧台。

静静地看着，脑海一片空白，我的内心无比平静，因为我知道，这是我最后一次站在这个地方仰望这个小胡同。把属于我的东西带走，轻轻关上门，最后再看一眼出租屋那扇锈迹斑斑的铁门，原来，任何的门都一样。

走出那个黑暗的楼梯口之后，我深深吸了口气，不再回望那曾经颓废的自己和回忆，拿出手机，向所有在我失意时安慰过我的朋友们表达了谢意，还特别告诉了那个公安哥们，我会去当他的伴郎。

亏欠最多的，当然就是家人和我的未婚妻，我能充分体会他们对我的担心，我也知道，我只有用余生所有的时间慢慢弥补，才有可能让他们忘记我这次莫名其妙的失踪。

怎样都好，至少现在的我很明确未来应该要做的事情，而经过这一次的事情，我坚信自己以后不会再犯同样的错误。

一个月后，一切再次步入正轨，我却没有就此忘掉那段落魄的日子。

我偶尔还会再回那条老胡同，不过这次带着我的未婚妻，带着她去那间酒吧找老板聊天，带着她去那间没什么特色的早餐铺，时不时还会遇到那个姓卢的紫衣女人，不过我们互不打扰，她默默地坐在那里喝酒，我开心的和我未婚妻聊天。

我说了好多在这里颓废度日时的事情给她听，对于我一声不吭的离去，她仍然心有余悸。于是我干脆就当着老板的面向她求婚，她受宠若惊，却仍旧答应了我这个伤害过她的男人。

那一刻我不知道应该用什么样的语言来形容内心的喜悦和惭愧，我在她需要我的时候因为一个莫名其妙的赌约而放弃了曾经的生活，我没有留下任何解释，哪怕是在一切都结束的今天，我也不愿太多地谈起。

多年的爱情长跑终于完结，没有什么浪漫的布置，也没有多夸张的言语，简简单单的问答，就决定了我和她今生的另一半。我觉得我是一个运气极好的人，无论从任何角度去看都是如此，所以我很满足，满足我眼下所拥有的一切。特别是每次我回到这里时，感受到那与外界截然不同的氛围，我就愈发的坚信，人要的其实真的不多。

接下来我们很快就举办了婚礼，然后当然是不可细说的蜜月之旅，当我从这阵幸福的旋风中回过神来时，那已经是又三个月后的事情了。

“刘医生？”我正埋头看病历，伴随着敲门声，一个护士叫了我一声。

“嗯？”我连头都没抬，只是随便应了一声，刚从蜜月旅行归来，重新回到工作岗位上的我充满干劲。

“刘医生，你老婆让我提醒你，现在已经是下班时间了，她让你别错过今晚的约会，好不容易才订到位置的喔！”她似乎不满意我的态度，说完这句话后就离开了。

我被她这么一提醒，倒是想起有这么回事，拿起手机看看时间——看来今天我得迟到了。

赶忙把资料收拾好，我急匆匆地离开办公室，等电梯时撞见了医院的徐副院长，他正在跟一个男人闲聊。

那男人并不是医院的医生，西装革履，也不像是病患家属。不过徐副院长交际甚广，他的朋友来医院找他也是常有的事，我本不会太在意这种小事，可那男人脸上的疤痕却让我动容。

那男人身材高大，浓眉大眼，沉稳的气质，就算脸上有道疤痕恐怕也能够俘获不少少女的心。

“我们认识吗？”或许是感受到我长时间聚焦在他脸上的目光，那男人向我发问。

“啊？不好意思。”我尴尬地赔笑，那边徐副院长注意到我之后赶忙开口介绍。

“这位是刘医生，是我们医院的才子，别看他年纪轻轻的，他可是我们医院重点培养的对象。”徐副院长见谁都夸，表面上给足任何人面子。

对于这样的夸赞，我谦虚地低下头。

“这位是黄总，是我们医院医疗器械方面的新合作伙伴，黄总虽然才刚进入这个行业不久，可却是个懂行的人，未来我们和黄总的联系是密不可分的。”那个男人礼貌性地冲我点头致意，我回以微笑。

“你是不是在看我脸上的这道疤？以医生的眼光来看，目前完全有技术可以减轻甚至消除掉，是不是？”不知是眼神锐利还是习以为常，他仿佛看透了我。

“呃，是我冒昧了，只是出于好奇罢了。”尴尬地笑笑，可我心里想的却并不完全是这些东西。

“哎呀，小刘啊，你就是太年轻了，黄总这种有能力的人当然不会干没理由的事情，而且现在的小白脸这么多，脸上有道疤才叫男人，是吧，黄总。”

无论如何在初次见面的时候就谈及这种事情实在是不礼貌，于是徐副院长出来打圆场，我也只能忙着附和。

“话也不能这么说，徐院长，”能够看出来黄总是个认真的人，他一脸严肃地看了徐院长一眼，接着把头转向我，“病人来医院看病肯定希望能够康复，而那些身患重疾的人看来，医院就是他们生命的转折点，他们这辈子都不会忘记自己有过这样的经历，也不会害怕告诉别人自己曾经被病魔折磨过，不仅如此，还会以此为荣，因为那是新生的标志。”他说着摸了摸脸上的伤疤，忽然我有些恍神。

手机的震动很快把我叫醒，我看了看来电显示上的号码，正是我的新婚妻子。于是我别了黄总和徐副院长直接从楼梯离开，今晚是她费尽心机准备的约会，我可不想为此增添任何遗憾。

地点是在一家新开的西餐厅，我到达那里时里面已经坐满了人，而她也已经等了我十五分钟。看着她一脸不高兴的样子，我只能用尽方法哄她开心，好在我老婆从来不是一个斤斤计较的人，很快恢复如初，我们也点好了单，准备吃饭。

此时我才终于能够打量这间新开的西餐厅，老实说，这装修风格还算不错，即便是在省城也算得上是别具一格。

“哎，你知道吗？这餐厅其实是从一个小地方走出来的，包括这家在内在全省已经有十几家分店了。”老婆一边四处拍照，一边有一搭没一搭地说着。

“不是吧，你连这个都知道？”我拿出手机看新闻，有的时候我就是无法理解女人的天性为何总是如此八卦。

“当然了，我之前看省电视台的一个节目，专门介绍省内杰出的创业精英，有一期专门写的他们。”

“是吗，那还有什么特别的地方，你给我介绍一下。”我就是喜欢这样的状态，她在不停地说着一些我觉得无聊却又想听的话题，而自己可以一边干别的事情一边听。

“特别的地方……嗯，这家餐厅有两个股东，最初的大厨就是其中之一，但最开始的时候其实是……”

“其实是另外一个人要跟那个大厨合作，然后因为出了点别的事情，所以才把现在的两个人联系在一起的，是吧。”我也没在意她说了什么，只是下意识地这么说。

“啊！你怎么知道！”她惊呼一声，也把我给吓到了。

我抬起头看着眼前一脸惊讶的妻子，有些迷糊地问道：“不会吧？真有这么回事？”

她点了点头，然后指着菜单上餐厅的名字说：“不仅如此，那两个老板觉得最初那个人对他们能够开这间餐厅有极大的激励作用，所以后来为了感谢他，专门让他替餐厅起了名字。”

听见他这么说我赶紧把菜单拿起来，果不其然，那里写着两个我有些熟悉的大字：若陌。

“若陌西餐厅……”我喃喃自语，妻子并没发现我的异样。

“对呀，虽然作为西餐厅来说这个名字怪怪的，但是久了之后反而有一股神秘感。”

我看着菜单上的字，有种奇妙的感觉，回想起那天晚上听到的故事，我几乎就要把它们重叠在一起。

我再次环顾餐厅四周，这种装修风格和若陌这个名字，倒是非常般配。我下意识地笑了，妻子看得一头雾水，我则没有去解释原因。

我知道去纠结一些道听途说的东西并没有什么意义，那是属于别人的故事，是真的也好，假的也罢，只要能从中有所收获，对我来说就已经足够了。

我更知道自己已经没有多余的时间去关心其他人的故事，从今往后我想要关心的，只有眼前这个女人，和我未来还未开始的旅程。

尾声：天晴

刘琨鸣是一个内科医生，年轻的内科医生。

无论是从学历还是专业水平都无可挑剔的他，在父亲的推波助澜下，很快便在省医院里站稳了脚跟。

或许这么说并不合适，毕竟医者仁心，这本该是个救死扶伤的职业，可他的确已经走上了所谓的人生巅峰，破纪录的以医院最年轻医生的身份来到肿瘤科当主管医生，貌美贤惠的未婚妻，殷实的家境，一切都是那么美好。

以上因素养成了他不服输的个性，那简直到了有些变态的程度。

身边的人总是说他这样不好那样不好，但刘琨鸣自己则不以为然。他对自己的能力深信不已，从小到大没经历过失败，他也坚信未来自己也不会经历什么失败。

“嗯……你的名字很特别嘛……”例行寻房，刘琨鸣看着手上的病历，念念有词。

“是吗？医生，你不是应该多关心一下我的病情吗？或者，你可以直接告诉我，我还可以活多久。”那个女人脸色苍白，尽管如此，她身上独特的气质依旧无法被病魔带来的阴霾掩盖。

刘琨鸣瞥了一眼这个新来的女病人，合上了病历本，说：“白小姐，你原来的主管医生因为个人原因所以把你交到我手里，关于你的病，我只能告诉你我一定会尽力而为，不过与此同时我也非常需要你的配合，你应该有听说过，心情对于癌症病人来说是一剂良药，所以……”

“如果你知道就要死了，你还能开心得起来吗？”她打断了刘琨鸣的话，那认真的眼神，丝毫不像是在开玩笑。

刘琨鸣凝望着她的眼睛，那因为身体虚弱显得黯淡的眸子深邃得让人无法直视。这种情况的病患他并不是没有见过，于是清了清嗓子，尽量让自己看起来更具说服力。

“每个人都会死，不过就眼下来看，你还不应该放弃希望，这世界每天都在发生奇迹，很多受了重伤的人都能活下来，所以我觉得医学本身就算半个奇迹，只要你相信我，我觉得我们可以创造另外那半个奇迹。”

她听了刘琨鸣的话后露出一个风轻云淡的笑容，转头看向窗外，对着太阳所在的方向露出向往的眼神。

“是吗？……奇迹……”她喃喃自语，“刘医生，能够看出来你是个好医生，不过对于某些事情，还是不要太执着的好。”

刘琨鸣闻言立刻就较起劲来，他不允许自己还未开始就承认失败。

只是刘琨鸣还未开口，那女人就继续说了起来。

“你知道我为什么会来医院吗？”

这问题倒是让刘琨鸣愣了一下，很快他就不假思索地说：“每个病人来求医不都是希望身体健康吗？人如果没了生命，其他什么东西都是没有意义的。”

“对，也许我这次就是在逃避死亡吧……”她感叹着低下头，神色落寞，“我这一辈子一直在逃避，或许这已经成为了我的习惯，东躲西逃……惶惶终日……”

纵观刘琨鸣职业生涯，像眼前这样的病人也是极其少见的，他深知此时不能说错话，一方面要继续给予病人信心，另一方面则不能太过强硬，以免刺激到病人脆弱的神经。

但是她很快就发现了这位年轻医生心中所想的事情，她不以为然，露出一个平淡的微笑，继续说道：“也许哪天我会突然走掉，医生，你说我这算是逃避生存还是在直面死亡呢？如果是后者，那倒是不错，至少我能面对一次自己的未来。”

“白小姐，你想太多了，得了癌症并不就意味着你被宣判了死刑，所以请不要再说类似这样的话了。还有就是关于你的问题，我觉得没必要去回答，因为我不会让这件事情发生。”刘琨鸣说完把病历放下，拍了拍床边，“好了，今天就聊到这里，接下来，我去研究你的病情，而你呢，就好好地在床上静养。”

越是遇到消极的病人刘琨鸣就越想把他治好，这已经超脱了职业操守的范畴，这更像是他性格的体现。

“要不，我们打个赌？”她看着自己的主管医生，眼神平淡如水。

“打赌？关于我能不能治好你吗？”刘琨鸣笑了起来，对于他这样的人来说，这倒是个不错的赌局。

“嗯，就来个没有赌注的赌局好了。”她看见了医生的笑容，她读懂了所有藏在刘琨鸣嘴角的心思。

“哈哈，联系你之前说过的话，我可以理解为你在给自己将来的逃避找借口吗？”

这一次，女病人也笑了，她抬起手拨开几缕已经有些枯萎的头发，说：“就算是吧，那你敢不敢赌呢？”

阳光从窗外照射进来，打在她憔悴的脸上，无法再掩盖的皱纹上并没有太多岁月的蹉跎，更多是她的一路荆棘。

刘琨鸣和女病人对望着，渐渐的，他脸上的笑容缓了下来，他深吸一口气，想要用自己的双眼看透眼前的女人。

无奈的是最终刘琨鸣迷失在了对方宛如风暴般的眉宇之间，似是永远无法舒展开来的忧郁化成尖刀般的冷雨，它把旁人远远隔开，也将那个女人孤立起来。

不得不承认，这是刘琨鸣所遇到的最有个性的病患，男人心中的征服欲瞬间涌出，此时此刻他管不了那么多。

“好，我赌，但我也有条件，那就是你必须要配合我，要按时吃药，不能自暴自弃，至于你刚才说的逃避，那更不行，如何？”

当刘琨鸣答应的那一刻，她眉宇间的风暴似乎有所停缓。

“那就这么定了，刘医生。”

刘琨鸣点点头，转身离开。

“对了，刘医生。”这时那个女人叫住了刘琨鸣，“我想补充说一句，那就是，这个赌局既然没有赌注，那么到最后无论是谁输了都好，别往心里去，好吗？”

刘琨鸣没有回头，因为他没有办法答应这个要求。于是他一言不发地走掉，轻轻关上病房的门，找来自己最信任的护士好生叮嘱一番。

而她则目送这位年轻医生离去，意味深长地看了一眼窗外，接着，重重地躺下来。

“一个总是喜欢逃避的人，又怎么可能会信守承诺呢……”

她喃喃自语，那张铁床微微摇晃，她翻开属于自己的那本病历本，里面记录着她的治疗信息，看了好一会儿，许是感觉累了，她把病历本放到枕边上，转身睡去，而那没有完全合上的病历本上草草地写着一些个人信息：白若梦，胃癌晚期，2015年4月1日。